首届向全国推荐优秀古籍整理图书

湯顯祖戲曲集

〔明〕湯顯祖 著
錢南揚 校點

上

上海古籍出版社

圖書在版編目(CIP)數據

湯顯祖戲曲集 /（明）湯顯祖著;錢南揚校點. —
上海：上海古籍出版社，2022.9（2024.10重印）
（中國古典文學叢書）
ISBN 978-7-5732-0392-2

Ⅰ.①湯… Ⅱ.①湯… ②錢… Ⅲ.①傳奇劇(戲曲)
-劇本-作品集-中國-明代 Ⅳ.①I237.2

中國版本圖書館 CIP 數據核字(2022)第 139245 號

中國古典文學叢書
湯顯祖戲曲集
（全二册）
〔明〕湯顯祖 著
錢南揚 校點
上海古籍出版社出版發行
（上海市閔行區號景路 159 弄 1-5 號 A 座 5F 郵政編碼 201101）
(1) 網址：www.guji.com.cn
(2) E-mail：guji1@guji.com.cn
(3) 易文網網址：www.ewen.co
常熟人民印刷有限公司印刷
開本 850×1168 1/32 印張 33.75 插頁 10 字數 567,000
2022 年 9 月第 3 版 2024 年 10 月第 3 次印刷
印數：1,901—2,700
ISBN 978-7-5732-0392-2
I·3640 平裝定價：138.00 元
如有質量問題，請與承印公司聯繫

出版説明

湯顯祖(一五五〇—一六一六)是明代著名戲曲作家,字義仍,號海若,又號若士,别署清遠道人,江西臨川人。萬曆十一年(一五八三)進士,曾任南京太常博士、禮部主事,因上疏抨擊時政,被貶爲廣東徐聞典史,後遷爲浙江遂昌知縣。萬曆二十六年(一五九八)辭官歸里,就此隱居不仕,從事寫作。

湯顯祖的戲曲作品流傳下來的有《紫釵記》、《還魂記》(即《牡丹亭》)、《南柯記》、《邯鄲記》,合稱《臨川四夢》或《玉茗堂四夢》。其中以《牡丹亭》的成就最高,作品揭露了封建禮教的冷酷虚僞,表現了要求個性解放的思想,在藝術上富有濃厚的浪漫主義色彩。《紫釵記》、《邯鄲記》、《南柯記》分别取材於唐人小説《霍小玉傳》、《枕中記》和《南柯太守傳》,除了《紫釵記》的主題與《牡丹亭》相近藝術上也較爲成功外,其餘二戲均係作者晚年所作。因湯氏晚年頗受佛教思想影響,精神漸趨頹唐,故在作品里也表現出消極虚無的情調,成就也不甚高。湯顯祖早年還有一種《紫簫記》，實爲後來《紫釵記》的初稿本，是一部並不成熟的作品。

一九六二年中華書局上海編輯所曾出版《湯顯祖集》，收入湯氏存世的全部詩、文、戲曲作品，分訂四册。一九七八年本社曾將戲曲部分抽出單獨出版。現利用原紙型重印，列入《中國古典文學叢書》。

本書是由南京大學中文系錢南揚同志校點的。

上海古籍出版社
一九八一年三月

本次出版，據本社一九七八年版《湯顯祖戲曲集》重排，修改個別字形和體例訛誤。

上海古籍出版社
二〇二二年三月

湯顯祖戲曲集目録

湯顯祖戲曲集校例

一、《湯顯祖戲曲集》包括湯氏《臨川四夢》和附録《紫簫記》，共五種：

（一）《紫釵記》；（二）《還魂記》，即《牡丹亭》；（三）《南柯記》；（四）《邯鄲記》；（五）《紫簫記》，作爲附録。

據明吕天成《曲品》及祁彪佳《遠山堂明曲品》，湯氏尚有《酒》、《色》、《財》、《氣》四劇，今佚。

二、戲曲五種均以明毛晉汲古閣校刻定本爲底本，其校勘所用各本如下：

（一）《紫釵記定本》，校以⑴明金陵繼志齋刻《出像點板霍小玉紫釵記定本》，簡稱繼志本；⑵覆刻《清暉閣批點玉茗堂紫釵記》，簡稱清暉本；⑶明獨深居點定《玉茗堂四種曲》本《紫釵記》，簡稱獨深本；⑷明刻《柳浪館批評玉茗堂紫釵記》，簡稱柳浪本；⑸清初竹林堂刻《玉茗堂四種曲》本《湯義仍先生紫釵記》，簡稱竹林本。凡五本相同，稱「各本」。

（二）《還魂記定本》，校以⑴明金陵文林閣刻《新刻牡丹亭還魂記》，簡稱文林本；⑵明刻朱墨本《牡丹亭》，簡稱朱墨本；⑶ 明朱元鎮校刻《牡丹亭還魂記》，簡稱朱校本；⑷ 明張氏著壇校刻《清暉閣批點玉茗堂還魂記》，簡稱清暉本；⑸ 明獨深居點定《玉茗堂四種曲》本《還魂記》，簡稱獨深本；⑹ 清初竹林堂刻《玉茗堂四種曲》本《湯義仍先生還魂記》，簡稱竹林本。凡六本相同，稱「各本」。

（三）《南柯記定本》，校以⑴ 明萬曆刻本《南柯夢》，簡稱萬曆本；⑵ 覆刻清暉閣本《南柯記》，簡稱清暉本；⑶ 明獨深居本《南柯夢》，簡稱獨深本；⑷ 清初竹林堂本《湯義仍先生南柯夢記》，簡稱竹林本。凡四本相同，稱「各本」。

（四）《邯鄲記定本》，校以⑴ 明刻朱墨本《邯鄲（記）》，簡稱朱墨本；⑵ 覆刻清暉閣本《邯鄲記》，簡稱清暉本；⑶ 明獨深居本《邯鄲夢》，簡稱獨深本；⑷ 清初竹林堂本《湯義仍先生邯鄲夢記》，簡稱竹林本。凡四本相同，稱「各本」。

（五）《紫簫記》，校以明金陵富春堂刻《新刻出像點板音注李十郎紫簫記》，簡稱富春本。

此外尚有明鈕少雅《格正牡丹亭》（簡稱《格正》）、清周祥鈺等《新定九宮大成南北詞宮譜》（簡稱《九宮大成》）、葉堂《納書楹玉茗堂四夢曲譜》（簡稱葉譜）等書，校勘中亦曾加參考，間或引用。

三、校勘以有助於文字的瞭解或有參考價值者爲限，不逐字逐句作全面的校勘，如正俗字、古今字、同義字等，一概不校。所有校文均標明注碼，附於各齣之後。

四、戲曲五種除《紫簫記》外，均附載插圖。按《四夢》插圖有四五種之多，今採用明臧懋循訂正《玉茗堂四夢》本插圖，因其繪刻精緻，可供觀賞。

五、校點工作中容有不盡完善和錯誤之處，敬祈讀者指正。

紫釵記

紫釵記目録

【校】

㊀柳浪本齣目，俱省作二字：一、四、六、七、九、十一、十二、二十一、二十二、二十三、二十七、二十九、三十二、三十三、三十四、四十三、四十七、四十八、五十各齣，俱用上二字，如「本傳」、「謁鮑」之類；二、三、五、八、十三、十四、十五、十六、十七、十九、二十、二十四、二十五、二十六、二十八、三十、三十一、三十五、三十六、三十八、三十九、四十、四十一、四十二、四十五、四十九、五十一、五十二、五十三各齣，俱用下二字，如「言懷」、「新賞」之類；只有十借馬、十八吉餞、三十七移鎮、四十四賣釵、四十六哭釵五齣，文字稍有變換。

霍小玉紫釵記㊀

明　湯顯祖著㊁

第一齣　本傳開宗㊂

【西江月】〔末上〕堂上教成燕子，窗前學畫蛾兒。㊃清歌妙舞駐遊絲，一段煙花佐使。

點綴紅泉舊本，標題玉茗新詞。人間何處説相思？我輩鍾情似此。

【沁園春】李子君虞，霍家小玉，才貌雙奇。湊元夕相逢，墮釵留意；鮑娘媒妁，盟誓結佳期。爲登科抗壯，參軍遠去，三載幽閨怨別離。盧太尉設謀招贅，移鎮孟門西。還朝別館禁持，苦書信因循未得歸。致玉人猜慮，訪尋貲費；賣釵盧府，消息李郎疑。故友崔韋，賞花譏諷，纔覺風聞事兩非。黃衣客迴生起死，釵玉永重暉。

黃衣客强合鞋兒夢，霍玉姐窮賣燕花釵。

盧太尉枉築招賢館，李參軍重會望夫臺。

【校】

㊀原題「紫釵記」，繼志本封面題作出像點板霍小玉紫釵記定本，據補「霍小玉」三字。

㊁竹林本署「臨川玉茗堂編」。

㊂宗，繼志本作「示」。柳浪本、竹林本每齣之下俱不標齣目；下仿此。

㊃兒，繼志、清暉、柳浪、竹林四本俱作「眉」。

第二齣　春日言懷

【珍珠簾】〔生上〕十年映雪圖南運，天池浚㊀，兀自守泥塗清困。獻賦與論文，堪咳唾風雲。羈旅消魂寒色裏，悄門庭報春相問：才情到幾分？這心期占，今春似穩。

【青玉案】盛世爲儒觀覽遍，等閒識得東風面。夢隨彩筆綻千㊁花，春向玉階添幾線。上書北闕曾留戀，待漏東華誰召見。殷勤洗拂舊青衿，多少韶華都借看。㊂小生姓李，名益，字君虞；隴西人氏。先君忝參前朝相國，先母累封大郡夫人。富貴無常，才情有種。紅香藝苑，紫臭時流。王子敬家藏賜書，率多異本；梁太祖府充名畫，並是奇蹤。無不色想三冬，聲歌四夏。熊熊旦上，連城抱日月之光；閃閃宵飛，出獄㊃吐風雲之氣。只是一件，年過弱冠，未有妻房。不遇佳人，何名才子？比㊄來流寓㊅長安，占籍新昌客里。今日元和十四年立春之日，我有故人劉公濟，官拜關西節鎮，今早相賀回來，恰逢着中表崔允明，密友韋夏卿，相約此間慶賞。秋鴻看酒。

〔秋鴻上〕驚開酒色三陽月，喜逗花梢一信風。酒已完備。〔韋崔上〕

【賀聖朝】天心一轉鴻鈞㊆，個中孤客寒曛。旛頭春信已爭新，鄉思怯花辰。

〔見科〕〔韋〕喜氣來千里，〔崔〕春風總一家。〔生〕宜春惟有酒，長此駐年華。〔生把酒介〕

【玉芙蓉】㊇椒花媚曉春，柏葉傳芳醞。願花神作主，暗催花信。靈池凍釋浮魚陣，上

苑陽和起雁臣。〔合〕青韶印，看條風拂水，畫燕迎門，年年春色倍還人。

【前腔】〔韋崔〕黄⑨雲正朔新，麗日長安近。向朝元共祝，歲華初進。洞庭春色寒難盡，玉管飛灰煖漸熏。〔合〕春風鬢，笑⑩林中未有，柳上先過，屠蘇偏讓少年人。

〔生〕二兄說少年人，似俺李十郎亦容易老也。

【簇御林】歲寒交，無二人，入春愁有一身。報閒庭草樹青回嫩，和東風吹綻了袍花襯。〔合〕問東君，上林春色，探取一枝新。

〔韋〕君虞說被東風吹綻⑪袍花襯，是說功名未遂，要換金紫荷衣。這也不難，聞得你故人劉公濟節鎮關西，今年主上東巡，未知開科早晚，你且相隨節鎮西行，此亦功名之會也。〔生〕豪傑自當致身青雲上，未可依人。〔崔笑科〕夏卿不知，東風吹綻袍花襯，是說衣破無人補，此事須問⑫一個人。〔生〕是誰？〔崔〕曲頭有個鮑四娘，穿針老手，央他一線何如？〔生〕不瞞二兄，鮑四娘于小生處略有往來，但是此中心事，未露十分。〔韋崔〕才子佳人，自然停⑬當也。

【前腔】〔韋〕你染袍衣，京路塵，望桃花春水津。〔生〕要命哩。〔崔〕你外相兒點撥的花星運。〔生〕要錢哩。〔崔〕你內材兒抵直的錢神論。〔合前〕

【尾聲】你眉黄喜入春多分，先問取碧桃芳信。俺朋友呵。覷不的你酒冷香銷少個人。

漸次春光轉漢京，　風流富貴是生成。

無媒雪向頭中出，　　得路雲從足下生。

【校】

㊀天池浚，各本俱作「輕豪俊」。
㊁千，清暉本、竹林本俱誤作「于」。
㊂案：此詞句格不類青玉案，應是木蘭花。
㊃嶽，原誤作「獄」，據清暉本、獨深本改。
㊄比，獨深本作「此」。
㊅寓，原誤作「遇」，據柳浪本改。
㊆鴻鈞，各本俱作「陽春」。
㊇「椒花」上原有「生」字，衍，據繼志、清暉、柳浪、竹林四本删。
㊈黄，各本俱作「祥」。
㊉笑，繼志、清暉、柳浪、竹林四本俱作「突」。
⑪綻，各本俱誤作「起」。下文「綻」字同。
⑫問，各本俱誤作「向」。
⑬停，清暉本、竹林本俱誤作「傛」。

第三齣　插釵新賞

【滿宮花】〔老旦上〕春正嬌，愁似老，眉黛不忺重掃。碧紗烟影曳東風，瘦盡曉寒猶着。

【蝶戀花】誰翦宮花簪綵勝，整整韶華，争上春風鬢。往事不堪重記省，爲花長帶新春恨。　春未來時先借問，還恨開遲，冷落梅花信。今歲風光消息近，只愁青帝無憑準。老身霍王宫裏鄭六娘是也。小家推碧玉之容，大國薦塗金之席。陽城妬盡，那曾南户窺郎；冰㈠井才多，每聽西園召客。晚年供佛，改號浄持；生下女兒，名呼小玉。年方二八，貌不尋常。昔時於老身處涉獵詩書，新近請鮑四娘商量絲竹。南都石黛，分翠葉之雙蛾；北地燕脂，寫芙蓉之兩頰。鷩鸞冶袖，誰偷得韓掾之香？繡蝶長裙，未結下漢姝之佩。愛戴㈡紫玉燕釵，此釵已教内作老玉工侯景先雕綴，還未送來。正是新春時候，不免唤他出來，一望渭橋春色。浣紗，小姐那裏？

【滿宮花後】〔旦同浣紗上〕盡日深簾人不到，眉畫遠山春曉。〔浣〕紅羅先繡踏青鞋，花信須催及早。

〔旦〕母親萬福！〔老旦〕女兒免禮。〔旦〕母親因甚，有唤孩兒？〔老旦〕新歲春光明媚，娘女們向渭橋望春一回也。〔行科〕冰破池開緑，雲穿天半晴。遊心不應動，爲此欲逢迎。我老大年華，對此新春㊂也：

【綿搭絮】繡閫清峭，梅額映輕貂。畫粉銀屏，寶鴨薰爐對寂寥。爲多嬌，探聽春韶。那管得翠幃人老，香夢無聊！兀自裏暗換㊃年華，怕樓外鶯聲到碧簫。

【前腔】〔旦〕妝臺㊄宜笑，微酒暈紅潮。昨夜東風，户插宜春勝欲飄。倚春朝㊅，微步纖腰。正是弄晴時候，閣雨雲霄。紗窗影綵線重添，刺繡工夫把晝永銷。

【前腔】〔浣〕個人年少，長是索春饒。忽報春來，他門户重重不奈瞧。滿溪橋，紅袖相招。都准備着詠花才調，問柳情苗。小姐呵，無人處和你拾翠閒行，你淡翠眉峯鎮自描。

〔侯景先上〕新妝燕子鈿金釧，舊試蟾蜍切玉刀。報知鄭夫人，老玉工侯景先玉釵完成，敬此陳上。〔老叫浣取釵看介〕好匠手也！以萬錢賞之。〔侯謝介〕琢成雙玉燕，酬賞萬金蚨。〔下〕〔老〕浣紗，今日佳辰，便將西州錦翦成宜春小繡牌，挂此釵頭，與小姐插戴。〔浣下取鏡上介〕㊆翦成花勝在此。〔老挂牌釵首與旦〕〔旦拈看科〕

【前腔】〔旦〕玉工奇妙，紅瑩水晶條。學鳥圖花，點綴釵頭金步摇。〔浣照旦插釵科〕㊇〔旦〕彈輕綃，翠插雲翹。正是翦刀催早，蜂蝶晴遥。〔合〕㊈問雙飛燕爾何時，試拂菱花韻轉標？

【尾聲】繡簾珠户好藏嬌，掩屏山莫放春心早，還把金針鳳眼挑。

阿母凝妝十二樓，　　輒新春色喚人遊。
玉釵花勝如人好，　　今日宜春與上頭。

【校】

㈠冰，清暉本、竹林本俱誤作「水」。
㈡「愛戴」上，繼志本、柳浪本俱有「新來」二字。
㈢新春，原作「春新」，據獨深本改。
㈣換，繼志、清暉、柳浪、竹林四本俱作「投」。
㈤妝臺，各本俱作「睡痕」。
㈥朝，清暉、柳浪、竹林三本俱誤作「潮」。
㈦介，原作「云」，據清暉本、竹林本改。
㈧〔浣照旦插釵科〕，繼志本作「〔旦謝娘了插釵科〕」，獨深本作「〔旦〕謝娘了〔插釵科〕」，柳浪本作「〔旦謝娘插釵介〕」，清暉本、竹林本俱作「〔旦謝娘介〕」。
㈨合，清暉、獨深、柳浪、竹林四本俱作「老」。

第四齣　謁鮑述㈠嬌

【祝英臺近】〔鮑四娘上〕翠屏閒，青鏡冷，長是數年華。行雲夢老巫山下。殢酒愁春，添香惜夜，獨自個温存幽雅。

【少年遊】簾垂深院冷蕭蕭，春色向人遥。暗塵生處，玉筝絃索，紅淚覆鮫綃。舊家門户無人到，鴛鴦被半香銷。個底韶華，阿誰心緒？禁得恁無聊！自家鮑四娘，乃故薛駙馬家歌妓也，折券從良，十餘年㈡矣。生性輕盈，巧于言語。豪家貴戚，無不經過。挾策追風，推爲渠帥。每蒙隴西李十郎往來遺贈，金帛不計。俺看此生風神機調，色色超羣。幣厚言甘，豈無深意？必是託我豪門覓求佳色，俺已看下鄭娘小女。此女美色能文，頗愛慕十郎風調。只待他自露其意，便好通言。早晚李郎來也。

【唐多令】〔生上〕客思繞無涯，青門近狹斜。愔愔巷陌是誰家？半露粉紅簾下。閒覓柳，戲穿花。

〔見介〕〔生〕㈢翠宿香梢未肯消，與卿重畫兩眉嬌。〔鮑〕新春螺黛無人試，付與東風染柳條。〔生〕四娘，幾載相看，新春闕訪，爲何門庭蕭索至此？

【祝英臺】〔鮑〕聽説來：憶嬌年人自好，今日雨中花。俺也曾一笑千金，一曲紅綃，宸遊鳳吹人家。參差，憔悴損鏡裏鴛鸞，冷落門前車馬。〔生〕還尋個伴兒。〔鮑〕這些時，幾曾到賣花簾下。

十郎，你時時金帛見遺，無恩可報。今日爲何光顧？

【前腔】〔生〕遊冶，自多情春又惹，早則愁來也。漸次芳郊，款步幽庭，笑向卿卿閒話。〔鮑〕妾半落鉛華，何當雅念！〔生〕還佳，個門中風月多能，更是雨雲熟滑。似秋娘，渾不減舊時聲價。

【前腔】〔鮑〕休傻，咱意中人人中意，還似識些些。看你才貌清妍，禮數謙洽，非關採弄殘花。十郎，禮有所求，必有所下。㊃寸心相剖，妾爲圖之。〔生〕堪嗟，瘦伶仃才子身奇，尚少個佳人縈架。問誰家，可一軸春風圖畫？

【前腔】〔鮑〕知麽？俺爲你高情，是處的閒停踏。〔生〕有麽？〔鮑〕十郎，蘇姑子作好夢也。有一仙人，謫在下界，不邀財貨，但慕風流。如此色目，共十郎相當矣。是有個二八年華，三五嬋娟，又不比尋常人家。〔生驚喜科〕真假？你干打哄藺出個桃源，俺便待雨流巫峽。〔跪科〕這一縷紅絲，少不得是你老娘牽下。

〔鮑〕起來説與詳細：是故霍王小女，字小玉，王甚愛之；母曰浄持。浄持，即王之寵姬也。王初薨，諸弟兄以其出自微庶，不甚收録，因分與資財，遣居于外。易姓爲鄭氏，人亦不知其王女。姿

質㊄穠豔，一生未見。高情逸態，事事過人。音樂詩書，無不通解。昨遣我求一好兒郎，格調相稱者。俺具説十郎，他亦知有十郎名字，非常歡愜。住在勝業坊三曲甫東閒㊅宅，是也。〔生〕可得一見？〔鮑〕此女尋常不離閨閣，今歲花燈許放，或當微步天街。十郎有意，可到曲頭物色也。㊆〔生〕領教。〔鮑〕花燈之下，你得見異人，老娘便向十郎書齋領取媒證。

【尾聲】〔生〕從今表白俺衷情話。〔鮑〕「肯」字兒還在他家。〔生〕你成就俺一世前程休當耍。

紫陌花燈湧暗塵，驚心物色意中人。
此中景若無佳景，他處春應不是春。

【校】

㊀述，繼志本作「迷」。

㊁年，清暉、柳浪、竹林三本俱誤作「言」。

㊂原無「生」字，據繼志、清暉、獨深、柳浪四本補。

㊃「禮有所求」二句，繼志、清暉、柳浪、竹林四本俱作「禮下于人，必有所求」。

㊄姿質，繼志、清暉、柳浪、竹林四本俱誤作「資糧」；獨深本作「資質」。

㊅閒，原誤作「間」，據繼志、獨深、柳浪三本改。

㊆「十郎有意」二句，各本俱作「十郎與一二知心，密圖奇會」。

第五齣　許放觀燈

【點絳脣】〔京兆府尹上〕聖主㊀傳宣，風調雨順，都如願。慶賞豐年，世界花燈現。

金鎖通宵啓玉京，遲遲春箭入歌聲。寶坊月皎龍燈澹，紫館風微鶴焰平。自家京兆府尹是也。今夕上元佳節，月淡風和，蒙聖上宣旨：分付士民，通宵遊賞。正是：金吾不禁夜，玉漏莫相催。〔下〕

【玩仙燈】〔老旦上〕上元燈現，畫角老梅吹晚。風柔夜煖笑聲喧，早占斷紅妝宴。

【前腔】〔旦上〕韶華深院，春色今宵正顯。〔浣上〕年光是也拚無眠，數不盡神仙眷。

【憶秦娥】〔老〕元宵好，珠簾捲盡千門曉。千門曉，禁漏花遲，玉街春早。〔浣〕紅妝索向千蓮照，笙歌欲隱千金笑。〔合〕千金笑，月暈圍高，星球墜小。〔旦〕今夜花燈佳夕，奉夫人一杯酒。〔老〕費你心也。正是：女郎春進酒，王母夜燒燈。

【忒忒令】〔老〕賞元宵似今年去年，天街上長春閬苑，星橋畔長明仙院。暢道是紅雲擁，翠華偏歡聲好，太平重見。

【前腔】〔旦〕賞元宵不寒天暖天，十二樓闌干春淺，三千界芙蓉妝豔。都則是瑞烟浮，香風軟人語隱，玉簫聲遠。

【前腔】〔浣〕賞元宵暢燈圓月圓，整十里珠簾盡捲，達萬户星球亂點。咱趁着笙歌引笑聲喧，怎放卻百花中，漏聲閒箭？

稟過老夫人郡主，同步天街，遊賞一會。〔老〕使得。

【尾聲】端的是春如畫，夜如年，天街上暗香流轉。便拚到月下歸來誰分去眠？

金屋何能閉阿嬌，　成團打隊向燈宵。

嚴城不禁葳蕤鎖，　銀漢㈡斜通宛轉橋。

【校】

㈠ 主，各本俱作「旨」。

㈡ 漢，繼志、清暉、柳浪、竹林四本俱作「海」。

第六齣　墮釵燈影

【鳳凰閣㈠】〔生上〕絳臺春夜，冉冉素娥欲下。香街羅綺映韶華，月浸嚴城如畫。〔韋崔〕鈿車羅帕，相逢處自有暗塵隨馬。

〔生〕笙歌世界酒樓臺，雞踏蓮花萬樹開。誰家見月能端坐？何處聞燈不看來？二兄，昨夜鮑四娘教咱，今夜花燈，覷着那人來也。咱於萬燭光中，千花豔裏，將笑語遥分，衣香暗認，不枉今年玩燈。道猶未了，遠遠望見王孫仕女看燈來也。〔下〕㈡〔王孫仕女笑上〕

【園林好】謝皇恩燈華月華，謝天恩春華歲華。遍寫着國泰民安天下，遨頭去唱聲譁。㈢〔下〕

【前腔】〔老旦引旦浣上〕好燈也！說燈花南天門最佳，香車隘挑籠絳紗。喝道轉身停馬，塵影裏看誰家？

呀！那裏個黃衫大漢，一疋白馬來也。〔下〕㈣

【前腔】〔豪士黃衫擁胡奴二三人走馬上〕本山東向長安作傻家，趁燈宵遨遊狹邪，聽街鼓兒幾更初打。〔内笑云〕前面好漢，是甚姓名？人高馬大，遮了俺們看燈路來㈤也。〔豪笑介〕問俺名姓，黃衫豪客是也。說遮了路呵，胡雛們去也。燈影裏一鞭斜。〔下〕

【前腔】〔生韋崔上〕逞風光看人兒那些，並香肩低迴着笑歌。天街氍毹琉璃光射，等的個蓬閬苑放星槎。〔望介〕〔虛㊅下〕

【前腔】〔老旦浣同旦上〕好耍歇也！絳樓高流雲弄霞，光灩瀲珠簾翠瓦。小立向迴廊月下，閒嗅着小梅花。

〔生韋崔上〕〔旦衆驚下〕〔落一釵科〕〔生〕呀！二兄，勝業坊來的可是那人？真奇豔也。兀的不是梅梢上挂釵，廝琅的墜地也？

【江兒水】㊆則道是淡黄昏素影斜，原來是燕參差簪挂在梅梢月。眼看見那人兒這搭遊還歇，把紗燈半倚籠還揭，紅妝掩映前還怯。〔合〕手撚玉梅低說：偏咱相逢，是這上元時節。

〔浣挑燈照旦上〕呀，老夫人歸去，咱去尋釵來也。〔韋〕那人來尋釵也，俺二人前門看燈去，兄可與之小立片言，看是那人否？㊇〔生〕請了。〔韋崔下〕〔旦尋釵科〕不見釵，這不做美的梅梢也！

【前腔】止不過紅圍擁翠陣遮，偏這瘦梅梢把咱相攔拽。喜迴廊轉月陰相借，怕長廊轉燭光相射。〔生做見科〕〔旦〕怪檀郎轉眼偷相撇。〔作避生介〕〔生笑介〕弔了釵哩！〔旦〕可是這生拾在？〔合前〕

【玉交枝】〔生〕是何衙舍？美嬌娃走得吱嘘。〔浣〕是霍王㊈小姐。〔生〕奇哉！奇哉！就是小玉姐麽？〔浣〕便是。〔生〕小生慕之久矣！因何獨行？⑩〔浣〕來尋墜釵。〔生〕你步香街不怕金蓮踅，總爲這玉釵飛折。〔浣〕秀才，可見釵來？〔生〕釵到有，請與小玉姐相叫一聲。〔旦低聲云〕浣紗，這怎生使得！且問秀才何處？〔生〕隴西李益，表字君虞，排號十郎，應試來此。〔旦作打覷低鬟微笑介〕鮑四娘處聞李生詩名，咱終日吟想，乃今見面不如聞名，才子豈能無貌！〔生作聽徑前請見⑪科〕呀！小姐憐才，鄙人重貌。兩好相映，何幸今宵！〔旦作羞避介〕釵喜落此生手也。釵，你插新妝寶鏡中燕尾斜，到檀郎香袖口是這梅梢惹。浣紗，叫秀才還咱釵也。

〔合〕怕燈前孤單這些，怕燈前孤單了那些。

〔生〕請問小玉姐侍者，咱李十郎孤生二十年餘，未曾婚娉，自分平生不見此香奩物矣。何幸遇仙月下，拾翠花前？梅者，媒也；燕者，于飛也。便當寶此飛瓊，用爲媒采，尊見何如？〔浣惱介〕書生無禮，見景生情，我待罵你呵！〔旦〕劣丫頭，是怎的來！

【前腔】花燈磨折，爲書生言長意賒。秀才，咱釵直千金也！〔生〕此會千金也！〔旦背笑介〕道千金一笑相逢夜，似近⑫藍橋那般歡愜。還俺釵來！〔生〕還個良媒送上，玉花釵他丟下聲長短嗟，玉梅梢咱賺着影高低説。〔合前〕

〔浣〕夫人候久，咱們家去也。

【川撥棹】簫聲咽，和催歸玉漏徹。〔旦〕爲多才情性驕奢，爲多才情性驕奢⑬，没些時

月痕兒早斜。浣紗，叫秀才還咱釵來！〔作斜拜生科〕〔合〕乍相逢歸去也，乍相逢歸去也。〔一四〕〔生揖科〕

【前腔】〔生〕花燈夜，有天緣逢月姐。〔浣〕秀才，你把個香閨女覷得眼乜斜，把個香閨女覷得眼乜斜，留了咱燕釵兒貪他那些。〔合前〕

【尾聲】〔生〕玉天仙罩住得梅梢月，春消息漏洩在花燈節。〔旦低聲〕〔一五〕明朝記取休向人邊説。〔旦浣下〕

〔生弔場〕奇哉！奇哉！李十郎今夜遇仙也。

【玉樓春】嬋娟此會真奇絶，睡眼重惺春思徹。他歸時遥映燭花紅，咱待放馬蹄清夜月。

呀！鸞影催歸，燕釵留在，教小生怎生回去也？

【玉樓春後】〔崔上〕天街一夜笙歌咽，墮珥遺簪幽恨結。〔韋上〕那兩人燈下立多時，細語梅花落香雪。

十郎，可是那人？〔生〕真異人也！

【六犯清音】他飛瓊伴侣，上元班輩，迴廊月射幽暉。千金一刻，天教釵挂寒枝。咱拾翠，他含羞，啓盈盈笑語微。嬌波送，翠眉低，就中憐取則俺兩心知。〔韋崔〕少甚麽紗籠映月歌濃李，偏似他翠袖迎風糝落梅。〔生〕恨的是花燈斷續，恨的是人影參差。恨不得香肩㈥縮緊，恨不得玉漏敲遲，把墜釵與下爲盟記。〔合〕夢初迴，笙歌影裏，人向月中歸。

〔崔〕既此女子於兄分上非淺，不可負也！

【尾聲】玉天仙去也春光碎，這一雙情眼呵，怎禁得許多胡覷？〔生〕咱半生心事全在賞燈時。㈦

釵燕餘香衫袖間，藍橋相見夜深還。
祇應不盡嬋娟意，猶向街心弄影看。㈧

【校】

㈠「閣」下原有「引」字，衍，據葉譜刪。

㈡「來也」下，各本俱有「別有千金笑，來映九枝前」二句下場詩。獨深、柳浪、竹林三本，下場詩下更有〔下〕字，據補。

㈢ 諱，繼志、清暉、柳浪、竹林四本俱誤作「華」。

㈣ 原無「下」字，據清暉、獨深、柳浪、竹林四本補。

⑤來，各本俱作「兒」。

⑥原無「虛」字，據繼志、清暉、柳浪、竹林四本補。

⑦江兒水，葉譜作雁過江，謂雁過聲犯江兒水。

⑧看是那人否，各本俱作「正是與人方便、自己方便」二句。

⑨王，清暉、柳浪、竹林三本俱誤作「玉」。

⑩「獨行」下，繼志、清暉、柳浪、竹林四本俱有「到此」二字。

⑪請見，清暉、獨深、柳浪、竹林四本俱作「相揖」。

⑫近，清暉、柳浪、竹林三本俱作「遇」。

⑬原無「爲多才情性驕奢」疊句，據葉譜補。下曲第三句「把個香閨女覷得眼乜斜」同。

⑭「乍相逢歸去也」疊句，原僅注二「又」字，今改書全文。

⑮〔旦低聲〕，繼志、清暉、柳浪、竹林四本俱作「旦作低聲回唱」；獨深本同，惟「唱」作「介」。

⑯肩，繼志、獨深、柳浪、竹林四本俱作「街」。

⑰「賞燈時」下，各本俱有「〔生下〕〔崔韋弔場〕你看、李生一見嬌姿、風魔而去、我們學老成些、聞得崇敬寺燒千佛燈、且去隨喜一會」一段。

⑱下場詩各本俱作：「帝里風光醉夢間，拚他年少遇仙還。祇應不盡孤眠意，猶向空門弄影看。」惟清暉本、竹林本「祇」俱作「眠」，「猶」俱作「鬱」，蓋誤。

第七齣　託鮑謀釵

【搗練子】〔生上〕花澹澹，月嬋娟。迴廊燈影墜釵前，透萬點星橋情半點。

【如夢令】門外香塵正度，窗裏星光欲曙。客舍悄無人，夢斷月堤歸路。無緒，無緒，搖漾燭花人語。小生昨夕和小玉姐對玩花燈，眼尾眉梢，多少神情抛接也。

【普天樂】俺正憑闌想碧雲静㈠處花燈綻，他絳籠深護春光煖。乍相逢試回嬌眼，似廣寒低躡飛鸞。笙歌遠人零亂，金釵墜，無言自把梅花瓣。剛撇下佩環清月影，曉馬歸來夢斷。覺東風病酒，餘香相半。

【不是路】〔鮑上〕庭院幽清，他出衆風流舊有名。彈花柄，想尋花去蝶夢初驚。〔生笑迎介〕是卿卿，懶雲鬟到撇得冠兒正，肯向書齋僻處行！〔鮑〕承恭敬，看君笑眼迎門應。有些僥倖，有些僥倖。㈡

〔鮑〕世間尤物意中人，可向燈前會的真？不用眉梢攢㈢一處，且將心事説三分。昨夜燈前，有何所見？〔生〕人中嚷嚷，都無所見。但拾得墜釵紫玉燕一枝，煩卿賞鑒。〔鮑作看釵介〕㈣好一枝紫玉釵也！

【啄木公子】㈤波文瑩鈕疊明，點翠圈珠瓏嵌的整。透紫瓊枝，似闌干日漾紅冰。燕

呵，爲甚嘴翅兒西飛另？他在妝奩帕上棲香穩，雲鬟搔頭弄影停，誰付與多情？

【前腔】〔生〕花燈後人笑聲，月溶溶罩住離魂倩。墜釵橫處，相尋特地逢迎。這釵燕呵，雖則軟語商量渾未定，早則幽香蘸動梅花影。紅潤偷歸翠袖擎，天付與書生。

【好姐姐】〔鮑〕恁般紅鸞湊成，這燕花釵爲折證。你嫦娥親許，玉鏡臺前會得清。〔合〕燈兒映，相逢便是神仙境，何用崎嶇上玉京。

【前腔】〔生〕知他是雲英許瓊？墜清虛立定。露華春冷㈥，肯向瑤池月下行。〔合前〕

〔生〕煩卿就將此釵，求其盟定，彼時自有白璧一雙爲獻也。

【尾聲】〔鮑〕爲單飛去配雙飛影。〔生〕墜釵人倚妝臺正凭。〔鮑〕昨夜燈花兩人照證明。

燈前月下會真奇，　恰似雲英一喚時。
袖去寶釵㈦成玉杵，　不須㈧千里繫紅絲。

【校】

㈠靜，繼志、獨深、柳浪、竹林四本俱作「盡」。

㈡「有些僥倖」疊句，原僅注「又」字，今改書全文。

㊂ 攢，繼志、清暉、柳浪、竹林四本俱作「積」。

㊃「鮑作看釵介」，原作「作看釵介鮑」，據繼志、清暉、柳浪三本改。

㊄ 啄木公子，葉譜題作三鳥集高林。謂啄木兒犯高陽臺、簇御林、懶畫眉、黄鶯兒。

㊅ 冷，原誤作「泠」，據各本改。

㊆ 袖去寶釵，各本俱作「手去雙釵」。

㊇ 不須，各本俱作「足來」。

第八齣　佳期議允

【薄倖】〔旦上〕薄妝凝態，試燬弄寒天色。是誰向殘燈濬月，仔細端詳無奈？憑墜釵飛燕徘徊，恨重簾礙約何時再。〔浣〕似中酒心情，羞花意緒誰人會？懨懨睡起兀自梅梢月㊀在。

【應天長】〔旦〕燈輪細轉，月影平分，笑處將人暗認。曾半倚紗籠，手撚墜釵閒借問。誰解語，春相印？怯邂逅誤成芳信。人影散獨自歸來，恁闌方寸。浣紗，拾釵人何處也？

【字字錦㊁】春從繡户排，月向梅花白。花隨玉漏催，人赴金釵會。試燈回，爲着疎影横斜，把咱燕釵兒黏帶。釵釵，跟㊂尋的怏怏，是何緣落在秀才？好一箇秀才，秀才你拾得在。〔合〕是單飛了這股花釵，配不上雙飛那釵。乍相逢怎擺？那拾釵人擎奇，擎奇得灑灑灑灑，恔恔愛愛；閃得人躭躭待待，厭厭害害；卻原來會春宵那刻。

【前腔】〔浣〕無意燕分開，有情人奪采。他將袖口兒懷，恁想着花頭戴。步香街，淡月梅梢，領取箇黄昏自在。釵釵，書生眼快快。恁是個香閨女孩，逗的個女孩，女孩伽伽的拜。〔合前〕

【入賺】〔鮑上〕春㊃寒漸解，准望着踏青挑菜。金蓮步躧，早是他朱門外，誰人在？〔内作鸚哥叫云客來客來〕〔旦驚〕影動湘簾帶，鸚哥報客來。〔浣〕今朝風日好，有甚金釵客？〔見科〕〔旦〕呀！原來㊄鮑四娘也，到來多會？〔鮑〕可知道你，深閨自在？

小玉姐愛戴紫玉燕釵，今日緣何不見？〔旦〕無心戴他。〔鮑〕敢是單了一枝？〔旦笑〕何處單來？〔鮑〕咱說他單便單，咱說他雙便雙，憑你心下。〔旦笑〕四娘說了雙罷。〔鮑〕卻原來，且問你緣何此釵便落此生之手？

【雪獅子】〔旦〕燈花市月華街，月痕暗影疎梅，愛清香小立在迴廊外。花枝擺，花枝擺㊅把燕釵兒懸在，天付與多才。〔合〕單飛燕也釵，雙飛燕也釵。雙去單來，單去雙來。可似繞簾春色，還上我玉鏡妝臺？

【前腔】〔鮑〕燈似晝人如海，偏他們拾取奇哉！這觀燈十五無人會。便揉碎，便揉碎梅花少不得心兒採，多則是眼兒乖。〔合〕明提起也釵，暗提起也釵。明去暗來，暗去明來。可似繞簾春色，還上我玉鏡妝臺？

〔鮑〕你說着玉鏡臺，李郎就是，便將此釵來求盟定。〔旦〕那生畢竟門地㊆何如？才情幾許？怎生弱冠尚少宜人？〔鮑〕若論此生，門族清華，少有才思。麗詞佳句，時謂無雙；先達丈人，翕然推伏。每自矜風調，思得佳偶。博求名閥，久而未諧。〔旦〕原來如此，此事須問老夫人。

【隔尾】你說着玉鏡臺那酸倈，怎就把咱頭上釵兒來插釵！只怕老娘呵，識不出武陵春

色。〔下〕

〔鮑弔場〕老夫人有請。

【一翦梅】〔老旦上〕霧靄籠葱貼絳紗，花影窗紗，日影窗紗。迎門喜氣是誰家？春老儂家，春瘦兒家。

〔見科〕〔老〕原來是鮑四娘到來。春色三之一，王家日漸長。〔鮑〕關心兒女事，閒坐細端詳。老夫人，你道妾身今日爲何而來？竟爲小姐親事。〔老〕小女雛稚之年，恐未曉成人之禮。聽俺道來：

【宜春令】天生就女俊娃，似鴛雛常依膝下。重重簾幙，漏春心何曾得到他？爐烟篆一縷清霞，玉瓶花幾枝瀟灑。似人家煞，不成妝逗耍？

【前腔】〔鮑〕渠年長伊鬢華，老年人話兒喬作衙。他芳心染惹，怕春着裙腰身子兒乍？鴛鴦譜挑不出閒心，美女圖覷許多情話。你守着他，投得個夜香燒罷。

【前腔】〔老〕催人老可歎嗟，論從來女生外家。眼前怎捨，穩倩個乘龍嬌客來招嫁。起西樓備着吹簫，展東牀留教下榻。誰家養女兒，尋思似咱？

那人何如？

【前腔】〔鮑〕才情有年貌佳，李十郎隴西舊家。全枝堪借，管碧梧栖老鸞停跨。將雛曲畢竟雙飛，求鳳操看他駟馬。〔出釵介〕没争差，把這股玉燕㈧兒留下。

〔老旦看釵介〕呀！這釵活似小玉上頭之物，何因得在此生？婚姻事須問女兒情願。浣紗，請小姐出來。〔浣請介〕

【一翦梅】〔旦上〕睡起東風數物華，暗惜年華，暗惜春華。停雲數點雨催花，前夜燈花，今日梅花。

〔見科〕〔老〕兒，鮑四娘來與隴西李十郎求親，你意下何如？〔旦〕説他則甚！

【繡帶兒】掩春心坐羅幃繡榻，羞人喚作渾家。想仙姬不是蘭香，笑漁郎空問桃花。非誇，冰清到底無別話，守定着香閨這答。〔啼科〕娘和女俜仃可嗟，形影㈨相依，怎生撇下？

【前腔】〔老旦〕年華，爲甚的雲寒月寡，守着一搦香娃？兒，就明姑仙子，也有人間之情。看羅敷早配玄都，恨玉蘭空孕蓮花。仙查，天宫織女猶自嫁，銀河畔鵲橋親踏。今日呵，男共女兩家兒一家，分付與東君，畢罷了老娘心下。

【前腔】〔浣〕休嗟，嬌花女教人愛殺，恨不早嫁東家。你憐老夫人麽？只怕柘屐㈩兒兩頭繫絲，到大來貪結桃花？〔背介〕哄咱，青春不多也二八，少不得籠窗動闥。好和歹這些時破瓜，便道是白玉無瑕，青春有價。

【前腔】〔鮑〕喧嘩，把媒人似絲鞭兒擘打。得你半口甜茶，卻爲甚俊灑多才，尚没個襯褡人家？湊咱，士女愁春没亂煞，母親行白忙閒話。真和假那些禁架，你不信看玉燕釵頭，玉梅花下。

〔老〕正是，這釵是小姐香奩中物，何因得落他家？〔旦作羞介〕〔老旦問浣〕這是怎的來？

【太師引】〔浣〕元宵夜放了觀燈假，轉迴廊梅疎月華。臨去也墜釵斜挂，急尋着被他翠袖籠拿。〔老〕便是那李秀才麽？〔浣〕但逢着書生不怕，偏絮刮俺小姐有些嬌怯。〔老〕那生説甚來？〔浣〕説他青春大曾無室家，是禁不得他賺玉留香多霎。

〔老〕小姐説甚來？

【前腔】〔浣〕聽説他能風雅，想不着良宵遇他。虧了俺籠燈倚月，聽才子佳人打話。他把釵兒接下那歡恰，俺小姐淡月隱梅花。〔老〕卻怎的？〔浣〕嬌波抹道有心期那些。〔老〕因何？〔浣〕知怎生呵一笑相逢緣法。

〔老笑問〕玉兒可是也？

【三學士】〔旦低聲科〕是俺不合向春風倚暮花，見他不住的嗟呀。知他背紗燈暗影着蛾眉畫，還咱箇插雲鬟分開燕尾斜。猛可的定婚梅月下，認相逢一笑差。

【前腔】〔老〕你百歲姻緣非笑耍，關心事兒女由他。知他肯住長安下，怕燕爾翻飛碧海涯？輕可的定婚梅月下，怕相逢一線差？

【前腔】〔鮑〕玉姐呵，翠氣生香春一把，那書生也將相根芽。接了你嵌成寶玉雙飛燕，難道是飛入尋常百姓家？俺可也定婚梅月下，敢把這好姻緣一對誇。

〔浣〕老夫人成就了罷。

【前腔】〔浣〕㈡這是那月夜春燈摇翠霞，武陵溪蘸出胡麻。才郎呵，可有乘龍一騎青絲馬，配上咱插燕雙飛緑鬢鴉。你可也定婚梅月下，好姻緣一世誇。

〔老〕片語相投，拾釵爲定，天也！天也！

【尾聲】你問乘龍那日佳？俺這裏畫堂簫鼓安排下。〔鮑〕他還有白璧成雙錦上花。

偶語風前一笑回，　月籠燈影袖籠釵。
如今好取釵頭燕，　飛向温家玉鏡臺。㈢

【校】

㈠ 月，獨深本作「日」；繼志、清暉、柳浪、竹林四本俱誤作「自」。

㈡ 錦，清暉、柳浪、竹林三本俱誤作「雙」。

㈢ 跟，原誤作「恨」，據清暉、柳浪、竹林三本改。

㈣春，各本俱作「輕」。
㈤「原來」下，各本俱有「是」字。
㈥「花枝擺」疊句，原僅注「又」字，今改書全文。下曲「便揉碎」疊句同。
㈦地，各本俱作「第」。
㈧「玉燕」下，繼志、獨深、柳浪、竹林四本俱有「釵」字。
㈨「形影」上，各本俱有「乍」字。
㈩屐，原誤作「枝」。案：此曲襲用紫簫記原詞，富春本紫簫作「屐」，是，今從改。
⑾此曲，清暉、柳浪、竹林三本俱誤作老旦唱。
⑿下場詩，各本俱作：「偶語風前一笑深，月中人許報佳音。着意栽花花不發，無心插柳柳成陰。」

第九齣　得鮑成言

【思越人】㈠〔生上〕好是觀燈透玉京，如魂如夢見飛瓊。留㈡連步障笙歌隱，彷佛遺釵笑語明。春淡淡，玉真真，幾時真個作行雲。閒來欲試花間手，盼殺行媒月下人。俺心事託鮑娘爲媒，恰好怕老夫人古撤也。

【鶯集林㈢】恰燈前得見些些，悄向迴廊步月。漏點兒丁東長歎徹，似悔㈣墜釵輕去瑶闕。儘來回花露影，念渠嬌小點點愛清絶。漾春寒，愁幾許，㦢㦢心事自共素娥説。

【前腔】不准擬恁情深，邂逅低鬟笑歇。恍月下聞鶯歸去也，天淡曉風明滅。也應他難遇惺惺，解憐才有意須教徹。人近遠，幾重花路，比武陵源較直截。

【四犯鶯兒】㈤愛的是女嬌奢，怕的他娘生劣，近新來時勢把書生瞥。無分周遮，有數奇絶，不應恁相逢别。不爲淫邪，非貪貲篋，眼裏心頭，要安頓得定迭。㈥

【前腔】但憑咱書五車，甚處少紅一捻，只他乍相逢相愛無言説。釵頭枝葉，和媒人根節㈦，錦春梭攛㈧定鶯兒舌。咱望眼天斜，幽懷暗咽，去了多時，早那人來也。㈨

【懶畫眉】〔鮑上〕碧雲天外影晴波，看罷了春燈景色和，咱曉鬟偷出睡雲窩。〔見科〕〔生〕有勞四娘！那人心事諧否？〔鮑〕他口兒不應心兒可可，道人在春風喜氣多。

〔生〕他可道來？

【前腔】〔鮑〕道你個題橋彩筆蘸晴波，傅粉人才豔綺羅。道是你舊家門第識人多，湊的個釵頭玉燕天和合，成就你玉鏡臺前去畫翠蛾。

〔生〕那人真個如何？〔鮑〕俺去，正逢他睡起也。

【醉羅歌】睡覺睡覺嬌無那，梳洗梳洗着春多。露春纖彈去了粉紅涴，半捻春衫彈。香津微揾，碧花凝唾；芙蓉暗笑，碧雲偷破；春心一點眉尖鬮。休唐突，儘阿那，書生有分和他麼？

【前腔】〔生〕停妥停妥有定奪，歡倖歡倖早黏合。拚千金買得春宵着，受用些兒個。傷春中酒，輕寒自覺；人兒共枕，春宵煖和；算花星捱的孤鸞過。三日後，五更過，十紅拖地送媒婆。

〔鮑〕十郎，花朝日好成親。看你好不寒酸，那樣人家，少不的金鞍駿馬，着幾個伴當去。〔生〕領教。

【尾聲】〔鮑〕論你一品人才真不弱，趁風光俊煞你個令鬮。十郎呵，還辦取拭雨黏雲半帖羅。〔下〕

〔生弔場〕四娘説咱寒酸，不免請韋崔二兄，代求人馬光輝也。

月姊釵頭玉，　　冰人線脚針。

傳來烏鵲喜，　占得鳳凰音。

【校】

㊀案：此詞句格與思越人不合，當是鷓鴣天。

㊁留，柳浪本作「香」。

㊂「林」下原有「春」字，衍，據葉譜删。

㊃悔，清暉、柳浪、竹林三本俱誤作「梅」。

㊄四犯鶯兒，葉譜作鶯花神，謂黄鶯兒犯四季花、二郎神。

㊅「眼裏心頭」二句，繼志、清暉、柳浪、竹林四本俱作「要頓心頭定迭」一句。

㊆「釵頭枝葉」二句，各本俱作「甚梅香喜歇，媒娘湊節」。

㊇攞，繼志、獨深、柳浪、竹林四本俱作「扣」。

㊈「幽懷喑咽」三句，各本俱作「蹻兒翅趄，甚些時人兒去也」二句。

第十齣　回求僕馬

〔秋鴻上〕世情貪點染，所事看施爲。人馬一時俊，門户兩光輝。俺李相公人才出衆，天湊良姻。只少人馬扶助，去請崔韋二位商量，好不精細也。

【玩仙燈】〔生上〕人物似相如，少個畫堂車騎。㈠

秋鴻已請崔韋二位相公議事，這早晚可來也。

【小蓬萊】〔韋崔上〕春意漸回沙際，風流長聚京都。終南韋曲，博陵崔氏，瀟灑吾徒。㈡

〔見科〕〔崔〕拾釵芳信如何？〔生〕花朝之夕，已注佳期。只有一段工夫，央及二兄幫襯。〔崔〕願聞。〔生〕王門貴眷，禮須華重。客裝寒怯，實難壯觀。聽小弟道來：

【駐馬聽】出入惟驢，實少銀鞍照路衢。待做這乘龍快壻，騏驥才郎，少的駟馬高車。花邊徒步意躊躕，嘶風弄影知何處？〔合〕後擁前驅，教一時光彩生門户。

〔崔〕十郎。你不曾同姓爲婚，怎生巫馬期以告？要馬我崔家儘有。〔韋〕崔子弑齊君，是陳成子有馬十乘。崔家那裏有一匹兒？我韋家到有。〔崔〕怎見得？〔韋〕卻不道「魯韋昌馬」？〔崔〕休閒說！長安中有一豪家，養俊馬十餘匹，金鞍玉轡，事事俱全，當爲君一借。

【前腔】不説駘駑，有個翩翩豪俠徒。許你一鞍一馬，做個馬上郎君，少不的坐下龍駒。驚香欲到錦屠蘇，銀鞍繡帕須全具。〔合前〕

〔生〕有了馬，還敢求一事！

【前腔㊂】冷落門閭，只合樵青伴釣徒。今日過門呵，少不得要步隨鞭鐙，手捧衣裳，背負琴書。花星有喜不爲孤，身宮所恨慳奴僕。〔合前〕

〔崔〕你不曾之子于歸，先要宜其家人，使不得。邦君之妻曰夫人，夫人自稱曰小童。但帶幾個俊童，怕新人喫醋；若要家童有顔色，梅樹雕幾個去。〔韋〕怎見得？〔崔〕百家姓要「江童顔郭、梅盛林刁」。〔生〕取笑，取笑。〔韋〕這椿也在那豪士家，有緑鞲文幘，妝飾非常。

【前腔】自有㊃豪奴，不羡秦宮㊄馮子都。不用吹簫僮約，結柳奴星，有翦髮胡雛。好教你垂鞭接馬玉童扶，衣箱別有平頭護。〔合前〕

【尾聲】〔韋崔〕你逞精神去坦東牀腹，那些兒幫襯工夫。成親看喜也，只願你人馬平安穩坐了黃金屋。

本色更何如，　攢弄要工夫。
定須騎駿馬，　誰待使癡奴。

【校】

㊀引子可以不全填，玩仙燈應有七句，此處下面省去五句。

㊁小蓬萊應有十一句，此處下面省去六句。

㊂腔，原誤作「後」，據清暉、柳浪、竹林三本改。

㊃「自有」上原有「韋」字，衍，據繼志本、柳浪本删。

㊄宫，原誤作「官」，據葉譜改。

第十一齣　妝臺巧絮

【番卜算】〔旦上〕屏外籠身倚，睡覺脣紅退。暈纖蛾暗自領佳期，珍重花前意。

【菩薩蠻】天穿過了還穿地，枕痕一線搖紅睡。春色襯兒家，羞含豆蔻花。裙腰沾蟢子，暗地心頭喜。越近越思量，懸愁花燭光。日昨已許李郎定親，佳期蚤晚，好悶人也！

【五供養】相逢有之，這一段春光分付他誰？他是個傷春客，向月夜酒闌時。人乍遠，脈脈此情誰識？人散花燈夕，人盼花朝日。着意東君，也自怪人冷淡蹤跡。

【前腔】夢兒中可疑，記邂逅分明還似那迴時。玉釵風不定，爲誰閒撚花枝？道甚重簾不捲，燕子傳消息。隨意佳期緩，争信人心急。不如嫁與，受他真個憐惜。

【金瓏璁】〔鮑上〕緑枝么鳳拍，香痕暗沁莓苔。畫堂春暖困金釵，不捲珠簾誰在？㈠

〔見介〕〔旦〕花氲蝶翅頻敲粉，〔鮑〕柳颭蜂腰促報衙。〔旦〕翠掩重門春睡懶，〔鮑〕一天新喜教兒家。〔旦〕何喜見教？〔鮑〕教你個「喜」字來，新婚那夜呵，

【玉交枝】燭花無賴，背銀缸暗擘瑶釵。待玉郎回抱相偎揣，嚲蛾掩袖低迴。到花月三更一笑回，春宵一刻千金浼。挽流蘇羅幃顫開，結連環紅襦懊㈡解。

【前腔】鸞驚鳳駭，誤春纖搵着檀腮。護丁香怕拆新蓓蕾，道得個豆蔻含胎。他犯玉

侵香怎放開，你凝雲覺雨堪瀟灑。喫緊處花香這回，斷送人腰肢幾擺。

洞房中所事堪停當也。

【沈醉東風】你把鴛鴦襯褡兒翦裁，指領上繡緘憑在。勾春睡小眠鞋，要一領汗衫兒躭待，那其間半葉輕羅試采。你把羞眸兒半開，斜燈兒半開，試顯出你做夫妻們料材。

〔旦〕罷了。〔鮑〕可罷了也。

【前腔】帶朝陽下了楚臺，起窺妝照人無奈。暗尋思顰眉簇黛，把餘紅偷覰還猜，防人見侍兒們拾在。賀新人美哉！賀新郎美哉！顯的你做夫妻們喜來。

〔旦〕謝了！老夫人請你講話也。

【尾聲】〔鮑〕咱去來説與你個明白，選成親花朝好在。折莫你這幾日呵葫蘆提較害。

一搦女兒身，齊眉作婦人。

人生初見喜，花草一年春。

【校】

㈠ 金瓏璁應有八句，此處下面省去四句。

㈡ 懊，柳浪本誤作「襖」。

第十二齣　僕馬臨門

〔秋鴻上〕主人性愛秋鴻，身居奴僕同宮。從今㊀脱了主顧，以前布下了春風。自家秋鴻便是。只因人物粗通，伏事李郎客中。一年半載，好不乾净。如今配上了霍家小姐，主不顧僕了，叫做失了主顧。雖然如此，霍府少甚丫鬟。東人念舊，少不得秋鴻也配上一個，叫做俺有春風，他有夏雨。這都不在話下了，昨日相公轉託韋崔借人借馬，榮耀成親，分付到時好生安頓。可知道哩？奴要白飯，馬要青芻，都不備一些子，叫俺管頓，好不頹氣也！且看門外如何？〔雜豪家翦髮胡奴一人牽馬一匹上〕白面兒郎宜俊馬，洞簫才子借髯奴。昨有韋崔二先生借俺豪家人馬，與個隴西李十郎往那家去。這是他寓所，高叫一聲。〔鴻〕好，好，人馬一齊到。馬少一匹。〔雜〕因何？〔鴻〕俺家十郎配那家主兒，俺也同這吉日，配上那家一個俊不了的穿房，因此多要一匹。〔雜〕好命也！纔脱了人騎，就要騎馬㊁，早哩。〔鴻〕也罷。看你馬，馬去得，再看人。〔笑介〕原來你前身是馬。〔雜〕怎見得？〔鴻〕馬翦騌，人也翦騌；馬老子黑，你們臉通黑；知馬是你前身。〔雜惱介〕呀！你家借馬借人，白飯青芻不見些兒，倒來罵俺，好打這廝！〔打介〕

【玩仙燈】〔生上〕擇吉送鸞書，儘今夜孤眠坦腹。

呀！人馬借來是客，秋鴻這狗才，恁般輕薄！列位管家恕罪。〔雜叩頭介〕不敢，請相公看馬何如？〔生〕好馬！好人！〔雜〕敢問相公那家去？

【孝順歌】㊂〔生〕是霍王府呵，招鳳侣，配鸞雛，借鴛鴦白馬光户閭。這馬呵，闊色紫茸鋪，壓胯黄金鍍。真個飛香紅玉，稱兩袖風生，一鞭雲路。阿對前頭，要幾個人兒護。你們到那家答應，放精細些。須剔透，要通疏。那人家，多禮數。

〔雜〕知道了。

【前腔】你是名家子，冠世儒。這馬呵，配春風美人堪畫圖。俺豪門體態殊，風流慣相助。李相公，你跨金鞍駿駒，擁緑韝蒼奴，到瑣牕窺處。那時小的們不敢説，只怕相公酒後呵，也不着支吾，坦露了東牀腹。只一件來，馬要好料，奴要好酒，相公也要多喫些，大家掙出精神來。和你高控轡，響傳呼。顯風光，賽尋俗。

〔生〕多謝了！今夜且安歇。

雕胡人當酒，莝薦馬爲芻。
坐憑金騕褭，走置錦流蘇。

【校】

㊀ 今，各本俱作「後」。
㊁ 騎馬，清暉、柳浪、竹林三本俱作「馬騎」。
㊂ 孝順歌，葉譜作孝順枝，謂孝順歌犯鎖南枝。

第十三齣　花朝合巹

【鵲橋仙】〔旦同浣上〕珠簾高捲，畫屏低扇，曙色寶奩新展。絳臺銀燭吐青烟，熒熒的照人靦腆。

【好事近】紅曙捲牕紗，睡起半拖羅袂。〔浣〕何似等閒睡起，到日高還未。〔旦〕催花陣陣玉樓風㈠，樓上人難睡。〔浣〕有了人兒一個，在眼前心裏。〔旦〕早晚佳期，鮑四娘還不見到。

【臘梅花】〔鮑上〕花燭爐香錦繡筵，屏山霧抹鸞初偃。紅線結姻緣，探花人到，百花高處會雙仙。

〔見介〕仙郎一時就到，且同郡主鳳簫樓一望。〔做望介〕〔鮑〕你看那是勝業坊，這的是曲頭，這是你府門首。〔旦〕呀！四娘，一個騎馬官兒來也。〔鮑〕呀！望南頭來了。〔生騎馬，胡奴秋鴻三四人跟上〕

【窣地錦襠】春紅帶醉袖籠鞭，壓轡葳蕤照水邊。美人香玉豔藍田，遥望秦樓生翠烟。〔下〕

〔旦驚喜介〕四娘，你看那生走一灣馬呵，風情似柳，有如張緒少年；迴策如縈，不減王家叔父。真個可人也！

【掉角兒】是誰家玉人水邊？斗驕驄碧桃花旋。坐雲霞飄飖半天，惹人處行光一片。

猛可的映心頭停眼角，送春風迎曉日，摇曳花前。青袍粉面，儂家少年，得娘憐。抵多少宋玉全身，相如半面。

〔鮑〕這樓早則望夫臺也。好下樓去，請老夫人迎接新郎。〔做下介〕須教翡翠聞王母，無奈鴛鴦噪鵲橋。

【瑞鶴仙】〔老旦上〕有女正芳妍，繫緑蘿千里，紅絲一線。春深景明媚，正玉漏穿花，金屏合箭。芳信呢喃，早則是玉釵歸燕。關心兒女，齊眉夫婦，今日如願。

李郎早到也。浣紗，賓贊那裏？〔賓贊上〕有，有，有。色與禮孰重？新郎色上緊。禮與食孰重？小子食上緊。堂上唱禮只好觀，牀上唱禮偏好聽。〔鮑〕牀上怎生唱？〔賓〕俯伏鞠躬跪一般，興不唱興唱做興。〔鮑〕牀上怎不唱拜？〔賓〕新郎點頭就是拜，唱了拜時敗了興。〔生上〕

【寶鼎兒】玉驄鞭彈，正綺羅門户，笙歌庭院。冉冉飛絳臺雲細，深深處繡簾風軟。〔旦上〕且喜玉釵雙燕穩，還似玉梅初見。〔合〕對寶鼎香濃，芳心暗祝，天長地遠。

〔賓贊贊云〕拜天地，天地交通泰，水火倒既濟。今年生個小蒙童，明年生個大歸妹。拜老夫人，拜謝金王母，領取碧霞君。今年封内子，明春長外孫。夫妻交拜，今日成雙後，富貴天然偶。一個附鳳攀龍，一個祝雞養狗。〔鮑諢介〕好個豪家婆也。〔賓〕禮畢，新郎新人就位，人從叩頭。〔秋鴻胡奴見介〕〔鴻〕的的親親的小秋鴻叩頭。〔老〕那些人從都是李家㈡麽。〔鴻〕不是李家是桃家。〔老〕那個桃家？〔雜〕豪家。〔老〕那個豪家？〔雜〕李家做了豪家。〔老〕好好，原來李郎豪家子也。

馬可是李家？〔鴻〕不是李家是桃家。〔老〕怎生又是桃家馬？〔生〕不是桃家馬，是桃花馬。〔老〕李郎，好一個桃之夭夭。浣紗，請這賓相一班騎從別館筵宴。〔雜〕好！咱們喫酒去。户外碧潭春洗馬，樓前紅燭夜迎人。〔下〕〔老〕看酒。〔生〕小生還有藍田白玉一雙，文錦十疋，少致筐篚㊂之敬。〔老〕小女領下。李郎，素聞才調風流，今見儀容雅秀，名下固無虚士。小女雖拙教訓，顏色不至醜陋。得配君子，頗爲相宜。〔生謝介〕拙鄙庸愚，不意顧盼。幸垂録采，生死爲榮！〔生把酒介〕

【錦堂月】繡幙紅牽，門楣緑繞，春色舊家庭院。煙霧香濛，笑出乘鸞低扇。似朝陽障袂初來，向洛浦凌波試展。〔合〕神仙眷，看取千里佳期，百年歡燕。

【前腔】〔旦〕幸然，王母池邊，上元燈半，縹緲銀鸞映現。一飲瓊漿，藍橋試結良緣。吹簫侣天借雲迎，飛瓊珮月高風轉。〔合前〕

【前腔】〔老〕堪憐，自小嬋娟，從來靦腆，未許東風一面。鳳曲將雛，占得和鳴天遠。倚青鸞玉鏡妝成，對孔雀金屏中選。〔合前〕

【前腔】〔衆〕暄妍，翠氣生煙，紅妝豔日，小令合歡歌遍。喜才子佳人，雙雙錦瑟華年。銀燭影河漢秋光，碧桃浪武陵春片。〔合前〕

【醉翁子】〔老〕堪羡，好韶華長則把紅絲兒纏戀。怕寒宫桂影高，洛陽花賤。〔生〕不淺，似底漾深恩，何處春光買翠鈿？〔合〕持歡勸，但記取月下花前，玉釵雙燕。

【前腔】〔旦〕閒辨，畫眉人蘸了筆花飛硯，趁三星在天，五雲低殿。〔生〕如願，穩倩取鸞封，一對夫妻畫錦圓。〔合前〕

【僥僥㈣令】燈花紅笑顫，高燭步生蓮。且喜闌夜口脂香碧唾，環影耀金蟬愛少年。

【前腔】顔酡春暈顯，花月好難眠。無奈斗轉銀瓶催漏悄，翠袖裊鬟偏待曉天。

【尾聲】錦帳流香度百年，作夫妻天長地遠，恰這是受用文章花月仙。

春花春㈤月兩相輝，　千里良緣一色絲。

盼到洞房花燭夜，　圖他金榜挂名時。

【校】

㈠風，柳浪本作「春」。

㈡「李家」下，清暉本、柳浪本俱有「的」字。

㈢筐篚，繼志、清暉、柳浪、竹林四本俱作「承筐」。

㈣僥僥，原誤作「倖倖」，據葉譜改。案：此下三曲，各本俱未注明誰唱。僥僥令二支，疑是生旦各唱一支；尾聲，疑是生旦合唱。

㈤春，獨深本作「秋」。

第十四齣　狂朋試喜

〔浣紗上〕曉幄流蘇春意長，花頭彈動雨初香。紗窗細拂蛾眉了，斜斂輕軀拜玉郎。好笑，好笑，郡主配了李郎，俺做浣紗的在牀背后㊀睡也呵，那李郎甚麽心情，俺郡主許多門面，俺也聽不得了。如今日勢向午，纔起新妝。〔旦上〕

【探春令】合歡新試錦衾重，羅帳春風。〔浣扶介〕〔旦〕嬌倩人扶，笑嗔人問，没奈多情種。

【荷葉杯】枕席夜來㊁初薦，膽顫。鬟亂四肢柔，泥人無語怎擡頭？羞麽羞！羞麽羞！〔浣笑介〕喜也郡主！苦也郡主！呀，素設設帕兒早發變也。

【鶯啼序】〔浣〕眉州小錦新退紅，汗粉漬匀㊂嬌瑩。他幾曾花事春㊃容，早印透春痕一縫。苦也！碎嬌啼窣裏聞鶯，緊摺葉沁㊄成么鳳。春如夢，整一片雨雲香重。

【阮郎歸】〔生上〕緑紗窗外曉光催，神女下蛾眉。細看他含笑坐屏圍，倚新妝半晌嬌横翠。㊅

〔見介〕學畫蛾眉翠淡濃，遠山春色在樓中。須臾日射胭脂頰，一朵紅酥旋欲融。小玉姐，初見你時，一室之中，若瓊林玉樹，交枝皎映，轉盼之間，精采射人；聽你言敍温和，詞旨宛媚；解羅衣之際，態有餘妍；到得低幃匿枕，極甚歡愛。小生自忖，巫山洛浦不如也。〔旦含笑介〕惶愧！惶愧！〔生〕我有友人韋夏卿崔允明，約來相賀，須是酒餚齊備。〔旦〕理會得。

【鵲橋仙】〔韋崔上〕紅壁窺鶯，銀塘浴翠，着處自成春意。秦樓蕭㊆史鳳初飛，望雲氣十分濃媚。

〔進撞見介〕正好，正好，請新郎新人賀喜。才子佳人，可是人間天上也！筆花新展畫眉才，仙女吹笙學鳳臺。〔生旦〕天上忝成銀漢匹，人間恭喜客星來。〔生〕看酒。〔浣持酒上〕生香聞舊酒，熟客見新人。酒到。〔生旦把酒介〕

【玉山兒】㊇〔生〕畫堂客至，整襟裳鸞鶴低飛。銀荷㊈上絳燭飛輝，寶㊉爐内篆煙沈細。〔旦〕對舊遊新喜，不由咱羞眉半聚，裹手拈鸚嘴。〔生旦合〕溜釵垂，倚郎微拜，渾覺自嬌癡。

【前腔】〔崔〕露華朱邸，自生成玉葉金枝。印春山半暈新眉，破朝花一條輕翠。〔韋〕畫梁初日，一片美人雲氣，世上能多麗。〔韋崔合〕是便宜，尋常花月，偏是你遇仙時。

【前腔】〔生〕幾年排比，背長廊月下尋梅。見佳人獨自徘徊，恰好事恁相當對。〔旦〕是前生分例，儘百媚天應⊖乞與，消得多才藝。〔生旦合〕遂心期，紅顔相向，直是好夫妻。

【前腔】〔韋〕可人風味，近軒庭晝漏遲遲。瑞香風吹引仙姬，牡丹春襯成多麗。〔崔〕俺狂儔怪侶，來盼問雨香雲迹，向豆蔻梢頭翠。〔崔韋合〕早些時，宜男開放，休辜負碧桃棲。

〔韋〕罷酒，小弟一言：君虞既壻王門，眠花坐錦。郡主宜效樂羊之織㊁，助成玄豹之文。休得貪歡，有曠大事。

【朱奴兒】㊂〔韋〕好男兒芙蓉俊姿，傍嫦娥桂樹寒棲。〔崔〕勸取郎腰玉帶圍，休只把羅裙對繫。〔合〕書齋榻，舉案齊眉，穩倩取花冠紫泥。

〔旦〕二君在上，李郎自是富貴中人，只怕富貴時撇了人也！

【前腔】〔旦〕婚姻簿是咱爲妻，怕登科記注了別氏。〔崔〕十郎不是這樣人。肘後香囊半尺絲，想不是薄情夫壻。〔合前〕

〔崔〕君虞，三人中你到有了鳳凰巢，俺二人居然窮鳥，不論靡家靡室，兼之無食無衣，如何活計？

〔生〕小弟在此，從容圖之。

【尾聲】〔崔〕相女配夫雙第一。〔韋〕論相夫賢女也得今無二。〔合〕眼看的吹簫樓上一對鳳凰飛。

客賀新婚飲半酡，　　勸郎遠志莫蹉跎。

酒逢知己頻添少，　話若投機不厭多。

【校】

㈠后，原作「可」，蓋形近而誤。此段白話係删改紫簫記而成，紫簫作「后」，是，今從改。

㈡來，繼志、清暉、柳浪、竹林四本俱作「闌」。

㈢潰匀，繼志本、竹林本俱誤作「潰匀」；柳浪本誤作「潰勾」。

㈣春，疑當作「春」。

㈤沁，清暉本、竹林本俱誤作「泌」。

㈥阮郎歸應有八句，此處下面省去四句。

㈦蕭，原誤作「簫」，據清暉本、竹林本改。

㈧玉山兒，葉譜題作玉供鶯，謂玉胞肚犯五供養、黄鶯兒。

㈨荷，清暉本、竹林本俱誤作「河」。

㈩寶，清暉本、竹林本俱誤作「實」。

⑪應，繼志、清暉、柳浪、竹林四本俱作「生」。

⑫織，原誤作「職」，據繼志、獨深、柳浪三本改。

⑬朱奴兒，葉譜題作朱奴燈，謂朱奴兒犯剔銀燈。

第十五齣　權夸選士

【鑾牌令】㊀〔衆擁盧太尉上〕獨坐掌朝樞，出入近乘輿。君王詔乘春令，殿前兵馬洛陽都指，鑾旗暫此東巡遊駐。大比年，怕試期躭誤，詔就此開科選俊儒。咱怎生閉塞了賢門户？

西賓東主帝王家，行幸中都止翠華。才子來攀春月桂，君王垂問洛陽花。自家乃盧太尉是也。盧杞丞相，是我家兄；盧中貴公公，是我舍弟。一門貴盛，霸掌朝綱。今年護駕，東遊洛陽，怕春選誤期，即于洛陽行省挂榜招賢。思想起俺有一女，年將及笄，不如乘此觀選高才爲壻。左右那裏？〔堂候跪介〕〔浄〕聽分付：説與禮部，凡天下中式㊁士子，都要參謁太尉府，方許注選。正是：近水樓臺先得月，向陽花木易爲春。㊂〔下〕

【校】

㊀鑾牌令上原有越調二字。案：除北曲外，紫簫與四夢曲牌之上例不注宮調。今删去越調二字，以示畫一。

㊁式，獨深本作「試」。

㊂「近水樓臺」二句下場詩，例應大字分行。

第十六齣　花院盟香

〔浣紗上〕意態精神畫亦難，花枝實個好團欒。曲囀新聲銀甲暖，酒浮香米玉蛆寒。自家浣紗是也。郡主配了李十郎，將秋鴻賞了浣紗。秋鴻伶俐知書，卻被十郎使得東去西去，到不如俺家烏㊀兒，配了櫻桃，兩口鎮日竈前竈後。正是：乖的走碌碡，贏得眼前熟。癡的不出屋，夜夜皮穿肉。俺看李郎和郡主十分相愛，今早又分付花園遊憩，俺取了白玉碾花罇盛了碧桃新釀，剛紅矮几擺着蕖葉碗數十枚；且是郡主絃管之暇，雅好詩書，筆牀墨硯，多是王家舊物，都帶巾箱伺候。一對兒早到也。〔旦上〕

【憶秦娥】深深院，弄晴時候東風軟。東風軟，晝長無那，暖鶯初囀。〔浣〕夢餘口㊁喚添香篆，畫眉一線屏山遠。〔合〕屏山遠，捲簾花氣㊂，夜來深淺。

【春光好】〔旦〕紗窗淺，畫屏深，意沈沈。㊃春着裙腰無力，暗知音。〔浣〕燕尾翦裁羅勝，翠茸點綴花簪。小姐呵，你一點春攢無限事，小眉心。〔旦〕浣紗，眉心有甚事來？〔浣〕小姐未遇李郎時，打鞦韆，擲金錢，賭荔枝，抛紅豆，常自轉眼舒眉；到李郎上門，鎮日紗窗裏眉尖半簇，敢自傷春也？〔旦〕浣紗㊄呵，咱怎比做女兒時，由得自家心性那。〔浣〕可是成人不自在哩。〔生上〕

【夜遊宮】㊅宿雨朝陽館，鬆花控柳烟初滿。幽歡何妨日日展，擁温柔，恨夜來，寒頓淺。

【浣溪紗】〔生〕輕打銀箏落燕泥，暖絲高罥畫樓西。〔旦〕花冠閒上午牆啼。〔生〕眉色暗深芳草徑，靨花輕綻碧桃溪。〔旦〕個人何事閉深閨？〔生〕娘子説何事閉深閨，與你春遊半日。〔旦〕酒籠衣箱，俱已齊備，請行。〔行介〕〔生〕名園春色正相宜，〔旦〕夫壻前行少婦隨。〔生〕竹裏登樓人不見，〔旦〕花間覓道鳥先知。〔浣〕這是百花園門首哩。

【畫眉序】〔生〕花裏喚神仙，幾曲園林芳逕轉。〔旦〕正春心滿眼，桃李能言。鋪翠陌平莎茸嫩，拂畫簷垂楊金偃。〔到門介〕〔合〕春成片無人見，平付與鶯梢㈦燕翦。

咱繞花行一遭也。

【黄鶯兒】〔生〕偷眼豔陽天，帶朝雲暮雨鮮。〔旦拈花介〕一枝低壓宜春院，芳心半點，紅妝幾瓣，和鶯吹折㈧流霞茜。糝香肩，春纖袖口，拈插鬢雲邊。〔生送酒介〕

【皂羅袍】尊㈨酒把玉人低勸，背東風立穩微笑花前。斜簪拋出金縷懸，步香埃窣地凌波見。〔旦作醉介〕〔生〕湘裙皺彈，晴絲翠煙；粉融香潤，搽嬌㈩恣妍；真珠幾滴紅妝面。

【啄木兒】〔旦〕狂耍壻遊戲仙，豆蔻圖中春數點。閒心性皺花呵展，繡工夫葡萄幾線，卻怎的半踏長裙香逕遠？和你向銀塘照影分嬌面，怕溜閃了釵頭鬢影偏。

〔浣〕天雨哩！〔作避雨介〕

【玉交枝】〔生〕催花雨片，度池亭草氣薰傳。點蜻蜓撇去驚飛燕，趁泥香掠水盤旋。

咱兩個一逕行來一字肩，同行覆着同心扇。停半霎瀟湘畫闌，坐一答繡墩金線。

〔生坐〕〔秋鴻上〕洛下才人貪折桂，秦中美女好觀花。稟相公：天子留幸洛陽，開場選士，京兆府文書起送，即日餞程，不得遲誤。〔生〕如此，快安排行李，渭河登舟也。〔鴻〕明日放參京兆府，春風催馬洛陽橋。〔下〕〔旦〕新婚未幾，明日分離，如何是好？李郎，你看我爲甚宮樣衣裳淺畫眉？只爲曉鶯啼斷緑楊枝。春閨多少關心事，夫壻多情亦未知。妾本輕微，自知非匹。今以色愛，託其仁賢。但慮一旦色衰，恩移情替。使女蘿無託，秋扇見捐。極歡之際，不覺悲生。〔泣歎介〕〔生〕平生志願，今日獲從。粉骨碎身，誓不相捨。小玉姐何發此言？請以素縑，著之盟約。〔旦〕浣紗，箱盒裏取烏絲闌素段三尺，和墨筆硯來。〔浣〕烏紗闌在此。〔生作寫介〕寫完呈覽。〔旦讀介〕水上鴛鴦，雲中翡翠。日夜相從，生死無悔。引喻山河，指誠日月。生則同衾，死則共穴。李郎，此盟當藏寶篋之内，永證後期。

【玉胞肚】心字香前酬願，鎮同衾心歡意便。碎心情眉角相偎，趁光陰巧笑無眠。絜香囊宛轉把烏絲闌翰墨收全，向一段腰身好處懸。

〔生〕小生這點心呵，

【玉山頽】你精神桃李，天生的温香膩綿。惹嬌音春思無邊，倚纖腰着處堪憐。佳期正展，爲甚的顰輕笑淺？教青帝長如願。鎮無言，一春心事輕可的付啼鵑。

〔旦拜介〕李郎有此心，奴家謝也！

【川撥棹】情何限㈡，爲弱柳擡青眼。怕只怕箋煤字殷，怕只怕箋煤字殷，道得個海枯石爛。囑付你輕休赳，好花枝留倚闌。

李郎，看看日勢向晚。〔回介〕

【憶多嬌】㈢〔合〕春色黯，香徑晚，怯栖鴉啼向鳳城單。乘倒景暮光殘，染殘霞衣袖彈。春興闌珊，春興闌珊，忙歸去階苔翠斑。〔旦作跌介〕

【月上海棠】〔合〕蓮三寸，重臺小樣紅編㈢綻。怕逗了朱門，半約花關。這一番遊滿春山，較添得許多嬌眼。人影散，鞦韆外花陰裏扣響銅環。〔浣紗持燭上開門介〕⑭

【尾聲】一簾春色如雲彈，咱高燒銀燭到更殘，怎説起送你個趁春風遊上苑？

銀缸斜映晚妝紅，且照離情今夜中。
夫唱婦隨長自好，青春明月不曾空。

【校】

㈠ 烏，繼志、柳浪、竹林三本俱作「鳥」。案：紫簫記亦有烏兒，作「鳥」者誤。

㈡ 口，清暉、獨深、柳浪、竹林四本俱作「只」。

㈢ 氣，繼志、清暉、柳浪、竹林四本俱誤作「風」。

㊃沈沈，繼志、清暉、柳浪、竹林四本俱作「深深」，與上句韻重，誤。

㊄浣紗，原誤作「春香」，據辭意改。清暉、獨深、柳浪、竹林四本，俱無此「春香呵」三字。

㊅宮，葉譜作「春」。

㊆捎，清暉本、竹林本俱誤作「箱」。繼志、獨深、柳浪三本俱誤作「梢」。

㊇折，清暉本、竹林本俱誤作「圻」。

㊈尊，繼志本作「仙」。

㊉嬌，原誤作「驕」，據清暉、柳浪、竹林三本改。

⑪限，清暉、柳浪、竹林三本俱誤作「恨」。

⑫憶多嬌，葉譜題作憶柳嬌，謂憶多嬌犯亭前柳。

⑬編，原誤作「偏」，據各本改。

⑭案：浣紗何時下場，上文並無交代。紫簫記伴游者爲櫻桃，開門者爲浣紗；今以浣紗伴游，自以櫻桃開門爲是。故這裏的「浣紗」二字蓋誤。

第十七齣　春闈赴洛

〔秋鴻上〕日暖鶯聲麗，風輕馬足先。主人能及第，童僕也登天。昨日相公分付今日赴科，這早還未起來。叫浣紗。〔浣上〕〔鴻〕請相公起程，京兆府有人伺候。正是：才子功名易，佳人離別難。〔下〕〔旦上〕

【十二時】何事㊀春草草？正銷凝未了。燕爾歡遲，鴛班赴早。枕屏山夢斷魂遥，强起愁眉翠小。

銀瓶瀉水促朝裝，淚燭紅銷影曙光。卻怪滿身珠翠冷，無人偎暖醉紅鄉。奴家與十郎爲夫婦幾日，不想行幸洛陽，彼中開選，李郎要赴京兆府起送秀才，雖則半月之程，亦自牽人愁緒。早已拜辭了老夫人也。〔生上〕

【繞池遊】青雲路有，賦就凌雲奏，望朝雲徘徊意久。㊁

〔旦〕李郎真個起程也。

【黄鶯兒】紅袖溼夭桃，乍驚回雲雨朝，浪桃香二月春雷早。你去後呵，雲横樹杪，雨餘芳草，畫眉人去走章臺道。望迢迢㊂，金鞭惜與，誰分玉驄驕。

【前腔】〔生〕休恁淚鮫綃，爲朝陽停鳳簫，乘龍人試把龍門跳。向黄金榜標，披香殿

朝，洛陽才子争年少。望迢迢㊃，歸來攜手，衫袖御香飄。

〔鴻上〕稟知船在渭河也。〔下〕㊄

【琥珀墜】㊅〔旦〕年少，麗春園接受了求賢詔。飲御酒三杯休醉了，也不管咱朱門俏待泥金報。英豪，你趁着春水船兒，天上坐了。

【前腔】〔生〕韻高，多應我詩成奪錦袍。沈香亭捧硯寫清平調，也則怕你愁望的酥胸拍漸銷。多嬌，還你個夫人縣君，七香車載了。

〔鴻上〕稟相公：京兆府催請餞程也。

【尾聲】〔旦〕去也呵，不多時斷續鶯聲小，還立盡暮雲芳草。李郎，你去京兆府呵，學一個京兆眉兒向畫錦描。

遊子帶天香，閨人戀夕陽。
明知半月別，要使兩情傷。

【校】

㊀事，原誤作「時」，據柳浪本改。

㊁繞池遊應有六句，此處下面省去三句。池，原誤作「地」，據葉譜改。

㊂ 迢迢，柳浪本誤作「超超」。

㊃ 迢迢，清暉、柳浪、竹林三本俱誤作「超超」。

㊄ 原無「下」字，據繼志本、獨深本補。

㊅ 琥珀墜，葉譜作傾盃琥珀，謂傾盃序犯琥珀貓兒墜。

第十八齣　黄堂言㈠餞

【番卜算】〔府尹上〕黄屋去東巡，紫詔來西尹。桃花春月㈡起魚鱗，直上龍門峻。洛陽開榜唤羣英，老拙承恩尹漢京。視草天書中祕出，插花春酒秀才行。下官京兆府尹是也。聖駕幸洛陽，開場選士，俺京兆府長安縣單起送李益秀才一人，早晚到也。

【好事近】〔生上〕京兆選才人，起送向長安灞津。飄飄獻賦欲凌雲，領取上林春信。〔報見介〕李益請拜見老先生。〔拜介〕披雲纔見日，〔尹〕翰墨久聞香。〔生〕雅度憐鸚鵡，〔尹〕高飛看鳳凰。左右看酒。

【長拍】紫詔皇宣㈢，少年英俊，青衫上墨香成陣。李秀才，你此去呵，龍蛇硯影，筆生花繞殿晴熏。今日呵，吉日良辰，醉你個狀元紅浪桃生暈。只望你烏帽宫花斜插鬢，軟帶垂袍挂緑雲。臨上馬御酒三盃盡，喧滿六街塵，香風細妬殺遊人。〔生〕小生量淺，告行。〔尹〕未也。少年中了探花郎，還有好處哩。

【短拍】翰苑風清，蓬萊天近，御香浮滿眼氤氲。視草玉堂人，紫荷囊金魚佩那些風韻。到大來管掌着紫薇堂印，少不的人向鳳池頭立穩，越富貴越精神。〔尹送生介〕

【尾聲】俺京兆尹，送賢臣，送你上朝班玉笏有精神，做得個畫凌雲第一人。

爐中九轉煉初成，　　舉主看時亦自驚。
唯有太平方寸血，　　今朝盡向隗臺傾。

【校】

㈠言，繼志本、獨深本俱作「吉」。柳浪本目録也作吉餞。
㈡月，原誤作「片」，據繼志、柳浪、竹林三本改。
㈢紫詔皇宣，葉譜疊一句。下曲「翰苑風清」句同。

第十九齣　節鎮登壇

【點絳唇】㊀〔衆將官上〕塞草烟寒，旗門天半，紅雲綻。疊鼓凝旛，大將人歡看。

塞上經春氣色新，關西纔換護羌軍。堂堂上將登壇日，笳鼓驚飛一片雲。列位請了。咱們都係玉門關内將官，今日新節鎮劉爺升帳，伺候則個。〔衆擁劉上〕

【西地錦】意氣鳳凰霄漢，身當虎豹雄關。坐擁貔貅三十萬，錦袍玉帶朱顔。

【鷓鴣天】曉風蕭瑟獵旌竿，畫戟油幢劍氣攢。九姓羌渾隨漢節，六州蕃落拜戎鞍。穿塞尾，出雲端，二月天西玉帳寒。何事連營歌吹發？漢家飛將舊登壇。自家扶風劉公濟是也。叨承將種，慣握兵機。初當塞北擒胡，今拜關西節制。日吉魁罡，走馬升帳。分付衆將官放參。〔衆將官參見介〕恭賀老爺，封侯萬里。〔劉〕起來。關西事近日如何？〔衆〕聖日長輝，邊塵不起，十分平安。漢家開四郡，斷匈奴右臂；大唐分界西羌，爲大河西小河西二國。近被吐蕃鈐哄生心，兩面之羌，誠恐將來有妨邊計。〔劉〕如此，須當演兵征討。〔衆〕領鈞旨。〔演兵介〕

【山花子】〔劉〕大唐朝素號天可汗，河西臂斷呼韓。問何如參差吐蕃？怒冲冠帶挺獅蠻。〔合〕點旌旗風傳玉關，倚空同長劍天山外，望河源臨風把星宿彈。萬里封侯，圖畫凌烟。

衆將官，俺關西鎮少個參軍，如今吐蕃争戰，河西軍書冗急，咱已寫下表㊁文，請一位新科翰林來作軍咨，兼爲記室。河西一軍，旌旗生色矣。〔衆〕領鈞旨。

【前腔】〔劉〕長鎗隊裏也要毛錐站，軍咨記室優閒。羽書飛奏檄凱還，須詞鋒筆陣瀾翻。〔合前〕

【尾聲】衆將官，你竪牙旗打點刀環，轅門外鼓角鳴霄漢，還看取投筆新參他做個定遠班。

大將從天陣捲雲，　虎符初出塞西門。
參謀到日飛書去，　定報生擒吐谷渾。

【校】

㊀ 點絳脣，係北曲，這裏用以衝場，性質與引子相似。
㊁ 表，原誤作「榜」，據繼志本、柳浪本改。

第二十齣　春愁望捷

【金瓏璁】〔旦浣上〕風日洗頭天，緑影暗移鴛甃，陡陰餘薄衫寒透。泥香燕子柔，水碧鵶嬌皺，一簾花雨溼春愁。

【惜分飛】春愁無緒拖金縷，夢裊餘香不去。〔浣〕故故驚人睡，悶來彈鵲心兒喜。〔旦〕飄飄奏就凌雲賦，會是兒家夫壻。〔合〕望極波凝翠盼，花濞立馬泥金字。〔旦〕浣紗，李郎赴舉，知得意何如？好悶也！

【傍妝臺】㊀傍妝樓，日高花榭懶梳頭。咱不曾經春透，早則是被春愁。暈的個臉兒烘，哈的個眉兒皺。鳴鳩乳燕，青春正幽。游絲落絮，東風正柔。這些時做不得悔教夫壻覓封侯。

【前腔】〔浣〕謾凝眸，他可在杜鵑橋上數歸舟。你合的是夫妻樂，他分的是帝王憂。怎做得尋常般兒女儔，蟲蟻様雌雄守？他是西京才子，教他罷休。洛陽春老，知他逗遛。只願他插花筵上占定酒頭籌。

【前腔】〔旦〕錦袍穿上了御街遊，怕有個做媒人闌住紫驊騮。美人圖開在手，央及煞狀元收。等閒便把絲鞭受，容易難將錦纜抽。笙歌晝引，平康笑留。烟花夜擁，俺秦樓訴休。恁時節費人勾管争似不風流。

【前腔】〔浣〕你好似一眉新月上簾鉤，百年人帖不上半年週。雨雲香猶自有，絲蘿契急難丢。你夜香不冷花前㊁呪，他晝錦還歸月下㊂遊。你花冠領取，因何恁憂？香車穩載，因何恁愁？少不的卿卿榮耀占住了小紅樓。

【尾聲】泥金喜，畫堂幽，印押的鸞封紅耀手。只這些時燈花閒弄玉釵頭。

長安此去無多地㊃，鬱鬱葱葱佳氣浮。

良人得意正年少，今夜醉眠何處樓？

【校】

㊀ 傍妝臺，葉譜題作傍羅臺，謂傍妝臺犯皂羅袍。

㊁ 花前，清暉、獨深、柳浪、竹林四本俱作「前宵」。

㊂ 月下，清暉、獨深、柳浪、竹林四本俱作「故苑」。

㊃ 地，繼志、清暉、柳浪、竹林四本俱作「路」。

第二十一齣　杏苑題名

【天下樂】〔文武官上〕玉署春光紫禁烟，青雲有路透朝元。三天日色黄圖外，四海雲光緑字前。

列位請了。今日殿試放榜，聖旨親點了隴西李益書判拔萃，堪爲狀元，早到五鳳門外恭候也。

〔生上〕

【卜算子】鸞鳳繞身翻，奏徹祥雲見。姓字香生紫陌喧，日近君王面。

〔衆〕請狀元謝恩。〔生謝恩介〕

【滴溜子】聖天子，聖天子，萬壽臨軒。賢宰相，賢宰相，八柱擎天。人中選㊀出神仙，總送上蓬萊殿。宫袍賜宴，謝皇恩今朝身惹御爐烟。

〔衆〕請狀元赴宴。〔行介〕

【前腔】笑從前，笑從前，文章幾篇。喜今日，喜今日，笙歌上苑。十里珠簾盡捲，纔認得春風面。祥雲一片，浪桃香曲江人醉杏花筵。

【尾聲】鈴索一聲花滿院，這清高富貴無邊，多和少留些故事與人傳。

紫陌萬人生喜色，　曲江千樹發仙桃。

青雲已是酬恩處，　莫惜芳時醉錦袍。

【校】

㈠ 選，獨深、柳浪、竹林三本俱誤作「遠」。

第二十二齣　權嗔計貶

【一落索】〔盧上〕劍履下朝堂，平步星辰上。春風桃李遍門牆，敢有一枝兒直强！隻手擎天勢獨尊，錦袍玉帶照青春。洛陽貴將多陪席，魯國諸生半在門。自家盧太尉，長隨玉輦，協理朝綱。聖駕洛陽開試，咱已號令中式㈠士子，都來咱府相見。昨日開榜，有個隴西李益中了狀元，細查門簿，並無此人姓名。書生狂妄如此，可惱！可惱！咱有一計，昨日玉門關節度劉公濟一本，奏討參軍，我就奏點李益前去，永不還朝，中吾計也。堂候那裏？㈡〔堂候上〕玉班丞相府，花事洛陽春。禀老爺：有何分付？〔盧〕天下士子俱到太尉府，可怪新狀元李益獨不到吾門，俺有表薦他玉門關外參軍，你去文書房説知：

【風帖兒】你説他書生筆陣堪爲將，編修院無他情況。那劉節鎮呵，表求個參軍選人望。〔合〕須停當，奏兵機特地忙。〔堂候〕知道了。〔盧〕還分付你：

【前腔】你説玉關西正干戈廝嚷，寫勅書付他星夜前往。官兒催發不許他向家門傍。〔合前〕

堪笑書生直恁愚，教他性氣走邊隅。

人從有理稱君子，　自信無毒不丈夫。

【校】

㈠式，獨深本作「試」。

㈡那裏，柳浪本、竹林本俱作「在此」。

第二十三齣　榮歸燕喜

【喜遷鶯】〔旦浣上〕鵲語新晴，奈初分燕爾參差，上苑聞鶯。雲近蓬萊，烟消洛浦，正春風十里柔情。怎愁隨繡線初迴，夢繞香絲欲住？春困也，紅妝向晚，歸來莫誤卿卿。

蓋世文章金馬門，京西才子洛陽春。東風不捲珠簾面，待向花邊得意人。昨夢兒夫洛陽中式㈠，奴家梳妝赴任，好喜也！

【二郎神】㈡憑闌定，正東風人在洛橋花影。試着㈢春衫鬆扣頸，幾迴纖手，薰徹金猊燼冷。好是舊香荀令，語傳停趁新妝遊畫省。夢忪惺，背紗窗教人幾番臨鏡。

【前腔】重省，别時呵衫袖兒翠膩酒痕香迸。〔浣〕十郎終日遊街耍子哩。〔旦〕想應他也爲我懨懨病。日高慵起，長是託㈣春酲未醒。〔浣〕蛛絲兒早喜也！〔旦〕恁雨絲烟映，弄蟢蛛兒晴，逗㈤風光展翠眉相領。正銷凝，好流鶯數聲堪聽。〔老旦上〕

【玩仙燈】車馬正喧迎，新狀元花生滿徑。

兒，京兆府接新狀元將至，説是李郎也，快備簫鼓迎宴。

【齊天樂】㈥〔衆擁生上〕御道塵銷春晝永，彩雲蕭㈦史門庭。飛蓋妨花，停驄襯草，此日

風流獨勝。

〔見介〕獻賦已成龍化去，除書親得鳳銜來。花明驛路胭脂煖，山到秦樓罨畫開。〔老〕狀元及第，恭承晝錦之榮，賀喜！賀喜！〔生〕指日長安，闕奉泥金之報，慚愧！慚愧！〔老〕浣紗看酒。〔浣上〕袍香宮裏緑，春色狀元紅。酒到。

【畫眉序】〔老〕花暖洛陽城，似獻賦河陽舊風景。喜吹噓送上，九天馳騁。探一枝春色歸來，帶五彩祥雲飛映。〔合〕跳龍門此日門楣應，簫鼓畫堂歡慶。

【前腔】〔旦〕曾中雀金屏，你是個入彀英雄愛先逞。趁仙郎年少，把縣君親領。舊相如有駟馬前言，新京兆穩畫眉清興。〔合前〕

【前腔】〔生〕曾傍玉梅清，報春色江南未孤冷。喜素娥親許，暗香相並。展漢宮帽壓花枝，暎月殿釵横梅影。〔合前〕

【前腔】〔浣鴻〕春滿玉蓬瀛，寶燭籠紗篆烟鼎。看宮袍袖惹，翠翹花勝。雨露恩天上碧桃，春風燕日邊紅杏。〔合前〕

〔使客上〕客路朝朝換，鶯啼處處闌。報知金馬客，參佐玉門關。下官盧太尉帳下，徑來報李狀元，除了劉節鎮關西府内參軍事，早晚催赴邊關，此處便是。〔通報見介〕〔生〕久領朝命，容下官數日起程。〔使〕使得，咱在灞亭西相候也。〔下〕〔旦驚問介〕門外那官兒，報狀元那裏去？〔生低云〕朝命催俺去玉門關，參謀劉節鎮軍事，不久便回。

【滴溜子】〔老〕謾説道，三千丈，風雲路徑。乍歸來，且把，十二西樓月映，趁韶華入歡娛佳境。便似尋常喜氣近門闌，也盼煞迴鸞影。兀的真個乘龍怎生不並？

〔生〕醉了也。

【鮑老催】〔旦扶遊介〕從天喜幸，緑衣郎近得紅妝敬，與郎醉扶起玉山凭。休酩酊，宜豪興，當歌詠。守得你探花人到留春賸，你向天街上遊衍把香風趁。合歡樹今端正。

【雙聲子】〔衆〕門庭興，門庭興，遊晝錦春光凝。非僥倖，非僥倖，郎君福夫人命。真相稱，真相稱。皇恩盛，皇恩盛。羨夫榮妻貴，永久歡慶。

【尾聲】從今後一對好夫妻出入在皇都帝輦行，謝皇恩瞻天仰聖。〔生〕則怕少不得緑暗紅稀出鳳城。

朱衣頭踏㊇引春驄，歸到蓬壺晝錦濃。
果稱屏開金孔雀，休教鏡剖玉盤龍。

【校】

㊀ 式，獨深本作「試」。

㈡二郎神，葉譜題作二賢賓，謂二郎神犯集賢賓。

㈢着，各本俱作「看」。

㈣託，繼志、獨深、柳浪三本俱作「記」。

㈤逗，清暉、獨深、柳浪、竹林四本俱作「甚」。

㈥齊天樂，原誤作喜遷鶯，據葉譜改。

㈦蕭，原誤作「簫」，今正。

㈧踏，清暉、獨深、柳浪、竹林四本俱作「沓」。

第二十四齣　門楣絮別

【步步嬌】〔老旦上〕彩雲欲散秦簫㈠徹，向御溝頭流水別，嬌啼暗幽咽。去馬驚香，征輪繞月。風暈的塞塵遮，好門楣作了陽關疊。

【謁金門】留不得，留得也應無益。小玉窗前紅袖滴，鳳臺人半刻。乍團欒底拋擲？柳色灞橋今日。忍看鴛鴦三十六，孤鸞還一隻。自家鄭六娘。女兒小玉，招得李十郎，名魁春榜，官拜翰林，便差去西鎮參軍。聽得關西吐蕃軍情緊急，〔悲介〕我的女兒也！

【醉扶歸】合歡衾覆着纔停帖，連心枕結得好周遮。踹雙絲半步不離些，亂花風擺亞金泥蝶。郎馬兒站不了七香車，關山點破香閨月。

【前腔】〔浣〕恰好的鳳鸞簫雙吹向漢宮闕，怎教他旗影裏把筆陣掃龍蛇。小姐呵，昨宵燈兒下打貼的翠波㈡斜，今朝車輪上蹍碎的柔腸絕。杜鵑來了好咨嗟，知後會甚時節？

〔鮑上〕乍雨乍晴春自老，閒愁閒悶日偏長。細聽鶯語移時立，似怨楊花別路忙。聞得李十郎高中還鄉，從軍遠去。特取一分春色，相看萬里征人。〔見介〕〔鮑〕鄭夫人，你爲十郎遠征，眼梢兒啼得好苦也！〔老〕咱娘兒命薄也。

【女冠子】〔生上〕離愁滿目，還雌雄劍花偷覷。漸魂移帶眼，夢飄旗尾；玉驄嘶緊，畫鸞飛竪。〔旦上〕鏡臺紅淚雨，送江左參軍，洛陽才子。〔衆合〕繞屏山舊路，幾許驢娱，少年羈旅。

〔老見哭介〕李郎。真個生别離呵，苦殺老娘也！〔生〕四娘也在此。

【古女冠子】〔老〕覷得着新狀元爲女壻，正喜氣門闌歡聚。一盃春酒王孫路，看不足怎教去？·〔生〕便歸，好生護着家門也。〔老〕深閨淑女，何須疑慮？㊂便待你侯封絶塞奇男子，咱身是當門女丈夫。〔合〕别離幾許，省可也薄情分付。

【前腔】〔生〕妻，你須索不捲珠簾人在深深處，踏着這老夫人行步。老夫人呵，愧仙郎傍不着門楣住，冷落你鳳將雛。〔老〕李郎早回，妾身老年人也。〔生〕瑶池西母，把絳桃深護。咱把壽山的岳母向遥天祝，愛海的閨娃㊃窄地呼。〔合前〕

【前腔】〔旦〕人去也知他此恨平分取，淚閣着斷雲殘雨。更無言語空相覷，老夫人直恁苦。看女配夫，等閒離阻。咱夫妻覆不着桐花鳳，子母空啼桂樹烏。〔合前〕

【前腔】〔鮑〕畫堂前訴定個花無主，似人家燕子妻夫。儘商量止不住他鵬程路，説得個儒冠誤。便去待何如？·留他怎住？怕猿聞離别堪腸斷，便蟻大功名㊄也索拚命趨。〔合前〕

〔將官上〕上將程期在，灞陵難久羈。快請參軍起行。〔生拜辭介〕老夫人呵，

【一撮棹】你慈闈冷，好温存你個鳳女孤。〔老〕李郎，你邊關苦，好將息你化龍軀。〔生〕鮑四娘，他娘女，伊家早晚問好看覷。〔鮑〕深領取，還是你早回車。〔旦〕眼見的抛人去，有訴不盡的長亭語。〔合〕真去也，早和晚索盼取幾行書。

〔老〕李郎幾時回來？〔生〕多則一年。

【哭相思】㊅最苦是箇條兒嬌壻生離拆㊆，女娘們苦也！

〔老悶倒介〕〔生旦下〕〔鮑〕老夫人休憂，他萬里封侯，歸來正好。

門楣不久去關西，　緑窗嬌女隱愁眉。

流淚眼隨流淚水，　斷腸人折斷腸枝。

【校】

㊀簫，繼志、柳浪、竹林三本俱作「笙」。

㊁翠波，各本俱作「淚行」。

㊂「深閨淑女」二句，各本俱作「王門老婦、何須疑誤」。

㊃娃，清暉本、竹林本俱誤作「姓」。

㊄ 功名，各本俱作「前程」。

㊅ 此是引子作尾聲用，在戲情悲哀時有此用法，哭相思應有四句，這裏下面省去二句。調名下原有「尾」字，衍，據葉譜删。

㊆ 拆，清暉本、竹林本俱誤作「折」。

第二十五齣　折柳陽關

【金瓏璁】〔旦浣上〕春纖餘幾許？繡征衫親付與男兒。河橋外，香車駐。看紫騮開道路，擁頭踏鳴笳芳樹。都不是，秦簫曲。

【好事近】〔旦〕腕枕怯㊀征魂，斷雨停雲時節。〔浣〕忍聽御溝殘漏，迸一聲悽咽。〔旦〕不堪西望卓香車，相看去難説。〔合〕何日子規花下，覷舊痕啼血。〔旦〕浣紗，這灞橋是銷魂橋也！〔衆擁生上〕

【北點絳脣】逞軍容出塞榮華，這其間有喝不倒的灞陵橋，接着陽關路。後擁前呼，白忙裏陡的個雕鞍住。

旌旗日暖散春寒，酒溼胡沙淚不乾。花裏端詳人一刻，明朝相憶路漫漫。左右，頭踏㊁停灞陵橋㊂外，待夫人話別也。㊃〔見介〕〔生〕出門何意向邊州？〔旦〕夫，你匹馬今朝不少留。〔生〕極目關山何日盡？〔旦〕斷腸絲竹爲君愁。李郎，今日雖然壯行，難教妾不悲怨。前面灞陵橋也，妾待折柳尊前，一寫陽關之思。看酒過來。

【北寄生草】怕奏陽關曲，生寒渭水都。是江干桃葉凌波渡，汀洲草碧黏雲漬，這河橋柳色迎風訴。〔折柳介〕柳呵，纖腰倩作綰人絲，可笑他自家飛絮渾難住。

〔生〕想昨夜歡娛也：

【前腔】倒鳳心無阻，交鴛畫不如。衾窩宛轉春無數，花心歷亂魂難駐。陽臺半霎雲何處？起來鸞袖欲分飛，問芳卿爲誰斷送春歸去？

〔旦〕有淚珠千點，沾君袖也！

【前腔】這淚呵，慢頰垂紅縷，嬌啼走碧珠。㊄冰壺迸裂薔薇露，闌干碎滴梨花雨，珠盤濺溼紅銷霧。怕層波溜折海雲枯㊅，這袖呵，瀟湘染就斑文筯。㊆

〔生〕只恁啼得苦也。

【前腔】不語花含悴，長顰翠怯舒。你春纖亂點檀霞注，明眸謾蹙回波顧，長裙皺拂行雲步。便千金一刻待何如？想今宵相思有夢歡難做。

〔旦〕夫，玉關向那頭去？

【前腔】路轉横波處，塵飄淚點初。你去呵，則怕芙蓉帳額寒凝緑，茱萸帶眼圍寬素，蘪荷燭影香銷炷。看畫屏山障彩雲圖，到大來蘼蕪怕作相逢路。

李郎，你可有甚囑付？

【前腔】〔生〕和悶將閒度，留春伴影居，你通心紐扣蕤蕤束㊇，連心腰綵柔柔護，驚心的襯褥微微絮。分明殘夢有些兒，睡醒時好生收拾疼人處。

〔旦〕聽這話，想不是輕薄的，只是眼下呵，

【解三酲⑨】恨鎖着滿庭花雨，愁籠着蘸水烟蕪。也不管鴛鴦隔南浦，花枝外影踟躕。⑩俺待把釵敲側喚鸚哥語，被疊慵窺素女圖。新人故，一霎時眼中人去，鏡裏鸞孤。

〔生〕俺怎生便去也！再看酒。

【前腔】倚片玉生春乍熟，受多嬌密寵難疎。正寒食泥香新燕乳，行不得話提壺。把驕驄繫軟相思樹，鄉淚迴穿九曲珠。銷⑪魂處，多則是人歸醉後，春老吟餘。

〔旦〕你去，教人怎生消遣？⑫

【前腔】俺怎生有聽嬌鶯情緒，全不着整花朵工夫。從今後怕愁來無着處，聽郎馬盼音書。想駐春樓畔花無主，落照關西妾有夫。河橋路，見了些無情畫舸，有恨香車。

〔生〕妻，則怕塞上風沙，老卻人也！

【前腔】比王粲從軍朔土，似小喬初嫁東吴。正才子佳人無限趣，怎棄擲在長途？三春別恨調琴語，一片年光攬鏡嘘。心期負，問歸來朱顏認否？旅鬢何如？

〔旦〕李郎，以君才貌名聲，人家景慕，願結婚媾，固亦衆矣。離思縈懷，歸期未卜。官身轉徙，或就佳姻。盟約之言，恐成⑬虚語。然妾有短願，欲輒指陳。未委君心，復能聽否？〔生驚怪介〕有何罪過？忽發此辭。試説所言，必當敬奉。〔旦〕妾年始十八，君才二十有二。逮君壯室之秋，猶有八歲。一生歡愛，願畢此期。然後妙選高門，以求秦晉，亦未爲晚。妾便捨棄人事，翦髮披緇。夙昔之願，於此足矣。

【前腔】是水沈香燒得前生斷續，燈花喜知他後夜有無？記一對兒守教三十許，盟和誓看成虛。李郎，他絲鞭陌上⑭多奇女，你紅粉樓中⑮一念奴。關心事，省可的翠綃⑯封淚，錦字挑思。

〔生作涕介〕皎日之誓，死生以之。與卿偕老，猶恐未愜素志，豈敢輒有二三！固請不疑，端居相待。

【前腔】咱夫人城傾城怎遇？⑰便到女王國傾國也難模。拜辭你個畫眉京兆府，那花没豔酒無娛。怎⑱饒他真珠⑲掌上能歌舞？忘不了你小玉窗前自歎吁。傷情處，看了你暈輕眉翠，香冷脣朱。〔韋崔上〕

【生查子】才子跨征鞍，思婦愁紅玉。芳草送鶯啼，落花催馬足。

早聞得李君虞起行，到日午還在紅亭僝僽也。〔見介〕〔崔〕李君虞，軍中簫鼓喧嗔，良時吉日，早行！早行！〔生〕實不相瞞，小玉姐話長，使人難別。〔韋〕昔人云：仗劍對尊酒，恥爲離別顔。李君虞男兒意氣，一何留戀如此！郡主，俺兩人還送君虞數程，回來便有平安寄上。軍行有程，未可滯他行色。正是：長旗掀落日，短劍割離情。〔下〕〔内作簫鼓介〕〔生〕妻，你聽笳鼓喧嗚，催我行色，匆匆密意，非言所盡，只索拜別也。

【鷓鴣天】⑩掩殘啼回送你上七香車，守着夢裏夫妻碧玉居。〔旦〕李郎，不索回送。但願你封侯遊畫錦，不妨我啼鳥落花初。⑪〔衆擁生下〕〔旦〕他千騎擁，萬人扶，富貴英雄美丈夫。浣紗，送語參軍，教他關河到處休離劍，驛路逢人數寄書。

一別人如隔彩雲，　　斷腸回首泣夫君。
玉關此去三千里，　　要寄音書那得聞？

【校】

㈠怯，清暉、柳浪、竹林三本俱作「恰」。

㈡頭踏，各本俱作「前軍」。

㈢灞陵橋，獨深本作灞橋驛。

㈣「別也」下，各本俱有「行」字。

㈤「慢頰垂紅」二句，各本俱作「慢點懸清目，殘痕界玉姿」。

㈥溜折海雲枯，各本俱作「溜溢粉香渠」。

㈦瀟湘染就斑文筋，各本俱作「輕烟染就湘文筋」。

⑧柬，清暉本、竹林本俱誤作「東」。

⑨醒，各本俱誤作「醒」。

⑩躑，清暉本、竹林本俱誤作「躅」。

⑪鎖，原誤作「鎖」，據各本改。

⑫「消遣」下，獨深本有「那」字。

⑬成，獨深本作「誠」。

⑭陌上，各本俱作「有分」。

⑮樓中，各本俱作「無依」。

⑯綃，原誤作「銷」，據各本改。

⑰遇，清暉本、竹林本俱誤作「過」。

⑱怎，各本俱作「總」。

⑲珠，清暉本、竹林本俱誤作「步」。

⑳鷓鴣天，此亦是引子作尾聲用。

㉑「但願你」二句，繼志、柳浪、竹林三本俱誤作小字白文。

第二十六齣　隴上題詩

【金錢花】〔衆上〕渭城今雨清塵，清塵。輪臺古月黄雲，黄雲。催花羯鼓去從軍，枕頭上别情人，刀頭上做功臣。

列位請了。俺看參軍夫人離别，好不疼人也！一點紅旛，參軍早上。〔生上〕

【滿庭芳】路糝長楊，魂銷折柳，畫橋水樹陰勻。玉堂年少，何事拂征塵？爲問緑窗紅淚，芳尊冷袍袖香分。留不得，灞陵高處，猶自帝城春。

城頭日出使車來，古戍花深馬埒開。忽聽嗚笳兼畫角，聲聲思入古輪臺。恨殺陌頭楊柳色，綰定青衫留不得。思婦㊀空啼㊁渭水南，征夫早向交河北。昨去香閨，灞橋折柳，非不縈我心曲。其奈畏彼簡書，只得收淚長辭，麾軍上路。左右起行。

【朝元歌】〔衆〕風氳馬塵，曉色籠驂靷。河濱彩輪，緑水隨流軫。黑隊奔蛇，文旗畫隼，電轉星流一瞬。疊鼓揚鉦，南庭朔方知遠近？草色伴王程，皇華勞使臣。〔合〕遊韁帶緊，早趁封侯鵲印。

【前腔】〔生〕回首長安日近，東方送使君，南陌恨閨人。雪嶺燕支，陽臺翠粉，去住此情難問。短劍防身，胡沙彫顔吹旅鬢。蕩子去從軍，恩榮變苦辛。〔合前〕

〔衆〕稟爺，前面隴頭水，一支入漢，一支入胡。㊂〔生〕這分流水是斷腸流也。隴上題梅，杳無便使，咱口占一首：綠楊着水草如烟，舊是胡兒飲馬泉。幾處吹笳明月夜，何人倚劍白雲天。從來凍合關山道，今日分流漢使前。莫遣行人照容鬢，恐驚憔悴入㊃新年。

【前腔】〔衆〕隴上謾尋芳信，顧恩不顧身，還自想羅裙。古戍笳鳴，關山笛引，也不管梅花落盡。立馬逡巡，流水聲中無定準。飲馬斷腸津，思鄉淚滿巾。〔合前〕

〔鎮西軍鼓吹上〕鎮西府官校迎接參軍。

【前腔】〔衆〕落日長城隱隱，星芒拂陣雲，月羽㊄照花門。谷口旗迴，峯㊅亭樹引，轉過西河上郡。氣色河源，天街旄頭猶未隕。㊆長笑立功勳，邊城麴米春。〔合前〕

心期紫閣山中月，　身過黃堆峯上雲。

年髮摒從書劍老，　戎衣今作李將軍。

【校】

㊀ 婦，柳浪本誤作「歸」。

㊁ 啼，繼志、清暉、柳浪、竹林四本俱誤作「題」。

㊂ 胡，清暉、柳浪、竹林三本俱誤作「湖」。

㈣入，清暉本、竹林本俱誤作「人」。

㈤羽，繼志、獨深、柳浪、竹林四本俱誤作「點」。

㈥峯，繼志、獨深、柳浪、竹林四本俱作「烽」。

㈦隕，原誤作「鄖」，據繼志本改。葉譜作「磒」，同隕。

第二十七齣　女俠輕財

【月兒高】㈠〔旦上〕嫌單愛偶，迭㈡的腰肢瘦。離愁動頭，正是愁時候。首夏如秋，這冷落誰生受？君知否？池塘綠皺，雙鴛鎮並頭。

【生查子】㈢花月湊新歡，弄雨晴初慪。夫壻不風流，取次看承妾。去去怎回頭？路轉屏風摺。一點在眉心，懶蘸花黃帖。浣紗，相公去了幾日也。〔浣〕好幾日了。〔旦〕崔韋二秀才說㈣，李郎出境回音，還不見來。想起當初呵，

【銷金帳】花燈會偶，驀地情拋受。短金釵斜鬢溜，姻緣那般輻輳，那般圓就。不枉了一對，靈心兒聚頭。翠淺紅深，揉定花間手。看他取次，取次兒偎融個透。〔浣背唱〕

【前腔】他雲嬌雨弱，倚定個陽臺岫。唱陽關春事休，看他那般迤逗，那般僝僽。逞纖腰暮雨，暮雨河橋折柳。帶結同心，翠溼了啼痕袖。少不得一聲去也，去也攛攛的勾。

〔旦〕浣紗，咱夜夢見也。

【前腔】心情宛舊，繞定咱身前後。咱低聲問還去否？問他這般不湊，那般不抖。〔低介〕便待窗前，窗前推枕兒索就。呀！回首空牀，斜月疎鐘後。猛跳起人兒不見，不見

枕根底扣。

〔浣〕小姐，且向相公書房中閒走散心。〔行介〕

【前腔】〔旦〕緑窗塵覆，硯中琉璃漚。〔浣〕怎生秋鴻遺下這文房四寶哩？〔旦〕行箱内他自有。瑣窗兒都是嫩苔也，看他那邊鋪皺，這邊縈繡。不信蒼苔，蒼苔比情較㊄厚。浣紗，想有人來也。〔低〕榻影明窗，曾和他書齋後。〔浣〕有人來。〔旦作慌介〕猛擡頭聽窗外，窗外啼鶯一晝。

浣紗，書窗外半枝青梅，好摘下也。〔虛避介〕〔韋崔上〕

【前腔】長安盡頭，送別個儒林秀。怕斷腸人倚樓，兩個一時歡湊，一時愁就。則爲個些，個些兒香温膩柔。呀！門兒裏可是小玉姐走閃也？見客人來，襪剗金釵溜。和羞走也，走也撚青梅做嗅。

〔旦〕浣紗，來的韋崔二先生，問他送李郎何處？有甚回言？

【前腔】知他去後，個底思量否？長相見還怕舊，禁的㊅真個開頭，真個丟手。便送了他幾個長亭，出秦關訴㊆休。有的情詞，寄上㊇俺妝臺右。㊈這幾日孤單單，教人快㊉瘦。

【風入松】〔韋崔〕浣紗，你聽俺道來：俺送他一鞭行色照河洲，伴皇華兩三宿。見他向彩雲斷處頻回首，青衫上閣淚偷流。拜上郡主：待寫萬金書別來未久，囑付你千金體免離憂。

〔浣〕還有甚話？〔崔〕秋鴻叫你個浣紗姐，不要胡行亂走。〔浣〕啐！帶脚的不飛勾了。〔旦歎介〕原來李郎回音，叫俺將息。俺霍府偌大家門，李郎去了，他可有甚房分在這長安？央他一個來看守家門到好。你請韋崔二先生㈡外坐，俺這裏問他。〔浣請韋崔外坐介〕〔韋崔〕郡主欲問何事？〔旦〕李郎去住匆匆，妾身未得細詢家世。二位交遊既久，知他更有何人？〔崔〕郡主，敢是怕十郎有前夫人麽？

【前腔】他從來鰥處比目不曾瞅。〔旦〕不爲此，問他身傍帶有甚麽人？〔崔〕只有秋鴻小廝，問前魚何處有？〔旦〕不爲此，問他骨肉有何人？〔韋〕他身星照定無骨肉，儘四海爲家浪遊。〔旦〕也可憐他少年才子，恁的孤窮。〔崔〕也是他奇遇，看藍橋遇仙是有，平白地顯風流。

〔旦自云〕原來如此。且住，俺家也無以次人丁㈢，便要訪問李郎消息，也没個人。前日李郎説，他與二人至厚，兼他客中貧窘，咱家少甚麽來？不如因而濟之，以收其用。浣紗，請二位秀才聽俺道來：

【前腔】鳳拋凰去。孤冷了鵲巢鳩。既無眷屬，二位先生便是嫡親相看也，緩急要個鶺鴒兒

答救。〔崔〕二生客中貧[三]忙，怕没工夫看管。〔旦〕這個不妨，衣食薪[四]芻，咱家支分。尋常金幣不着你求，咱家私要的是有。毛詩云：丈夫之友，將雜佩以贈之。雜佩因何贈投，望看承報瓊玖。

〔韋〕既承委託，凡有所聞，託崔兄轉聞。〔崔〕使得。〔韋〕

【前腔】你凝妝穩坐在鳳簫樓，有甚事，教浣紗姐傳示便了。〔崔〕付青雀傳言他即溜。俺二人不便頻來，怕外觀不雅往來稠，專打聽遠信邊州。〔韋〕是則是弟兄朋友，閨門裏要你自持籌。

浣紗姐拜上郡主，咱二人去也。

【尾聲】生涯牢落長安走，向朱門領取閒愁。這女子賢哉！女俠叢中他可也出的手。〔下〕

〔浣〕兩個窮酸，貼他怎的？

只因夫壻遠參[五]軍，　急難之中也要人。
正是禮從人意起，　何須財出壻家門。

【校】

（一）月兒高本過曲，這裏用以衝場。葉譜以其不合本調，改爲引子，題作繞池春。謂繞池游犯洞房春。

（二）迭，清暉、獨深、柳浪、竹林四本俱作「軼」。獨深本並注云：「軼，一作『迭』。」

（三）生查子，原誤題卜算子，今正。

（四）「説」字下，各本俱有「送」字。

（五）較，各本俱作「交」。

（六）禁的：的，原誤作「約」，據各本改；禁，清暉本、竹林本俱誤作「麓」。

（七）訴，清暉本、竹林本俱誤作「訢」。

（八）上，清暉、獨深、竹林三本俱作「他」。

（九）右，清暉、獨深、竹林三本俱作「有」。

（一〇）快，清暉本、竹林本俱誤作「怏」。

（一一）先生，柳浪本作「秀才」。

（一二）丁，清暉本、竹林本俱誤作「下」。

（一三）貧，清暉本、竹林本俱誤作「負」。

（一四）薪，原誤作「新」，據各本改。

（一五）參，繼志、清暉、柳浪、竹林四本俱作「從」。

第二十八齣　雄番竊霸

【點絳脣】〔浄吐蕃將上〕生長番家，天西一架，撑犂大。家世零逋，番帳裏收千馬。

塞外陰風捲白蘆，金衣瑟瑟氣豪粗。邏娑一望無邊際，殺氣飄翻小拂廬。咱家吐蕃大將是也。吐蕃熟路㊀，穿心七千㊁餘里；生羌殺手二十萬人。横行崐崙嶺西，片片雪花吹鐵甲；直透赤濱㊂河北，雄雄星宿立鑌㊃刀。休在話下，所有小河西、大河西二國，原屬咱吐蕃部下，近日唐憲宗皇帝中興，與俺相争，要彼臣服。那大河西出葡萄酒，小河西出五色鎮心瓜，正用㊄搔擾時節，不免唤集把都門號令一會。〔衆上〕

【水底魚】白雁黄花，塵飛黑海涯。番家兒十歲，能騎馬鳴笳。皮帽兒夥着，黑神鴉風聲大。撞的個行家，鐵里温都答喇。

〔見介〕〔浄〕俺國年年收取大河西國葡萄酒，小河西國進五色鎮心瓜，如今正是時候，點起部落們去搶他一番！㊅〔衆應介〕

【清江引】皮囊氈帳不着家，四面天圍野。漢兒防甚秋？塞草偏肥夏。一弄兒把都們齊上馬。〔作嗅香介〕

【前腔】葡萄酒熟了香打辣，凹鼻子寒毛㊆乍，醉了咬西瓜。剗起雪山花，趲行程番鼓

兒好一會價打。

初夏草生齊，　　番家馬正肥。

射飛清㈧海上，　　傳箭玉關西。

【校】

㈠熟路，柳浪本、竹林本俱作「路熟」。

㈡千，繼志、清暉、柳浪、竹林四本俱作「百」。

㈢濱，應作「賓」。

㈣鑌，獨深本作「鎗」。柳浪本、竹林本俱作「鑌」，「鑌」字不見字書，蓋誤。

㈤用，清暉、柳浪、竹林三本俱作「要」。

㈥「一番」下，各本俱有「聽令」二字。

㈦毛，清暉、柳浪、竹林三本俱誤作「色」。

㈧清，應作「青」。

第二十九齣　高宴飛書

【一枝花】〔劉上〕牙旗翻翠葆，彈壓燕支道。轅門金甲偃，閒吟眺。㈠玄鬢初驚，坐聽新蟬噪。大樹將軍老，柳色槐陰，偏稱羽扇綸巾清嘯。

【臨江仙】河漢千年鳳舞，烟沙萬里龍荒。封侯只愛酒泉鄉，關山瞻漢月，戈劍宿胡霜。紫塞夜摇風角，微垣曉動星芒。翩翩書記舊河梁，幕中邀謝鹽，麾下得周郎。自家劉公濟是也。承天子命，拜朔方河西二道節鎮，近移軍玉門關外，奏准聖旨，親點狀元李益參軍，乃吾故人也。報説今日到任，已分付各邊城㈡，旌旗號令，精整一番。堂候官備酒。〔内鼓吹介〕

【滿江紅】〔生衆擁上〕寶㈢馬嘶雲，青絲鞚籠鞭袖裊。河橋聽鳴笳疊鼓，暮山欲噪。玉帳門前歌吹動，戍樓嶺上紅旛繞。〔衆〕風烟河畔引王孫，青青草。

〔見介〕〔劉〕㈣詞場第一名，〔生〕軍事得參卿。〔劉〕客冠三台坐，〔生〕人依萬里城。〔劉笑介〕李君虞，今日劉公濟可是喜也！左右看酒。〔堂候〕日永篆香宜畫軸，風清繡幙好投壺。酒到。

【梁州序】㈤〔劉〕玉堂年少，日華天表，共仰雍容廊廟。何緣關塞，逢迎仙旆飄摇！似你三千禮樂，十萬甲兵，百二山河小。自來帷幄裏，夢賢豪，萬里雲霄一羽毛。〔合〕清和候㈥，烟塵道，展營門細柳平安報。軍中宴，鎮歡笑。

【前腔】〔生〕非熊奇貌，卧龍風調，緑鬢朱顔榮耀。長城萬里，君侯坐擁幢旄。快覩軍容出塞，將禮登壇，冠世英雄表。金湯生氣象，迥銅標，圖畫在麒麟第一高。〔合前〕

〔劉〕參軍到此，即有軍中一大事請教。玉關之外，有小河西大河西二國，自漢武皇開西域四郡，隔斷匈奴，這兩國年年貢獻大漢。大河西獻葡萄酒，送在酒泉郡賜宴。小河西獻五色鎮心瓜，送在北瓜州犒賞。到大唐初年，舊規不改。近自吐蕃挾制，貢獻全疎，意欲興兵，相煩草奏。〔生〕容下官措思。

【前腔】〔劉〕碧油幢燕雀風高，金字旗龍蛇雲繞。聽單于吹徹，平安烽早。深感主恩鄭重，軍令分明，你筆陣狼烟掃。試揮毫，倚馬西飛插羽翹。〔合前〕

〔生〕老節鎮在上，河西貢獻不至，興兵主見不錯。但是四五月間，晴雨不常，天氣未便。下官叨以筆墨從事，願草咫尺之書，先寒二國之膽；更容下官分兵，戍守回中受降城外，綴吐蕃之路，使他不敢空國而西。則酒泉不竭于唐，甘瓜復延于漢矣。〔劉〕參軍高見，此乃王粲登樓之才，李白嚇蠻之計也。左右，取大觥進酒。

【前腔】〔生〕染宫袍來附金貂，總戎陣未妨魚鳥。擀花邊簇馬，風前欹帽。憶西清別騎，東府君侯，不信邊頭好。侍雄豪，書劍從軍敢告勞。〔合前〕

〔衆上〕整頓舞衣雲出塞，動摇歌扇月臨邊。〔衆旦樂介〕

【節節高】金花貼鼓腰，一聲敲，紅牙歌板齊來到。龜茲樂，于闐操，花門笑。怕人間譜換伊梁調，甘州入㊆破橫雲叫。〔合〕酒灑西風茜征袍，軍中且唱從軍樂。

【前腔】〔衆旦舞介〕裁停碧玉簫，陣花飄，河西錦帶翩翻耀。風前掉，掌上嬌，盤中俏。胭脂山下人年少，紅氍隊裏華燈照。〔合前〕

【尾聲】聽鳴笳芳樹篇篇好，小梁州宴罷人長嘯，單則是玉門關外老班超。

軍中高宴夜堂開，城上烏驚探馬來。
火照墨花飛草檄，衆傳君負佐王才。

〔劉弔場〕叫中軍官，明早到參軍府領下檄文二道。矯詔宣諭大小河西，責㊇其貢獻。不服之時，興兵未遲。正是：鞍馬不教生髀肉，檄書端可愈頭風。〔下〕

【校】

㊀ 眺，清暉本、竹林本俱誤作「朓」。

㊁ 城，清暉本、竹林本俱誤作「賊」。

㊂ 寶，竹林本誤作「實」。

㊃ 原無「劉」字，據辭意補。

㊄ 梁州序，獨深本注云：「此闋犯賀新郎，非梁州序本調。」葉譜題作梁州新郎，正謂梁州序犯賀新郎。

㊅ 候，柳浪本誤作「侯」。

㊆ 入，獨深本誤作「人」。

㊇ 責，清暉本、竹林本俱誤作「黃」。

第三十齣　河西款檄

【粉蝶兒】〔大河西回回粉面大鼻鬍鬚上〕撒采天西，泥八喇相連葛刺，咱占定失蠻田地。馬辣酥拌飲食，人兒肥美。花蕊布纏匝胸臍，骨碌碌眼凹兒滴不出胡㈠桐半淚。

自家大河西國王是也。天時葡萄㈡正熟，東風起釀酒，貢獻吐蕃。今又聞得大唐天子起兵把定玉門關，要咱國伏降。咱國無定，先到者爲大。咱便釀下葡萄酒，看大唐吐蕃誰先到也？〔番卒上〕報報報，大唐使臣到。〔內呼介〕使臣到。大唐皇帝詔諭大河西王跪聽宣讀：昔漢西域説開葡萄歸漢，今遣劉節鎮李參軍鎮定大河西，可從節制，不服者興兵誅之。叩頭謝恩！〔番王起介〕請大唐使臣喫馬桐宴。〔內應介〕即往小河西㈢，不可久停，請了。〔番王〕俺國降唐也。自古㈣河西稱大國，從今北斗向中華。〔下〕〔小河西回回青面大鼻鬍鬚上〕

【新水令】火州西撒馬兒田地大狻猊，降伏了覆着氍毹兒做坐席。恰咬了些達郎古賓蜜㈤，澡了些火敦惱㈥兒水。鑌鐵刀活伶俐，燒下些大尾子羊好不攛人的鼻。

自家小河西國王是也。先年臣伏大唐，近來貢奉吐蕃，到瓜熟時，吐蕃便來蹂踐一番。若再來擾，到不如降了大唐也。〔內呼介〕詔使到。大唐皇帝詔諭小河西王跪聽宣讀：皇帝念小河西絶遠，今遣劉節鎮李參軍撫之，逆者興兵誅討。叩頭謝恩！〔番王起介〕請大唐使臣喫了燒羊尾巴

去。〔内應介〕使臣便往回中受降城，斷絶吐蕃西路，不得遲留，請了。〔番王〕咱降唐罷。正是：詔從天上下，嚇殺小河西。〔下〕

【一枝花】〔吐蕃將黑臉領衆上〕當風白蘭路，避暑黄楊渡，槍槊兒剔透在三門竪。閃閃風沙，陣脚紅旗布，打一聲力骨碌。俺帽結朝霞，袍穿氆氌，劍彈金縷。

天㊆西靠着悶摩黎，回鶻龜兹拜舞齊。只有河西雙鷄子，西風吹去向南飛。自家吐番大將，起了部落，搔擾大小河西。好景致也！〔行路打圍介〕

【端正好】旗面日頭黄，馬首雲頭緑。草萋㊇迷遮不斷長途，大打圍領着番土魯，繞札定黄花谷。

【滚繡毬】風吹的草葉低，甚時節青疎疎柳上絲？聽的咿呀呀雁行鴉侶，吱哳哳野雉山狐。急張拘勾的捧頭獐，赤溜出律的決口兔。戰篤速驚起些窣格落的豪豬，咭叭喇喝番了黑林郎雕虎。急迸咯啷的順邊風，幾捧攔腰鼓。溼溜颯喇的是染塞草，雙鵰濺血圖，錦袖上模糊。

呀！到大河西了，問葡萄㊈酒熟麽？〔内應介〕大唐使臣到此，俺國降唐了。〔番將怒云〕呀！大河西降了唐也。

【倘秀才】呆不鄧的大河西受了那家們制伏，滿地上綻葡萄亂熟，醖就了打辣酥兒香碧緑。你獻了呵三盃和萬事，降唐呵也依樣畫葫蘆，罵你個醉無徒！把都們且搶殺他一番！〔作走殺介〕呀！前面小河西了，問他鎮心瓜熟麽？〔内應介〕大唐使臣到此，已降唐了。〔番將怒介〕呀！小河西又降了唐也。㊀

【么篇】㊁些娘大的小河西生性兒撇古，東瓜大的小西瓜瓤紅子烏，刺蜜樣香甜冰雪髓。小河西你獻咱瓜呵省可了咱心煩暑，不獻呵瓜分你國土，敢待何如？

〔内〕大唐分兵去截你歸路了，你國敢怕唐朝也！〔番將〕説大唐麽？

【尾聲】暫回去放你一線降唐路，咱則怕大唐家做不徹拔刀相助。咱不道決撒了呵，有日和你打幾陣戰河西得勝鼓。

番家射獵氣雄粗㊂，去向河西嘴骨都。
似倚南朝做郎主，可知西域怕匈奴。

【校】

㊀胡，清暉本、竹林本俱誤作「梧」。

㊁㊈葡萄，原誤作「萄葡」，據清暉、柳浪、竹林三本改。

㊂「小河西」下，繼志、清暉、獨深、柳浪四本俱有「去」字。

㈣古，繼志、獨深、柳浪、竹林四本俱作「有」。

㈤蜜，清暉、柳浪、竹林三本俱誤作「密」。

㈥惱，清暉、柳浪、竹林三本俱誤作「胸」；葉譜作「腦」。

㈦天，清暉本、竹林本俱作「大」。

㈧萋，各本俱誤作「棲」。

㈠繼志、清暉、柳浪、竹林四本，俱缺倘秀才至「降了唐也」一段。

㈡原仍題倘秀才，據葉譜改。

㈢雄粗，各本俱作「普魯」。

第三十一齣　吹臺避暑

【西地錦】〔劉上〕西地涼州無暑，有中天冰雪樓居。一時勝事誇河朔，看他小飲如無。

【一落索】畫戟垂楊吹幕府，臺館新成，燕雀窺簷語。珠簾暮，涼州唱徹人無暑。參佐風流時一聚，肯學妬才鸚鵡？雨洗燕支路，且須高宴凝歌舞。㊀俺劉公濟，鎮守關西，李君虞參吾軍事，可謂翩翩記室。且喜征塵路浄，避暑筵開。近報得河西納款，早則喜也！〔内作樂介〕〔生上〕

【番卜算】六月罷西征，燕幙風微度。雅歌金管按投壺，將軍多禮數。

〔相見介〕〔劉〕避暑新成百尺㊁臺，〔生〕軍中高宴管絃催。〔劉〕知君不少登樓賦，〔生〕正爾初逢袁紹杯。〔劉〕參軍，俺二人以八拜之交，同三軍之事，西事匆匆，未遑高宴。今茲天氣炎暑，小飲涼臺。左右看酒。〔堂候上〕臺高欲下陰山雪，晝永堪銷沈水香。酒到。

【夜行船序】㊂〔劉〕萬里長驅，喜軍中高宴，正屬吾徒。邊塵静，日永放衙休務。正午，槐展油幢，苔卧沈槍，花催羯鼓。難度，六月裏染征雲，怎不向吹臺歌呼？

【前腔】〔生〕男兒，坐擁銅符，喜繡旗風偃，畫棨雲舒。涼州路，日遠炎蒸不住。正爾，羽扇綸巾，據牀清嘯，圍棋賭墅。凝佇，看燕寢恁幽香，時臮碧窗烟霧。

〔卒捧酒甕上〕水色清浮竹葉，霧華香沁葡萄。稟老爺：酒泉郡獻大河西國葡萄㊃酒。〔劉〕此酒參軍之功也！堂候行酒。

【黑蠊序】㊄香浮，頓遜醍醐，鎮葡萄亂濆，鴨頭新綠。也索向酒泉移封，把涼州換取。〔生〕清醑，想一㊅年風色阻，千日凍花敷。暈珍珠，醡盡酸甜，留下水晶天乳。

〔卒捧瓜上〕北斗高如南斗，西瓜大似東瓜。禀老爺：瓜州獻小河西國鎮心瓜。〔劉〕此亦參軍之功也！堂候進瓜。

【前腔】清虛，冰井沈餘，等半輪青破，一襟涼貯。鎮紫瓤浮動，素津流注。〔生〕冰筯，甘垂承掌露。寒濺泣盤珠。沁肌膚，迸玉綻紅，跳顯出個人風度。

〔劉〕好上望京樓一望也。〔生〕望京有甚好處？

【錦衣香】〔劉〕闌樹鋪，濃陰護。水萍紆，微風度。飛樓外望京何處？〔生〕怕乘鸞烟去鳳臺孤，邊聲似楚，雲影留吴。據胡牀三弄，影扶疎。嘯歎樓柱。聽胡笳悲切訴，似訴年光流欲去。正繞鵲休枝，驚蟬墜露。

【漿水令】〔合〕家何在畫屏烟樹？人一天關山夢餘，砑光盃影醉蟾蜍。便待敲殘玉唾，擊碎珊瑚。心未愜，鬢先素，慢尋河影斷長安路。樽俎内，樽俎内，風雲才聚。旗門外，旗門外，河漢星疎。

【尾聲】〔劉〕參軍呵，和咱沈李浮瓜興不俗。你要受降城去㊆也，早則秋風別哨關南路。

則怕你要喻檄還朝賦子虛。

〔生〕下官感公侯知遇，口占一詩。〔劉笑介〕請教。〔生吟介〕

日日醉涼州，笙歌卒未休。

感恩知有地，不上望京樓。

【校】

㊀此詞句格不類，一落索，疑有奪誤。「肯學姤才」，原誤作「閒學如才」，據繼志本、獨深本改。

㊁尺，柳浪本誤作「天」。

㊂夜行船序，原誤作惜奴嬌，據葉譜改。

㊃葡萄，原誤作「萄葡」，據獨深、柳浪、竹林三本改。

㊄黑蠊序，原誤作鬥寶蟾，據葉譜改。

㊅一，獨深本、柳浪本俱作「十」。

㊆原無「去」字，據獨深本補。

第三十二齣 計局收才

【夜行船】〔盧上〕一品當朝横玉帶，婣連外戚勢遊中貴。世事推呆，人情起賽，可嗔那書生無賴！

兵權掌握勢爲尊，奉詔移軍鎮孟門。獨倚文章傲朝貴，賈生空遇聖明君。自家盧太尉，三年前因李益恃才氣高，計遣參軍西塞。聽見李生有詩獻劉鎮帥：感恩知有地，不上望京樓。即當奏知，怨望朝廷。只是一件，咱方奉命把守河陽孟門山外，召回劉節鎮暫掌殿前諸軍。咱將計就計，今早奏准聖人，加李君虞祕書郎，改參孟門軍事，不必過家。看他到咱軍中，情意如何？招他爲壻，如再不從，奏他怨望未晚。已遣人請他朋友京兆人韋夏卿商量，早來也。〔韋上〕

【薄倖】暑色初分，秋聲一派。看長安馳道，秋風冠蓋。天涯有客，幾時能會？俺消停處，見畫棨朱門橋外，好參謁中朝太尉。

〔見介〕〔盧〕好客勞㊀西笑，〔韋〕人雄鎮北軍。〔盧〕折簡求三益，〔韋〕旌旄謁使君。〔盧〕韋先生，你是李君虞好友，俺今移鎮孟門，奏改他參吾軍事，可好麽？〔韋〕李君虞三年在邊，資當内轉。今又參卿軍事，恐非文人所堪！〔盧〕他有詩㊁劉鎮帥，怨望朝廷，又何必强他入朝，咱招賢館勝如望京樓也。

【羅㊂鼓令】他朝中文章後輩，曾喜他相見只尋常到來，知他性兒那些尷尬？〔韋〕都是些少年情態，怎知的千金賦今人不買？枉了筆生災，題鸚鵡教誰喝采？〔盧〕咱無文的太尉何禁怪？只可惜賈長沙干死了洛陽才。〔合〕他鄉歲月，遠水樓臺。今朝領旨，知他便回。相逢到此好佳懷，秋江寂寞也自放花開。

【前腔】〔盧〕當初也浪猜，咱移軍把着孟門去來，參軍事請他優待。〔韋〕文章士自有廟堂除拜，作參軍知幾載？〔盧〕孟門喜非邊塞也。〔韋〕便做道非邊塞，曾如站立在白玉階。〔盧〕咱軍容將禮好不雄哉！早難道古來書記都不是翰林才？〔合前〕

〔韋〕既將軍厚待，李君虞自有國士之報。小生告行。

【餘文】爲交情，一笑來。〔盧〕須知吾意亦憐才。韋先生，休道俺少禮數的將軍做不的招賢宰。

〔韋下〕〔盧弔場〕可笑！可笑！韋生豈知俺計也？候旨官兒怎的不見到來？〔堂候上〕微聞禁漏穿花遠，獨詔邊機出殿遲。稟爺，聖旨已下，李益以祕書郎改參孟門軍事，即日離鎮，不許過家。〔盧笑介〕書記在吾算中矣。分付諸軍起行。

孟門關外擁羆貅，打鳳撈龍意不休。
但得他來府門下，那時誰敢不低頭！

【校】

㊀勞，獨深本作「來」。

㊁「有詩」下疑奪一「獻」字。

㊂羅，原誤作「鑼」，據獨深本、葉譜改。

第三十三齣　巧夕驚秋

【念奴嬌】㈠〔旦同浣上〕梧桐乍雨，正碧天秋色，霧華烟暝。㈡浴罷晚妝凝望立，簾漾玉鉤風定。〔浣〕別院吹笙，高樓掩鏡，泛灩銀河影。〔合〕幽期無限，佩環聲裏人靜。

【臨江仙】〔旦〕炎光初洗輕塵雨，飛星寄恨迢迢。〔浣〕金風玉露翠華搖，暫㈢停鮫泣翠，相看鵲填橋。〔旦〕占得歡娛今夜好，一年幽恨平消。〔浣〕綵樓人語暗香飄，〔合〕不知誰得巧？空度可憐宵。〔旦〕浣紗，今當七月七夕，織女渡河，香燭瓜果，已備樓中。去請老夫人，等㈣鮑四娘同會綵筵，可早到也。〔老旦上〕

【似娘兒】閨閣露華零，感佳期愁絕惺惺，聽機中織女啼紅迸。望牽郎河漢，烏飛涼夜，鬟染秋星。

兒，請俺怎的？〔旦〕母親萬福！今逢巧夕，請㈤母親同鮑四娘消遣一回。〔老〕鮑四娘可待來麼？

〔鮑上〕

【繞池遊】綵樓清迥㈥，燭閃紅妝靚，笑年年乞巧誰媵？

〔見介〕鄭夫人郡主萬福！今夕香燭果筵，莫非穿鍼故事乎？〔老〕咱老人家乞㈦巧何用？正爲兒女相邀，四娘同此。〔鮑〕從來乞巧，凡有私願，只許在心，不許出㈧口。但看蟢子縈盤，便是人間巧到。老夫人，你我心中暗祝，同拜雙星便了。〔拜介〕烏鵲橋成上界通，千秋靈會此宵同。綵盤花閣無窮意，只在遊絲一縷中。〔老〕此夕真佳景也。

【念奴嬌序㊈】人間天上，數佳期新近，秋容太液波澄。院宇黄昏，河正上，幾看清淺閒庭。輝映，雲母屏開，水晶簾捲，月微風細淡烟景。〔合〕同看取，千門影裏，誰似雙星。

【前腔】〔旦〕河影，層波夜炯。怕空濛㊉霧染機絲，翠花寒凝。一水仙郎，遥望處，脈脈此情誰證？傒幸，喜極慵妝，歡來罷織，倚星眸曾傍暗河行。〔合前〕

【前腔】〔鮑〕還倩，那些縹緲銀鸞，參差烏鵲，斷虹低處翠橋成。清佩隱，似溼雲含雨流聲。清興，按户斜窺，凌波微步，一天秋色今宵勝。〔合前〕

【前腔】〔浣〕端正，步障停雲，眉粱瀉月，一年情向此中傾。清虚處，微茫香霧㊁盈盈。私聽，百子池邊，長生殿上，〔内作笑介〕便風中微語㊂笑分明。〔合前〕

【古輪臺】〔老〕夜雲輕，秋光銀燭畫圍屏，水沈細縷香生鼎。〔鮑〕綵樓低映，問誰許宵征，鈿合金釵私慶？似恁幽歡十分清，把人間私願一時并。〔旦〕商量不定，暗風吹羅帶輕縈。柔情似水，佳期如夢，碧天瑩淨，河漢已三更。〔浣〕良宵耿，算此時誰在迴廊影？

【前腔】〔鮑〕含情，若是長久似深盟，又豈在暮暮朝朝，歡娛長並？〔旦悲介〕玉漏無聲，恨浥西風不盡。忍顧河西人遠，斷河難倩。重歸向舊鴛機上，拂流螢殘絲再整。〔合〕想牽郎還望俜停，鮫綃幾尺，淚花猶瑩。臨河私贈，時有墮釵橫。便道是天河永，他年年風浪幾時生？

【意不盡】明朝烏鵲到人間境，試說向青樓薄倖，你可也卧看牽牛織女星。

阿母天孫恨幾端，九微燈影佇青鸞。

誰尋仙客乘槎路？且伴佳人乞巧盤。

【校】

㈠「念奴嬌」下原有「序」字，衍，據葉譜删。

㈡瞑，繼志、獨深、柳浪、竹林四本俱誤作「暝」。

㈢暫，清暉本、竹林本俱誤作「暫」。

㈣原無「等」字，據獨深本補。

㈤原無「請」字，據各本補。

㈥迥，清暉、柳浪、竹林三本俱誤作「迴」。

⑦乞，獨深本作「得」。

⑧出，清暉本、竹林本俱作「由」。

⑨原無「序」字，據葉譜補。

⑩濛，原誤作「蒙」，據繼志、獨深、柳浪、竹林四本改。

⑪霧，繼志本、柳浪本俱作「露」。

⑫語，原誤作「雨」，據繼志、獨深、柳浪、竹林四本改。

第三十四齣　邊愁寫意

【北點絳脣】〔衆邊將上〕紫塞飛霜，平沙月上，旌旗晃。劍戟排牆，擁定銅符帳。

一聲參佐發蘭州，萬火屯雲映緑油。邊鋪恐巡旗盡換，山城欲過館重修。咱們是朔方劉節鎮部下，因李參軍分兵回樂峯受降城，斷截吐蕃西路。今夜巡塞各城堡，守瞭軍人嚴緊伺候。〔衆應介〕〔衆鼓吹燈籠擁生上〕

【金瓏璁】萬里逐龍荒，擁弓刀千騎成行。刁斗韻悠揚，畫角聲悲壯。錦盤花袍袖生涼，纔起點報星霜。

邊霜昨夜墮關榆，吹角當城片月孤。無限塞鴻飛不度，秋風吹入小單于。自家本用文墨起家，黜以弓刀出塞。既有三軍之事，豈無一夕之勞。分付將官軍士，用心巡守。〔衆應介〕〔生〕將帳門捲上，一望塞外風烟。

【一江風】碧油幢，捲上牙門帳，步上嚴城壯。漢旌旗，數點燈前，掩映紗籠絳。遠望火光，可是胡兒夜獵也？〔衆〕非關獵火光，非關獵火光㊀，是平安報久常，玉門關守定這封侯相。

回樂峯前了。

【前腔】〔生〕那邊廂，淡素鋪平敞，堆積的淒寒狀。敢是下雪也？〔衆〕是沙也。〔生〕㈡是氤氳幾垛平沙，似雪紛㈢彌望。瑤池在瀚海傍，瑤池在瀚海傍。〔衆〕梁園在古戰場，築沙堤等不得沙河將。

是受降城也。㈣

【前腔】〔生〕冷清光，氣色霏微漾，暈影兒朦朧晃。敢是霜也？〔衆〕是月亮。〔生〕步寒宮認得分明，不道昏黃相。衣痕上辨曉霜，衣痕上辨曉霜。〔衆〕是嫦娥在女牆，照愁人白髮三千丈。

〔生〕㈤俺坐一會也。

【前腔】據胡牀，沙月浮清況，〔內吹笛介〕猛聽的音嘹亮。〔衆〕何處吹笛也？這吹的是關山月也？是思歸引也？〔衆作回頭望鄉介〕〔指云〕那不是俺家鄉洛陽？那不是俺家鄉長安？那不是他家鄉隴頭？〔生亦作望鄉掩泣〕〔衆〕被關山橫笛驚吹，一夜征人望。家山在那方？家山在那方？離情到此傷，斷腸聲淚譜在羅衫上。

〔王哨上〕龍吟塞笛空橫淚，雁足吳箋好寄書。稟參軍爺，小卒是京師盧太尉府中王哨兒便是。因來劉節鎮㈥軍中探取軍情回京，可有平安書寄？〔生〕正好相煩。情書不盡，暫將屏風數摺，對此清光，畫出邊城夜景，見咱淒涼也。秋鴻，取畫筆丹青聽用。〔鴻上〕王會圖中開粉本，陽關曲裏寄

丹青。紙屏風蛾墨在此。〔生做畫介〕

【三仙橋】陽關落照，儘斷烟衰草。河流一線，那更鴻縹緲。邊城上，着幾點，漢旌搖，盼胡天恁遥。呀！俺提起潤生綃，拂拭些情淚落。還倚着路數⑦分斜，隨着素毫，展風沙蘸的個墨花淡了。屏風呵，一遞遞短長城，做不出疊巫山清曉。

待畫這沙似雪，月如霜。

【前腔】卻怎生似雪樣偎沙迴⑧杳？一抹兒峯前回樂。則道是拂不去受降城上清霜，看則是永夜征人沙和月長恁照也。⑨影飄飄，碧濛濛，把關河罩，幕寒生夜悄。四下裏極目暗魂銷，清寒似寂寥。這幾筆兒輕勾淡繞，撇綽的暮光浮，隱映的朦朧曉。屏風呵，恁路數兒是分明，可引的夢沙場人到。

待畫着征人聞笛望鄉也。

【前腔】一笛關山韻高，偏趁⑩着月明風裊，把一夜征人，故鄉心暗叫。齊回首，鄉淚閣，並城堞兒相偎靠，望眼兒直恁喬。想故園楊柳，正西風搖落。便做洗邊塵⑪霜天午⑫曉，也星似嘹雲飄⑬，銜入遍梁州未了。屏風呵，比似俺吹徹梅花，怎遞送的倚樓人知道？

畫完，題詩一絶：回樂峯前沙似雪⑭，受降城外⑮月如霜。不知何處吹蘆管？一夜征人盡望鄉。

詩已題下，王哨兒寄去也。〔哨〕自有回報。

【尾聲】做不得李將軍畫漢宮春曉，俺這裏捲不去的雪月霜沙映白描，趁着這一天鴻雁秋生早。〔哨下〕

〔走報人上〕烏鵲南飛終是喜，馬首西來知爲誰？自家長安門走報的便是。來報李參軍轉官，不免徑入。〔見介〕恭喜老爺，新奉聖旨，加祕書省清銜，改參盧太尉孟門軍事，即日起程。〔生〕何因有此？先賞報人去，便寫書謝了劉節鎮起程。〔報〕節鎮劉爺，也欽取還朝，總管殿前諸軍事。〔生〕呵！原來如此。

西塞東歸總戰塵，畫屏風裏獨沾巾。
閨中只是空相憶，若見沙場愁殺人。

【校】

㈠「非關獵火光」疊句，原僅注一「又」字，今據葉譜改書全文。下三曲：「瑤池在瀚海傍」，「衣痕上辨曉霜」，「家山在那方」三疊句同。

㈡原無「生」字，據獨深本補。

㈢紛，獨深本誤作「粉」。

㊃ 也，繼志、獨深、柳浪、竹林四本俱作「了」。

㊄ 案：「俺坐一會也」，乃生脚口氣。獨深本下曲「據胡牀」上有「生」字，據補，並移在此句白語之上。

㊅ 鎮，原作「度」，據獨深本改，使得前後一致。

㊆ 數，原誤作「敷」，據獨深本改。

㊇ 迴，原誤作「迴」，據繼志本、獨深本改。

㊈ 葉譜據律删「也」字。

⑩ 趁，原誤作「起」，據獨深本改。

⑪ 塵，原誤作「城」，據各本改。

⑫ 乍，清暉本、竹林本俱誤作「年」。

⑬ 也星似嘹雲飄，費解，疑有誤字。星，清暉、獨深、柳浪、竹林四本俱作「心」；嘹，嘹字俗書，獨深、柳浪、竹林三本俱作「嘹」。葉譜此句作「聲逐蹇雲飄」。

⑭ 雪，清暉本、竹林本俱誤作「⿱雨王」，字書無此字。

⑮ 外，繼志、清暉、柳浪、竹林四本俱作「上」。

第三十五齣　節鎮還朝

【寶鼎兒】〔衆擁劉節鎮上〕旗門占氣色，鳳尾雲飄，旄頭宿落。匣劍老轆轤繡澀，邊烽冷兜笭苔卧。共仰清時留節鎮，萬里關河紫邏。〔合〕正簫鼓鳴秋，牙幢清晝，貂蟬繞座。

獨攬堂印坐西州，一劍霜飛雁影秋。卻笑班超容易老，焉知李廣不封侯？自家劉公濟，鎮守玉門關外，推轂幾年，拓地千里。落日已收番帳盡，長河流入漢家清。昨奉聖旨，着下官還朝，總管殿前諸軍事。李君虞加祕書郎，改參盧太尉孟門軍，早晚參軍書到也。〔卒持書上〕雲沈老上飛鴻去，日落回中探馬還。〔叩頭介〕參軍爺有書。〔劉笑念書介〕參軍李益頓首劉節鎮開府麾下：愚生書劍西征，拜瞻台座，三載于兹，恩禮兼至。袁本初書記，時有優渥之言；王仲宣從軍，不無思鄉之感。意難遥别，道阻回長。所深幸者，君侯膺歸衮之期，賤子附遷鶯之役。風期未遠，存問非遥。虎變龍蒸，風雲自愛。不宣。益再頓首。呀！李君虞早向孟門去也。下官既受君命，不俟駕行。堂候官。請征西大將軍金印出來，交與副將軍權領，即日起行。〔副將領衆上〕關西諸將謁㊀容光，曾入甘泉侍武皇。今日路傍誰不羨㊁，功業汾陽異姓王！恭賀老爺還朝。〔劉〕老夫有何功績，得此皇宣？

【啄木兒】心雖赤鬢欲皤，意氣當年漢伏波。念少游歸興如何？相憐我得遂婆娑。〔舉手介〕忝元戎多暇勞參佐，甚西風別去情無那，〔淚介〕吹起袍花淚點多。

〔衆〕老爺呵，

【前腔】你倚天劍迴日戈，一卷陰符萬揣摩。洗兵風坐挽銀河，比凌烟漢將功多。〔跪拜〕㊂詔東歸少不的齊聲賀！〔衆淚介〕這歡聲有淚向悲笳墮，再不見尊俎投壺聽雅歌。

〔劉〕就此別了。〔衆〕願攀留信宿而行，盡邊關父老降附番戎之意。〔劉〕京營務重，不敢稽延。俺所佩平西大將軍金印，權交副將軍收掌，好珍重也！〔交印介〕

【三段子】〔劉〕黄金斗大，肘間懸龜紋綬花。權時未挂，卧内前牀兒護他。有如姬要不的他閒偷把，朱司農用不着那横文打。怕漏使模行，軍機怎耍！

〔將〕敢問老爺，軍機那一件最大？〔劉〕漢置四郡，斷匈奴入羌之路。今當護羌，使吐蕃不得連和，陽關内外可無事矣。

【前腔】甘涼以下，望長安天涯海涯。爲甚屯田建牙？斷番戎羌家漢家。〔將〕兵法願一指授。〔劉〕聽老夫八個字兵法：銷兵日久休頽塌，生羌歲久防奸詐。八個字「奈苦同甘、信賞必罰」。

起行，諸軍將不許離信地遠送。〔内報介〕受降城外諸夷長送老爺。〔劉〕不須遠送，只一心事唐便了。〔行介〕

【歸朝歡】歸朝去，歸朝去，萬里胡沙。秦川雨，杜陵花。關山路，關山路，畫角鳴笳。送將歸，兩鬢華。秋光塞上人如畫，黄宣去把團營押，看細柳春風大將牙。

秦時明月漢時關，　繡纛人看上將還。
但使龍城飛將在，　不教胡馬度陰山。

【校】

㊀謁，繼志、清暉、獨深、柳浪四本俱作「揖」。
㊁羨，獨深本作「指」。
㊂拜，繼志本作「科」；獨深本作「介」。

第三十六齣　淚展銀㈠屏

【菊花新】〔旦浣上〕舉頭驀見雁行單，無語秋空頻倚闌。寒花蘸雨斑，應將我好景摧殘。

【河滿子】露冷蓮房墜粉，霜清竹院餘香。偏照畫堂秋思朗，垂簾半捲瀟湘。幾回斷鴻影裏，無言立盡斜陽。奴家自別李郎，三秋杳無一字。正是：叢菊兩開人不至，北書不寄雁無情也。〔浣〕早晚佳音，不須煩惱。

【桂枝香】〔旦〕水雲天淡，弄妝晴晚。映清虛倚定屏山，暢好處被閒愁占斷。減香溫一半，減香溫一半，洞房清歎。影闌珊，幾般兒夜色無人玩，着甚秋光不奈看？〔浣〕上鳳簫樓望一回也。

【前腔】〔旦〕捲簾無限，山明水遠。殘霞外烟抹晴川，淡霜容葉横清漢。正關山一點，正關山一點，遥望處平沙落雁。倚危闌，淚來溼臉還誰見？愁至知心在那邊？〔哨持小屏風上〕

【賺】塞上飛馳，報與朱門人自喜。〔旦〕試聽晚妝慵，那重門深閉。知他甚底？悶把珠簾輕揭起。〔哨叫介〕〔浣〕寂靜堂前，數聲兒客至，迴廊半倚閒窺覷。是誰？〔哨〕陽

關哨卒來傳示。〔旦驚喜介〕你可曾從事李參軍，俺這裏寒衣未寄。〔哨出屏介〕怕寄平安書不的，小屏風上傳詩意。〔旦〕這書封幾夜霜華脆，雁足寒飛繞月枝，黄花酌酒相勞你。〔浣出酒飲哨介〕〔哨〕主公威令難遲滯。〔浣〕夫人鄭重留人醉。〔旦〕主公是誰？〔哨〕盧太尉。〔旦〕太尉何人？〔哨〕乃當朝丞相盧杞之弟，穿宫盧中貴老公公之兄，第一富貴人家也。〔旦〕且問你：參軍甚時可回？〔哨〕小的在關西，聽的參軍爺題詩與劉節鎮説，不上望京樓了。〔旦惱介〕〔哨〕不須煩惱，俺歸到中途聞聖旨，别有差除疾和遲，少不得榮歸故里。喈階前拜酒忙回去。〔下〕〔旦〕三年一字三千里，非同容易！非同容易！

【金索挂梧桐】㊀寒鴉帶晚暉，喜鵲傳新霽。遠水凝眸，折盡層波翠。〔開屏風介〕夫，你三年没紙書，難道短相思？屏風呵，爲甚封了重封出落的呈妝次。李郎，你感劉君恩遇，不上望京樓呵，你只知紅妝夜宴軍中美，可也回首望京樓上覷。風塵起，千尋落葉離不的花根裏。〔合〕知他是何日歸期？且接着平安喜。

歸意可知，且展畫屏詩句一玩。呀！原來十郎手自丹青也。〔詠詩介〕回樂㊂峯前沙似雪，受降城外㊃月如霜。不知何處吹蘆管？一夜征人盡望鄉。你看幾疊屏山，詩中有畫，畫中有詩，滿目邊愁也。

【前腔】沙如雪靄微，月似霜華積。月杳㊄沙虚，冷淡傳蹤跡。㊅俺不曾到萬里短長城，

這幾疊畫屏兒，寫陽關只少個瀟湘對。夫，俺這裏平沙瀚海把圍屏指，你那裏落月關山横笛吹。心兒記，夢魂中有路透河西。〔合前〕

〔浣〕小姐，三年李郎不歸，家門漸次零落也。

【梧桐花】㊆是綺羅叢，春富貴，儘花月無邊受用美。如今金谷田園誰料理？把這舊家門户空禁持，老夫人一段傷心難寄與。〔合〕算只有歸來是。

〔旦〕道甚家資？㊇可惜秋光也。

【前腔】你道爲甚呵？勾引的黄昏淚。向蓮葉寒塘秋照裏，偷把胭脂匀注喜。這其間芳心泣露許誰知？俺待寫半幅秋光還寄與。〔合前〕

【意不盡】連天衰草砧聲起，〔浣〕他還鄉早晚不索寄寒衣，〔合〕盼得他錦繡團欒真是美。

邊月胡沙泣向君，　畫屏紅粉漬氤氲。
明年若更陽關戍，　化作西飛一片雲。

【校】

㊀ 銀，繼志本、獨深本俱作「吟」。

㈡金索挂梧桐，葉譜作金絡索。
㈢樂，原作「雁」，據獨深本改。
㈣外，各本俱作「上」。
㈤杳，清暉本、竹林本俱誤作「沓」。
㈥跡，清暉本、柳浪本俱誤作「踪」。
㈦此曲獨深本作旦唱，誤。
㈧資，繼志、清暉、柳浪、竹林四本俱作「貧」。

第三十七齣　移參孟門

【番卜算】〔盧上〕秋草塞門烟，河上西風偃。洛陽才子赴招賢，鼓吹軍中宴。

一家何止十朱輪，兄弟雙飛秉大鈞。獨向河陽征戰淨，今朝開閣引詞人。自家盧太尉，鎮守孟門關外，奏准李君虞參我軍事。報説今日走馬到任，左右營門伺候。〔生衆上〕

【神仗兒】河西路轉，河西路轉㊀，赴河陽幕選。㊁〔王哨叩頭〕㊂參軍爺到來，前日萬金家報，是小軍送上夫人。〔生〕勞你！夫人安否？〔哨〕平安。只是望爺過家。〔生〕取一錠花銀賞他。哨兒，你是咱故人，以後太尉爺差你，長安帶書往來，也不慢你。〔哨〕當得，當得。〔生〕報平安陣前飛雁，便玉人無恙，怎生排遣？只怕這磨旗門，盼不到吹笙院。

〔見介〕〔盧〕聞君西域奏詞鋒，〔生〕天柱山高大華東。〔盧〕鴛鷺好歸仙仗裏，〔生〕熊羆還在禁庭中。〔盧〕參軍，洛下一見，至今懷仰，何幸得參吾軍！看酒。〔堂候上〕幕府求才子，將軍作主人。酒到。

【瑣窗寒】㊃〔盧〕倚風塵萬里中原，大將登壇㊄尺五天。孟門關外，少華峯前。繞旌旗萬點，河流一線，還倚仗詞鋒八面。〔合〕難言，人生遇合總情緣，且須高宴留連。

【前腔】〔生〕筆花梢慣掃狼烟，誰待吹噓送上天？改河陽贊佐，塞上回旋。便相如喻

檄，終軍乘傳，也不似恁般蓬轉。〔合前〕

〔盧〕聞參㈥軍有詩，不上望京樓，然否？〔生〕醉後餘談，何勞遠聽！〔淨㈦笑介〕

【前腔】你佩恩華意氣成篇，不把望長安心事懸。君虞，休嫌文官武職。看參軍楚楚，書記翩翩。有賦河清鮑照。登樓王粲，總不礙禁庭清選。〔合前〕

〔盧〕參軍，可有夫人在家？〔生〕秀才時已贅霍王府中。〔盧〕原來如此。古人貴易妻，參軍如此人才，何不再結豪門？可爲進身之路。〔生〕已有盟言，不忍相負。

【前腔】淚花彈袍袖香殷，數遍秋花人少年。〔盧〕可有平安信？〔生〕下官進轅門時，老太尉麾下一人，三年纔傳得一信。〔盧〕受命在君，何戀戀兒女乎？〔生〕晚風砧杵，夜月刀環。正尋常歸燕，幾行征雁，怎隔斷關河別怨？〔合前〕

〔生〕請罷酒。〔盧〕軍中一日一宴也。

【尾聲】爲憐才子聲光遠，〔生〕自是將軍禮數寬。〔合〕指日呵文武朝班歸漢苑。

〔生下〕

〔盧弔場〕衆將官，查那一個傳李參軍家信？〔哨〕是小的。〔盧〕拿去綁下！〔哨乞饒介〕〔盧〕且記着，許你將功贖罪。差你京師慶賀劉節鎮還朝，便到參軍家，説他咱府招贅，好歹氣死他前妻，是你功也。〔哨〕理會得。

八柱擎天起畫樓，一般才子要低頭。
非關鬼蜮含沙影，自要蛟龍上釣鉤。

【校】

㈠「河西路轉」疊句，原僅注一「又」字，今改書全文。
㈡「幕選」下原有「又」字，蓋涉上文「又」字而衍，今删。
㈢「叩頭」下，各本俱有「科」字。
㈣窗寒，原誤作「寒窗」，據葉譜改。
㈤壇，各本俱作「臺」。
㈥參，繼志、清暉、柳浪、竹林四本俱誤作「將」。
㈦淨，應作「盧」，使得前後一致。

第三十八齣　計哨訛傳

【薄倖】〔鮑上〕翠館雲閒，陽臺雨過。正夕陽閃淡，秋光無那。鏡中略約，年華多大。君知麽？夢不斷梧桐金井，雨偏打閒愁獨坐。

【西江月】舊日長裙廣袖，如今窄襪弓鞋。朝花冷落暮花開，不唱賣花誰買。時學養娘催繡，閒陪幼婦題詞。春絲盡也絡秋絲，心緒啼痕似此。俺鮑四娘，數日伴小玉姐消遣。聞道朝廷將取李郎回家，竟無消息，終日翠減香消。俺因自想青樓時節，伴着五陵年少，今日獨自，好悽惶也呵，

【羅江怨】㊀無奈這秋光老去何，香消翠譌。聽秋蛩度枕没騰那，數秋螢團扇暗消磨，也怎生個芭蕉夜雨閒吟聒？燈兒和咱麽，影兒和咱麽，好一個悽惶的我！

〔王哨兒上〕去爲撈酒客，來作拗花人。小軍王哨兒便是。主公盧太尉差往長安霍府行事，只説㊁俺老爺招贅李參軍，要暗死那前位夫人。太尉不將心比心，小子待將計就計。前日與李爺寄書，那夫人待我不輕。正要説知，未可造次。打聽得這曲頭有個鮑四娘，走動他家，且向他一問。〔見介〕老娘，有漿水喫㊂一碗與行路人。〔鮑〕客官何來？〔哨〕李參軍帳下。〔鮑驚介〕參軍在那裏？〔哨〕正待朝廷取歸，被當朝盧太尉奏點孟門關外參軍去了。〔鮑〕可就回來？〔哨〕早哩，敢要就了盧太尉小姐也。〔鮑〕怎麽説？〔哨〕敢招贅在盧家了。〔鮑〕十郎好薄倖也！

【香遍滿】秀才無賴，死去也不着骸。越樣風流賽，真個難猜，不道將人害。是佳人命薄，慣了些呆打孩。咱橫枝兒聽着，也不分把闌干拍。

你同俺去他家説個端詳，定不慢你。〔哨〕使得。

【前腔】〔鮑〕幾分消息，輕可的洩漏些。帶的個愁來也，怎一個「愁」字兒了得！今番夜，倩你教喫敲才，好歹將意兒團弄，他歸來時，待扭碎花枝打。

【尾聲】這段情詞真也假？〔哨〕不假。你爲咱順西風傳與小窗紗。〔合〕只怕斷腸人聽不起這傷情話。

秋風遠信雁鴻低，春色天邊鶯燕疑。
雪隱鷺鷥飛始見，柳藏鸚鵡語方知。

【校】

㈠ 羅江怨，葉譜題作羅江醉，謂香羅帶犯醉太平、一江風。

㈡ 説，原作「是」，據獨深本改。

㈢ 喫，疑當作「乞」。

第三十九齣　淚燭裁詩

【破陣樂】㊀〔旦上〕寒鬢寶釵猶挂，倚秋窗數點黄花。扶頭酒醒爐香炧，墮淚妝殘柳暈斜，西風涼似夜來些。

【好事近】簾外雨絲絲，淺恨輕愁碎滴。玉骨西風添瘦，趁相思無力。小蟲機杼隱秋窗，黯淡煙紗碧。落盡紅衣池面，苦在蓮心菂。自從十郎屏風寄後，轉忽經秋，欲寄迴文，曾無便使，好不傷感人也！浣紗，這幾日鮑四娘都不見來，卻爲何的？正是：秋風滿院無人見，怕到黄昏獨倚門。

【眼兒媚】〔鮑上〕匆匆消息報君家，繡鞋兒陡的未寬些。想㊁他暮雲樓畔，悶拈簫管，憔悴烟花。

〔見介〕〔旦〕幾日不來隨喜，卻是因何？〔鮑〕偶爲貧忙，有乖清候。敢問十郎去幾年了？〔旦〕將次三秋。〔鮑〕如今早則喜也！〔旦驚介〕知他甚喜？〔鮑〕你猜來。

【紅衲襖】〔旦〕莫不是掃南蠻把謫仙才御筆拿？莫不是定西番把洛陽侯金印挂？莫不是虎頭牌先寫着秦關驛駐皇華？莫不是鳳尾旗緊跟上他渭河橋敲駿馬？得他個俊參軍功級多，少不得把咱小縣君封號加。可知是喜早些兒傳下也，這些時挑燈銜弄花。

【前腔】〔鮑〕則道他顯威風拄倒了崑崙北海涯，則道他凱歌聲喧動了長安西日下，則道他覓封侯時運底有甚巧争差，受皇宣道途中有些閒蹭答。怎知他做官兒不着家？比似你做縣君喬坐衙。其間就裏有話難提也，則怕你猜得來愁悶煞。

〔旦〕你怎生又道是喜也？

【前腔】莫不是玉門關拘的俊班超青鬢華？莫不是望鄉臺站的個老蘇卿紅淚灑？莫不是他戰酣了落日擢寒㊂甲？莫不是客犯了災星墜漢槎？十郎夫，若是你走陰山命不佳，俺拚了壞長城哭向他。不然你死丟下了玉鏡臺也，恁孤鸞偏照咱。

【前腔】〔鮑〕你怕他胭脂山血淚花，你怕他拂雲堆魂墜馬。他原來斷腸流別賺了個香羅帕，磨旗峯轉添上些紅臂紗。他則待要豔湖陽窺宋家，你拚了個錦迴文學竇娥。待不信呵，有個人兒傳示也，慢消詳尋問咱。

〔哨兒上〕好作事因尋浪子，怕將消息惱山兒。夫人叩頭！〔旦〕是去歲寄屏風的王哨兒。〔哨〕夫人眼裏出水。〔鮑〕胡説！〔哨〕是是秋波，秋波。〔旦〕太尉爺幾個女兒，招了參軍爺做女壻？〔哨〕只是這個小姐，十分才貌，參軍爺相隨太尉爺移鎮孟門，郎才女貌，四眼相顧，因此上商量這門親事。〔旦〕就了麼？〔哨〕敢待就也。〔旦泣〕㊃李郎薄倖呵，

【泣顏回】提起淚無涯，憶相逢淡月梅花。天應錯與，風萍露柳榮華。等閒招嫁，劣身

奇賺上了他虛脾話。便今朝死待何如，分薄書生奚落奴家。

〔老旦上〕無事護窗紗，嬌看萼緑華。沈香熏小像，楊柳伴啼鴉。原來鮑四娘在此。這個軍兒何處來？爲甚小姐悲啼不止？〔鮑〕這是前度寄屏㊄的王哨兒，報説李郎議親盧府，因此傷心。〔老〕那個盧府？李郎好不小覷了人家哩！

【前腔】㊅如花，俺幾年培養出牡丹芽。春風一度，有甚年華？幾曾消乏，恁㊆般時節滿堂如畫，做門楣不成低亞。待余生分付青鸞，你玉鏡臺又過送了誰家？

〔哨〕天晚告行。〔旦〕浣紗，張上燈來，俺寄一詩去也。〔浣持燈上〕〔旦寫介〕

【榴花泣】驚魂蘸影飛恨繞螓蛾，咱也曾記舊約，點新霜被冷餘燈卧。除夢和他知他們和夢呵，也有時不作。這答兒心情你不着些兒個，是新人容貌争多，舊時人嫁你因何？

〔老〕詩可寫就了？〔作看詩介〕藍葉鬱重重，藍花石榴色。少婦歸少年，光華自相得。愛如寒爐火，棄若秋風扇。山岳起面前，相看不相見。春至草亦生，誰能無别情？殷勤展心素，見新莫忘故。遥望孟門山，殷勤報君子。既爲隨陽雁，勿學西流水。

【么篇】㊇你可非烟染筆是那畫眉螺，蘸的秋痕淚點層波，佩香囊翦燭親封過。〔鮑〕你端詳待他，望夫臺詩句也則斟量和。〔老〕便分明説與如何？雨雲場幾大風波。

【漁家犯】[9]〔旦〕俺爲甚懶腰肢似楊柳線欹斜？暈眉窩似紅蕉心窄狹？有家法拘當得才子天涯，没朝綱對付的宰相人家。比似你插金花招小姐，做官人自古有偏房正榻。也索是，從大小那些商度，做姊妹大家歡恰。

【么篇】[10]〔老〕你則待錦迴文烟冷了窗紗，淚封書烘破了銀蠟。是他弄簫臺把雲影重遮，〔指鮑介〕你個定昏店把月痕偷搯。〔鮑〕只怪得定雙飛釵燕插，便和那引同夢的花燈恰。知他，厭了家雞挑鳳，背了鴛鴦打鴨。

【撲燈蛾】〔旦〕書生直恁邪，見色心兒那。把他看不上，早則吞他不下也。是風流儒雅，没禁持做出些些，也則索輕憐輕罵。説他知[11]咱小膽兒，見了士女争大怕。

【前腔】〔老〕天教有日逢，不道無言罷。〔鮑〕他當初相見咱，直恁眉梢眼抹也。等閒回話，費了幾餅香茶。又不是路牆花朵，則問他怎生奚落，好人家的女嬌娃？

〔哨叩頭作去介〕〔旦〕哨兒，

【意不盡】你説與他把烏絲闌詩句冷吟哦，從今後[12]閟增多，長則是鬼胡由摸不上心頭可。[13]

雖言千騎上頭居，　一世生離恨有餘。
葉下綺窗銀燭冷，　含啼自草錦中書。

【校】

㊀破陣樂，原誤作望遠行，據葉譜改，謂破陣子犯齊天樂。

㊁想，清暉、柳浪、竹林三本俱誤作「恩」。

㊂寒，繼志、清暉、柳浪三本俱作「韓」。

㊃「泣」字下，繼志、清暉、柳浪、竹林四本俱有「科」字。

㊄「屏」字下，繼志、清暉、柳浪、竹林四本俱有「風」字。

㊅前腔，葉譜題作顔子泣，謂泣顔回犯刷子序。

㊆恁，原誤作「您」，據葉譜改。

㊇么篇，應作「前腔」。此曲九宮大成卷十二引，題作榴花好，實即是榴花泣，蓋泣顔回又名好事近。

㊈漁家犯，葉譜題作雙燈舞宮娥，謂漁家燈犯剔銀燈、舞霓裳、宮娥泣。

㊉么篇，應作「前腔」。此曲葉譜題作三燈照宮娥，謂漁家燈犯山漁燈、剔銀燈、宮娥泣。

⑪他知，獨深、柳浪、竹林三本俱誤作「知他」。

⑫「後」字下，葉譜有「愁」字。

⑬「頭可」下，各本俱有「哨兒下」三字。

第四十齣　開箋泣玉

〔生上〕幾樹好花閒白晝，滿庭芳草易黄昏。心隨岳色留秦地，夢逐河聲出禹門。自家一從玉關移鎮，參軍孟門，聽的盧太尉有招親之意，俺這裏只作不知。呀，怎忘的我小玉妻也！

【刮鼓令】㊀閒想意中人，好腰身似蘭蕙薰。長則是香衾睡懶，斜粉面玉纖紅襯。和嬌鶯枕上聞，乍起向鏡臺新。似無言桃李，相看片雲。春有韻月無痕，難畫取容態盡天真。

【前腔】無事愛嬌嗔，沒㊁伊邊少個人。當初擬畫屏深寵，又誰知生暗塵？他獨自個易黄昏，將咱身心想伊情分。則他遠山樓上費精神，舊模樣直恁翠眉顰。

〔王哨上〕愁眠客舍衣香滿，走渡河橋馬汗新。俺王哨兒，奉太尉命，去傳播招親之事與李參軍前妻，到替他捎一首詩來。此是參軍別館，不免進見。〔生〕㊂是王哨兒，從何而來？〔哨〕俺前日爲帶夫人平安信，太尉惱了。近遣俺京中慶賀，問到霍府中看看，悄的帶有夫人家信也。〔叩頭送詩上介〕〔生〕原來是小玉姐詩也。〔作念詩介〕藍葉鬱重重，藍花石榴色。少婦歸少年，光華自相得。愛如寒爐火，棄若秋風扇。山岳起面前，相看不相見。春至草亦生，誰能無別情？殷勤展心素，見新㊃莫忘故。遥望孟門山，殷勤報君子。既爲隨陽雁，勿學西流水。

【三換頭】鶯猜燕忖，疊就綵鸞清韻。稱吳牋膩粉，啼紅嬌暮雲。雁來成陣，這其間訴不

盡，有片影橫秋雙未穩。一種心頭悶，書中說幾分。〔合〕且報平安，怎只把閒愁來殢人？哨兒，你敢在夫人前講甚話來？〔哨〕没有。〔生〕詩意蹺蹊！〔哨〕是，是，是，那日遞家報與參軍爺，太尉要拷打小的，說俺府裏待招贅參軍，你敢再傳他家信！小的見夫人，依實說了。〔生〕好不胡說也！

【前腔】太尉呵，他杯中笑言，花邊閒論。尋常風影，你怎生偏認真，無端要人生分？夫人呵，這其間也索問個詳因，難憑口信。一摺詩兒也，九迴腸怕損。〔合前〕

河陽不似舊關西，夜夜城南夢故妻。
坐想寒燈挑錦字，紅綿粉絮裛妝啼。

【校】

㈠ 刮鼓令，葉譜題作鶯囀遍東甌，謂黄鶯兒犯囀林鶯、香遍滿、東甌令。

㈡ 没，清暉、柳浪、竹林三本俱作「沉」。

㈢ 生，各本俱誤作「鴻」。

㈣ 新，原誤作「親」，據上齣改。

第四十一齣　延媒勸贅

【字字雙】〔堂候官上〕陞官圖上没行頭，堂候。鬍鬚上挂鼻膿頭，怪臭！老爺説話耳根頭，最厚。精銅響鈔尋事頭，儘勾！

自家太尉府中堂候官便是。官雖無一品二品，錢到有九分十分。俺太尉爺在京管七十二衛，在外管六十四營，每日各衛府營討些分例，私衙買辦刻些等頭，説事過錢，偷功摸賞，從早到夜，爛鐵精銅，約有一紗帽回去。〔内〕可不發迹了你？〔堂〕你不知紗帽破了，漏去了些。遠遠聽得傳呼，太尉爺升帳。〔盧上〕

【一疋布】倚君王，爲將相，勢壓朝綱。三台印信都權掌，誰敢居吾上！

身居太尉勢傾朝，有女盧家字莫愁。還得鳳凰飛不偶，可堪鴛鷺意難投。盧太尉，從孟門召取還都，仍管太尉府事。又賜俺勢刀銅鐵一副，凡都城内外着俺巡緝，有不如意的，都許先斬後奏。單生一女，未逢佳壻。我一心看上了李參軍，可恨此人性資奇怪，一味撇清。在孟門關外年餘，都未通説。昨日還朝，恐他回去，安置他招賢館内，分付把門官校，不許通其出入，要他慣見俺家威勢，自然從允。雖然如此，還須請他朋友韋夏卿勸他，可知來也。

【玉井蓮】㊀〔韋上〕太尉勢傾朝堂，何事書生相訪？

〔見介〕〔韋〕寒儒久別威嚴㈡，復覩台顔，拜揖。〔盧〕秀才暫須免禮，近前有事端詳。〔韋〕老太尉有何分付？〔盧〕

【瑣窗郎】㈢李參軍蓋世文章，俺家中有淑女正紅妝。夏卿呵，你和他好友借重你商量，要他坦腹不須强項。夏卿知俺家威勢否？俺撈龍打鳳由他撞，怎脱得，這羅網。

〔韋背介〕原來太尉要招贅李君虞，怕不孤了那小玉姐一段心事，俺且告稟他知：

【前腔】論攀高貴壻非常，有一言須代稟試參詳。他有了頭妻小玉盟誓無雙，怕做不得負心喬樣。〔盧笑嗔介〕説甚麼「小玉」，便大玉要粉碎他不難！〔韋背介〕李郎，這太山只好作冰山傍，怕難做，這冰相。

〔堂候低云〕韋先生，俺太尉爺小姐招人，托先生贊相，誰敢不從！

【前腔】他領鴛班勢壓朝廊，招女壻要才郎。威籠翡翠勢鎖鴛鴦，你把絲鞭領取美言加上。〔韋〕也不須領絲鞭作官媒，只用朋情勸他便好。〔回身合㈣〕婚姻簿上看停當，但勸取，由他想。

金屋藏嬌錦繡叢，定須才子作乘龍。
饒他別插鴛鴦翅，難出天羅地網中。

【校】

㊀玉井蓮，原誤作寶鼎兒，據葉譜改。

㊁嚴，原誤作「岩」，據獨深本改。

㊂瑣窗郎，「郎」原誤作「兒」，據繼志本、葉譜改，謂瑣窗寒犯賀新郎。

㊃「合」字下，各本俱有「唱」字。

第四十二齣　婉拒强婚

【小蓬萊】〔生上〕憔悴尋常風月，甚拘留咫尺關山。花無人問，酒無人勸，醉也無人管。

【南鄉子】一去幾驚秋？淚老西風只暗流。夢裏也知歸去好，遲留，咫尺秦簫不自由。準上望京樓，望得伊家見始休。還怕那人知道了，悠悠，自鎖重門一段愁。自家李十郎，從孟門關外還朝。即擬還家，與小玉姐歡聚。不料太尉倚着威權，館俺別宅，不放閒遊，知他主甚意兒？早晚堂候官來，探知分曉也。

【喜相逢】〔韋同堂候上〕風流誰絆？知他相府池蓮。怕無端引起，緑窗紅怨。〔見介〕〔生〕別館驚逢韋夏卿，〔韋〕參軍此日見交情。〔生〕歸心紫塞三千里，〔韋〕君虞，你薄倖青樓第一名。〔生〕夏卿，怎説俺青樓薄倖也？〔韋〕且住，有堂候在此。〔堂候見介〕〔生〕夏卿，説俺薄倖何事？〔韋〕君虞，今日全不想着賀新郎席上情詞。㊀〔生〕怎生忘了？

【雁魚錦】俺想風前月下人倚闌，這些時秋色芙蓉綻。恨造次春殘香夢遠，家在秦樓，人上雕鞍。〔韋〕有書報平安否？〔生〕俺寫雲屏好寄平安，他也回文淚錦斑。〔韋〕今日早已雁來也。〔生〕早難道俺獨館孤眠慣，雁兒呵，恰正恁時尋伴好愁煩。

〔韋〕今日送個伴來。〔生驚問〕送誰？㈡

【二段】㈢〔韋〕朱顏，有分孤單，怎把雲雨騰那再勾香汗？〔生〕誰家有此？〔韋〕太尉有一小姐，央小弟爲媒，你可把東牀再坦，做嬌賓貴壻也無輕慢。〔生歎介〕罷了！這恩愛前慳後慳，這姻緣㈣左難右難，我就裏好胡顏。〔韋低問〕你就此親受用也？〔生低語〕夏卿，李君虞何處不討得受用，豈須于此？只此人兄弟將相，文武皆拜其下風，既有此情，不可驟然觸忤。承顧眷，只説俺多愁緒成病看看。堂候官，看俺出塞星霜鬢影殘。盧小姐呵，他正是畫梁曉日朝雲盼，肯㈤向咱客舍秋風暮雨闌？

【三段】〔堂〕丘山，他勢壓朝班，只爲憐才肯把仙郎盼。你怎推辭？只怕就裏一段風波，到爲雲雨摧殘。〔低語云〕參軍爺，豈不知太尉威福齊天？你且從權機變，暫時應諾，再取次支吾脱綻。〔韋〕堂候此言有理也。你不是倦遊司馬朝參懶，俺只怕丞相嗔來炙手難。

【四段】〔生〕無端，宦興歸期晚。没緣故掙着雙眼，自投羈絆。〔悲介〕誤嬋娟幾年，俺萬千相思，重門阻人離恨關。堂候，你爲我多多拜上老太尉呵，中情一點愁無限，全仗你這其間作方便，看天上人間。〔堂〕俺小人自能回話，參軍不可固辭。〔生〕怎忘得他探燈醉玉釵頭煖，誓枕餘香袖㈥口寒。

【五段】〔堂〕愁煩，待把佳期緩，也須咱言語轉旋。〔韋〕此事堂候回報，不須小生再行。〔對堂候低介〕天賜好姻緣，看仙郎有意，和俺對腹難言。〔生〕撥不斷的紅絲怎纏？這紅鸞且求他寬限。〔堂辭介〕〔生〕堂候且住呵，逢好事望周全。夏卿兄，俺在此花陰月色難驅遣，你去呵柳影風聲莫浪傳。

〔韋〕可知道，請了。〔生〕故人相見話匆匆，〔韋〕自有新人富貴叢。〔堂〕有緣千里能相會，〔生〕無緣對面不相逢。〔下〕〔韋弔場〕嫦娥不見影沈沈，儘把閒愁占伏吟。畫虎畫皮難畫骨，知人知面不知心。俺夏卿怎生道這幾句？當初李十郎花燈之下，看上鄭家小玉姐，拾釵定盟，拈香發誓，擬待雙眠雙起，必須同死同生。一旦征驂，三年斷雁。現留西府，還推無可奈何；聽説東牀，全不見有些決斷。言來語去，盡屬糢糊；移高就低，總成繾綣。看來世間癡心女子，反面男兒也。我且在此評跋他一番：

【金㊆梧桐】才子忒多才，才子多人愛。插上㊇了短金釵，又襂上個同心帶。看他呵，心兒裏則弄乖，口兒裏則道白。李生一句分明罷了，卻又囑付我柳影風聲莫浪傳。呀！這段風聲，也不索燕猜鶯怪。待説與崔允明去。小玉姐呵，送紅顏這一段腌臢害。

半吞半吐話周章，定是青樓薄倖郎。
大鵬飛上梧桐樹，自有傍人説短長。

【校】

㈠「情詞」下，清暉、柳浪、竹林三本俱有「也」字。

㈡「送誰」下，各本俱有「爲伴」二字。

㈢以下四曲，原俱題作「前腔」。案：雁漁錦一套五曲，調各不同，實不能稱「前腔」。今據葉譜改稱「二段」、「三段」、「四段」、「五段」。

㈣姻緣，各本俱作「婚姻」。

㈤肯，清暉、柳浪、竹林三本俱作「閑」。

㈥袖，清暉、柳浪、竹林三本俱誤作「神」。

㈦「金」字下，原有「井」字，衍，據葉譜删。

㈧上，柳浪本作「下」。

第四十三齣　緩婚收翠

【梁州陣】㊀〔盧太尉上〕倚天家甲第擬雲臺，有女如花新粉黛。向朝班玉筍選多才，紅葉上秋階。

劍佩秋風擁漢官㊁，芙蓉吹綻錦雕闌。生成女子爲蛇虺，配得才人似鳳鸞。俺盧太尉，富貴已足，只少個佳壻。已央韋夏卿同堂候官去，招轉李參軍爲壻，衙門多遠？還不見到來。〔堂候上〕聽罷紫鸞人縹緲，語傳青鳥事從容。稟老爺：小的與韋秀才同去招賢館説親，李參軍不敢推辭，只説從容再論。韋秀才着小的稟復：

【刬㊂鍬兒】説他有恩山義海朝花在，盟山誓海曾把夜香排。〔盧笑介〕他知俺愛他麽？〔堂〕感得相公愛，紅蓮命乖。〔合〕佳期要諧，合婚有待。到裏團欒，從頭插戴。

【前腔】〔盧〕少甚麽相門出相男文采，他敢道俺將門出將女麤材？〔堂〕他怎敢！〔盧〕怎不低眉拜？辱没他鏡臺。〔合前〕

【前腔】〔堂〕驚風鳥去辭林快，慢水魚終自上鉤來。好事須寬耐，嗔他秀才。〔合前〕

〔盧〕俺看中了他，少不得在俺門下。小姐將次上頭，五色玉釵齊備方好。

【前腔】那小姐呵，如花早晚要頭花蓋，上頭時幾對鳳頭釵。好玉多收買，憑他價裁。

〔合前〕

【堂】稟老爺：有個老玉工侯景先鋪，常有人將珠翠現成寄賣。㊃〔盧〕有精巧的着他送㊄來。

美玉釵頭珠翠濃，紅絲繫足好從容。
羈縻鸞鳳青絲網，牢落鴛鴦碧玉籠。

【校】

㊀梁州陣，原題作望江南，曲中無此調名，據葉譜改。稱梁州陣者，謂梁州令犯破陣子。
㊁官，原誤作「宮」，據繼志、清暉、柳浪三本改。
㊂刬，原誤作「剗」，據葉譜改。
㊃賣，原誤作「買」，據各本改。
㊄送，原誤作「進」，據各本改。

第四十四齣　凍賣珠釵

【薄倖】〔旦上〕虚閣籠烟，小簾通月。倚香篝清絶，弄梅花寒玉。稱黄沙雁影，寄來横幅。愁凝睩，秦雲黯待成飛絮，誰説與玉肌生粟？

【訴衷情】捲簾呵手拂烟霜，病起怯殘妝。一段梅花幽意，雲和雪費商量。催短影，念餘香，病成傷。寒鴉色斂，凍雁聲悽，一寸柔腸。奴家府中，一自李郎去後，家事飄零。望他回來，從新整理，誰知他議婚盧府，一去不還？我展轉尋思，懷疑未信。知他還歸京邸？還在孟門？已曾博求師巫，遍詢卜㊀筮。果有靈驗，何惜布施。一向賂遺親知，使求消息。尋求既切，資用屢空。前㊁着浣紗，將篋中服玩之物，向鮑四娘家寄賣，還未到來。天呵！苦㊂自愁煩，有何音耗？〔尼持籤筒上〕

【水底魚】一點凡胎，到了九蓮臺。相思打乖，救苦的那些來？㊃自家水月院中小尼姑便是。久聞鄭小玉姐爲夫遠離，祈求施捨，不免奉此靈籤，哄他幾貫鈔使。又一道姑來也。〔道姑拿畫軸小龜上〕

【前腔】冠兒正歪，人道小仙才。這龜兒俊哉，前去打光來。〔尼惱介〕光頭儘你打！〔道〕不是，吾乃王母觀道姑，聞得鄭小玉姐尋夫施捨，要去光他一光。〔尼〕要龜兒、畫軸何用？〔道〕畫上有悲歡離合故事，看龜兒所到，定其吉凶。〔尼〕這等同進去。〔旦見

介〕姑姑何來？〔尼〕水月觀音院小尼便是。〔道〕小尼住持西王母觀。兩人聽得夫人爲官兒遠去，尋訪祈求，各請神香，來憑信願。〔旦〕既蒙神香下降，奴家敬求籤卦，少效虔誠。〔尼〕請先拜了觀世音。〔道惱介〕我西王母娘娘有丈夫，絶會保得夫妻相見。你觀世音一個赤脚老寡婦，有甚神通？〔尼惱介〕呸！你西王母有了東王公，又搭上個周穆王老頭兒，這等做神道不識羞，拜他怎的？〔旦〕一㊄樣西方美人，還讓觀音居長。〔拈香拜觀音介〕

【江兒水】㊅十指纖纖拜，白蓮花根裏來。離恨天看不見人兒在，相思海摸不着鍼兒怪，救苦的慈悲活在。〔尼請抽籤介〕好，好，得夫妻會和㊆上籤，討㊇緣簿來。〔旦寫介〕水月道場助三十萬貫，信女鄭小玉爲求見夫主拜施。〔合〕説甚凡財，早償了尊神願債。㊈

〔道〕也到俺王母娘娘顯靈顯聖了。

【前腔】〔旦拈香拜王母介〕青鳥銜書去，他何曾八駿來。怎得似東王公相守到頭花白？怕李夫人看不見蟠桃核？誤了俺少年顔色。〔道〕没籤，看這畫軸上龜兒卦。〔捉龜兒錯走〕〔諢介〕好，好，龜兒走在破鏡重圓故事上，不久團圓，請寫施簿。〔旦寫介〕瑶池會香錢三十萬貫，信女鄭小玉拜題。〔合前〕

〔尼〕俺們謝了！〔旦〕有勞了！但得兒夫意回，還有報心在後。正是：題緣簿證烟花簿，頂禮香催盟誓香。〔尼道下〕〔旦弔場〕好也！兩位娘娘都許我夫妻團圓，待浣紗賣錢來也。〔浣上〕白玉郎君連歲去，珍珠小娘何處來？郡主，賣錢得七十餘萬在此。〔旦〕好了！就將六十萬貫了其香願，

留餘以度歲寒，春來李郎回也。金界暫酬香火祝，門楣還望藁砧歸。〔崔允明上〕

【亭前柳】半壁舊樓臺，風裏畫屏開。凍雲飛不去，長自黯青苔。俺傳消遞息須擔帶，把從頭訴與那人來。

〔敲門相見介〕〔浣〕崔秀才，這幾時可聽得十郎消息？〔崔〕正來傳與郡主知道：

【一封書】曾經打聽來，他離孟門好一回。〔浣〕可徑到這裏來？〔崔〕他何曾徑歸？到盧家居外宅。〔浣驚介〕回在太尉府了，同在都城中，怎不回步？是誰見來？〔崔〕是韋夏卿見來。報道青娥有意相留待，則怕烏鵲傳言也浪猜。〔浣〕當真了。〔合〕怪從來，心性乖，飽病難醫是這窮秀才。

〔浣説與旦驚介〕王哨兒傳言，尤恐未的，聽崔君之談，他真個有了人家也。〔崔〕夫人且休惱，盧太尉高拱㊀侯門，十郎深居別宅，夏卿傳言，仍恐未的。爲感夫人看禮，故此報知。〔旦〕更煩到盧府求一真信。〔崔〕寒酸如何去得？〔旦〕適纔浣紗賣典，餘有青蚨三百，少㊁佐君酒。日後諸費，更容賣釵相補。〔崔〕惟㊂憐十二金釵客，剩有三百青銅錢。〔下〕〔旦〕浣紗，薄倖郎到了太尉府，容易打聽，只是少貲財央及人也。看妝臺摘下玉燕釵去，賣百萬錢，盡用爲尋訪之費。〔浣〕這是聘釵，如何頓賣？〔旦〕他既忘懷，俺何用此！

【羅江怨】提起玉花釵，羞臨鏡臺。内家好手費雕排，上頭時候送將來也。落在天街，那拾的人何在？今朝釵股開，何年燕尾回？鎮雙飛閃出這妝奩外。

【前腔】知他受分該，纖纖送來。舊人頭上價難裁，新人手裏價難擡也。落在誰邊？他笑向齊眉戴。將他去下財，將他去插釵，知他後來人不似俺前人賣。

〔浣〕俺去也。〔旦哭介〕

【香柳娘】看釵頭玉燕，看釵頭玉燕㊂，嘴翅兒活在，銜珠點翠堪人愛。雙飛玉鏡臺，雙飛玉鏡臺，當初爲此諧，一旦將他賣。〔合〕好孥奇此釵，好孥奇此釵，裏定紅絲，還把香奩試蓋。

〔浣〕俺去也。〔旦〕俺再囑付你，燕釵呵：

【前腔】燕釵梁乍飛，燕釵梁乍飛，舊人看待，你休似古釵落井差池壞。倘那人到來，倘那人到來，百萬與差排，贖取你歸來戴。〔合前〕

【尾聲】少錢財使費恨多才，玉釵無分有分戴荆釵，俺只怕没頭興的東西遇不着個人兒買。

從此賣花釵，　蛛絲罥鏡臺。

憑誰招薄倖，　還與拾釵來。

【校】

㊀卜，清暉、柳浪、竹林三本俱誤作「小」。

㊁「前」字下，獨深本有「後」字。

㊂苦，獨深本作「只」。

㊃救苦的那些來，葉譜疊一句。下曲「前去打光來」句同。

㊄一，繼志本、柳浪本俱誤作「這」。

㊅江兒水，葉譜題作梧葉覆江水，謂梧葉兒犯江兒水。

㊆和，繼志、獨深、柳浪、竹林四本俱作「合」。

㊇「討」字下，獨深本有「募」字。

㊈債，清暉本、竹林本俱誤作「倩」。

㊉拱，柳浪本誤作「撰」。

⑪少，清暉本、竹林本俱誤作「步」。

⑫惟，繼志、獨深、柳浪、竹林四本俱作「誰」。

⑬「看釵頭玉燕」疊句，原僅注一「又」字，今改書全文。下文「雙飛玉鏡臺」、「好擎奇此釵」兩疊句，下曲「燕釵梁乍飛」、「倘那人到來」兩疊句，均同。

第四十五齣　玉工傷感

【縷縷金】〔浣紗捧盒盛釵上〕螺髻點，畫眉纖。衣衫氣脂粉麝，醋茶鹽。玉釵金盒子，絨絲襯坫。向誰家妝閣燕穿簾，做不出牙婆臉。㊀

揎薪斜皓腕，吹火弄朱脣。可憐羅襪步，更作賣釵人。且看前面來的，像是玉工侯景先老㊁兒。咱且在勝業坊裏隱着，待他商量，俺女丫頭怎去賣釵也？〔侯上〕

【番卜算】切玉小刀銛，刻盡崑山琰。年來袖手粲霜髯，眼看繁華厭。

眼復幾時暗，耳從前月聾。平章金落索，編檢玉玲瓏。〔浣〕老侯那裏來？〔侯〕小娘子有幾分面善，到忘了，可是誰家？〔浣〕我且把一件東西來你認。〔出釵介〕〔侯〕這是紫玉釵一雙，俺曾那裏見來。〔細看介〕

【太師引】㊂把水色睍雙鉤兒咕，玲瓏煞珠嵌翠黏。呀！是俺老侯做就的。曾記取玉雞冠豔，倍工夫碾琢操箝。〔浣〕老侯，你那討這手段？〔侯〕是老手擅場非僭，你看穿花鳥分明堪驗。〔浣〕你做的釵，可記得爲誰？〔侯〕㊃這到忘了。敢問小娘子誰家出來的？〔浣〕霍府出來的。〔侯〕是了，昔歲霍王小姐㊄將欲上鬟，令我做此，酬我萬錢，可得忘懷。長留念春寒玉纖，釵頭上那般喜愜紅暈翠眉尖。

〔浣〕着了，俺小姐即霍王女也。〔侯〕此玉釵價值萬鎰，怎生把出街來？〔浣〕要賣。〔侯〕帝種王孫，芳年豔質，何至賣此？〔浣〕家事破散，迥㊅不同前了。〔侯〕小玉姐敢配人了？

【前腔】〔浣〕招的個秀才欣㊆將風月占，〔侯〕好了，嫁得個秀才。〔浣〕誰知他形飄影潛？〔侯〕呀！丢他去了。〔浣〕孤另的青樓冷冷。〔侯〕門户大。〔浣〕折倒盡朱户炎炎。〔侯〕守麽？〔浣〕他心字香誓盟無玷，〔侯〕還奢華麽？〔浣〕怎奢華十分寒儉？〔侯〕還待怎生？〔浣〕還在賣珠典衣，賂遺于人，使求音信。貲妝欠珠釵賣添，〔侯〕小姐訪得到㊇那人時罷了，若訪不得時，可知道紅顏薄命都則是病懨懨。

〔作泣介〕貴人男女，失機落節，一至于此！我殘年向盡，見此盛衰，不勝感傷也。

【鏵鍬兒】㊈你王家貴嚴，生長在花濃酒醃。少甚朝雲畫棟，暮雨珠簾。因何自掘斷烟花塹？把長籌短簽。㊉小娘子，俺老侯看盡許多豪門，似小玉姐這般零落呵，〔合〕窮不瞻，病怎兼？提起賣釵情事淚痕淹，想的他啼紅萬點。

小娘子請行，小老兒去哩。〔浣歎〕少不得女兒家沿街撞户，送此輕華之物也。

【前腔】把金釵盒掩，捧起意慵心歉。怎走的街塵鬧雜？有甚觀瞻？怯生生抱玉向重門險，高低遠嫌。〔住介〕老侯，賠你個小心也。〔拜介〕非笑諂，有事沾。提起賣釵情事淚痕淹，好看承俺雙尖半點。

〔侯〕老人家看你鞋尖兒中甚用？〔浣〕脚小，走不得也那。

【前腔】〔侯〕看你眉低意甜，會打價彈牙笑掂。〔浣〕非掂，説小玉姐賣釵，也辱没了王家體面。〔侯〕動説到王家體面，教俺好會沈潛。〔背介〕到好一個丫頭，小妮㈡子非抛閃，知羞識廉。也罷，領了去把妝盒檢，繡線撏。提起賣釵情事淚痕淹，略效軀勞半點。

〔浣〕老侯，休貶了價也。

【前腔】你看珠釵點染，燕雙雙棲香鏡奩。好飛入阿嬌金屋，頭上窺覘。老侯，便要交錢過手也。怕煞干風欠，要青蚨白拈。老侯着緊些，離寶店，向畫簷。提起賣釵情事淚痕淹，望斷他愁眉一點。

俺去也，賣㈢價回來相謝。〔侯〕且住，説與俺那薄倖是誰？俺一面賣釵，一面尋訪，可不兩便？〔浣〕你這老兒，俺教你出個招子，帖在長安街上：某年某月某日，有霍王府小玉姐，走出漢子一名李益，派行十郎，隴西人也；官拜參軍，年可二十多歲；頭戴烏紗冠帽，身穿紫羅袍，腰繫鞓金寶帶，脚踏倒提雲一線粉朝靴；身中材，面團白，微鬚。有人收得者，謝銀一錢；報信者，銀二錢。〔侯〕忒輕薄了。〔浣〕俺浣紗昔年跟人走失了一次，也是這般招帖，酬謝也只是一錢二錢。〔侯〕骨頭輕重不同。〔浣〕儘這釵兒贖了他罷。憑在玉人雕説去，但求金子倒迴來。〔下〕〔侯弔場〕獻玉要逢知玉主，賣金須遇買金人。小玉姐托身非人，家門零落，不惜分釵之費，求全合璧之歡。

只是一件，紫玉釵工費價須百萬，急節難遇其人。尋思起來，誰家最好？有了，數日前盧太尉堂候哥來説，盧小姐成婚，要對紫玉釵。舉頭一望，朱門畫棨，便是他府，堂候哥有麽？〔堂候上〕不畏金吾杖，誰敲銅獸環。原來是老侯，紫玉釵有麽？〔侯〕恰好一對，小姐早則喜也。〔堂〕誰家之物？〔侯〕不好説。〔堂〕來處不明，别衙去。〔侯〕實不相瞞，霍王府中之物。〔堂〕是他家小姐出賣。〔侯〕怪事！怪事！你怎得知？〔堂〕老侯，你一向夢裏，他先招了俺府裏參軍李爺，新近李爺招在俺府，正是俺家太尉小姐新婚，要紫玉釵用。你今日來得正好得價也。〔侯〕敢别是一人？〔堂〕是隴西人，叫做李十郎。〔侯〕是了，是了，他家到處找尋，怎知在這裏做女壻。央你引我見那喬才一面。〔堂〕府門深遠，怎生見的？他也發誓不歸了。〔侯〕聽得他和前妻也發了誓。〔堂〕你休要閒管，在此待俺取錢還他。〔侯〕一對釵兒百萬錢。〔堂〕牙錢要分取十三千。〔侯歎介〕這般一個薄情人，也唱個曲兒罵他：

【清江引】籠花撇柳不透風兒颭，知他火死要絶了燄。逐廟裏討靈籤，卦上早陰人占。李十郎，李十郎，怕你一處無情處處情兒欠。

〔堂捧錢上〕這百萬釵價，這十萬牙錢。快去，太尉爺升帳了。〔侯〕這也罷了。俺且閒問，李參軍怎生發付那前妻？〔堂〕有甚發付？教他生寡不成！

秦樓咫尺似天涯，雙雙釵燕落誰家？
寄語紅顔多薄命，莫怨東風當自嗟。

【校】

㊀做不出牙婆臉，葉譜疊一句。
㊁老，清暉、柳浪、竹林三本俱誤作「生」。
㊂太師引，葉譜題作太師令，謂太師引犯刮鼓令。
㊃「侯」字下，各本俱有「想科」二字，惟獨深本「科」作「介」。
㊄姐，各本俱作「女」。
㊅迴，柳浪本誤作「迴」。
㊆欣，獨深本作「忺」。
㊇到，各本俱誤作「倒」。
㊈鏵鍬兒，葉譜題作鏵鍬子，謂鏵鍬兒犯江神子。
㊉簽，繼志、柳浪、竹林三本俱誤作「嶮」。
⑪妮，清暉、柳浪、竹林三本俱誤作「尼」。
⑫賣，清暉、獨深、柳浪、竹林四本俱作「得」。

第四十六齣　哭收釵燕

【風馬兒】〔盧上〕兵符勢劍玉排衙，春色照袍花。千官日擁旗門下，當朝第一人家。欲作江河惟畫地，能迴日月試排天。人生得意雖如此，卻笑書生強項前。我盧太尉，嫁女豈無他士，只爲李參軍作挺，偏要降伏其心。早晚收買玉釵，與我女兒上㈠頭之用，還未整齊，堂候官好没用也！〔堂候上〕屏畫彩鸞金帖尾，鏡描紅燕玉搔頭。稟老爺：買得侯景先紫玉釵一對在此。〔盧〕好精工也，景先從何得此？〔堂〕説來可憐，便是參軍爺先位夫人霍王府中之物，家貧零落，賣此爲生。〔盧作沈吟介〕俺正思一計，牢籠李君虞，此事諧矣。問堂候官，霍家有甚女流往來？〔堂〕聽得王哨兒説，有個鮑四娘往來。〔盧〕你可去請參軍到此，敍事㈡中間，教你妻子扮作鮑四娘之姊鮑三娘來獻此釵，説他前妻有了別人，將此棄賣，待李郎見惱，自然棄舊從新。你就請李參軍去。正是：暗施刻燕釵頭計，明要乘龍錦腹猜。〔堂候下〕〔生上〕

【霜天曉角】春明翠瓦，户戟門如畫。徘徊青蓋拂烏紗，寶鐙雕牀下馬。㈢

〔堂候通報見介〕〔盧〕客館提春興，〔生〕軍麾拜下風。〔盧〕江山養豪傑，〔生〕禮數困英雄。〔盧笑介〕好一個禮數困英雄，且請坐談。下官有一小女及笄，昨請韋先生爲媒，願配君子，説有前夫人在此，乃不忘舊也。不知㈣當初何以招贅王門？〔生〕容訴來：

【東甌令】人兒那，花燈奼，淡月梅橫釵玉挂。拾釵相見迴廊下，一面許招嫁。恩深發得誓盟大，的的去時話。

〔盧〕容易成婚，不爲美重也。

【前腔】相逢乍，忒沾惹。燈影裏挑心非正大，墜釵兒納采真低亞。就裏有些怕，易相交必定意情雜㊄，容易撇人下。

〔丑鮑三娘持釵盒上〕注嘴凸來紅一寸，粉腮凹去白三分。假作鮑四娘姊妹都相像，則怕踹不的紅靴脚太尊。〔見介〕太尉爺，老婦人叩頭。〔盧〕你是誰家？〔丑〕鮑家。〔盧〕因何而來？〔丑〕聞公相家小姐要紫玉釵，有見成的獻上。〔盧〕正好，取來看。〔堂候取釵上介〕〔盧同生細看介〕〔盧〕好精細，小燕穿花，誰家的？把紅絲繫了，好一個細㊅金絲盒兒。〔生作驚背云〕這釵似曾見來，他説姓鮑，敢認得鮑四娘，就問霍家消息。〔回身問介〕賣釵的婆子姓鮑，敢有姊妹麽？〔丑〕有七姊妹，老婆子第三。〔生〕可有鮑四娘？〔丑〕是俺妹子。他詼諧會作媒，老婆子性直，做些小交易。〔生〕這釵何來？〔丑〕是婆子的。〔生〕看你衣妝，不似有此釵。〔丑〕實不相瞞，是妹子鮑四娘央我賣的。

〔生〕何從得此？〔丑〕賞元宵拾來的。〔生〕

【獅子序】來何處是誰家？猛然間提起賞元宵歲華。歎墜釵人遠，還記些些。甚來由向靈心兒撇打？多則是雲髻懶，月梳斜，鏡臺邊，那年留下。〔丑〕李老爺好俊俏眼哩。

〔生驚介〕終不然霍府來的？〔看釵介〕覷了他兩行飛燕，一樣銜花。

〔悲介〕此釵緣何到此？

【太平歌】別他三載，長是泣年華，眼見得去後人亡將物化。〔丑〕活在。〔生〕終不然舊家門户恁消乏？沿門送上金釵價。〔丑〕那裏討舊家門户哩？〔生〕終不然到㊆嫁了人。那裏有彩鳳去隨鴉，老鸛戲彈牙？

〔丑〕李老爺這般傷感，敢認的他家？老婆子若説起，一發可憐！這府裏有個郡主，招了個丈夫，一去不來。有個甚麽韋秀才，報説他丈夫誰家招贅了。不信，訪得明白，整哭了一個月日。又是我妹子爲媒，招了個後生相伴，因此賣了這釵。〔生哭介〕我的妻呵！〔丑驚介〕原來就是參軍爺夫人，老婆子萬死！萬死！〔生悶倒扶起介〕妻呵，是俺負了你也！

【賞宫花】是真是假？似釵頭玉筍芽。便做道釵無價，做不得玉無瑕。〔丑〕參軍爺，夫人忘了你去哩。〔生〕妻呵，你去即無妨誰伴咱？他縱然忘俺依舊俺憐他。

〔丑〕好個參軍爺念舊。〔生再提釵看介〕

【降㊇黄龍】寃家，真個無差。好些時肉跳心驚，這場兜答。妻呵，常言道配了千個，不如先個。你聽後夫説，賣了釵，有日想李十郎來，要你悔也。妻，那人怎麽？記當年曾愛西家。〔盧〕參軍，婦人水性，大丈夫何愁無女子乎！昨遣韋夏卿相勸，今霍家既去，此天緣也。〔生〕休喳，俺見鞍思馬，難道他是野草閒花？小玉姐㊈，痛殺我也！氣咽喉嗄，恨不得把玉釵

吞下。

〔盧〕不消如此，嗄死了人身難得！參軍不如且收此釵，百萬價府中自還。〔生謝尉收釵介〕

【大聖樂】懷袖裏細捧輕拿，似當初梅月下。還記他齊眉舉案斜飛插，枕雲横惜着香肩壓。〔盧〕便倩鮑三娘爲媒，將此玉釵行聘小女㊀如何？〔生〕早難道釵分意絶由他罷？少不得鈿合心堅要再見他。〔盧〕待咱敲斷了這釵。〔生〕伊閒刮，您玉釵敲斷鎮淚珠盈把。

〔盧〕堂候，送參軍館中去。〔堂候送生介〕

【哭相思】㊁〔生〕蚤則枉了咱五百年遇釵人也！〔下〕

〔盧弔場〕叫堂候的妻子上來，分付你不許漏洩，事成，賞你丈夫一個中軍官。〔丑叩頭謝介〕

秋風紅葉不成媒，分付春庭燕子知。

好去將心託明月，管勾明月上花枝。

【校】

㊀ 上，獨深本作「花」。

㊁ 事，獨深本作「話」。

㊂ 霜天曉角，應有八句，此處下面省去四句。

㈣知，柳浪本誤作「如」。

㈤雜，柳浪本作「難」。

㈥細，繼志、清暉、柳浪、竹林四本俱作「鈿」。

㈦到，各本俱作「別」。

㈧降，原誤作「絳」，據葉譜改。

㈨姐，獨深本作「妻」。

㈩女，柳浪本作「姐」。

(二)哭相思，是引子作尾聲用，應有四句，此處下面省去三句。

第四十七齣　怨撒金錢

【行香子】〔旦作病上〕去也春光，月地花天，相思影瘦的不成模樣。爲伊蹤跡，費盡思量。〔浣〕歸來好，空迷戀，有何長？

【集句】㊀〔旦〕蕙帳金爐冷篆烟，寶釵分股合無緣。菱花塵滿慵將照，多病多愁損少年。浣紗，紫玉釵頭，是咱心愛。幾時賣去呵，好悶也！

【玉山鶯】㊁玉釵抛樣，上頭時縈紅膩香。爲冤家物在人亡，這幾日意迷神恍。每早起呵，窺妝索向，還疑在枕邊牀上，又似在妝奩響。猛思量，原來賣了，空自揾啼妝。

【前腔】如今可賣了也，賣釵停當，喜孜孜誰家豔陽！那插釵人温存的依前還價，遇着那一等呵，笑窮婦人無分承當，擡高價作他喬樣。俺霍㊂小玉一眼看上李十郎，今日賣了釵也，路傍諠講，道當初墜釵情況，自把前程颺。爲誰行，斷簪殘髻，留伴鏡中霜？

〔侯景先上〕杜鵑花暖碧桃稀，兩處紅妝一處悲。個裏囊中忒羞澀，他邊頭上有光輝。自家侯景先便是。替霍家郡主賣釵，得百萬錢，在店中半年多月，没人取去，老子親送來。内有人麽？〔浣〕老侯到了，待咱通報。〔見介〕〔旦〕賣釵得價了？

【桂花鎖南枝】㊃〔侯〕咱登時發付，珠釵兩股。舊時價不減些兒，任姹女把金錢細數。〔浣數錢介〕是百萬了，牙錢那家有？〔旦〕問他賣在那家？〔侯〕是當朝，太尉姓盧㊄，玉僊停上頭須此。〔旦驚介〕浣紗，問他到盧府裏，可打聽來？〔侯〕且喜！且喜！有個李參軍。你這裏尋故夫，他那邊衒新壻。〔旦〕當真了。〔侯〕府門外，久躊躇。是他堂侯官，親說與。

〔旦泣介〕天下寧有是事乎！霍小玉釵頭，到去盧家插戴也。〔悶倒介〕〔侯〕玉翦江魚尋老手，釵分海燕泣春心。〔下〕

【小桃紅】〔旦〕俺提起曉妝樓上玉纖閒，他斜倚妝奩盼也。則道鏡臺中長則是兩相看，閒吟歎把玉釵彈。人去後香肩嚲，畫眉殘，將他來斜撥爐香篆也。又誰知誓冷盟寒空擲斷釵頭玉，雙飛燕不上俺雲鬟？

〔浣〕這錢愛殺俺也。〔旦〕要錢何用！

【下山虎】一條紅線，幾個「開元」。濟不得俺閒貧賤，綴不得俺永團圓。他死圖個子母連環，生買斷俺夫妻分緣。你没耳的錢神聽俺言：正道錢無眼，我爲他疊盡同心把淚滴穿，覷不上青苔面。〔撒錢介〕俺把他亂灑東風，一似榆莢錢。

〔浣〕怎生撒去？可是撒漫使錢哩！

【五韻美】㊅〔旦〕那其問成宅眷，俺不是見錢兒熱賣圖長便，誰承望這一對金釵胡

串？青樓信遠，知他向紅妝㈦啼箋。他雖然能掇綻慣賠錢，你敢也承受俺貫㈧熟的文鴛，又蘸上那現成釵燕。

【五般宜】想着那初相見長安少年，把俺似玉天仙花邊笑嫣，滿着他含笑拾花鈿。終不然那一霎兒燈前幾年，到如今那買釵人插妝鬟儼然，俺賣釵人照容顔慘然。知他是別樣嬋娟？也則是前生分緣。

〔崔上〕旅舍貧儒閒踏草，高樓思婦怕看花。這幾日不曾問霍府李郎消息，取幾貫錢使用。裏面甚事悲諠？徑入則個。〔見錢撒地作驚介〕浣紗姐，俺書生終日奔波覓錢，如何亂撒滿地？〔浣〕你不知，要找訪李郎，貲費乏絶，將玉釵倒與玉工，正賣向盧太尉府中，果然百萬錢買去，盧小姐插戴，與李郎成親了。〔崔〕真個了，李君虞，你可也有時遇着俺崔允明，數落你一番，怕你不動頭也！〔旦〕果如所言，崔君清客，浣紗將錢奉上，薄爲酒費，容奴拜懇也：〔拜介〕

【憶多嬌】借美言，續斷緣，斷續姻緣須問天。〔崔〕滿眼春愁花樹邊，要得團圓，要得團圓㈨，還似巧相逢那年。

【哭相思】㈩〔旦〕俺心中人近人心遠，説教他心放心邊。他錢堆裏過好日，俺釵斷處惜華年。〔崔辭介〕〔旦〕加婉轉，促留連，看落花飛絮是俺命絲懸。若得他心香轉作迴心院，抵多少買賦千金這酒十千。

真成薄命久尋思，夢見雖多覺後疑。買斷人間不平事，金錢還自有圓時。〔下〕〔崔弔場〕好花期客客不至，病鳥依人人自憐。看來小玉姐爲尋訪李郎，破散家貲百萬。俺三年間受了惶愧，要徑造李郎，他又被盧府拘制，早朝晚歸，不放參謁，怎生是好？〔想介〕有了，崇敬寺今春牡丹盛開，約韋夏卿酒館商量，去請李郎玩賞，酒中交勸，或肯乘㊁興而歸。正是：欲見夫妻一片心，須聽朋友三分話。〔下〕㊂

【校】

㊀ 句，獨深本作「唐」。

㊁ 玉山鶯，九宮大成卷四引、葉譜俱題作玉供鶯，謂玉胞肚犯五供養、黃鶯兒。

㊂ 霍，清暉、柳浪、竹林三本俱作「鄭」。

㊃ 桂花鎖南枝，葉譜題作桂月上南枝，謂桂枝香犯月上海棠、鎖南枝。

㊄ 「姓盧」，平仄不協，葉譜改作「盧家」。

㊅ 五韻美、五般宜二曲，原統名醉歸遲。曲調中從無此名，今據葉譜改正。

㊆ 妝，繼志本、獨深本俱作「粉」。

㊇ 貫，疑當作「慣」。

㊈ 「要得團圓」疊句，原僅注二「又」字，今改書全文。

㈠〇 案：此曲實是鷓鴣天，非哭相思。惟同是引子作尾聲用，性質是相同的。

㈠㈠ 乘，清暉、柳浪、竹林三本俱誤作「垂」。

㈠㈡ 「欲見夫妻」二句下場詩，例應大字分行。

第四十八齣　醉俠閒評

〔老旦酒保上〕遊人醉殺牡丹時，立誓無賒挂酒旗。一斗十千教滿腹，十分一盞即開眉。自家乃崇敬寺前大街頭一個有名酒館小二哥便是。恭喜今年㊀牡丹盛開，約有半月日，看花君子往來遊賞，須索在此守候。凡有喫寡酒的，喫案酒的，兑㊁酒去的，包酒來的，咱都不誤主顧。正是：有物任教攜酒去，無人不道看花來。遠遠一個活神道來也。〔豪士輕紗巾黄衫、挾弩彈騎馬、跟從數人打獵上〕

【鎖南枝】風光粲，雲影摇，矯帽輕衫碧玉縧。花襯着馬蹄驕，俠骨天生傲。自家埋名豪客是也。春歸花落草齊，彈鳥一會。呀，前面是個大酒店，胡雛叫酒保，可有淡黄清數十瓶，待俺打鳥回來飲唱也。〔保〕知道了。〔豪〕你把珍珠茜，滴幾槽。待俺打圍歸，醉花鳥。去也。〔下〕〔崔上〕

【前腔】春多少，紅樹梢，長安看花愁思敲。一步步倚斜橋，詩打就殘紅稿。酒保哥有麽？〔保上〕〔崔〕你把冷燒刀，不用的熬。水晶葱，鹽花兒搗。

俺有朋友韋夏卿來此講話，案酒排幾個來。〔保〕請裏面坐。〔崔自飲介〕〔韋上〕

【前腔】青旗上，酒字兒飄，步轉東風尋故交。原來崔允明先在此。〔見介〕〔崔笑介〕如此春

光十分，怎生不醉也！〔韋〕你窮暴的不鏖糟，忖沙㤿還俏。〔崔〕酒保取酒來。聽提壺喚，春色澆。免把俺老明經，乾渴倒。

〔韋〕允明兄，敢待商量李君虞一事。〔崔〕便是。聞得崇敬寺牡丹盛開，小弟要將小玉姐所贈金錢作酒，邀請李君虞吟賞。席上使幾句，攢聒得他㈢慌，不由不回頭也。〔韋〕你不知盧太尉當朝權勢，出入有兵校挾着，分付有説及霍府事者，以白梃推之；且盧家刺客布滿長安，好不精細哩！〔崔〕得人錢貫，與人消算，盡你我一點心也。

【前腔】把他孤鸞賺，去鳳招，受了他殷勤難暗消。俺二人呵，似接樹老花妖，惜樹憐枝好。〔韋〕只怕他冷心情，會作喬。苦了俺熱肝腸，替煩惱。

〔崔〕此事就煩這酒家做酒三筵，明後日崇敬寺牡丹花下，就煩他去盧府下請書，催請李參軍赴宴。〔保〕門上難進，怕他生疑。〔韋〕俺有一計，只做無相禪師請他便了。〔保〕知道了。二位與俺再倒一壺。〔豪上〕

【前腔】流鶯巧，翡翠嬌，彈珠兒打來雲漢高。金鐙寶鞭敲，旗亭外把銀瓶弔。呀，兩個秀才在此，忍耐不住，教他迴避便了。那魯兩生，可也不伏嘲。困黃粱，是㈣這邯鄲道。

〔作舉手介〕請了！〔韋、崔作辭避介〕高樓後客催前客，深院新人換舊人。請了，崇敬寺相候也。〔下〕

〔豪笑目送二生云〕何處擺出兩個大酸倈。〔從〕這兩個秀才好生眼熟，似三年前一個借鞍馬的韋先兒，一個求俊僮的崔先兒。〔豪〕借人馬何用？〔從〕李十郎就親霍府，借去風光也。〔豪問保〕兩個酸俫到此許久？〔保〕好一會了。〔豪覷殘殽笑介〕這盤中何所有？〔保〕是五香豆豉。〔豪〕那盤中？〔保〕十樣錦豆腐。〔豪作笑介〕這狗才，幾縷兒豆腐皮，做出這十樣錦去哄弄那窮酸，可憐人也！兩個消了你幾大瓶酒？〔保〕每人倒了一瓶。〔豪看壺介〕呀，是夾鑞壺，人不上五六小盃，有甚商量，消停許久？〔保〕爲那隴西李十郎，贅了盧府小姐，棄了前妻。那前妻害的懨懨，病待不起，兩人商量，俺家包了酒，到崇敬寺，請㊄李十郎去賞牡丹，勸他回心轉意。又怕盧府威勢，不敢深說。說起那前妻，好不悽惶人也！〔哭介〕〔豪〕原來有此不平之事！酒保且將酒過來。〔酒到介〕〔豪〕近間可有名姬喚來？〔保〕對門有王大姐，隔壁有劉八兒，都好。〔豪〕這怎生使得？都是些菜瓜行院也。

【前腔】掀黃袖，拂鬢毛，看花的紅塵飛大道。無過是李和桃，好共朱顏笑。紅一點，酒千瓢。是雄豪，喜長嘯。

〔保〕動問怎生喚做雄豪？〔豪〕雄豪二字，不是與你們講的。〔保〕小人不認得雄豪，認得個雌豪。〔豪〕怎喚雌豪？〔保〕這京兆府前㊅，有個鮑四娘，揮金養客，韜玉擡身。如常富貴，不能得其歡心；越樣風流，纔足回其美盼。㊆可不㊇是雌豪也？〔豪〕久聞其名，可請相見。〔保〕兀的不是鮑四娘來也。〔鮑上〕

【前腔】欹紅袖，嚲翠翹，聽子規窗前啼不了。覷了那病多嬌，淚向王孫草。〔保出接介〕鮑四娘，小堂有客相請。〔鮑作打覷介〕覷他丰神俊，結束標。料多情，非惡少。〔保〕識貨，識貨。〔豪作見介〕他便是鮑四娘，名不虛傳。

【前腔】他是閨中俠，錦陣豪，聞名幾年還未老。他略約眼波瞧，咱驀地臨風笑。人如此，興必高。〔回身介〕指銀瓶，共傾倒。

〔揖鮑介〕久聞鮑四娘女中俠氣，纔一見也。【菩薩蠻】赤闌橋盡香街直，牡丹風外垂楊碧。〔鮑〕疊損縷金衣，相逢憔悴時。〔豪〕黄衫騎白馬，日日青樓下。〔鮑〕金彈惜流鶯，留他歌一聲。〔豪笑介〕咱悶弓兒打不上老鶯也。爲咱歌來。

【繡帶兒】〔鮑進酒介〕金盃小，把偌大的閒愁向此消，多情長似無聊。暗香飛何處？青樓歌韻遠，一聲蘇小。含笑，倚風無力還自嬌。好些時，吹不去綵雲停着。

【白練序】〔豪〕妖嬈，恁還好。花到知名分外標，恨不得逐日買花簪帽。暗香消年來覺，咱四海無家有二毛。更着甚，錦鞍呼妓，金屋藏嬌。

【醉太平】〔鮑〕休喬，有如許風韶。便敲殘玉鳳，换典金貂。風雲事業，忍負尊前談笑。閒眺，綠楊風老雉媒嬌，古道獵痕青燒。一般兒草綠裙腰，花紅袖㊈口，殘春恁好。

【白練序】〔豪〕虛囂，那年少。曾赴金釵會幾宵，如天杳江南一夢迢遥。酒醒後思量

着，折莫摇斷了吟鞭碧玉梢。從誰道，兀的是渭水，西風殘照。㈩

四娘踏草何來？〔鮑〕看霍王府小玉姐病來。〔豪〕因何病害？〔鮑〕貪了才子李十郎，因而招嫁，十郎薄倖，就親盧太尉府中，再不回步。小玉姐病染傷春，敢待不起也！〔豪〕可也有了人麽？〔鮑〕謹守誓言，有死而已。〔豪〕世間怎有這不平之事！家貲如何？

【醉太平】〔鮑〕多嬌，一種情苗。貪看才子，致令家計㈡蕭條。把珠釵折賣，訪問薄情音耗。他病癆，鎮薰香帕裹鬢雲喬，枕伏定把淚花彈卻。〔豪〕病可好？〔鮑〕多應不好。〔豪〕那人可回？〔鮑〕再休提薄倖，咱爲他煩惱。〔豪作惱介〕

【降㈢黄龍】心憔㈢，難聽他緑慘紅銷。爲佌半倚雕闌，恨妬花風早。四娘，飲一大盃何如？倩盈盈衫袖㈣，灑酒臨風，泱住這英雄淚落。〔豪作醉，鮑扶介〕〔豪〕還勞，你把玉山扶着，恁多情似伊個中絶少。胡雛，取紅綃十匹㈤，與四娘作爲纏頭之費。暮雲飄寸心何處？一曲醉紅綃。

【尾聲】你淒淒切切愁色冷金蕉，只俺臂鷹老手拈不出鳳絃膠，〔舉手介〕四娘，一笑相逢咱兩人心上曉。〔鮑下〕

〔豪弔場〕冷眼便爲無用物，熱心常㈥爲不平人。花前側看千金笑，醉後平消萬古嗔。俺看李十郎這負心人，爲盧府所劫，使前妻小玉一寒至此。此乃人間第一不平事也，俺不拔刀相救，枉爲一世英雄！叫蒼頭，你將金錢半萬，送與霍府，叫他明後日作大酒筵。他問設酒因何？你只説到時自有分曉。〔雜〕稟主翁，畢竟爲何？〔豪〕不須問問，明後日人馬整齊妝束，跟俺崇敬寺賞牡丹花去。正是：立拔寶刀成義士，坐敲金盞勸佳人。⑰〔並下〕

【校】

㊀「今年」下，獨深本有「寺中」二字。

㊁兑，原誤作「賒」，據繼志、柳浪、竹林三本改。

㊂他，柳浪本、竹林本俱誤作「地」。

㊃是，繼志、清暉、柳浪、竹林四本俱作「只」。

㊄「請」字下，獨深本有「出」字。

㊅獨深本無「前」字。

㊆纔足回其美盼：美，獨深本作「巧」；足，清暉本、竹林本俱誤作「是」，美，俱誤作「矣」。

㊇可不，柳浪本誤作「不可」。

㊈袖，原誤作「繡」，據獨深本改。

㊉照，清暉、柳浪、竹林三本俱誤作「點」。

⑪計，清暉本、竹林本俱誤作「討」。

㈡降，原誤作「絳」，據葉譜改。
㈢憔，葉譜作「焦」。
㈣「衫袖」下原有「又」字，此句不應疊，據葉譜删。
㈤匹，清暉本、竹林本俱誤作「四」。
㈥常，繼志、清暉、柳浪、竹林四本俱作「長」。
㈦「立拔寶刀」二句下場詩，例應大字分行。

第四十九齣　曉窗圓夢

【一江風】〔旦病浣扶上〕睡紅姿，夢去了多迴次，爲思夫愁病死。侍兒扶花裊風絲，把不住香魂似。〔内作鸚鵡叫介〕姐姐可憐。〔浣〕好個鸚哥兒，叫道姐姐可憐也。〔旦〕鸚鵡會心慈，鸚鵡會心慈㊀，狂夫不轉思，悶悠悠記不起花前事。

【集句】花恨紅腮柳恨眉，形同春後牡丹枝。綠窗孤寢難成寐，說與傍人未必知。浣紗，俺自聞李郎盧氏之事，懷憂抱恨，周歲有餘。羸卧空閨，遂成沈疾。如何是好？〔浣〕郡主，你日夜悲啼，都忘寢食。期一相見，竟無因由。冤憤益深，委頓牀枕。依浣紗愚見，想李郎素心，當初懇切盟言，未必抛殘至此。倘期後會，且自寬懷。

【集賢賓】〔旦〕道相看三十言在耳，做夫妻到此無詞。别後無書知不美，没來由折了身奇，陪了家計，博得那一聲將息。堪憔悴，不傷心也是舊時相識。〔作嘔介〕

【前腔】〔浣〕你愛寒酸嘔出些黄淡水，唾花中怕見紅絲，你瘦盡了腰肢。愁不起女兒家折盡便宜，更賠閒氣，偏會假尋尋覓覓。如何的？且恁消除把翠紅排比。

〔浣〕郡主，將管絃消遣一會也。〔旦〕與我拿過一邊去。

【前腔】無情無緒搊甚的，任朱絃網遍塵絲。妬女争夫因甚起？偏兒家没個男兒。不成夫壻，不死時偌長的日子。傷心事，花燈下一時難悔。

【前腔】〔浣〕你可也自把千金軀愛惜，少年人生寡難爲。你蘸住紅顔圖後會，也須是進些茶食，穩些眠睡，好在翠圍香被。儻然是，夢中來故人千里。

〔旦〕也説得是，待我睡些時。〔浣〕待我收拾茶飯㊁來。〔下〕〔鮑上〕才郎薄倖愁回首，美女傷春病捧心。咱鮑四娘，貧忙數日，不知小玉姐病體如何？呀，原來孤眠在此。浣紗何處也？〔旦驚醒介〕四娘來幾時也？

【黄鶯兒】正好夢來時，户通籠一覺回。〔鮑〕可夢到好處？〔旦〕陽臺暮雨愁難做，〔鮑〕李郎可來夢中？〔旦〕咱思量夢伊，他精神傍誰？四娘，咱夢來，見一人似劍俠非常遇，着黄衣。分明遞與，一緉㊂小鞋兒。

〔鮑〕鞋者，諧也。李郎必重諧連理。

【前腔】此夢不須疑，是黄神喜可知，一尖生色鞋兒記。費金貲訪遺，卜金錢禱祈，惹下這劍天仙託上金蓮配。賀郎回，同諧並履，佇住似錦鴛齊。

〔末豪奴持錢上〕世上無名客，天下有心人。拔劍誰無義？揮金卻有仁。俺主翁乃是埋名豪客，分付將錢十萬㊃，送霍府廣張酒筵，知他主甚意兒？已到他門首，内有人麽？〔浣上〕是誰？〔末〕俺家主翁要借尊府會客，送錢十萬，求做酒筵。〔旦〕羞矣！這不是包酒人家，何得如此？〔末〕敢借

花竹亭臺一座。㊄〔旦〕鮑四娘，你説俺家近日不同了：昔日梁園多種竹，歲久無人森似束。舞榭傾欹樹少紅，歌臺黯淡苔攢緑。塵埋粉壁舊花鈿，鳥啄風箏碎珠玉。至今簾影反挂珊瑚鉤，指似傍人堪痛哭。咱家做㊅不得也。〔末〕到頭自有分曉，知音那用推辭！〔下〕〔浣〕這廝是何主意也？

【簇御林】〔旦〕非親故，甚意兒？無名錢天上至。〔浣〕似金錢夜落花容易，恁青衣童子來傳示。〔合〕轉堪疑，舊家零落，何客賜光輝？

【前腔】〔鮑〕咱來圓夢，覺有奇，送金錢甚所爲？〔旦〕怕又是買叙的妬女來調戲？可便似文君新寡惹這閒車騎？〔合〕事難知，不速之客，或是好因依。

〔鮑〕浣紗，且扶小姐裏面睡，咱去也。

【尾聲】〔旦〕四娘，你看咱病身軀送不㊆的你，薄倖呵，共長安又不隔千山萬水，甚意兒教人不恨個死！

心病除非心藥醫，繡鞋猶有夢來時。
何人詔㊇此金錢會，喜鵲烏鴉總未知。

【校】

㊀「鸜鵒會心慈」疊句，原僅注一「又」字，今改書全文。

㈡ 飯，清暉、柳浪、竹林三本俱作「飲」。
㈢ 輛，應作「緉」。
㈣ 案：上齣豪云「金錢半萬」，而此云「十萬」，前後不相呼應。「半」、「十」二字，必有一誤。
㈤ 座，獨深本作「坐」。
㈥ 做，獨深本作「坐」。
㈦ 送不，獨深本作「不送」。
㈧ 詔，獨深本作「照」。

第五十齣　玩釵疑歎

【金瓏璁】〔生上〕鶯語記丁寧，訴㊀春心空回雁影。人去眼，未分明，釵㊁落手還僥倖。正覩物懷人對景，到此若爲情！

【鷓鴣天】薄命情知怨負深，個中消息費沈吟。能存鏡裏纖纖玉，那得釵頭豔豔金？　思往昔，辨來今，上頭時候鏡初臨。分明認得還疑錯，袖向青衫淚滿衿。　咱李十郎，爲因盧家勢壓，霍府情疏，不知小㊂玉姐存亡。忽見賣釵情事，使人氣傷咽倒。今日閒㊃坐無聊，秋鴻開箱，取那燕釵端詳一回也。〔鴻持釵上〕衣箱正合金魚袋，鈿合斜分玉燕釵。稟老爺：釵在此。

【江頭金桂】〔生〕提起燕釵相並，向紫玉啼痕柱欲冰。更碧葱纖指，紅絲纏定，怕分飛要孤另。早知他要孤另，怎教前生相承相應？偏他兩條紅潤，一片清冷，雙清妙手制作精。向晚妝時候㊄，朝雲初映。畫眉輕，看他立定釵猶顫，妝成鏡越清。

〔鴻〕釵有甚好處？這般看承㊅他。

【前腔】〔生〕這釵好助情添興，壓半朵棠梨風裊擎。係玉牌㊆花勝，翠點絲縈，步玲瓏插端正。俺和他日暖吹笙，人間對鏡。和他看花笑笑，踏草停停，柔情一種畫不成。向晚妝時候，暮雲低映。鳳燈凝，笑摘下釵頭燕，待嬌回枕上鶯。

〔鴻〕不想下得賣了這釵也。

【前腔】〔生〕難道紅顔薄命，你正好樓心看月明。爲問玉人何處？雲鬟倫並。好姻緣看忒輕，虧你別弄簫聲，再填河影。是誰做了領頭鳳史，接脚的牛㈧星？你全然忘卻那會情。想他賣釵時候，翠殘香膩。恣胡行，雖然背後成千里，也在你跟前住一程。

〔鴻〕爺看甚釵？就了盧府親罷。

【前腔】〔生〕難道俺多才薄倖，俺這裏無情還有情。料他兩層招嫁，一時乘興。冷思量閒記省，他所事精靈，自心盟證。怎肯因而奚落，遂爾飄零？想來莫是他魂夢境。記墜釵時候，十分僥倖。美前程，縱然他水性言難定，俺則怕風聞事欠明。

〔鴻〕這事不的猶可，當真時節，連俺那浣紗也跟了人去也。

【大迓鼓】〔生〕他千金肯自輕，玉樓無恙，伴侶飛瓊。若不是誥命夫人正，怎惜得添香侍女清？〔合〕持取釵頭，再作證盟。

秋鴻，想㈨家門寒落難堪也！

【前腔】便桑田似海傾，要嫦娥斟酌，耐冷娉婷。妻，你敢疑我招了盧府也？你那知俺客舍閒風景，常則怕幽閨欠老成。〔合前〕

〔老酒保送請書上〕來邀帥府風流客，去看空門富貴花。小子是酒肆人家，明日爲崔韋二秀才置酒崇敬寺，請李參軍爺賞牡丹，來下請書。怕他門下有人隄防，只說老和尚請他便了。〔把門軍校上〕哇！誰人行走？〔保〕崇敬寺無相長老，請參軍爺隨喜片時。〔校〕敢邀那裏去？〔保〕老禪師有何處去？〔校通報介〕〔生取書看介〕知道了。禪師與我有舊，明日就來。〔校〕太尉爺分付，參軍爺所在行動，着軍校十數人白梃護從。〔生〕這也使得。

侯門春色苦相禁，暫話塵緣一散心。

從此山頭似人石，丈夫形狀淚痕深。

【校】

㈠訴，清暉、柳浪、竹林三本俱誤作「訢」。

㈡釵，原誤作「錢」，據獨深本改。

㈢各本俱無「小」字。

㈣閒，繼志本、獨深本俱作「悶」。

㈤「時候」下原有「又」字，衍，據葉譜刪。下三曲同。

㈥承，獨深本誤作「成」。

㈦牌，竹林本誤作「脾」。

㈧牛，清暉本、竹林本俱誤作「半」。

㈨「想」字下，繼志、清暉、柳浪、竹林四本俱有「俺」字。

第五十一齣　花前遇俠

【窣地錦襠】（外老僧上）色到空門也著花，佛桑春老散香霞。買栽池館意無涯，看到子孫能幾家。

自家乃是崇敬寺中一個無相法師便是。坐禪出定，偶見牡丹盛開，必有冠蓋遊賞，不免叫弟子們出來支對。弟子何在？（末丑弟子上）

【前腔】僧家亦有芳春興，鼻觀偷香色塵映。試看清池與明鏡，何曾不受花枝影。

師父，問訊了。師父，牡丹折一枝，膽瓶中供佛㊀也好。（外）那枝色相兒好？（丑）大紅、桃紅、粉紅、紫紅，百十餘種，老師父要插時，第一是醉楊妃，肉西施，花頭兒好。（外）胡説！（末）白淨的是觀音面，佛頭青，可好？（外）使得。名花盛發，俗眼爭看。你兩人在此支持，咱去入定也。正是：生香世界錦斕斑，天雨曼陀照玉槃。一朵官㊁黄微拂掠，鞓紅髻紫不須看。（下）（丑）兄弟，冠蓋來賞牡丹，有費迎待。你看那崔韋二秀才張筵設席，請盧府李參軍去了。俺們不如鎖上禪堂，別處隨喜。正是：酒駐賞心客，花催行脚僧。（下）（韋崔上）

【西地錦㊂】（崔）豔蕚奇葩翠捧，翦裁費盡春工。（韋）徑尺平頭，幾重深影，一片雲紅。

（崔）夏卿兄，這寺中酒筵已設，李郎早晚到來。好盛的牡丹也！

【高陽臺㊃】〔兵校數人持白棍擁生上〕芳月融晴，禁烟熏煖，金界瑞光巄嵸。靄靄霏霏，未怕宿酲寒中。綺門御陌啼鶯午，恰來舊約賓從。望花宮，翠霧連帷，彩霞飛棟。〔見介〕〔韋崔笑介〕君虞，久別也！一春幾許閒空？恁錦城香國，蜂浮蝶冗。羅綺笙歌，春光無奈嬌縱。〔生〕宮袍荏苒花間意，倩東風盡日傳送。〔韋崔合〕倚新妝，沈香亭畔，那年供奉。

〔衆揖介〕〔崔〕燕歸巢後即離羣，〔韋〕吟倚東風怯晚春。〔生〕獨坐㊄侯家正惆悵，〔合〕牡丹時候一逢君。〔崔〕十郎，自別秦川，數年不見，好忘舊也！〔韋〕今日請十郎花前玩賞，是話休提，且看酒來。〔校〕韋相公怎生替了和尚作東？〔韋〕你不知，這和尚喚作見花羞。〔酒保上〕佛座竟聞香世界，豪遊須結醉因緣。稟相公：酒到了。〔韋崔送酒介〕

【高陽臺序㊅】〔韋〕翠蓋籠嬌，青猊裊韻，綴壓枝頭春重。繡轂晴雷，飛斷六街塵鞚。歡鬨，倚妝深色如有意，怕春去未禁攔縱。齊解逞千層一捻，殿住春紅勒迸。

【前腔】〔生〕誰種，鶴頂移鞓，檀心倒暈，旋瓣重瓤㊆争聳。渲紫生緋，袍帶壽安團擁。晴弄，絳羅高捲春正永，渾自倚玉樓香夢。須護取錦帳流蘇，映日飄摇螮蝀。

【前腔】〔崔〕珍重，駝褐霏烟，鵝黃漾日，都不似翠苞凝鳳。暮雨朝雲，紅香醉來幾甕。閒詠，司花疑與根別染，依約傍九霞仙洞。誰分許精神萬點？長則是花王出衆。

【前腔】〔生〕清供，赤玉盤欹，錦絲毬簇，百寶雕闌低控。絕豔濃胭，矗矗彩雲飛滃。還用，嫣然宜笑花片裏，指痕上粉香彈動。趁靈心袖籠輕翦，翦下斷紅偷送。⑧

【前腔】〔韋〕吟弄，向孔雀圖中，流鶯隊裏，多麗恣妖迎寵。近紅藥天階，衣香夜染扶從。正恐，謔花士女閒贈取，還應羨洛陽舊種。春老也怎得名花傾國，一尊長共？

〔崔〕君虞，胭紅粉紫，誰不玩賞？只那幽廊絕壁之下，有白牡丹一株，素色清香，無人瞅採，好可憐也！

【前腔】心痛，素色鸞嬌，青心鳳尾，別自玲瓏一種。悵瑤臺月下初歸，東風倚闌誰共。〔韋〕相諷，他閒庭一枝橫⑨似水，便雲想衣裳何用？〔合〕李郎，他無限恨斷魂欲語，兀自幽香遥⑩送。

〔韋〕君虞，今日玩賞，就將牡丹聯成一絕如何？〔生〕正好。〔崔〕君虞請先。〔生〕長安年少惜春殘，〔崔〕爭認慈恩紫牡丹。〔韋〕待小弟湊成：別有玉盤承露冷，無人起就月中看。〔生作歎息介〕〔崔〕君虞爲甚沈吟？再向迴廊外散心也。〔行介〕〔豪士黄衫帶翦髮胡奴捧劍上〕〔豪笑介〕好不盛的牡丹也！羯鼓催敲⑪一捻痕，豔高堪領百花尊。紅羅一尺春風髻，翠袖三生日暮魂。自家埋名豪客便是。聽得負心漢李参軍在此賞花，没些時酒闌何處也？

【新水令】⑫俺則爲這牡丹風吹起鬢邊絲，抵多少會賓堂酒牌金字？須不是宴慈恩塔上題，又不是和靈隱月中詞。兩三個細酸倈在茲，消受些喫一看二拿三説四。

猛想起來，咱要誅了這無義漢何難！只是惜樹怕拿修月斧，愛花須築避風臺。且跟那些聽説甚來？

【步步嬌】〔崔〕提起可憐人是鄭家子，〔生低問〕近日如何？〔韋〕他鎮日裏啼紅漬。流光去幾時，子母孤貧，靠你成何事？〔生歎介〕道他有個人了。〔崔〕他甘心爲你守相思，怎生棄置他在空房死？

〔校上〕崔先兒，你説甚麼相思死？你管閒事！一個黄衫人來也。

【折桂令】〔豪〕暗端相典雅風姿，怪不的有了舊人，湊上新知。漢相如似此情詞，怎尋覓卓文君瑕疵。早則是有情人教他悶死，惜花人心事憐慈。聽他刎頸交切切偲偲㊂，惹的俺斷腸人，急急孜孜。

再聽他一會也。

【江兒水】〔生〕接葉心如刺，看花淚欲滋。〔韋〕風光甚麗，草木榮華，傷哉鄭君，銜冤空室！恨嬌香他只爲多情死。〔生泣介〕二君定不知我，因盧太尉恩禮，宛轉支吾，那曾就親㊃盧府？誓盟香那得無終始？傍權門取次看行止。〔崔〕君虞，乘興一見鄭君何如？〔生歎介〕怎敢造次便去也。〔韋〕那人早晚待君永訣，足下終能棄置，實是忍人！〔韋崔合〕好爲思之，丈夫不

宜如此。

〔校上〕韋先兒管閒事！黄衫人又來也。〔豪士上〕俺聽説了多時也，列公請了！公非李十郎者乎？某族本山東，姻連外戚，雖乏文藻，心嘗樂賢。仰公聲華，常思覯止。今日幸會，得覩清揚。某之敝居，去此不遠，亦有聲樂，足以娱情。妖姬八九人，駿馬十數匹，惟公所要，但願一過。〔韋崔〕有這繁華所在，且往領盛意，美酒笙歌，放懷爲妙。〔豪〕在下有馬數匹，揀一匹駿氣的背上李郎，二君緩來。〔崔韋〕請了！且逐金丸去，高嘶賣馬來。〔下〕〔豪〕胡奴，快取兩匹追風駿馬來。

〔胡奴二人做馬嘶上〕

【雁兒落帶得勝令㉕】〔豪〕有幾匹駿雕鞍是俺家雪花獅，有幾個俊蒼頭是俺家花鳥使。馬呵，消得你一鞭兒；奴呵，做得你三分事。馬呵，三花乍翦絡青絲；奴呵，雙眉如畫粉紅姿。咱呵，甚意兒把良馬思君子，將紅粉贈男兒家貲？咱那裏金谷園難似此，你辭也麽辭，看咱點鞭頭雲外指。

〔校惱介〕又一個管閒事的人也！你不聽得俺盧府威風麽？參軍爺待做俺府裏東牀，引他那裏去？看我手中白棍兒麽！

【綵衣舞】㉖摩娑起手底棍兒打這廝，棍兒上有盧字。〔豪笑介〕有字怎的？〔校〕明寫着你肉眼迷廝逞搊查强死。參軍呵，他坦腹乘龍衣金紫，好不受用也，你有銅斗兒家貲你自家使。

【收江南】〔豪〕呀！禁持的李學士没參差，盧太尉甚娘兒！比似俺將你老東牀去了也那廝，和你家小姐對情詞。〔做拔劍介〕看劍兒雄雌，不甫你一個來一個兒死。

〔校收棍做怕介〕和你耍哩！提刀怎的？難道殺人不償命？看你家金谷園去，管俺們一個醉。〔豪〕叫胡奴挾李十郎上馬。〔並馬行介〕〔生〕前路相似勝業坊？〔又行〕〔問介〕前面望見曲頭？〔又行介〕將次是霍王府哩？〔豪〕問他怎麼？〔生私云〕怎認得這所在也？

【園林好】似曾相識這花驄和小廝。〔奴〕參軍爺好眼哩。〔生〕轉前坊舊家兒在兹。承相招，可有别路到潭府？〔豪〕徑須從此。〔生〕迤邐驀然來至，過他們㊆甚意兒！過他們甚意兒！㊇

〔豪〕這不妨，坊門多有㊈似也。

【沽美酒帶太平令㊉】穩着你個鎖鞍韁花外嘶，鎖鞍韁花外嘶㊁，夾着你黑崑崙海山使，這些時那一個不醉染紅香弄晚颸。是誰家美人獨自？是誰家門巷偏似？我呵心知肚知，萍水契相知幾時？烟花擔嗟咨怎辭？呀，比似你逞精神，長則在醉紅鄉逗人閒事。

〔生〕天晚，小生薄有事故，改日奉拜。〔作鞭馬欲回〕〔豪控生袖介〕敝居咫尺，忍相棄乎！

【尾聲】問你個賞花人有甚麽窮薄事？則待拗雙飛撇馬多回次，可也要會人情把似你秀才家性兒使。〔下〕

【校】

㊀佛，各本俱作「奉」。
㊁官，清暉本、竹林本俱誤作「宮」。
㊂「錦」字下原有「引」字，衍，據葉譜删。
㊃「臺」字下原有「引」字，衍，據葉譜删。
㊄坐，柳浪本作「在」。
㊅原無「序」字，據葉譜補。
㊆瓢，清暉本、竹林本俱誤作「瓢」。
㊇翦下斷紅偷送，清暉本、竹林本俱誤作「下斷紅偷送翦」。
㊈横，各本俱作「渾」。
㊉遥，繼志、清暉、柳浪、竹林四本俱作「遠」。
⑪敲，獨深本作「花」。
⑫以下十曲，爲北雙調、南仙吕入雙調南北合套，原僅在步步嬌上注有一「南」字，餘九曲未注。

今逕把此「南」字删去，以示前後一致。

⑬偲偲，繼志、清暉、柳浪、竹林四本俱誤作「思思」。

⑭親，獨深本作「盟」。

⑮原奪「帶得勝令」四字，據葉譜補。

⑯綵衣舞，原題作僥僥令。案：牡丹亭硬拷也用此南北合套，此曲也題作僥僥令。然其句格實與僥僥令不合，故鈕少雅格正牡丹亭將其改爲犯調。僥僥令一名綵旗兒，中間犯錦衣香，故題作綵衣舞。南詞定律襲用其名，擅改爲正曲，遂使人不再知綵衣舞、僥僥令二者之關係。九宮大成沿南詞定律之誤，當它正曲。這裏，葉譜改僥僥令爲綵衣舞是對的；而也當它正曲，則又沿九宮大成之誤。

⑰們，柳浪本作「門」。

⑱「過他們甚意兒」疊句，原僅注一「又」字，今改書全文。

⑲「有」字下，繼志、清暉、獨深、柳浪四本俱有「相」字。

⑳原奪「帶太平令」四字，據葉譜補。

㉑「鎖鞍韁花外嘶」疊句，原僅注一「又」字，今改書全文。

第五十二齣　劍合釵圓

【怨東風】〔浣上〕去去春難問，翠屏人不穩。添香侍女費精神，悶悶悶。卜筮無憑，仙方少驗，求神未準。

自家浣紗便是。奉侍郡主，懨懨一病經年，又逢春盡。多少遊春士女，日永風暄；只俺家守着病多嬌，長似淒風短日，料應不久。扶他出來消遣一回。〔浣請介〕〔旦扶病上〕

【前腔】鬼病懨懨損，落花風片緊。多應無分意中人，恨恨恨。夢淺難飛，魂搖㊀欲墜，人扶越困。

浣紗，俺病症多應不好也！扶我起來怎的？〔浣〕幾年春色凋零，今歲名花盛發。郡主，你消遣些兒。〔旦〕浣紗，你看孤禽側畔千鶯曉，病樹前頭萬木春。教咱怎生消遣也？

【山坡羊】冷清清遭值這般星運，鬧氳氳㊁攪人的方寸。虛飄飄躭捱了己身，軟哈哈沒個他丰韻。浣紗呵，病的昏，問你個春幾分？睡也睡也睡不穩，過眼花殘，斷頭香盡。傷神，病在心頭一個人。消魂，人似風中一片雲。

【前腔】〔浣〕他瘦厓厓香肌消盡，昧蚩蚩眼波層困。怯設設聲息兒一絲，惡丕丕嘔不出心頭悶。他脫了神，當時畫的人，猛然間想起今難認。一會兒精靈，一會兒昏暈。

花神，多則是殘紅送了春。東君，你早辦名香爲反魂。〔旦作昏介〕〔鮑上〕

【玩仙燈】淑女病留連，憔悴煞落花庭院。

俺鮑四娘，數日未知小玉姐病體若何？呀，原來又睡在此。老夫人何在？〔老旦上〕若無少女憑花老，爲有嫦娥怕月沈。四娘，看俺孩兒病體若何？〔旦醒介〕俺娘，不好了也！四娘幾時到來？

【山桃紅】彩雲輕散，好夢難圓。是前生姻緣欠，又拚了今生命填。魂縹緲風裏殘霞，你把俺火燒埋向星前暮烟。多管香早寒玉早塵，除卻寸靈心還活現也，待他淚滴成灰還和他夢裏言。〔合〕〔衆哭介〕忍淚灑落花片，惺惺可憐，等不的薄倖人兒和你做個長別筵。

〔老〕還有甚話也？兒。〔旦〕娘叫俺道個甚來？特爲俺把多才拜上[3]：

【前腔】教他看俺萱堂一面，半子前緣。叫浣紗，若秋鴻回來，你夫妻好生看覷奶奶。待拜你呵，〔作跌介〕你當了嫡親眷，替俺看他老年。鮑四娘，早晚也來看覷奶奶。當初是你作媒，以後見那薄倖呵，教他好生兒看待新人，休爲俺把歡情慘然。倘然他念舊情過墓邊，把碗涼漿瀽也。便死了呵，也做個蝴蝶單飛向紙錢。〔合前〕

〔衆背介〕〔老〕李郎不到，怎生區處？〔鮑〕覷他形骸死瘦，眉氣生黃，敢待變症也？〔浣〕則管昏上來哩。〔摩介〕〔老〕李郎好薄倖也！〔鮑〕小玉姐好薄命也！〔旦醒介〕咳！娘，你孩兒好些了。李十郎到來哩。〔老〕那討這話來也？兒。〔旦〕咱待起來，娘替咱梳洗哩。〔老〕兒，久病之人，心神惑亂，且自安息。〔旦〕娘不信呵，四娘扶咱。

【尾聲】㈣一邊梳洗不妨眠，聽呵那馬蹄聲則俺心坎兒上打盤旋。浣紗，敢踏着門那人㈤來不遠。〔並下〕〔豪與生並馬羞不肯行〕〔豪家奴數人擁扯生馬上〕

【不是路】〔豪〕路轉橋灣，勝業坊西迤逗間。花如霰，似武陵溪上畢㈥桃丹。暮光闌，你怎生乘興人空返？陡住你花驄去住難。〔生掩面介〕羞殺俺也！含羞眼，舊家門户誰曾盼？怕人偷唤，怕人偷唤。㈦

【前腔】〔豪〕玉碎香慳，爲你怒冲冠把劍彈。朱門限，幾年山上更安山。秀才，不是請你到俺家去，是請你到你家去。㈧好傷殘，你騎着俺將軍戰馬平心看，抵多少野草閒花滿目斑。〔生〕則怕盧太尉害了人也。〔豪〕怎生這般畏之如虎！〔生〕足下不知，小生當初玉門關外參軍，受了劉節鎮之恩，題詩感遇，有「不上望京樓」之句。因此盧太尉常以此語相挾，説要奏過當今，罪以怨望。所畏一也。又他分付，但回顧霍家，先將小玉姐了當，無益有損。所畏二也。白梃手日夜跟隨厮禁，反傷朋友。所畏三也。因此沈吟去就，不然，小生豈是十分薄倖之人。今日相見，怎生嘴臉也！〔豪〕結髮夫妻，賠個小心便了。盧太尉俺自有計處，不索驚心。無危難，把雕鞍勒住胡奴唤，亂敲門瓣，亂敲門瓣。〔奴扣門介〕

【前腔】〔老浣同上〕燕子凋殘，王謝堂中去不還。誰清盼，聽重門閉了響銅環。〔奴〕舊門闌，多應是昨夜燈花粲，好事臨門你可也不等閒。〔老浣〕人喧亂，多應客赴金錢宴，啓門偷看，啓門偷看。

〔豪衆作擁生馬進門〕〔豪指生問老云〕認得此人否？〔老驚哭介〕薄情郎，何處來也？〔豪〕且下了馬，請小玉姐來對付他。〔老〕小女沈綿日久，轉側須人，不能自起。〔旦作在内介〕娘，你孩兒起的來也。

〔鮑扶旦上〕

【哭相思】待飛殘一枕香魂，誰向窗前喚轉？

〔見介〕〔豪〕鮑四娘在此。小玉姐，可認得這秀才？〔生見哭介〕我的妻，病得這等了。〔旦斜視掩面長歎介〕〔豪〕真個可憐人也！

【不是路】看他病倚危闌，似欲墜風花幾陣寒。斜凝盼，眼皮兒也應不似舊時單。小玉姐，俺將薄倖郎交付與你。病到這般呵，命多難。李郎，我聞東方朔先生云，惟酒可以消憂，咱已送金錢辦酒。酒呵，能消鬱塊忘憂散。只一味〔指生介〕當歸勾七還。俺去也！〔生〕感足下高義，杯酒爲謝，何去之速也？〔豪〕某非爲酒而來。〔生〕願留姓名，書之不朽。〔豪笑介〕休也！英雄眼，偶然蘸上你紅絲綻，爲誰羈絆？爲誰羈絆？

〔豪舉手介〕請了！〔衆〕花邊馬嚼金環去，樓⑨上人回玉筯看。〔下〕〔生〕豪士之言有理，將酒來爲小玉姐把一杯。〔送酒與旦〕〔旦作歎介〕我爲女子，薄命如斯；君是丈夫，負心若此！韶顔稺齒，飲恨而終。慈母在堂，不能供養。綺羅絃管，從此永休。徵痛黄泉，皆君所致。李君，李君，今當永訣矣！〔作左手握生臂，擲盃于地，長歎⑩數聲倒地悶絶介〕〔老做扶旦倒于生懷〕〔哭介〕憑十郎喚醒也。

【二郎神】〔生〕年光去，辜負了如花似玉妻。歎一線功名成甚的？生生的無情似翦，有命如絲。妻呵，别的來形模都不似你。〔作扶旦不起介〕怎擡的起這一座望夫山石？〔合〕尋思起，你恁般捨得死别生離。

【前腔】〔旦作醒介〕昏迷，知他何處，醉裏夢裏？纔博的哏郎君一口氣。俺娘呵，怕香魂無着，甚東風把柳絮扶飛？〔生〕是我扶你。〔旦〕扶我則甚那？生不面死時偏背了你，活現的陰司訴你。〔合前〕

〔旦〕唱别陽關時節，多少話來，都不提了。

【囀林鶯】〔生〕陽關去後難提起，畫屏無限相思。轉孟門太尉參軍事，動勞你翦燭裁詩。〔旦〕詩可到麽？〔生〕到來，那裏有斷雲重係，都則是風聞不實。〔旦〕是韋夏卿爲媒，崔允明報信，還是風聞？〔合〕等虚脾，只看俺啼紅染遍羅衣。

【前腔】〔旦〕盧家少婦直恁美，教人守到何時？他得到⑪了一日是一日，我過了一歲無了一歲。要你兩頭迴避，不如死一頭伶俐。〔生〕死則同穴。〔旦〕誰信你？〔合前〕

〔旦〕賣釵你可知俺家貧了，看釵子不上？〔生〕説那裏話！

【啄木鸝】釵兒燕不住你頭上棲，那釵脚兒在俺心頭刺。〔旦〕新人插釵可好？〔生〕誰曾送玉鏡妝臺？從那裏照斜插雙飛？〔旦〕釵呵，可知新人惱了，賞那丫[三]頭去了。〔生〕甚麼話！那賣釵人還説的你好哩。説伊家忘舊把釵兒棄，咱堅心不信俏地籠將去。〔旦〕籠去怎麼？〔合〕〔生〕翠巍巍，許多珍重，記取上頭時。

你病勢定了些，待咱尋個人兒。〔作尋介〕〔旦〕尋個甚的？〔生〕鮑三娘賣釵，説你又有了一個後生。〔旦惱介〕好不羞！那裏有鮑三娘？是玉工侯景先哩。甚麼後生，都是你先坐下俺一個罪名兒。

【前腔】你爲男子不敬妻，轉關兒使見識，到底你看成甚的？〔生〕怎又討氣！〔旦〕不如死他甚的淘閒氣。既説我忘舊，取釵還我。〔生〕要還不難。〔旦〕是了，還了咱家，討個明白去。他妝奩厭的餘香膩，待拋還別上個新興髻。你還咱也好。〔合前〕

〔老〕也罷，此事問秋鴻。〔鴻上〕盧府親事，真個不曾成。

【啼鶯兒】那太尉呵，籠鶯打翠真是奇；家主爺呵，背東風不願于飛。〔浣〕爺不願，怎生不回？〔鴻〕俺爺呵，雖有嫌雲妒雨心期，他可有立海飛山權勢。正怕觸了那些，併累咱府。要圖美滿春光保全，因此上受羈棲把風波權避。〔合〕聽因依，玉花釵燕，他長在袖中攜。

〔鮑〕參軍爺，也不念咱舊媒人了。〔鴻〕你家做媒又做牙，賣釵人便是你家姐姐。〔鮑〕俺家有許多姐姐？〔鴻〕都是太尉倒鬼。

【前腔】〔老〕他大風要吹倒桐樹枝，喜到頭依舊連理。〔鮑〕想起黃衫豪客也。女伴們袖手傍觀，英雄拔刀相濟。郡主呵，顯靈心黃衫夢奇，果應口同諧卧起。〔合前〕

〔旦〕也罷，釵可帶來？〔生做袖中出釵介〕〔旦〕真個在你袖中也。〔拈釵喜介〕

【玉鶯兒】玉釵紅膩，尚依然紅絲繫持。磊心情幾粟明珠，點顏色片茸香㊂翠。側鬢兒似飛，懶妝時似頽，病懨懨怎插向菱花對？〔合〕事真奇，相看領取，還似墜釵時。

〔老〕浣紗，取鏡奩脂粉，從新插戴。〔生作扶旦笑介〕看你羸質嬌姿，如不勝致，更覺可人也！〔旦作插釵顫介〕【浣溪沙】〔生〕正是：淺畫香膏拂紫綿。〔老〕牡丹花瘦翠雲偏，〔鮑〕手扶釵顫並郎肩。

〔旦〕李郎，俺病起心情終是怯，困來模樣不禁憐。〔合〕今生重似再生緣。

【前腔】〔生〕燕釵重會，與舊人從新有輝。影差池未漬香泥，翅毰毸尚縈纖蕊。壓雲梳半犀，嫋風鬟半絲，恨呢喃訴㊃不出從頭事。〔合前〕

〔老〕俺一家兒感的是豪客。〔旦〕似那年元夜會他來。

【尾聲】李郎，夢還真敢是那黃衫子，病玉腰肢你着意偎。十郎，不要又去也。再替俺燒一炷誓盟香寫向烏絲闌湊尾。
薄命迴生得俊雄，　感恩積恨兩無窮。
今宵賸把銀缸照，　猶恐相逢是夢中。

【校】

㊀ 搖，獨深本誤作「遥」。

㊁ 氲氲，繼志、清暉、柳浪三本俱作「温温」。

㊂ 拜上，繼志、清暉、柳浪、竹林四本俱誤作「拜拜」。

㊃ 尾聲，葉譜題作「隔尾」。

㊄ 「人」字下，繼志、清暉、獨深、柳浪四本俱有「兒」字。竹林本「人」字下有一字殘損，當也是「兒」字。

㊅ 「舉」字疑誤；獨深本無此字；清暉、柳浪、竹林三本俱作「舊」。

㊆ 「怕人偷喚」疊句，原僅注二「又」字，今改書全文。葉譜此句不疊。下二曲「亂敲門瓣」、「啓門偷看」疊句俱同此例。

㊇ 「去」字下，獨深本有「哩」字。

㊈ 樓，原誤作「報」，據清暉本、柳浪本改。

㈠〇歎，清暉、獨深、柳浪、竹林四本俱作「哭」。
㈡一清暉、柳浪、竹林三本俱無「到」字。
㈡二丫，原誤作「釵」，據獨深本改。
㈡三香，清暉本、柳浪本俱作「春」。
㈡四訴，柳浪本誤作「訢」。

第五十三齣　節鎮宣恩

【憶多嬌】〔崔韋上〕花事催，酒力微，歌吹風光在水西。他昨夜燈花今夜喜，向朱門報知，向朱門報知㊀，褒封節義吾皇旨。

天下多有不平事，世上難遇有心人。俺們生受小玉姐許多錢鈔，到惹起黄衫豪客來，與這段烟花結了公案。真乃是千家吃酒，一家還錢，事不偶然。㊁〔韋〕只一件，十郎既就了霍府，那盧太尉怎肯干休？他輕輕地下手，都成齏粉，卻如之奈何？〔崔〕你不知道，那黄衫豪士雖係隱姓埋名，他力量又能暗通宫掖。他近日探得主㊂上因盧府專權，心上也忌他了；他有人在主上前行了一譖，聖上益發忿怒，如今盧府着忙，不暇理論到此事。那黄衫豪士隨有人竄掇言官，將小玉姐這段節義上了，又見得盧府强婚之情。蒙主上褒嘉，遣劉節鎮來處分，怕甚麼事！〔韋〕原來如此，妙哉！快哉！我們先去報喜，賀喜。

【長命女㊃】〔老生旦上〕春風轉，新婚久别重相見。〔見介〕便是崔韋二兄。依然舊客來庭院。

〔崔作笑云〕小玉姐，不空費了你金錢也。劉節鎮奉詔處分來此，快備香案迎接。〔劉節鎮奉詔書上〕加冠進職君臣禮，合鏡還珠夫婦恩。聖旨㊄已到，跪聽宣讀。皇帝詔曰：朕惟伉儷之義，末世所

輕；任俠之風，昔賢所重。每觀圖史，在意斯人。若爾參軍李益，冠世文才，驚人武略。不婚權豔，甚曉夫綱。可封賢集殿學士、鸞臺侍郎。霍小玉憐才誓死，有望夫⑥石不語之心；破産回生，有懷清臺衛足之智。可封太原郡夫人。鄭氏相夫翦桐葉而王，擇壻顯桃夭之女。慈而能訓，老益幽貞。可進封滎陽郡太夫人。盧太尉徒以勢壓郎才，强其奠雁；幾乎威逼人命，碎此團鸞。宜削太尉之銜，以申少婦之氣。其黄衣豪客，拔⑦釵幽淑女，有助綱常；提⑧劍不平人，無傷律令。可遥封無名郡公。嗚呼！凡贊相于王風，皆揚名于白日。受兹勑命，欽哉！謝恩。〔生衆作謝恩介〕〔劉〕君虞，别來久矣！紫玉釵一事，細説一番。

【催拍】〔生〕是當年天街上元，絳籠紗燈前一面，兩下留連，兩下留連。幸好淡月梅花，拾取釵鈿，將去納采牽紅，成就良緣。〔合〕今日紫誥皇宣，夫和婦永團圓。

【前腔】〔旦〕梳妝罷春遊翠園，人别去觀花上苑。他衣錦言旋，他衣錦言旋，怎知他簫歇秦樓，唱斷陽關？别去鸞儔，曾歸到鴛班。〔合前〕

【前腔】〔老〕只道你⑨幽歡别憐，幾年間未蒙清盼。看看的門户凋殘，看看的門户凋殘，爲尋訪多情，費盡金錢。賣到珠釵，苦恨難言。〔合前〕

【前腔】〔鮑〕真乃是前生分定，重遇着玉釵雙燕。因此上再整雲鬟，因此上再整雲鬟，也當個再接瓊簪，更續危絃。異國香燒，倩女魂還。〔合前〕

〔韋〕此豪客之功也。

【前腔】〔崔〕閒〔一〇〕説起有個英雄恨然，路相看不平拔劍。〔韋〕把雌雄重會龍泉，把雌雄重會龍泉，不教你斷了香魂，枕畔燈前；負了盟言，月下花前。〔合前〕

【一撮棹】〔衆〕離和合，歎此情須問天。是多才，非薄倖枉埋〔一一〕冤。須記取，花燈後牡丹前。釵頭燕，鞋兒夢酒家錢。〔一二〕堪留戀，情世界業姻緣。儘人間諸〔一三〕眷屬，看到兩團圓。

【尾聲】一般才子會詩篇，難遇的是知音宅眷，也只爲豪士埋名萬古傳。

紫玉釵頭恨不磨，黃衣俠客奈情何！
恨流歲歲年年在，情債〔一四〕朝朝暮暮多。
炊徹黃粱非北里，斟翻綠蟻是南柯。
花封桂瘴知何意，贏得敲尊一笑歌。

【校】

㊀「向朱門報知」疊句，原僅注一「又」字，今改書全文。

㊁「偶然」下，繼志、柳浪、竹林三本俱有「也」字。

㈢主，獨深本作「聖」。下「主」字同。
㈣「女」字下原有「前」字，衍，據葉譜刪。九宮大成卷六十九引此曲，也無「前」字。
㈤旨，清暉、獨深、柳浪、竹林四本俱作「恩」。
㈥夫，清暉、柳浪、竹林三本俱誤作「天」。
㈦拔，清暉、柳浪、竹林三本俱作「援」。
㈧提，繼志、柳浪、竹林三本俱作「擬」。
㈨你，清暉、獨深、柳浪、竹林四本俱作「他」。
㈩閒，清暉、柳浪、竹林三本俱作「聞」。
⑪埋，清暉、柳浪、竹林三本俱誤作「理」。
⑫錢，繼志、清暉、柳浪、竹林四本俱誤作「釵」。
⑬諸，清暉本、竹林本俱作「諧」。
⑭債，柳浪本誤作「倩」。

牡丹亭

牡丹亭目録

【校】

㈠ 誺，文林、朱墨、清暉、竹林四本俱作「諜」。
㈡ 冥，竹林本誤作「異」。
㈢ 杭，竹林本誤作「抗」。

牡丹亭還魂記㈠

明　湯顯祖著㈡

第一齣　標目

【蝶戀花】〔末上〕忙處拋人閒處住，百計思量，没箇爲歡處。白日消磨腸斷句，世間只有情難訴。玉茗堂前朝復暮，紅燭迎人，俊得江山助。但是相思莫相負，牡丹亭上三生路。

【漢宮春】杜寶黄堂，生麗娘小姐，愛踏春陽。感夢書生折柳，竟爲情傷。寫真留記，葬梅花道院淒涼。三年上，有夢梅柳子，於此赴高唐。果爾回生定配，赴臨安取試，寇起淮揚。正把杜公圍困，小姐驚惶。教柳郎行探，返遭疑激惱平章。風流況，施行正苦，報中狀元郎。㈢

杜麗娘夢寫丹青記，陳教授説下梨花槍。

柳秀才偷載回生女，杜平章刁打狀元郎。

【校】

㊀原題「還魂記」，今用全名，據文林本、朱校本補「牡丹亭」三字。

㊁朱校本著者署名，以二行分署「明臨川湯顯祖若士編」，「歙縣玉亭朱元鎮較」。

㊂朱墨、清暉、獨深、竹林四本，俱以蝶戀花爲大字曲文，漢宮春爲小字白語，誤。

第二齣　言懷

【真珠簾】㈠〔生上〕河東舊族，柳氏名門最，論星宿連張帶鬼。幾葉到寒儒，受雨打風吹。謾説書中能富貴，顏如玉和黄金那裏？貧薄把人灰，且養就這浩然之氣。

【鷓鴣天】刮盡鯨鰲背上霜，寒儒偏喜住炎方。憑依造化三分福，紹接詩書一脈香。能鑿壁，會懸梁，偷天妙手繡文章。必須砍㈡得蟾宫桂，始信人間玉斧長。小生姓柳，名夢梅，表字春卿。原係唐朝柳州司馬柳宗元之後，留家嶺南。父親朝散之職，母親縣君之封。〔歎介〕所恨俺自小孤單，生事微渺。喜的是今日成人長大，二十過頭；志㈢慧聰明，三場得手。只恨未遭時勢，不免飢寒。賴有始祖柳州公帶下郭橐駝，柳州衙舍，栽接花果。橐駝遺下一箇跎孫，也跟隨我廣州種樹，相依過活。雖然如此，不是男兒結果之場。每日情思昏昏，忽然半月之前，做下一夢。夢到一園，梅花樹下，立着個美人。不長不短，如送如迎。説道：柳生，柳生，遇俺方有姻緣之分，發跡之期。因此改名夢梅，春卿爲字。正是：夢短夢長俱是夢，年來年去是何年？

【九迴腸】㈣雖則俺改名換字，俏魂兒未卜先知。定佳期盼煞蟾宫桂，柳夢梅不賣查梨。還則怕嫦娥妬色花顏氣，等的俺梅子酸心柳皺眉。渾如醉，無螢鑿遍了鄰家壁，甚東牆不許人窺。有一日春光暗度黄金柳，雪意沖開了白玉梅。那時節走馬在，章

臺内，絲兒翠，籠定個百花魁。

雖然這般説，有個朋友韓子才，是韓昌黎之後，寄居趙佗王臺。他雖是香火秀才，卻有些談吐，不免隨喜一會。

門前梅柳爛春暉，　　夢見君王覺後疑。

心似百花開未得，　　托身須上萬年枝。㊄

【校】

㊀真珠簾，格正題作鶯啼簾外，謂喜遷鶯犯真珠簾；葉譜題作繞池簾，謂繞池遊犯真珠簾。九宫大成卷六十二引此曲，當它正曲，於是把真珠簾硬分爲兩體，分隸於仙吕、雙調，未免杜撰。

㊁砍，文林本、朱墨本俱作「斫」。

㊂志，清暉本作「智」。

㊃九迴腸，原謂解三醒犯三學士、急三槍，故云。急三槍之名出明人杜撰，不足據。故格正題作六花衮風前，謂解三醒犯三學士、犯衮、風入松。

㊄下場詩上，文林、朱墨、清暉、獨深、竹林五本俱有「集唐」二字。以下各齣同。

第三齣　訓女

【滿庭芳】〔外杜太守上〕西蜀名儒，南安太守，幾番廊廟江湖。紫袍金帶，功業未全無。華髮不堪回首，意抽簪萬里橋西。還只怕君恩未許，五馬欲踟躕。

一生名宦守南安，莫作尋常太守看。到來只飲官中水，歸去惟看屋外山。自家南安太守杜寶，表字子充。乃唐朝杜子美之後，流落巴蜀，年過五旬。想廿歲登科，三年出守。清名惠政，播在人間。內有夫人甄氏，乃魏朝甄皇后嫡派。此家峨嵋山，見㈠世出賢德夫人。單生小女，才貌端妍，喚名麗娘，未議婚配。看起自來淑女，無不知書。今日政有餘閒，不免請出夫人，商議此事。正是：中郎學富單傳女，伯道官貧更少兒。

【繞池遊】㈡〔老旦上〕甄妃洛浦，嫡派來西蜀，封大郡南安杜母。

〔見介〕〔外〕老拜名邦無甚德，〔老旦〕妾沾封誥有何功？〔外〕春來㈢閨閣閒多少，〔老旦〕也長向花陰課女工。〔外〕想㈣女工一事，女孩兒精巧過人。看來古今賢淑，多曉詩書。他日嫁一書生，不枉了談吐相稱。你意下如何？〔老旦〕但憑尊意。

【前腔】〔貼持酒臺㈤隨旦上〕嬌鶯欲語，眼見春如許，寸草心怎報得春光一二？

〔見介〕爹娘萬福！〔外〕孩兒，後面捧着酒肴，是何主意？〔旦跪介〕今日春光明媚，爹娘寬坐後堂。

女孩兒敢進三爵之觴，少效千春之祝。〔外笑介〕生受你！

【玉山頽】㊅〔旦進酒介〕爹娘萬福，女孩兒無限歡娱。坐黄堂百歲春光，進美酒一家天禄。祝萱花椿樹，雖則是子生遲暮，守得見這蟠桃熟。〔合〕且提壺花間竹下，長引着鳳凰雛。

〔外〕春香，酌小姐一杯。

【前腔】吾家杜甫，爲漂零老愧妻孥。〔淚介〕夫人，我比子美公公更可憐也！他還有念老夫詩句男兒，俺則有學母氏畫眉嬌女。〔老旦〕相公休焦，儻若招得好女壻，與兒子一般。〔外笑介〕可一般呢？〔老旦〕做門楣古語，爲甚的這叨叨絮絮，纔到的中年路。〔合前〕

〔外〕女孩兒，把臺盞㊆收去。〔旦下介〕〔外〕叫春香，俺問你：小姐終日繡房，有何生活？〔貼〕繡房中則是繡。〔外〕繡的許多？〔貼〕繡了打綿。〔外〕什麽綿？〔貼〕睡眠。〔外〕好哩，好哩，夫人，你纔説長向花陰課女工，卻縱容女孩兒閒眠，是何家教！叫女孩兒。〔旦上〕爹爹有何分付？〔外〕適問春香，你白日眠睡，是何道理？假如刺繡餘閒，有架上圖書，可以寓目。他日到人家，知書知禮，父母光輝。這都是你娘親失教也。

【玉胞肚】宦囊清苦，也不曾詩書誤儒。你好些時做客爲兒，有一日把家當户。是爲爹的疎散不兒拘，道的個爲娘是女模。

【前腔】〔老旦〕眼前兒女，俺爲娘心蘇體劬。嬌養他掌上明珠，出落的人中美玉。兒呵，爹三分説話你自心模，難道八字梳頭做目呼。
【前腔】〔旦〕黄堂父母，倚嬌癡慣習如愚。剛打的鞦韆畫圖，閒榻着鴛鴦繡譜。從今後茶餘飯飽破工夫，玉鏡臺前插架書。

〔老旦〕雖然如此，要個女先生講解纔好。〔外〕不能勾。

【前腔】後堂公所，請先生則是鴻門腐儒。〔老旦〕女兒呵，怎念遍的孔子詩書，但略識周公禮數。〔合〕不枉了銀娘玉姐只做個紡磚兒，謝女班姬女校書。

〔外〕請先生不難，則要好生管㊇待。

【尾聲】説與你夫人愛女休禽犢，館明師茶飯須清楚，你看我治國齊家也則是數卷書。

往年何事乞西賓？　主領春風只在君。
伯道暮年無嗣子，　女中誰是衛夫人？

【校】

㊀ 見，朱墨本、獨深本俱作「澗」，則應屬上，於「澗」字斷句。

㊁ 繞池遊，池，原誤作「地」，據格正、葉譜改。此曲應有六句，此處下面省去三句；下曲同。案：

繞池遊前三句與後三句句格不同，這裏兩曲都是前三句句格，而格正、葉譜都把兩曲聯在一起，作爲一首，誤。

㊂ 來，獨深本作「秋」。

㊃「想」字，文林、朱墨、清暉、獨深、竹林五本俱在下句「女孩兒」上。

㊄ 臺：文林本、朱墨本俱無「臺」字；朱校本作「壺」。

㊅ 玉山頽，格正、葉譜俱題作玉山供，謂玉抱肚犯五供養。

㊆ 臺盞，竹林本作「酒盡」。盡，蓋「盞」字形誤。

㊇ 管，文林本、獨深本俱作「館」。

第四齣　腐歎

【雙勸酒】〔末老儒上〕燈窗苦吟，寒酸撒吞。科場苦禁，蹉跎直恁。可憐辜負看書心，吼兒病年來迸侵。

咳嗽病多疎酒盞，村童俸薄減廚煙。争知天上無人住？弔下春愁鶴髮仙。自家南安府儒學生員陳最良，表字伯粹。祖父行醫，小子自幼習儒，十二歲進學，超增補廩，觀場一十五次。不幸前任宗師，考居劣等停廩；兼且兩年失館，衣食單薄；這些後生都順口叫我陳絶糧。因我醫卜地理，所事皆知，又改我表字伯粹做百雜碎。明年是第六個旬頭，也不想甚的了。有個祖父藥店，依然開張在此。儒變醫，菜變齏，這都不在話下。昨日聽見本府杜太守，有個小姐，要請先生。好些奔競的鑽去，他可爲甚的？鄉邦好説話，一也；通關節，二也；撞太歲，三也；穿他門子管家，改竄文卷，四也；别處吹嘘進身，五也；下頭官兒怕他，六也；家裏騙人，七也。爲此七事，没了頭要去。他們都不知：官衙可是好踏的；况且女學生，一發難教，輕不得，重不得；倘然間體面有些不尊㈠，啼不得，哭不得。似我老人家罷了，正是有書遮老眼，不妨無藥散閒愁。〔丑府學老門子上〕天下秀才窮到底，學中門子老成精。〔見介〕陳齋長報喜！〔末〕何喜？〔丑〕杜太爺要請個先生教小姐，掌教老爹開了十數名去都不中，説要老成的。我去掌教老爹處㈡稟上了你，太爺有請帖在此。〔末〕人之患在好爲人師。〔丑〕是人之飯，有得你喫哩。〔末〕這等便行。〔行介〕

【洞仙歌】咱頭巾破了修，靴頭綻了兜。〔丑〕你坐老齋頭，衫襟没了後頭。〔合〕硯水漱净口，去承官飯溲，剔牙杖敢黄齏臭？

【前腔】〔丑〕咱們㊂兒尋事頭，你齋長干罷休。〔末〕要我謝酬，知那裏留不留？〔合〕不論端陽九，但逢出府遊，則捻着衫兒袖。

〔丑〕望見府門了。

世間榮樂㊃本逡巡，誰採髭鬚白似銀。
風流太守容閒坐，便有無邊求福人。㊄

【校】

㊀ 尊，文林、朱墨、朱校、清暉四本俱作「臻」。
㊁ 原無「處」字，據文林、朱墨、朱校、清暉、獨深五本補。
㊂ 們，朱墨本、朱校本俱作「門」。
㊃ 樂，原作「禄」，據清暉本改。文林、朱墨、獨深、竹林四本俱誤作「落」。
㊄ 下場詩，各本一、三兩句上俱有「丑」字，二句上俱有「末」字，四句上俱有「合」字。

第五齣　延師

【搗練子】㈠〔外引貼扮門子丑扮皂隷同上〕㈡山色好，訟庭稀。朝看飛鳥㈢暮飛回，印牀花落簾垂地。

杜母高風不可攀，甘棠遊憩在南安。雖然爲政多陰德，尚少階前玉樹蘭。我杜寶，出守此間，只有夫人小㈣女，尋個老儒教訓他。昨日府學開送一名廩生陳最良，年可六旬，從來飽學。一來可以教授小女，二來可以陪伴老夫。今日放了衙參，分付安排禮酒。叫門子伺㈤候。〔衆應介〕

【前腔】〔末儒巾藍衫上〕須抖擻，要拳奇。衣冠欠整老而衰，養浩然分庭還抗禮。

〔丑稟介〕陳齋長到門。〔外〕就請衙内相見。〔丑唱門介〕南安府學生員進。㈥〔末跪起揖又跪介〕生員陳最良稟拜。〔拜介〕廣學開書院，〔外〕崇儒引席珍。〔末〕獻酬樽俎列，〔外〕賓主位班陳。叫左右，陳齋長在此清敍，着門役散回，家丁伺候。〔衆應下〕〔淨家童上〕〔外〕久聞先生飽學，敢問尊年有幾？祖上可也習儒？〔末〕容稟：

【鎖南枝】㈦將耳順，望古稀，儒冠誤人霜鬢絲。〔外〕近來？〔末〕君子要知醫，懸壺舊家世。〔外〕原來世醫，還有他長？〔末〕凡雜作，可試爲。但諸家，略通的。〔外〕這等，一發有用。

【前腔】聞名久，識面初，果然大邦生大儒。〔末〕不敢！〔外〕有女頗知書，先生長訓詁。〔末〕當得，則怕做不得小姐之師。〔外〕那女學士，你做的班大姑。今日選良辰，叫他拜師傅。

〔外〕院子，敲雲板，請小姐出來。

【前腔】〔旦引貼上〕添眉翠，摇佩珠，繡屏中生成士女圖。蓮步鯉庭趨，儒門舊家數。〔貼〕先生來了，怎好？〔旦〕少不得去。丫頭，那賢達女，都是些古鏡模。你便略知書，也做好㈧奴僕。

〔浄報介〕小姐到。〔見介〕〔外〕我兒過來：玉不琢，不成器；人不學，不知道。今日吉辰，來拜了先生。〔内鼓吹〕〔旦拜介〕學生自愧蒲柳之姿，敢煩桃李之教！〔末〕愚老恭承捧珠之愛，謬加㈨琢玉之功。〔外〕春香丫頭，向陳師父叩頭，着他伴讀。〔貼叩頭介〕〔末〕敢問小姐所讀何書？〔外〕小㈩女四書，他都成誦了，則看些經旨罷。易經以道陰陽，義理深奥；書以道政事，與婦女没相干；春秋禮記，又是孤經。則詩經開首，便是后妃之德。四個字兒順口，且是學生家傳，習詩經罷。其餘書史儘有，則可惜他是個女兒。

【前腔】我年將半，性喜書，牙籤插架三萬餘。〔歎介〕我伯道恐無兒，中郎有誰付？先生，他要看的書儘有。㈡有不尊㈢的所在，打丫頭。〔貼〕哎喲！〔外〕冠兒下，他做個女祕書。

小梅香，要防護。

〔末〕謹領。〔外〕春香伴小姐進衙，我陪先生酒去。〔旦拜介〕酒是先生饌，女爲君子儒。〔下〕〔外〕請先生後花園飲酒。

門館無私白日閒，百年粗糲㊂腐儒餐。

在家弄玉惟嬌女，花裏尋師到杏壇。㊃

【校】

㊀搗練子，原誤作浣紗溪，據格正、葉譜改。

㊁貼扮門子丑扮皂隸同上，原作「門子皂隸上」，據文林、朱墨、朱校、清暉、獨深五本增補。惟朱校本、清暉本俱奪「隸」字。

㊂糲，朱校本作「糲」。

㊃小，文林、朱墨、朱校、清暉、獨深五本俱作「一」。

㊄俟，各本俱作「伺」。

㊅「生員進」下，文林、朱墨、朱校、清暉、獨深五本俱有「下」字，衍。

㊆鎖南枝，格正題作孝南枝，謂孝順歌犯鎖南枝。

㊇做好，文林本、朱墨本俱作「好做」。

(九)加，清暉本作「叨」。

(一〇)小，文林、朱墨、朱校、清暉、竹林五本俱作「男」。

(一一)有，朱墨本、朱校本俱作「看」。

(一二)尊，文林、朱墨、朱校、清暉四本俱作「臻」。

(一三)糲，竹林本誤作「禲」。

(一四)下場詩，各本一、三兩句上俱有「外」字，二句上俱有「末」字，四句上俱有「合」字。

第六齣　悵眺

【番卜算】〔丑韓秀才上〕家世大唐年，寄籍潮陽縣。越王臺上海連天，可是鵬程便。榕樹梢頭訪㊀古臺，下看甲子海門開。越王歌舞今何在？時有鷓鴣飛去來。自家韓子才，俺公公唐朝韓退之，爲上了破佛骨表，貶落潮州。一出門，藍關雪阻，馬不能前。先祖心裏暗暗道：第一程采頭罷了。正苦中間，忽然有個湘子侄兒，乃下八洞神仙，藍縷相見。俺退之公公一發心裏不快，呵融凍筆，題一首詩在藍關草驛之上。末二句單指着湘子説道：知汝遠來應有意，好收吾骨瘴㊁江邊。湘子袖了這詩，長笑一聲，騰空而去。果然後來退之公公潮州瘴死，舉目無親，那湘子恰在雲端看見，想起前詩，按下雲頭，收其骨殖。得到㊂衙中，四顧無人，單單則有湘子原妻一個在衙，四目相視，把湘子一點凡心頓起。當時生下一支，留在水潮，傳了宗祀，小生乃其嫡派苗裔也。因亂流來廣城，官府念是先賢之後，表請敕封小生爲昌黎祠香火秀才，寄居趙佗王臺子之上。正是：雖然乞相寒儒，卻是仙風道骨。呀！早一位朋友上來，誰也？

【前腔】〔生上〕經史腹便便，晝夢人還倦。欲尋高聳看雲煙，海色光平面。〔相見介〕〔丑〕是柳春卿，甚風兒吹的老兄來！〔生〕偶爾孤遊上此臺。〔丑〕這臺上風光儘可矣，〔生〕則無奈登臨不快哉。〔丑〕小弟此間受用也。〔生〕小弟想起來，到是不讀書的人受用。〔丑〕誰？〔生〕趙佗王便是。

【瑣窗寒】祖龍飛鹿走中原，尉佗呵，他倚定着摩崖半壁天。稱孤道寡，他是㊃英雄本然。白占了江山，猛起些宫殿。㊄似吾儕讀盡萬卷書，可有半塊土麽？那半部上山河不見。〔合〕由天，那攀今弔古也徒然，荒臺古樹寒煙。

〔丑〕小弟看兄氣象言談，似有無聊之歎。先祖昌黎公有云：不患有司之不明，只患文章之不精；不患有司之不公，只患經書之不通。老兄還則怕工夫有不到處？〔生〕這話休提。比如我公公柳宗元，與你公公韓退之，他都是飽學才子，卻也時運不濟，你公公錯題了佛骨表，貶職潮陽；我公公則爲在朝陽殿與王叔文丞相下碁子，驚了聖駕，直貶做柳州司馬；都是邊海煙瘴地方。那時兩公一路而來，旅舍之中，兩個挑燈細論。你公公説道：宗元，宗元，我和你兩人文章，三六九比勢：我有王泥水傳，你便有梓人傳；我有毛中書傳，你便有郭駝子傳；我有祭鱷魚文，你便有捕蛇者説；這也罷了。則我進平淮西碑，取奉朝廷，你卻又進個平淮西的雅。一篇一篇，你都放俺不過。恰如今貶竄煙方，也合着一處，豈非時乎？運乎？命乎？韓兄，這長遠的事休提了。假如俺和你論如常，難道便應這等寒落？因何俺公公造下一篇乞巧文，到俺二十八代玄孫，再不曾乞得一些巧來？便是你公公立意做下送窮文，到老兄二十幾輩了，還不曾送的個窮去。算來都則爲時運二字所虧。〔丑〕是也。春卿兄，

【前腔】你費家資製買書田，怎知他賣向明時不直錢？雖然如此，你看趙佗王當時，也有個秀才陸賈，拜爲奉使中大夫到此，趙佗王多少尊重他。他歸朝燕㊅，黄金累千。那時漢高皇厭

見讀書之人，但有個帶儒巾的，都拿來溺尿。這陸賈秀才，端然帶了四方巾，深衣大擺，去見漢高皇。那高皇望見，這又是個掉尿鱉子的來了，便迎着陸賈罵道：你老子用馬上得天下，何用詩書！那陸生有趣，不多應他，只回他一句：陛下馬上取天下，能以馬上治之乎？漢高皇聽了，呀然一笑，說道：便依你說，不管什麽文字，念了與寡人聽之。陸大夫不慌不忙，袖裏出一卷文字，恰是平日燈窗下纂集的新語一十三篇，高聲奏上。那高皇纔聽了一篇，龍顔大悦。後來一篇一篇，都喝采稱善，立封他做個關内侯，那一日好不氣象！休道漢高皇，便是那兩班文武，見者皆呼萬歲。一言擲地，萬歲諠天。㊆〔生歎介〕則俺連篇累牘無人見。㊇〔合前〕

〔丑〕再問春卿：在家何以爲生？〔生〕寄食園公。〔丑〕依小弟説，不如干謁些須，可圖前進。〔生〕你不知今人少趣哩。〔丑〕老兄，可知有個欽差識寶中郎苗老先生，到是個知趣人兒。今秋任滿，例于香山奧多寶寺中賽寶，那時一往何如？〔生〕領教。

應念愁中恨索居，青雲器業俺全疎。
越王自指高臺笑。劉項原來不讀書。

【校】

㊀ 訪，朱校本作「放」。

②瘴，文林本作「葬」。

③得到，朱墨本、朱校本俱作「到得」。

④他是，各本俱作「是他」。

⑤「白占了」二句，文林本、朱墨本俱作「江山白占，起些宫殿」。

⑥「燕」字下，文林本、朱墨本俱有「喜」字。

⑦「一言」二句，文林本、朱墨本俱作「言言得意，人人稱羡」。

⑧連篇累牘無人見，文林本、朱墨本俱作「累牘連篇誰見」。

第七齣　閨塾

〔末上〕吟餘改抹前春句，飯後尋思午晌茶。蟻上案頭沿硯水，蜂穿窗眼咂瓶花。我陳最良，杜衙設帳，杜小姐家傳毛詩，極承老夫人管待。今日早膳已過，我且把毛注潛玩一遍。〔念介〕關關雎鳩，在河之洲。窈窕淑女，君子好逑。好者，好也；逑者，逑也。〔看介〕這早晚了，還不見女學生進館，卻也嬌養的凶，待我敲三聲雲板。〔敲雲板介〕春香，請小姐上書。

【繞池遊㈠】〔旦引貼捧書上〕素裝纔罷，款步書堂下，對淨几明窗瀟灑。㈡〔貼〕昔氏賢文，把人禁殺，恁時節則好教鸚哥喚茶。

〔見介〕〔旦〕先生萬福。〔貼〕先生少怪！〔末〕凡爲女子，雞初鳴，咸盥漱櫛笄，問安于父母。日出之後，各供其事。如今女學生以讀書爲事，須要早起。〔旦〕以後不敢了。〔貼〕知道了，今夜不睡，三更時分，請先生上書。〔末〕昨日上的毛詩，可温習？〔旦〕温習了，則待講解。〔末〕你念來。〔旦念書介〕關關雎鳩，在河之洲。窈窕淑女，君子好逑。〔末〕聽講：關關雎鳩，雎鳩，是個鳥；關關，鳥聲也。〔貼〕怎樣聲兒？〔末作鳩聲〕〔貼學鳩聲諢介〕〔末〕此鳥性喜幽静，在河之洲。〔貼〕是了。不是昨日是前日，不是今年是去年，俺衙内關着個斑㈢鳩兒，被小姐放去，一去去在何知州家。〔末〕胡説！這是興。〔貼〕興個甚的那？〔末〕興者，起也，起那下頭。窈窕淑女，是幽閒女子，有那等君子好好的來逑他。〔貼〕爲甚好好的求他？〔末〕多嘴哩。〔旦〕師父，依注解書，學生自會，但把詩經大意，教㊃演一番。

【掉角兒㊄】〔末〕論六經詩經最葩，閨門内許多風雅。有指證姜嫄産哇，不嫉妬后妃賢達。更有那詠雞鳴，傷燕羽，泣江皋，思漢廣，洗浄鉛㊅華。有風有化，宜室宜家。

〔旦〕這經文偌多？〔末〕詩三百，一言以蔽之，没多些，只「無邪」兩字，付與兒家。書講了，春香，取文房四寶來模字。〔貼下取上〕紙筆墨硯在此。〔末〕這甚麼墨？〔旦〕丫頭，錯拿了。這是螺子黛，畫眉的。〔末〕這甚麼筆？〔旦作笑介〕這便是畫眉的細筆。〔末〕俺從不曾見，拿去，拿去。這是甚麼紙？〔旦〕薛濤箋。〔末〕拿去，拿去，只拿那蔡倫造的來。這是甚麼硯？是一個？是兩個？〔旦〕鴛鴦硯。〔末〕許多眼。〔旦〕淚眼。〔末〕哭甚麼子？一發換了來。〔貼背介〕好個標老兒，待換去。〔下換上〕這可好？〔末看介〕着！〔旦〕學生自會臨書，春香還勞把筆。〔末〕看你臨。〔旦寫字介〕〔末看驚介〕我從不曾見這樣好字，這甚麼格？〔旦〕是衛夫人傳下，美女簪花之格。〔貼〕待俺寫個奴婢學夫人。〔旦〕還早哩。〔貼〕先生，學生領出恭牌。〔下〕〔旦〕敢問師母尊年？〔末〕目下平頭六十。〔旦〕待學生繡對鞋兒上壽，請個樣兒。〔末〕生受了！依孟子上樣兒，做個不知足而爲屨罷了。〔旦〕還不見春香來。〔末〕要喚他麼？〔末叫三度介〕〔貼上〕害淋的！〔旦作惱介〕劣丫頭！那裏來？〔貼笑介〕溺尿去來。原來有座大花園，花明㊆柳緑，好耍子哩！〔末〕哎也！不攻書，花園去，待俺取荆條來。〔貼〕荆條做甚麼？

【前腔】女郎行那裏應文科判衙，止不過識字兒書塗嫩鴉。㊇〔起介〕〔末〕古人讀書，有囊螢的，趁月亮的。⑨〔貼〕待映月耀蟾蜍眼花，待囊螢把蟲蟻兒活支煞。〔末〕懸梁刺股呢？〔貼〕比似你懸了梁，損頭髮；刺了股，添疤納⑩；有甚光華？〔内叫賣花介〕〔貼〕小姐，你聽一聲聲賣花，把讀書聲差。⑪〔末〕又引逗小姐哩，待俺當真打一下！〔末做打介〕〔貼閃介〕你待打打這哇哇，桃李門牆，嶮把負荆人諕煞。

〔貼搶荆條投地介〕〔旦〕死丫頭！唐突了師父，快跪下。〔貼跪介〕〔旦〕師父恕他初犯，容學生責認一遭兒。

【前腔】手不許把鞦韆索⑫拿，脚不許把花園路踏。〔貼〕則瞧罷。〔旦〕還嘴，這招風嘴把香頭來綽疤，招花眼把繡針兒簽瞎。〔貼〕瞎了中甚用！〔旦〕則要你守硯臺，跟書案，伴詩云，陪子曰，没的争差。〔貼〕争差些罷。〔旦挦貼髮介〕則問你幾絲兒頭髮？幾條背花？敢也怕些些，夫人堂上，那些家法？

〔貼〕再不敢了。〔旦〕可知道。〔末〕也罷，鬆這一遭兒，起來。〔貼起介〕

【尾聲】〔末〕⑬女弟子則争箇不求聞達，和男學生⑭一般兒教法。你們工課完了，方可回衙，咱和公相陪話去。〔合〕怎辜負的這一弄明窗新絳紗。〔下〕

〔貼作從背後指末罵介〕村老牛！癡老狗！一些趣也不知。〔旦作扯介〕死丫頭！一日爲師，終身爲父，他打不的你？我且問你：那花園在那裏？〔貼作不説〕〔旦笑問介〕〔貼指介〕兀那不是？〔旦〕可有什麼景致?〔貼〕景致麽?有亭臺六七座,鞦韆一兩架,繞的流觴曲水,面着太湖山石㈤,名花異草,委實華麗。〔旦〕原來有這等一個所在。且回衙去。

也曾飛絮謝家庭,　欲化西園蝶未成。
無限春愁莫相問,　緑陰終借暫時行。㈥

【校】

㈠池,原誤作「地」,據格正、葉譜改。
㈡瀟灑,竹林本誤作「消酒」。
㈢斑,朱墨本、朱校本俱誤作「班」。
㈣教,文林本、朱墨本俱作「敷」。
㈤「兒」字下,葉譜有「序」字。
㈥鉛,朱校本誤作「沿」。
㈦明,竹林本作「紅」。
㈧書塗嫩鴉,文林本、朱墨本俱作「揮書題畫」。
㈨「亮的」下,文林本、朱墨本俱有「知道麽」三字。
㈩納,朱校本作「疕」。

㈡「你聽一聲」二句，文林本、朱墨本俱作「把讀書聲差，聽他賣花」。
㈢索，文林本、朱墨本俱作「架」。
㈢原無「末」字，據文林本、朱墨本補。
㈣生，文林本、朱墨本俱作「士」。
㈤山石，文林本、朱墨本俱作「石山」。
㈥下場詩，朱校本一、三兩句上有「旦」字，二句上有「貼」字，四句上有「合」字。

第八齣　勸農

【夜行船】㈠〔外同浄貼皂隸門子上〕何處行春開五馬，采邠風物候濃華。竹宇聞鳩，朱幡引鹿，且留憩甘棠之下。

【古調笑】時節，時節，過了春三二月。乍晴膏雨烟濃，太守春深勸農。農重，農重，緩理征徭詞訟。俺南安府，在江廣之間，春事頗早，想俺爲太守的，深居府堂，那遠鄉僻塢，有抛㈡荒遊懶的，何由得知？昨已分付該縣置買花酒，待本府親自勸農，想已齊備。〔丑縣吏上〕承行無令史，帶辦有農民。稟爺爺，勸農花酒，俱已齊備。〔外〕分付起行。近鄉之處，不許多人囉唣。〔衆應喝道起行介〕〔外〕正是：爲乘陽氣行春令，不是閒遊玩物華。〔下〕

【前腔】〔生末父老上〕白髮年來公事寡，聽兒童笑語諠譁。太守巡遊，春風滿馬，敢借着這務農宣化。

俺等是南安府清樂鄉中父老，恭喜本府杜太爺，管治三年，慈祥端正，弊絶風清。凡各村鄉約保甲，義倉社學，無不舉行，極是地方有福。現今親自各鄉勸農，不免官亭伺候。那祇候們扛擡花酒到來也。

【普賢歌】〔丑老旦公人扛酒提花上〕俺天生的快手賊無過，衙㈢裏消消没的睃。扛酒去前坡，〔做跌介〕幾乎破了哥，摔破了花花你賴不的我。

〔生末〕列位祗候哥到來。〔老旦丑〕便是這酒埕子漏了，則怕酒少，煩老官兒遮蓋些。〔生末〕不妨，且擡過一邊，村務㊃裏嗑酒去。〔老旦丑下〕〔生末〕地方端正坐椅，太爺到來。〔虛下〕

【排歌】〔外引衆上〕紅杏深花，菖蒲淺芽，春疇漸暖年華。竹籬茅舍酒旗兒叉，雨過炊煙一縷斜。〔生末接介〕〔合〕提壺叫，布谷喳，行看幾日免排衙。休頭踏，省諠譁，怕驚他林外野人家。

〔皂隸〕稟爺爺：到官亭。〔生末見介〕〔外〕衆父老，此爲何鄉何都？〔生末〕南安縣第一都清樂鄉。〔外〕待我一觀。〔望介〕美哉此鄉！真個清而可樂也。【長相思】你看：山也清，水也清，人在山陰道上行，春雲處處生。〔生末〕正是：官也清，吏也清，村民無事到公庭，農歌三兩聲。〔外〕父老，知我春㊄遊之意乎？

【八聲甘州】平原麥灑，翠波摇翦翦，緑疇如畫。如酥嫩雨，繞塍春色藹苴。趁江南土疎田脈佳，怕人户們抛荒力不加。還怕，有那無頭官事誤了你好生涯。

〔父老〕以前畫有公差，夜有盜驚㊅，老爺到後呵，

【前腔】㊆千村轉歲華，愚父老香盆，兒童竹馬。陽春有脚，經過百姓人家。月明無犬吠黄㊇花，雨過有人耕緑野。㊈佳話㊉，真個村村雨露桑麻。

〔内歌泥滑喇介〕〔外〕前村田歌可聽。

【孝順歌】㈡〔浄田夫上〕泥滑喇，脚支沙，短耙長犂滑律的拿。夜雨撒菰麻，天晴出糞渣，香風䶕㈢鮓。〔外〕歌的好！夜雨撒菰麻，天晴出糞渣，香風䶕鮓，是説那糞臭。父老呵，他卻不知這糞是香的，有詩爲證：焚香列鼎奉君王，饌玉炊金飽即妨。直到飢時聞飯過，龍涎不及糞渣香。與他插花，賞㈢酒。〔浄插花飲酒笑介〕好老爺，好酒。〔合〕官裏醉流霞，風前笑插花，把農夫們俊煞。〔下〕

〔門子稟介〕一個小廝唱的來也。

【前腔】〔丑牧童拿笛上〕春鞭打，笛兒唦，倒牛背斜陽閃暮鴉。〔笛指門子介〕他一様小腰㨖㈣，一般雙髻鬖，能騎大馬。〔外〕歌的好！怎生指着門子，唱一様小腰㨖，一般雙髻鬖，能騎大馬？父老，他怎知騎牛的到穩？有詩爲證：常羨人間萬户侯，只知騎馬勝騎牛。今朝馬上看山色，争似騎牛得自由？賞他酒，插花去。〔丑插花飲酒介〕〔合〕官裏醉流霞，風前笑插花，村童們俊煞。〔下〕

〔門子稟介〕一對婦人歌的來也。

【前腔】〔旦老旦採桑上〕那桑陰下，柳篓兒搓，順手腰身翦一丫。呀！甚麼官員在此？俺羅敷自有家，便秋胡怎認他？提金下馬。〔外〕歌的好！説與他：不是魯國秋胡，不是秦家使君，是本府太爺勸農。見此勸渠採桑，可敬也，有詩爲證：一般桃李聽笙歌，此地桑陰十畝多。不比世間閒草木，絲絲葉葉是綾羅。領酒插花去。〔二旦背插花飲酒介〕〔合〕官裏醉流霞，風前笑插花，采桑人俊煞。〔下〕

〔門子稟介〕又一對婦人唱的來也。

【前腔】〔老旦丑持筐採茶上〕乘穀雨，採新茶，一旗半槍金縷芽。呀！甚麼官員在此？學士雪炊他，書生困想他，竹煙新瓦。〔外〕歌的好！說與他：不是郵亭學士，不是陽羡書生，是本府太爺勸農。看你婦女們采桑采茶，勝如采花，有詩爲證：只因天上少茶星，地下先開百草精。閒煞女郎貪鬭[25]草，風光不似鬭茶清。領了酒，插花去。〔淨[26]丑插花飲酒介〕〔合〕官裏醉流霞，風前笑插花，采茶人俊煞。〔下〕

〔生末跪介〕稟老爺：衆父老茶飯伺候。〔外〕不消。餘花餘酒，父老們領去，給散小鄉村，也見官府勸農之意。叫祗候們起馬。〔生末做扳留不許介〕〔起叫介〕村中男婦領了花賞了酒的，都來送太爺。

【清江引】[27]〔衆[28]插花上〕黄堂春遊韻瀟灑，身騎五花馬。村務裏有光華，花酒藏風雅。男女們請了。你德政碑，隨路打。[29]

閭閻繚繞接山顛，　春草青青萬頃田。

日暮不辭停五馬，　　桃花紅近竹林邊。

【校】

㈠夜行船，原誤作「夜遊朝」，據格正、葉譜改。
㈡抛，原誤作「執」，據朱墨本、朱校本改。
㈢「銜」字下，文林、朱墨、清暉、獨深、竹林五本俱有「舍」字。
㈣務，文林本、朱墨本俱作「塢」。末曲清江引同。
㈤春，朱校本作「來」。
㈥驚，文林、朱墨、清暉三本俱作「警」。
㈦此曲，朱校本作外唱，誤。
㈧黄，文林本、朱墨本俱作「桃」，清暉本作「杏」，竹林本作「香」。
㈨有人耕緑野，文林本、朱墨本俱作「看牛踏緑莎」。
㈩原無「佳話」二字句，據文林本、朱墨本補。
⑪孝順歌，文林、朱墨、朱校、清暉、獨深五本俱題作孝白歌。格正題作淘金歌，謂孝順歌犯淘金令。葉譜題作孝金經，謂孝順歌犯金字令、錦法經。
⑫奄，不見字書。朱校本作「鵪」；下白語同。

㉓賞，文林本作「飲」。
㉔掇，獨深本注云：「掇，玉篇音『煆』，打也。韻意俱不合。」案：煆，即「鍜」字，音遐。合韻。獨深本或誤讀煆爲「鍛」，故説於韻不合。
㉕鬬，朱校本作「百」，蓋涉上文「百草」而誤。
㉖案：上文作「老旦」，而此處又作「浄」，前後不相應，必有一誤。惟老旦已扮採桑婦，這裏採茶婦似宜以浄扮爲是。後世演出，一般以小旦扮之。
㉗清江引，格正題作南枝清，葉譜題作清南枝，俱謂清江引犯鎖南枝。
㉘衆，文林本、朱墨本俱作「前衆男婦」，朱校、清暉、獨深三本俱作「前各衆」。
㉙「打」字下，文林朱墨、朱校、獨深四本俱有「下」字。案：清江引一曲自屬衆唱，惟其間夾白「男女們請了」，却是外脚口氣。在夾白上似應補「外」字，曲文「你德政」上似應補「衆」字。

第九齣　肅苑

【一江風】〔貼上〕小春香，一種在人奴上，畫閣裏從嬌養。侍娘行，弄粉調朱，貼翠拈花，慣向妝臺傍。陪他理繡牀㈠，陪他燒夜香。小苗條喫的是夫人杖。

花面丫頭十三四，春來綽約省人事。終須等着個助情花，處處相隨步步覷。俺春香，日夜跟隨小姐。看他名爲國色，實守家聲。嫩㈡臉嬌羞，老成尊重。只因老爺延師教授，讀到毛詩第一章，窈窕淑女，君子好逑，悄然廢書而歎曰：聖人之情，盡見於此矣。今古同懷，豈不然乎？春香因而進言，小姐讀書困悶，怎生消遣則個？小姐一會沈吟，逡巡而起，便問道：春香，你教我怎生消遣那？俺便應道：小姐，也没個甚法兒，後花園走走罷。小姐說：死丫頭！老爺聞知怎好？春香應說：老爺下鄉，有幾日了。小姐低頭㈢不語者久之，方纔取過曆書選看，說：明日不佳，後日欠好，除大後日，是個小遊神吉期。預喚花郎，掃清花逕。我一時應了，則怕老夫人知道，卻也由他。且自叫那小花郎分付去。呀，迴廊那廂，陳師父來了。正是：年光到處皆堪賞，說與癡翁總不知。

【前腔】〔末上〕老書堂，暫借扶風帳，日暖鉤簾蕩。呀！那迴廊，小立雙鬟，似語無言，近看如何相？是春香，問你恩官在那廂？㈣夫人在那廂？女書生怎不把書來上？

〔貼〕原來是陳師父，俺小姐這幾日沒工夫上書。〔末〕爲甚？〔貼〕聽呵：

【前腔】甚年光，忒煞通明相，所事關情況。〔末〕有甚麼情得？㊄〔貼〕老師父還不知，老爺怪你哩。〔末〕何事？〔貼〕說你講毛詩，毛的忒精了。俺小姐呵，爲詩章，講動情腸。〔末〕則講了個關關雎鳩。〔貼〕故此俺小姐說：關了㊅的雎鳩，尚然有洲渚之興，可以人而㊆不如鳥乎？書要埋頭，那景致則擡頭望。如今分付，明後日遊後花園。〔末〕爲甚去遊？〔貼〕他平白地爲春傷㊇，因春去的忙，後花園要把春愁漾。

〔末〕一發不該了。

【前腔】論娘行，出入人觀望，步起須屏幛。春香，你師父靠天，也六十來歲，從不曉得傷個㊈春，從不曾遊個花院。〔貼〕爲甚？〔末〕你不知，孟夫子說得好：聖人千言萬語，則要人收其放心。但如常，着甚春傷，要甚春遊，你遊㊉春歸怎把心兒放？小姐既不上書，我且告歸幾日來。春香呵，你尋常到講堂⑪，時常向瑣窗，怕燕泥香點涴⑫在琴書上。

我去了。繡户女郎閒鬬草，下帷老子不窺園。〔下〕〔貼弔場〕且喜陳師父去了，叫花郎在麽？〔叫介〕花郎！

【普賢歌】〔丑小花郎醉上〕一生花裏小隨衙，偷去街頭學賣花。令史們將我揸，祇候們將我搭，狠燒刀險把我嫩盤腸生灌殺。

〔見介〕春姐在此。〔貼〕好打！私出衙前騙酒，這幾日菜也不送。〔丑〕有菜夫。〔貼〕水也不挑。㊂〔丑〕有水夫。〔貼〕花也不送。〔丑〕每早送花，夫人一分，小姐一分。〔貼〕還有一分哩。〔丑〕這該打。〔貼〕你叫什麼名字？〔丑〕花郎。〔貼〕你把花郎的意思，謅㊃個曲兒俺聽。謅的好，饒打。

〔丑〕使得。

【梨花兒】小花郎看盡了花成浪，則春姐花沁的水洸浪，和你這日高頭偷眼眼。嗏，好花枝干鱉了作麼朗。

〔貼〕待俺還你也哥。

【前腔】小花郎做盡花兒浪，小郎當夾細的大郎當㊄，〔丑〕哎喲！〔貼〕俺待到老爺回時說一浪。〔揪丑髮介〕嗏，敢幾個小榔頭把你分的朗。

〔丑倒介〕罷了。姐姐，爲甚事光降小園？〔貼〕小姐大後日來瞧花園，好些掃除花逕。〔丑〕知道了。

東郊風物正薰馨，　應喜家山接女星。
莫遣兒童觸紅粉，　便教鶯語太丁寧。㊅

【校】

㊀陪他理繡牀，葉譜疊一句。

(二) 嫩，朱校、清暉、獨深、竹林四本俱作「嬌」。

(三) 頭，朱墨本、朱校本俱作「回。」

(四) 恩官在那廂，九宮大成卷四十九引、葉譜俱疊一句。

(五) 得，朱校本作「況」。

(六) 了，文林本、朱墨本俱作「關」。

(七) 而，原誤作「兒」，據各本改。

(八) 平白地爲春傷，葉譜疊一句。文林本、朱墨本俱作「平空的春暗傷」。

(九) 傷個，文林本、朱墨本俱作「個傷」。

(一〇) 遊，朱墨本、朱校本俱作「放」。

(一一) 尋常到講堂，葉譜疊一句。

(一二) 渦，獨深本作「污」。

(一三) 挑，清暉本、竹林本俱作「梘」。

(一四) 謅，原作「搊」，據文林本、朱墨本改。下句同。

(一五) 郎當，文林本、朱墨本俱作「桄郎」；清暉、獨深、竹林三本俱作「當郎」。

(一六) 下場詩，文林、朱墨、朱校、清暉、獨深五本一、三兩句上俱有「貼」字，二、四兩句上俱有「丑」字。

第十齣　驚夢

【繞池遊】㈠〔旦上〕夢回鶯囀，亂煞年光遍，人立小庭深院。〔貼〕注盡沈煙，拋殘繡線，恁今春關情似去年。

【烏夜啼】〔旦〕曉來望斷梅關，宿妝殘。〔貼〕你側着宜春髻子，恰憑闌。〔旦〕翦不斷，理還亂，悶無端。〔貼〕已分付催花鶯燕，借春看。〔旦〕春香，可曾叫人掃除花逕？〔貼〕分付了。〔旦〕取鏡臺衣服來。〔貼取鏡臺衣服上〕雲髻罷梳還對鏡，羅衣欲換更添香。鏡臺衣服在此。

【步步嬌】〔旦〕裊晴絲吹來㈡閒庭院，搖漾春如線。停半晌㈢整花鈿，沒揣菱花，偷人半面，迤逗的彩雲偏。㈣〔行介〕步香閨怎便把全身現？

〔貼〕今日穿插的好。

【醉扶歸】〔旦〕你道翠生生出落的裙衫兒茜，艷晶晶花簪八寶填，可知我常㈤一生兒愛好是天然？恰三春好處無人見，不隄防沈魚落雁鳥驚諠，則怕的羞花閉月花愁顫。

〔貼〕早茶時了，請行。〔行介〕你看：畫廊金粉半零星，池館蒼苔一片青。踏草怕泥新繡襪，惜花疼煞小金鈴。〔旦〕不到園林，怎知春色如許？

【皂羅袍】原來姹紫嫣紅開遍，似這般都付與斷井頹垣。良辰美景奈何天，賞心樂事誰家院。恁般景致，我老爺和奶奶再不提起。〔合〕朝飛暮卷，雲霞翠軒。雨絲風片，煙波畫船。錦屏人忒看的這韶光賤。

〔貼〕是花都放了，那牡丹還早。

【好姐姐】〔旦〕遍青㊅山啼㊆紅了杜鵑，荼蘼外煙絲醉軟。春香呵，牡丹雖好，他春歸怎占的先？〔貼〕成對兒鶯燕呵。〔合〕閒凝眄，生生燕語明如翦，嚦嚦鶯歌溜的圓。

〔旦〕去罷。〔貼〕這園子委是觀之不足也。〔旦〕提他怎的？〔行介〕

【隔尾】觀之不足由他繾，便賞遍了十二亭臺是惘㊇然，到不如興盡回家閒過遣。

〔作到介〕〔貼〕開我西閣門，展我東閣牀。瓶插映山紫，鑪添沈水香。小姐，你歇息片時，俺瞧老夫人去也。〔下〕〔旦歎介〕默地遊春轉，小試宜春面。春呵，得和你兩留連。春去如何遣？咳！恁般天氣，好困人也。春香那裏？〔左右瞧介〕〔又低首沈吟介〕天呵，春色惱人，信有之乎？常觀詩詞樂府，古之女子，因春感情，遇秋成恨，誠不謬矣。吾今年已二八，未逢折桂之夫；忽慕春情，怎得蟾宮之客？昔日韓夫人得遇于郎，張生偶逢崔氏，曾有題紅記、崔徽傳二書。此佳人才子，前以密約偷期，後皆得成秦晉。〔長歎介〕吾生於宦族，長在名門。年已及笄，不得早成佳配，誠爲虛度青春。光陰如過隙耳，〔淚介〕可惜妾身顏色如花，豈料命如一葉乎！

【山坡羊】〔旦〕没亂裏春情難遣，驀地裏懷人幽怨。則爲我生小嬋娟，揀名門一例一

例裏㊈神仙眷。甚良緣，把青春抛的遠。俺的睡情誰見？則索因循靦腆。⑩想幽夢誰邊？和春光暗⑪流轉。遷延，這衷懷那處言？淹煎，潑殘生除問天。

身子困乏了，且自隱几而眠。（睡介）（夢生介）（生持柳枝上）鶯逢日暖歌聲滑，人遇風晴⑫笑口開。一逕落花隨水入，今朝阮肇到天台。小生順路而來，跟着杜小姐回來，怎生不見？（回看介）呀！小姐，小姐。（旦作驚起相見介）（生）小生那一處不尋訪小姐來，卻在這裏。（旦作斜視不語介）（生）恰好花園內折取垂柳半枝，姐姐，你既淹通書史，可作詩以賞此柳枝乎？（旦作驚喜欲言又止介）（背云）這生素昧平生，何因到此？（生笑介）小姐，咱⑬愛殺你哩。

【山桃紅】則爲你如花美眷，似水流年。是答兒閒尋遍，在幽閨自憐。小姐，和你那答兒講話去。（旦作含羞不行）（生作牽衣介）（旦低問介）那邊去？（生）轉過這芍藥欄前，緊靠着湖山石邊。（旦低問）秀才，去怎的？（生低答）和你把領扣鬆，衣帶寬，袖稍兒揾着牙兒苫⑭也，則待你忍耐温存一晌⑮眠。（旦作羞）（生前抱）（旦推介）（合）是那處曾相見，相看儼然，早難道這好處相逢無一言。（生强抱旦下）

（末花神束髮冠紅衣插花上）催花御史惜花天，檢點春工又一年。蘸客傷心紅雨下，勾人懸夢綵雲邊。吾乃掌管南安府後花園花神是也。因杜知府小姐麗娘，與柳夢梅秀才，後日有姻緣之分。杜小姐遊春感傷，致使柳秀才入夢。咱花神專掌惜玉憐香，竟來保護他，要他雲雨十分歡幸也。

【鮑老催】㉖單則是混陽烝變，看他似蟲兒般蠢動把風情搧，一般兒嬌凝翠綻魂兒顫。這是景上緣，想內成，因中見。呀！淫邪展污了花臺殿。咱待拈片落花兒驚醒他。〔向鬼門丟花介〕他夢酣春透了怎留連？拈花閃碎的紅如片。㉗

秀才，纔到得半夢兒，夢畢之時，好送杜小姐仍歸香閣。吾神去也。〔下〕

【山桃紅】㉘〔生旦攜手上〕這一霎天留人便，草藉花眠。小姐可好？〔旦低頭介〕〔生〕則把雲鬟點，紅鬆翠偏㉙。小姐，休忘了呵，見了你緊相偎㉚，慢廝連，恨不得肉兒般團成片也，逗的個日下㉛胭脂雨上鮮。〔旦〕你可去呵？〔合前〕

〔生〕姐姐，你身子乏了，將息，將息。〔送旦依前作睡介〕〔輕拍旦介〕姐姐，俺去了。〔作回顧介〕姐姐，你好十分將息，我再來瞧你那。行來春色三分雨，睡去巫山一片雲。㉜〔下〕〔旦作驚醒低叫介〕秀才，秀才，你去了也。〔又作癡睡介〕〔老上〕夫壻坐黄堂，嬌娃立繡窗。怪他裙衩㉝上，花鳥繡雙雙。孩兒，孩兒，你爲甚瞌睡在此？〔旦作醒叫秀才介〕咳也！〔老〕孩兒怎的來？〔旦作驚起介〕奶奶到此。〔老〕我兒何不做些鍼指，或觀玩書史，舒展情懷？因何晝寢于此？〔旦〕兒適花園中閒玩，忽值春暄惱人，故此回房，無可消遣，不覺困倦少息。有失迎接，望母親恕兒之罪！〔老〕孩兒，這後花園中冷静，少去閒行。〔旦〕領母親嚴命。〔老〕孩兒，書堂看書去。〔旦〕先生不在，且自消停。〔老歎介〕女孩家長成，自有許多情態，且自由他。正是：宛轉隨兒女，辛勤做老娘。〔下〕〔旦長歎看老下介〕哎也天那！今日杜麗娘有些僥幸也。

偶到後花園中，百花開遍，覩景傷情，没興而回。晝眠香閣，忽遇一生，年可弱冠，丰姿俊妍。於園中折得柳絲一枝，笑對奴家説：姐姐既淹通書史，何不將柳枝題賞一篇。那時待要應他一聲，心中自忖，素昧平生，不知名姓，何得輕與交言。正如此想間，只見那生向前，説了幾句傷心話兒，將奴摟抱去牡丹亭畔，芍藥闌邊，共成雲雨之歡。兩情和合，真個是千般愛惜，萬種温存。歡畢之時，又送我睡眠，幾聲將息。正待自送那生出門，忽直母親來到，唤醒將來。我一身冷汗，乃是南柯一夢。欠㊃身參禮母親，又被母親絮了許多閒話。奴家口雖無言答應，心内思想夢中之事，何曾放懷？行坐不寧，自覺如有所失。娘呵，你叫我學堂看書，知他看那一種書消悶也？〔作掩淚介〕

【綿搭絮】雨香雲片，纔到夢兒邊。無奈高堂，唤醒紗窗睡不便。潑新鮮，冷汗黏煎。閃的俺心悠步嚲，意軟鬟偏。不爭多費盡神情，坐起誰忺則待去眠。

〔貼上〕晚妝銷粉印，春潤費香篝。小姐，熏了被窩睡罷。

【尾聲】〔旦〕困春心，遊賞倦，也不索香熏繡被眠。天呵，有心情那夢兒還去不遠。

春望逍遥出畫堂，　間梅遮柳不勝芳。
可知劉阮逢人處，　回首東風一斷腸。

【校】

㊀繞池遊，格正、葉譜俱題作繞陽臺，謂繞池遊犯高陽臺。

㈡來，文林本、朱墨本俱作「到」。

㈢晌，原誤作「餉」，據朱墨本改。文林本誤作「响」。

㈣偏，竹林本誤作「徧」。

㈤朱墨本無「常」字。

㈥青，文林本、朱墨本俱作「春」。

㈦啼，原誤作「題」，據文林、朱墨、清暉、獨深、竹林五本改。

㈧惘，朱校本作「枉」。

㈨文林本、朱墨本俱無「一例裏」三字。

㈩則索因循靦腆，文林本、朱墨本俱作「誰見常靦腆」。

⑪文林本、朱墨本俱無「暗」字。

⑫晴，原作「情」，據朱墨本、清暉本改。

⑬「咱」字下，文林本、朱墨本俱有「一片閒情」四字。

⑭苦，竹林本誤作「若」。

⑮晌，原誤作「餉」，據葉譜改。

⑯「催」字下，格正有「後」字。

⑰「他夢酣」二句，文林本作「他夢酣春透了難留戀、拈花閃碎紅如片」，朱墨本作「他夢酣春透怎

不留戀、花閃碎紅如片」。

⑱ 紅，朱墨本誤作「花」。

⑲ 偏，朱墨本誤作「遍」。

⑳ 偎，文林本、朱墨本俱誤作「偎」。

㉑ 下，朱墨本誤作「上」。

㉒ 朱校本無「我再來」三句。

㉓ 袂，朱墨本、朱校本俱作「袂」；清暉、獨深、竹林三本俱誤作「釵」。

㉔ 欠，各本俱作「忙」。

第十一齣　慈戒

〔老旦上〕昨日勝今日，今年老去年。可憐小兒女，長自繡窗前。幾日不到女孩兒房中，午晌㈠去瞧他，只見情思無聊，獨眠香閣，問知他在後花園回，身子困倦。他年幼不知，凡少年女子，最不宜豔妝，戲遊空冷無人之處。這都是春香賤才逗引他。春香那裏？〔貼上〕閨中圖一睡，堂上有千呼。奶奶，怎夜分時節，還未安寢？〔老〕小姐在那裏？〔貼〕陪過夫人，到香閣中，自言自語，淹淹春睡去了，敢在做夢也？〔老〕你這賤才！引逗小姐後花園去，倘有疎虞，怎生是了？〔貼〕以後再不敢了。〔老〕聽俺分付：

【征胡兵】㈡女孩兒只合香閨坐，拈花翦朵。問繡窗鍼指如何？逗工夫一線多。更晝長閒不過，琴書外自有好騰那，去花園怎麽？

〔貼〕花園好景。〔老〕丫頭，不說你不知。

【前腔】後花園窣靜無邊闊，亭臺半倒落。便我中年人要去時節，尚兀自裏打個磨陀。女兒家甚做作，星辰高猶自可。〔貼〕不高怎的？〔老〕廝撞着有甚不着科，教娘怎麽？

小姐不曾晚餐，早飯要早。你說與他知道：

風雨林中有鬼神，　寂寥未是采花人。

素娥畢竟難防備，　　似有微詞動絳脣。㊂

【校】

㊀ 晌，原誤作「餉」，據朱墨本改。文林本誤作「响」。

㊁ 征胡兵，葉譜題作蒸糊餅，蓋爲避清人的忌諱。

㊂ 下場詩，各本一、三兩句上俱有「老」字，二、四兩句上俱有「貼」字。

第十二齣　尋夢

【夜遊宫】㊀〔貼上〕膩臉朝雲罷盥，倒犀簪斜插雙鬟。侍香閨起早，睡意闌珊。衣桁前，妝閣畔，畫屏間。

丫鬟一位春香，伏侍千金小姐。㊁請過貓兒師父，不許老鼠放光。僥倖毛詩感動，小姐吉日時良。拖帶春香遣悶，後花園裏遊芳。㊂誰知小姐磕睡，恰遇着夫人問當。絮了小姐一會，要與春香一場。春香無言知罪，以後勸止娘行。夫人還是不放，少不得發咒禁當。〔内介〕春香姐，發個甚咒來？〔貼〕敢再跟娘胡撞，教春香即世裏不見兒郎。雖然一時抵對，烏鴉管的鳳皇？一夜小姐忺躁，起來促水朝妝。由他自言自語，日高花影紗窗。〔内介〕快請小姐早膳。〔貼〕報道官廚飯熟，且去傳遞茶湯。〔下〕

【月兒高】〔旦上〕幾曲屏山展，殘眉黛深淺。爲甚衾兒裏，不住的柔腸轉？這憔悴非關，愛月眠遲倦。可爲惜花朝，輭迷癡覷庭院？㊃

忽忽㊄花間起夢情，女兒心性未分明。無眠一夜燈明滅，分㊅煞梅香喚不醒。昨日偶爾春遊，何人見夢？綢繆顧盼，如遇平生。獨坐思量，情殊悵怳，真個可憐人也！〔悶介〕〔貼捧茶食上〕香飯盛來鸚鵡粒，清茶擎出鷓鴣斑。小姐，早膳哩。〔旦〕咱有甚心情也？

【前腔】梳洗了纔匀面，照臺兒未收展。睡起無滋味，茶飯怎生咽？〔貼〕夫人分付：早飯要早。〔旦〕你猛説夫人，則待把饑人勸。你説爲人在世，怎生叫做喫飯？〔貼〕一日三餐。〔旦〕咳！甚甌兒氣力與擎拳㈦，生生的了前件。

你自拿去喫便了。〔貼〕受用餘杯冷炙，勝如賸粉殘膏。〔下〕〔旦〕春香已去。天呵，昨日所夢，池亭儼然。只圖舊夢重來，其奈新愁一段！尋思展轉，竟夜無眠。咱待乘此空閒，背卻春香，悄向花園尋看。〔悲介〕哎也！似咱這般，正是：夢無綵鳳雙飛翼，心有靈犀一點通。〔行介〕一逕行來，喜的園門洞開，守花㈧的都不在，則這殘紅滿地呵，

【懶畫眉】最撩人春色是今年，少甚麼低就高來粉畫垣，原來春心無處不飛懸。〔絆介〕哎，睡荼蘼抓住裙衩線，恰便是花似人心好處牽。

這一灣流水呵，

【前腔】爲甚呵玉真重遡武陵源？也則爲水點花飛在眼前。是天公不費買花錢，則咱人心上有題紅怨。㈨咳，孤負了春三二月天。

〔貼上〕喫飯去，不見了小姐，則得一逕尋來。呀！小姐，你在這裏。

【不是路】㈩何意嬋娟，小立在垂垂花樹邊？纔朝膳，箇人無伴怎遊園？〔旦〕畫廊前，深深驀見啣泥燕，隨步名園是偶然。〔貼〕娘回轉，幽閨窣地教人見，那些兒閒串？⑪

【前腔】〔旦作惱介〕哇！偶爾來前，道的咱偷閒學少年。〔貼〕咳，不偷閒，偷淡。〔旦〕欺奴善，把護春臺都猜做謊桃源。〔貼〕敢胡言！這是夫人命，道春多刺繡宜添線，潤逼鑪香好膩箋。〔旦〕還説甚來？〔貼〕這花㊁園塹，怕花妖木客尋常見，去小庭深院。㊂

〔旦〕知道了，你好生答應夫人去，俺隨後便來。〔貼〕閒花傍砌如依主，嬌鳥嫌籠會罵人。〔下〕

〔旦〕丫頭去了，正好尋夢哩。

【忒忒令】那一答可是湖山石邊？這一答似牡丹亭畔。嵌㊃雕闌芍藥芽兒淺，一絲絲垂楊線㊄，一丢丢榆莢錢。線兒春甚金錢弔轉。

呀！昨日那書生，將柳枝要我題詠，强我歡會之時，好不話長。

【嘉慶子】是誰家少俊來近遠？敢迤逗這香閨去沁園。話到其間靦腆，他捏這眼奈煩也天，咱噷這口待酬言。

【尹令】那書生可意呵，咱不是前生愛眷，又素乏平生半面。則道來生出現，乍便今生夢見。生就個書生，哈哈㊅生生抱咱去眠。

那些好不動人春意也，

【品令】他倚太湖石，立着咱玉嬋娟。待把俺玉山推倒，便日暖玉生煙。捱過雕闌㊆轉過鞦韆㊇，揹着裙花展。敢席着地，怕天瞧見。好一會分明，美滿幽香不可言。

夢到正好時節，甚花片兒弔下來也。

【豆葉黃】他興心兒緊嚥嚥，嗚着咱香肩；俺可也慢掂掂做意兒周旋，慢掂掂做意兒周旋⑲，等閒間把一個照人兒昏善。那般形現，那般軟綿。忑一片撒花心的紅葉兒⑳，弔將來半天，敢是咱夢㉑魂兒廝㉒纏。

咳！尋來尋去，都不見了。牡丹亭，芍藥闌，怎生這般悽涼冷落，杳無人跡？好不傷心也！〔淚介〕

【玉交枝】是這等荒涼地面，没多半亭臺靠邊，好是咱瞇膝色眼尋難見。明放着白日青天，猛教人抓不到魂夢前。霎時間有㉓如活現，打方旋再得俄延。呀，是這答兒壓黃金釧匾。

要再見那書生呵，

【月上海棠】㉔怎賺騙？依稀想像人兒見。那來時荏苒，去也遷延。非遠，那雨跡雲蹤纔一轉，敢依花傍柳還重現。昨日今朝，眼下心前㉕，陽臺一座登時變。

再消停一番。〔望介〕呀，無人之處，忽然㉖大梅樹一株，梅子磊磊可愛。

【二犯么令】㉗偏則他暗香清遠，傘兒般蓋的周全。他趁這，他趁這春三月紅綻雨肥天，葉兒青，偏迸着苦仁兒裏撒圓。㉘愛煞這晝陰，便再得到羅浮夢邊。

罷了，這梅樹依依可人，我杜麗娘若死後，得葬于此，幸矣。

【江兒水】偶然間心似[29]繾，梅樹邊。這般花花草草由人戀，生生死死隨人願，便酸酸[30]楚楚無人怨。待打并香魂一片，陰雨梅天，守的個梅根相見。

〔倦坐介〕〔貼上〕佳人拾翠春亭遠，侍女添香午院清。咳，小姐走乏了，梅樹下[31]盹。

【川撥棹】你遊花院，怎靠着梅樹偃。〔旦〕一時間望眼連天[32]，一時間望眼連天，忽忽地傷心自憐。〔泣介〕〔合〕知怎生情悵然？知怎生淚暗懸？

〔貼〕小姐甚意兒？

【前腔】〔旦〕春歸人[33]面，整相看無一言。我待要折的那柳枝兒問天，我待要折的那柳枝兒問天[34]，我如今悔不與題箋。[35]〔貼〕這一句猜頭兒是怎言？[36]〔合前〕

〔貼〕去罷。〔旦作行又住介〕

【前腔】爲我慢歸休款留連，〔内鳥啼介〕聽，聽這不如歸春暮天。[37]難道我再到這亭園[38]，難道我再到這亭園，則掙的箇長眠和短眠？〔合前〕

〔貼〕到了，和小姐瞧奶奶去。〔旦〕罷了。

【意不盡】軟咍咍剛扶到畫闌偏，報堂上夫人穩便。咱杜麗娘呵，少不得樓上花枝也則是照獨眠。

武陵何處訪仙郎？　只怪遊人思易忘。

從此時時春夢裏，一生遺恨繫心腸。㊴

【校】

㊀夜游宮，格正題作蓬萊香，謂小蓬萊犯行香子。
㊁「姐」字失韻，朱墨本作「娘」。朱校、清暉、獨深三本又將一、二句倒置，使「香」、「光」相協。
㊂芳，文林、朱墨、朱校三本俱作「方」。
㊃輭迷癡覷庭院，原作「起庭院」，據文林本、朱墨本改補。
㊄忽忽，文林本、朱墨本俱作「魆魆」。
㊅分，清暉、獨深、竹林三本俱作「怪」。
㊆擎拳，文林本、朱墨本俱作「拳擎」。
㊇「花」字下，朱墨本有「園」字。
㊈人心上有題紅怨：文林本作「人心中自有啼紅怨」，朱墨本同，惟無「人」字；清暉、獨深、竹林三本「題」俱作「啼」。
㊉不是路，格正、葉譜俱題作惜花賺。
⑪那些兒閒串，朱校本、清暉本俱疊一句。
⑫花，朱墨、獨深、竹林三本俱作「荒」。

㉓去小庭深院，朱校、清暉、獨深三本俱疊一句。

㉔「嵌」字上，朱墨本有「圍」字。

㉕一絲絲垂楊綫，文林本、朱墨本俱作「看楊柳正垂絲」，並疊一句。

㉖哈哈，朱校本作「恰恰」。

㉗揑過雕闌，文林本、朱墨本俱作「輕揑藥砌」。

㉘「鞦韆」下，文林本、朱墨本俱有「畔」字。

㉙「慢掂掂做意兒周旋」疊句，原僅注二「又」字，今改書全文；清暉本並連上「俺可也」三字俱疊。

㉚忑一片撒花心的紅葉兒，文林本、朱墨本俱疊一句；忑，俱作「怎」，俱無「兒」字。

㉛夢，文林本、朱墨本俱作「香」。

㉜廝，文林本、朱墨本俱作「亂」。

㉝有，文林本、朱墨本俱作「恍惚」。

㉞月上海棠，格正題作三月海棠紅，謂三月海棠犯紅林禽；葉譜題作三月海棠。

㉟「非遠」五句，文林本、朱墨本俱作「纔一轉、那雨跡雲蹤還重會、敢花圍柳轉凝睛看」三句。

㊱無人之處忽然，文林本、朱墨本俱無「無人之處」四字；忽，文林本作「不」。

㊲二犯么令，格正題作二犯六么令，謂六么令犯玉抱肚、玉交枝；葉譜、文林本、朱墨本俱題作么令；獨深本、竹林本俱誤作「麼令」。

㉘「他趁這」四句，文林本、朱墨本俱作「趁芳菲細雨斜飛、翠葉兒密連、惹酸黄暗風慢擺、苦仁兒撒圓」。

㉙偶然間心似，文林本、朱墨本俱作「驀地心縈」。

㉚酸酸，文林本、朱墨本俱作「悽悽」。

㉛「下」字下，文林、朱墨、朱校三本俱有「打」字。

㉜原無「眼連天」三字，據文林本、朱墨本補。

㉝歸人，文林本、朱墨本俱作「迎」。

㉞「我待要折的那柳枝兒問天」二疊句：首句原僅「我待要折」四字，「的那」以下七字，據格正補；文林本、朱墨本俱作「我待要折柳枝問那蒼天，折柳枝問那蒼天」。葉譜此句不疊，疊下「我如今」句，蓋誤。

㉟「我如今」句，文林本、朱墨本俱作「俺悔當初忘題素箋」。「我如今」上原有「我如今悔」四字，衍，據格正删。

㊱這一句猜頭兒是怎言，文林本、朱墨本俱作「這句話怎麼説、春香卻猜不來」小字白語。

㊲「爲我」二句，文林本、朱墨本俱作「我幾度徘徊口懶言，〔内鳥啼科〕試聽啼聲春暮天」。

㊳原無「到這亭園」四字，據文林本、朱墨本補。

㊴下場詩，朱校本一、三兩句上有「旦」字，二、四兩句上有「貼」字。

第十三齣　訣謁

【杏花天】㈠〔生上〕雖然是飽學名儒，腹中饑崢嶸脹氣。夢魂中紫閣丹墀，猛擡頭，破屋半間而已。

蛟龍失水硯池枯，狡兔騰天筆勢孤。百事不成真畫虎，一枝難穩又驚烏。我柳夢梅，在廣州學裏，也是個數一數二的秀才，捱了些數伏㈡數九的日子。於今藏身荒圃，寄口髯奴。思之思之，惶愧惶愧！想起韓友之談，不如外縣傍州，尋覓活計。正是：家徒四壁求楊意，樹少千頭愧木奴。老園公那裏？

【字字雙】〔淨郭駝上〕前山低坬後山堆，駝背。牽弓射弩做人兒，把勢。一連十個偌來回，漏地。有時跌做繡毬兒，滾氣。

自家種園的郭駝子是也。祖公公郭橐駞，從唐朝柳員外來柳州。我因兵亂，跟隨他二十八代玄孫柳夢梅秀才的父親，流轉到廣，又是若干年矣。賣果子回來，看秀才去。〔見介〕秀才，讀書辛苦。〔生〕園公，正待商量一事。我讀書過了廿歲，並無發跡之期。思想起來，前路多長，豈能鬱鬱居此。搬柴運水，多有勞累，園中果樹，都判與伊。聽我道來：

【桂花鎖南枝】㈢俺有身如寄，無人似你。俺喫盡了黃淡酸甜㈣，費你老人家澆培接植。你道俺像甚的來？鎮日裏似醉漢扶頭，甚日的和老跎伸背？自株守，教怨誰？讓荒園，你存濟。

【前腔】〔淨〕俺槖駞風味，種園家世。〔揖介〕不能彀展腳伸腰，也和你鞠躬盡力。秀才，你貼了俺果園，那裏去？〔生〕坐食三餐，不如走空一棍。〔淨〕怎生叫做一棍？〔生〕混名打秋風呢。〔淨〕咳，你費工夫去撞府穿州，不如依本分登科及第。〔生〕你説打秋風不好，茂陵劉郎秋風客，到大來做了皇帝。〔淨〕秀才，不要攀今弔古的，你待秋風他㈤，道你㈥滕王閣，風順隨。則怕魯顏碑，響雷碎。

〔生〕俺干謁之興甚濃，休的阻當。〔淨〕也整理些衣服去。

【尾聲】把破衫衿徹骨搥挑洗。〔生〕學干謁黄門一布衣。〔淨〕秀才，則要你衣錦還鄉俺還見的你。

此身飄泊苦西東，笑指生涯樹樹紅。
欲盡出遊那可得？秋風還不及春風。㈦

【校】

㈠杏花天，格正題作杏花臺，謂三臺令犯杏花天、養花天。

㈡伏，文林本誤作「十」，竹林本誤作「八」。

㈢桂花鎖南枝，格正題作南枝令，謂桂枝香犯宜春令、鎖南枝。葉譜題作桂月上南枝，謂桂枝香犯月上海棠、鎖南枝。

㈣甜，朱墨本誤作「酣」。

㈤他，朱校本、獨深本俱作「誰」。

㈥道你，朱校本作「你道」。

㈦下場詩，各本一、三兩句上俱有「生」字，二、四兩句上俱有「浄」字。

第十四齣　寫真

【破齊陣】〔旦上〕徑曲夢迴人杳，閨深珮冷魂銷。似霧濛花，如雲漏月，一點幽情動早。〔貼上〕怕待尋芳迷翠㊀蝶，倦起臨妝聽伯勞，春歸紅袖招。

【醉桃源】〔旦〕不經人事意相關，牡丹亭夢殘。〔貼〕斷腸春色在眉彎，倩誰臨遠山？〔旦〕排恨疊，怯衣單，花枝紅淚彈。〔合〕蜀妝晴雨畫來難，高唐雲影間。〔貼〕小姐，你自花園遊後，寢食悠悠，敢爲春傷，頓成消瘦？春香愚不諫賢，那花園以後再不可行走了。〔旦〕你怎知就裏？這是春夢暗隨三月景，曉寒瘦減一分花。

【刷子序犯】㊁〔旦低〕春歸恁寒峭㊂，都來幾日，意懶心喬，竟妝成㊃熏香獨坐無聊。逍遥，怎剗盡助愁芳草？甚法兒點活㊄心苗？真情强笑，爲誰嬌？淚花兒打迸着夢魂飄。

【朱奴兒犯】㊅〔貼〕小姐，你熱性兒怎不冰着？㊆冷淚兒幾曾乾燥？這兩度春遊忒分曉㊇，是禁不的燕抄鶯鬧。你自窨約，敢夫人見焦？㊈再愁煩，十分容貌怕不上九分瞧。

〔旦作驚介〕咳！聽春香言語，俺麗娘瘦到九分九了。俺且鏡前一照，委是如何？〔照悲介〕哎也！

俺往日豔冶輕盈，奈何一瘦至此！若不趁此時自行描畫，流在人間。一旦無常，誰知西蜀杜麗娘有如此之美貌乎？春香，取素絹丹青，看我描畫。〔貼下取絹筆上〕三分春色描來易，一段傷心畫出難。絹幅丹青，俱已齊備。〔旦泣介〕杜麗娘二八春容，怎生便是杜麗娘自手生描也呵！

【普天樂】這些時把少年人如花貌，不多時憔悴了。不因他福分難銷，可甚的紅顏易老。論人間絕色偏不少⑩，等把風光丟抹早。打滅起離魂舍欲火三焦，擺列着昭容閣文房四寶，待畫出西子湖眉月雙高。〔照鏡歎介〕

【雁過聲】⑪輕綃，把鏡兒擘掠，筆花尖淡掃輕描。影兒呵和你細評度，你腮斗兒恁喜謔，則待注櫻桃染柳條，渲雲鬟煙靄飄蕭。⑫眉梢青未了，個中人全在秋波妙，可可的淡春山鈿翠小。

【傾杯序】⑬〔貼〕宜笑⑭，淡⑮東風立細腰，又似被春愁攪。⑯〔旦〕謝半點江山，三分門户，一種人才，小小行樂⑰，撚青梅閒廝調。⑱倚湖山夢曉，對垂楊風裊。忒苗條，斜添他幾葉翠芭蕉。

春香，噔起來，可廝像也？

【玉芙蓉】〔貼〕丹青女易描，真色人難學。似空花水月，影兒相照。⑲〔旦喜介〕畫的來可愛人也！咳，情知畫到中間好，再有似生成別樣嬌。〔貼〕只少個姐夫在身傍。若是姻緣早，把風流壻招。少甚麽美夫妻，圖畫在碧雲高。⑳

〔旦〕春香，咱不瞞你，花園遊玩之時，咱也有個人兒。〔貼驚介〕小姐，怎的有這等方便呵？〔旦〕夢哩。

【小桃紅】㉑有一箇曾同笑，待想像生描着。再消詳邈入其中妙，則女孩家怕漏泄風情稿。這春容呵，似孤秋片月離雲嶠，甚蟾宮貴客傍的雲霄。

春香，記起來了。那夢裏書生，曾折柳一枝贈我，此莫非他日所適之夫姓柳乎？故有此警報耳。偶成一詩，暗藏春色，題于幀首之上，何如？〔貼〕卻好。〔旦題吟介〕近覩分明似儼然，遠觀自在若飛仙。他年得傍蟾宮客，不在梅邊在柳邊。〔放筆歎介〕春香，也有古今美女，早嫁了丈夫相愛，替他描模畫樣；也有美人自家寫照，寄與情人。似我杜麗娘寄誰呵？

【尾犯序】心喜轉心焦，喜的明妝儼雅，仙珮飄颻。則怕呵，把俺年深色淺㉒，當了個金屋藏嬌。虚勞，寄春容教誰淚落？做真真無人喚叫。〔淚介〕堪愁夭，精神出現留與後人標。

春香，悄悄喚那花郎分付他。〔貼叫介〕〔丑花郎上〕秦宮一生花裏活，崔徽不似卷中人。小姐有何分付？〔旦〕這一幅行樂圖，向行家裱去，叫人家收拾好些。

【鮑老催】㉓這本色人兒妙，助美的誰家裱？㉔要練花綃㉕，簾兒瑩，邊闌小。教他有

人問着休胡嘌，日炙風吹懸襯的好。怕好物不堅牢，把咱巧丹青休涴了。㉖

〔丑〕小姐，裱完了，安奉在那裏？

【尾聲】〔旦〕儘香閨賞玩無人到，〔貼〕這形模則合挂巫山廟，〔合〕又怕爲雨爲雲飛去了。

眼前珠翠與心違，卻向花前痛哭歸。
好寫妖嬈與教看，令人評泊畫楊妃。㉗

【校】

㈠ 翠，文林本、朱墨本俱作「蛺」。

㈡ 刷子序犯，格正謂所犯爲玉芙蓉；葉譜題作刷子芙蓉。

㈢ 峭，朱墨、朱校、清暉、獨深、竹林五本俱誤作「悄」。

㈣ 「妝成」下，朱墨本有「花翠」二字。

㈤ 文林本、朱墨本俱奪「活」字。

㈥ 朱奴兒犯，格正謂所犯爲玉芙蓉；葉譜題作朱奴插芙蓉。

㈦ 熱性兒怎不冰着，文林本、朱墨本俱作「熱情兒如何打熬」。

⑧忒分曉，文林本、朱墨本俱作「緊記着」。
⑨焦，朱墨本誤作「瞧」，蓋涉下「瞧」字而誤。
⑩「可甚的」二句，文林本、朱墨本俱作「好紅顔粉老花憔，論絶色今偏少」。
⑪「聲」字下，格正增「换頭」二字。
⑫「筆花尖」五句，文林本、朱墨本俱作「輕提筆尖還細描，閒和嬌影相評度，你嫩腮兒恁喜謔，侍雲鬘翠裊，唇點櫻桃」。
⑬「序」字下，格正增「换頭」二字。
⑭宜笑，文林本、朱墨本俱作「含嬌」。
⑮淡，獨深本作「倚」。
⑯又似被春愁攪，文林本、朱墨本俱作「疊嫩色還宜笑」。
⑰小小行樂，文林本、朱墨本俱作「的的丰標」。
⑱廝調，文林本、朱墨本俱作「嗅」。
⑲影兒相照，文林本、朱墨本俱作「影子相撩」。
⑳高，文林本、朱墨本俱作「霄」。
㉑小桃紅，原誤作「山桃犯」，據格正、葉譜改。
㉒年深色淺，文林本、朱墨本俱作「色淺年深」。

㉓「催」字下，格正增「换頭前」三字。

㉔「這本色」二句，文林本、朱墨本俱作「圖成行樂、天生本色人兒妙、誰家助美能裝裱」三句。

㉕綃，原誤作「銷」，據文林本、朱墨本改。

㉖「怕好物」二句，文林本、朱墨本俱作「休把巧丹青輕涴了」一句。

㉗下場詩，朱校本一、三兩句上有「貼」字，二、四兩句上有「旦」字。

第十五齣　虜諜㊀

【一枝花】〔净番王引衆上〕天心起滅了遼，世界平分了趙。静鞭兒替了，胡笳哨。擂鼓鳴鐘，看文武班齊到。骨碌碌南人笑，則個鼻凹兒蹻，臉皮皰毛梢兒魋。

萬里江山萬里塵，一朝天子一朝臣。俺北地怎禁沙日月？南人偏占錦乾坤。自家大金皇帝完顏亮是也。身爲夷虜，性愛風騷。俺祖公阿骨都，搶了南朝天下，趙康王走去杭州，今又二㊁十餘年矣。聽得他妝點杭州，勝似汴梁風景。一座西湖，朝歡暮樂。有個曲兒，説他三秋桂子，十里荷花。便待起兵百萬，吞取何難！兵法虚虚實實，俺待用個南人，爲我鄉導。喜他淮安㊂賊漢李全，有萬夫不當之勇，他心順溜于俺，俺先封他爲溜金王之職，限他三年内，招兵買馬，騷擾淮揚地方，相機而行，以開征進之路。哎喲！俺巴不到西湖上散悶兒也。

【二犯江兒水】㊃平分天道，雖則是平分天道，高頭偏俺照。俺司天臺標着那南朝，標着他那答兒好。〔衆〕那答裏好？〔净笑介〕你説西子怎嬌嬈？向西湖上笑倚着蘭橈。㊄〔衆〕西湖有俺這南海子、北海子大麽？〔净〕周圍三百里，波上花摇，雲外香飄，無明夜錦笙歌圍醉繞。〔衆〕萬歲爺，借他來耍耍。〔净〕已潛遣畫工，偷將他全景來了。那湖上有吴山第一峯，畫俺立馬其上，俺好不狠也！吴山最高，俺立馬在吴山最高。江南低小㊅，也看見了江南低小。〔舞介〕俺怕不占場兒砌一個錦西湖上馬嬌。

〔衆〕奏萬歲爺：怕急不能彀到西湖，何方駐駕？

【尾聲】㊆〔浄〕呀！急切要畫圖中匹馬把西湖哨，且迤遞的看花向洛陽道。我呵，少不的把趙康王賸水殘山都占了。

線大長江扇大天，旌旗遥拂雁行偏。
可勝飲盡江南酒，交割山川直到燕。

【校】

㊀諒，各本俱作「諜」。

㊁二，朱校本作「三」。

㊂安，朱墨，清暉、竹林三本俱作「揚」。

㊃二犯江兒水，「二犯」上原有「北」字，衍，據格正删。此曲格正以爲朝元令犯淘金令、朝天歌，實與江兒水無涉，而曲牌名未改。

㊄笑倚着蘭橈，文林本、朱墨本俱作「放桂橈」。

㊅格正删去「雖則是平分天道」、「吴山最高」、「江南低小」三句。

㊆尾聲，原誤作「北尾」，據格正改。

第十六齣　詰病

【三登樂】〔老旦上〕今生怎生，偏則是紅顏薄命？眼見的孤苦仃儔。〔泣介〕掌上珍，心頭肉，淚珠兒暗傾。天呵！偏人家七子團圓，一個女孩兒廝病。

【清平樂】如花嬌怯，合得天饒借。風雨於花生分劣，作意十分凌藉。　止堪深閣重簾，誰教月榭風簷？我髮短迴腸寸斷，眠昏眵淚雙淹。老身年將半百，單生一女麗娘，因何一病，起倒半年？看他舉止容談，不似風寒暑溼。其中緣故，春香必知，則問他便了。春香賤才那裏？〔貼上〕有哩。我眼裏不逢乖小使，掌中擎着個病多嬌。得知堂上夫人召，賸酒殘脂要咱消。春香叩頭。〔老〕小姐閒常好好的，纔着你賤才伏事他。不上半年，偏是病害，可惱！可惱！且問㊀近日茶飯多少？

【駐馬聽】〔貼〕他茶飯何曾，所事兒休提叫懶應。看他嬌啼隱忍，笑譫迷廝，睡眼懵憕。〔老〕早早稟請太醫了。〔貼〕則除是八法針針斷軟綿情，怕九還丹丹不的腌臢證。〔老〕是甚麼病？〔貼〕春香不知。道他一枕秋清，卻怎生還害的是春前病。

〔老哭介〕怎生了！

【前腔】他一搦身形，瘦的龐兒沒了四星。都是小奴才逗他，大古是煙花惹事，鶯燕成

招，雲月知情。賤才！還不跪。取家法來。〔貼跪介〕春香實不知。〔老〕因何瘦壞了玉娉婷？㈡你怎生觸損了他嬌情性？〔貼〕小姐好好的拈花弄柳，不知因甚病了？〔老惱打貼介〕打你這牢承，嘴骨稜的胡遮映。㈢

〔貼〕夫人，休閃了手，容春香訴來：便是那一日，遊花園回來，夫人撞到時節，説個秀才，手裏拈的柳枝兒，要小姐題詩。小姐説：這秀才素昧平生，也不和他題了。〔老〕不題罷了，後來？〔貼〕後來那那那秀才就一拍手，把小姐端端正正抱在牡丹亭上去了。〔老〕去怎的？〔貼〕春香怎得知？小姐做夢哩。〔老驚介〕是夢麽？〔貼〕是夢。〔老〕這等着鬼了，快請老爺商議。〔貼請介〕老爺有請。〔外上〕肘後印嫌金帶重，掌中珠怕玉盤輕。夫人，女兒病體因何？〔老泣介〕老爺聽講：

【前腔】説起心疼，這病知他是怎生？看他長眠短起，似笑如啼，有影無形。原來女兒到後花園遊了，夢見一人，手執柳枝，閃了他去。〔作歎介〕怕腰身觸污了柳精靈，虛囂側犯了花神聖。老爺呵，急與禳星，怕流星趕月相刑迸。

〔外〕卻還㈣來，我請陳齋長教書，要他拘束身心，你爲母親的，到縱他閒遊。〔笑介〕則是些日炙風吹，傷寒流轉，便要禳解。不用師巫，則叫紫陽宮石道婆，頌㈤些經典㈥可矣。古語云：信巫不信醫，一不治也。我已請過陳齋長，看他脈息去了。〔老〕看甚脈息？若早有了人家，敢没這病。

〔外〕咳！古者，男子三十而娶，女子二十而嫁。女兒點點年紀，知道個什麽呢？

【前腔】忒恁憨生，一個哇兒甚七情？則不過往來潮熱，大小傷寒，急慢風驚。則是你爲母的呵，真珠不放在掌中擎，因此嬌花不奈這心頭病。〔泣介〕〔合〕兩口丁零，告天天半邊兒是咱全家命。

〔丑院公上〕人來大庾嶺，船去鬱孤臺。稟老爺：有使客到。

【尾聲】〔外〕俺爲官公事有期程，夫人，好看惜女兒身命，少不的人向秋風病骨輕。〔下〕㈦

〔老弔場介〕無官一身輕，有子萬事足。我看老相公則爲往來使客，把女兒病都不瞧，好傷懷也！〔泣介〕想起來，一邊叫石道婆禳解，一邊教陳教授下藥，知他效驗如何？咳！正是：世間只有娘憐女，天下能無卜與醫？〔下〕

【校】

㈠「且問」下，文林本、朱墨本俱有「你」字。

㈡娉婷，原作「俜停」，據朱校本改。

㈢嘴骨稜的胡遮映，文林本、朱墨本俱作「骨稜使嘴胡來遮映」。

㈣還，文林本、朱墨本俱作「原」。

㊄ 頌，文林、朱墨、朱校、清暉、竹林五本俱誤作「唧」。

㊅ 典，各本俱作「卷」。

㊆ 原無「下」字，據文林本、朱墨本補。

第十七齣　道覡

【風入松】〔淨老道姑上〕人間㈠嫁娶苦奔忙，只爲㈡有陰陽。問天天從來不具人身相，只得來道扮男妝。屈指有四旬之上，當人生夢一場。㈢

【集唐】紫府空歌碧落寒，竹石如山不敢安。長恨人心不如石，每逢佳處便開看。貧道紫陽宮石仙姑是也。俗家原不姓石，則因生爲石女，爲人所棄，故號石姑。思想起來，要還俗，百家姓上有俺一家；論出身，千字文中有俺數句。天呵，非是俺求古尋論，恰正是史魚秉直。俺因何住在這樓觀飛驚，打扮㈣的勞謙謹勑？看修行似福緣善慶，論因果是禍因惡積。有甚麼榮業所基？幾輩兒林皋幸即。生下我形端表正，那些性靜情逸。大便處㈤似園莽抽條，小便㈥處也渠荷滴瀝。只那些兒正好又着口鉅野洞庭，偏和你滅了縫昆池碣石。雖則石路上可以路俠槐卿，石田中怎生我藝黍稷？難道嫁人家空谷傳聲，則好守娘家孝當竭力。可奈不由人諸姑伯叔，聒噪俺入奉母儀。母親說：你内才兒雖然守真㈦志滿，外像兒毛施淑姿。是人家有個上和下睦，偏你石二姐没個夫唱婦隨。便請了個有口齒的媒人信使可復，許了個大鼻子的女壻器欲難量。則見不多時，那人家下定了。說道：選擇了一年上日月盈昃，配定了八字兒辰宿列張。他過的禮金生麗水，俺上了轎玉出崑岡。遮臉的紈扇圓潔，引路的銀燭煒煌。那新郎好不打扮的頭直上高冠陪輦，咱新人一般排比了腰兒下束帶矜莊。請了些親戚故舊，半路上接杯舉觴。請新人升階納陛，叫女伴們侍巾幃房。合巹的弦歌酒讌，撒帳的詩讚羔羊。把俺做新人嘴臉兒一寸寸鑑貌㊇辨色，將俺那寶妝奩一件件都寓目囊箱。早是二更時分，新郎緊上來了。替俺說：俺兩口兒活像鳴鳳在竹，一時間就要白駒食場。則是被窩兒蓋此身髮，燈影裏褪盡了這幾件乃服衣裳。天呵！瞧了他那驢騾犢特，教俺好一會悚懼恐惶。那新郎見我害怕，說道：新人，你年紀不少了閏餘成歲，俺也可不使狠和你慢慢的律呂調陽。俺聽了，口不應，心兒裏笑着：新郎，新郎，任你矯手頓足，你可也靡恃己長。三更四更了，他則待陽臺上雲騰致雨；怎生巫峽内露結爲霜？他一時摸不出路數兒，道是怎的？快取亮來。側着腦要右通廣内，踣㊈着眼在藍筍象牀。那時節俺口不說，心下好不冷笑，新郎，新郎，俺這件東西，則許你徘徊瞻眺，怎許你適口充腸？如此者幾度了，惱的他氣不分的嘴勞叨㊉後乂密勿，累的他鑿不竅皮混沌的天地玄黃。和他整夜價則是寸陰是競，待講起醜煞那屬耳垣牆。幾番待懸梁，待投河，免其指斥；若還用刀鑽，用線藥，豈敢毀傷。便拚做赸了交索居閒處，甚法兒取他意悅豫且康。有了，有了，他没奈何央及煞後庭花背邙面洛，俺也則得且隨順乾荷葉和他秋收冬藏。哎喲！對面兒做的個女慕貞潔，轉腰兒到做了男效才良。雖則暫時間釋紛利俗，畢竟意情兒四大五常。要留俺怕誤了他嫡後嗣續，要嫁了俺怕人笑飢厭糟糠。這時節俺也索勸了他，官人，官人，少不的請一房妾御績紡，省你氣那鳥官人皇。俺情願推位讓國，則要你得能莫忘。後來當真討一個了，没多時做小的寵增抗極，反撚去俺爲正的率賓歸王。不怨他只省躬譏誡，出了家罷俺則垂拱平章。若論這道院裏，昔年也不甚宮殿盤鬱，到老身纔開闢了宇宙洪荒。畫真武劍號巨闕，步北斗珠稱夜光。奉香供果珍李柰，把齋素也是菜重芥薑。世間味識得破海鹹河淡，人中網逃得出鱗潛羽翔。俺這出了家呵，把那幾年前做新郎的臭黏涎骸垢想浴，將俺即世裏做老婆的乾柴火執熱願涼。則可惜做觀主遊鶤獨運，也要知觀的顧答審詳。赴會的都要具膳餐飯，行脚的也要老少異糧。怎生觀中再没個人兒？也都則是沈默寂寥，全不會戕牒簡要。俺老將來年矢每催，夢㊁兒裏晦魄環㊂照。硬配不上士女圖馳譽丹青，也要接的着仙真傳堅持雅操。懶雲遊東西二京，端一味坐朝問道。女冠子有幾個同氣連枝，騷道士不與他工顰妍笑。怕了他暗地虎布射遼丸，則守着寒水魚鈎巧任釣。使喚的只一個猶子比兒，叫做癩頭黿愚蒙等誚。〔內〕姑娘罵俺哩，俺是個妙人兒。〔浄〕好不羞殆辱近恥，到誇奬你並皆佳妙。〔內〕杜太爺皂隸，拿姑娘哩。〔浄〕爲甚麽？〔內〕説你是個賊道。〔浄〕咳，便道那府牌來杜蘽鍾隸，把俺做女妖看誅斬賊盜。俺可也散慮逍遥，不用你這般虚輝朗耀。〔丑府差上〕承差府堂上，提名仙觀中。〔見介〕〔浄〕府牌哥，爲何而來？

【大迓鼓】〔丑〕府主坐黄堂㊂，夫人傳示，衙内敲梆。知他小姐年多長，染成一疾半年光。〔浄〕俺不是女科。〔丑〕請你修齋，一會祈禳。㊃

【前腔】〔浄〕俺仙家有禁方，小小靈符，帶在身傍，教他刻下人無恙。〔丑〕有這等靈符，快行動些。〔行介〕〔浄〕叫童兒。〔内應介〕〔浄〕好看守卧雲房，殿上無人，仔細燈香。〔内〕知道了。

紫微宮女夜焚香，古觀雲根路已荒。
猶有真妃長命縷，九天無事莫推忙。㈤

【校】

㈠間，格正、葉譜俱作「生」。
㈡「只爲」下，文林本、朱墨本俱有「理」字。
㈢「只得來」三句，文林本、朱墨本俱作「屈指有四旬之上，没來由男妝道妝，如人世夢黄粱」。
㈣扮，文林、朱墨、朱校三本俱作「并」；清暉本、獨深本俱作「拚」。
㈤處，朱墨、朱校、清暉、獨深、竹林五本俱作「孔」。
㈥便，朱墨、朱校、清暉、獨深、竹林五本俱作「浄」。
㈦真，文林本、朱墨本俱作「貞」。
㈧貌，原誤作「毛」，據朱墨本改。
㈨賠，朱校本作「陪」。
㈩叨，原作「刀」，據文林本、朱墨本改。
⑪夢，文林、朱墨、朱校三本俱作「鏡」。
⑫環，原誤作「還」，據朱墨本、朱校本改。

㊂府主坐黄堂，文林本、朱墨本俱作「恩官坐大堂」。

㊃一會祈禳，文林本、朱墨本俱作「還須保禳」。

㊄下場詩，文林、朱墨、朱校、清暉、獨深五本一、三兩句上俱有「浄」字，二、四兩句上俱有「丑」字。

第十八齣　診祟

【一江風】〔貼扶病旦上〕病迷厮，爲甚輕憔悴？打不破愁魂謎。夢初回，燕尾翻風，亂颯起湘簾翠。春去偌多時，春去偌多時。㊀花容只顧衰㊁，井梧聲刮的我心兒碎。

【行香子】〔旦〕春香呵，我楚楚精神，葉葉腰身，能禁多病逡巡？〔貼〕你星星措與，種種生成。有許多嬌，許多韻，許多情。〔旦〕咳！咱弄梅心事，那折柳情人，夢淹漸暗老殘春。〔貼〕正好簟爐香午，枕扇風清。知爲誰顰？爲誰瘦？爲誰疼？〔旦〕春香，我自春遊一夢，卧病如今，不癢不疼，如癡如醉，知他怎生？〔貼〕小姐，夢兒裏事，想他則甚？〔旦〕你教我怎生不想呵？

【金落索】㊂貪他半晌㊃癡，賺了多情泥。待不思量，怎不思量得？就裏暗消肌，怕人知，嗽腔腔嫩喘微。哎喲！我這慣淹煎的樣子誰憐惜？自噤窄的春心怎的支？心兒悔，悔當初一覺留春睡。㊄〔貼〕老夫人替小姐沖喜。〔旦〕信他沖的個甚喜？㊅到的年時，敢犯殺花園內。

【前腔】〔貼〕看他春歸何處歸，春睡何曾睡，氣絲兒怎度的長天日？把心兒捧湊眉，病西施。小姐，夢去知他實實誰？病來只送的個虛虛的你，做行雲先渴倒在巫陽會。㊆全無謂，把單相思害得忒明昧。㊇又不是困人天氣，中酒心期，魆魆地常如醉。

〔末上〕日下曬書嫌鳥跡，月中搗藥要蟾酥。我陳最良，承公相命，來診視小姐脈息。到此後堂，不免打叫一聲。春香賢弟有麼？〔貼見介〕是陳師父，小姐睡哩。〔末〕免驚動他，我自進去。〔見介〕小姐。〔旦作驚介〕誰？〔貼〕陳師父哩。〔旦起扶介〕〔旦〕師父，我學生患病，久失敬了。〔末〕學生，學生，古書有云：學精於勤，荒于嬉。你因爲後花園湯風冒日，感下這疾，荒廢書工。我爲師的在外，寢食不安。幸喜老公相請來看病，也不料你清減至此。似這般樣，幾時勾起來讀書，早則端陽節哩。〔貼〕師父，端節有你的。〔末〕我説端陽，難道要你種[九]子。小姐，望聞問切，我且問你：病症因何？〔貼〕師父問甚麼？只因你講毛詩，這病便是「君子好求」上來的。〔末〕是那一位君子？〔貼〕知他是那一位君子！〔末〕這般説，毛詩病，用毛詩去醫。那頭一卷就有女科聖惠方在哩。〔貼〕師父，可記的毛詩上方兒？〔末〕便依他處方，小姐害了君子的病，用的史君子。毛詩：既見君子，云胡不瘳？這病有了君子抽一抽，就抽好了。〔旦羞介〕哎也！〔貼〕還有甚藥？〔末〕酸梅十個。詩云：摽有梅，其實七兮。又説：其實三兮。三個打七個，是十個。此方單醫男女過時思酸之病。〔旦歎介〕〔貼〕還有呢？〔末〕天南星三個。〔貼〕可少？〔末〕再添些。詩云：三星在天。專醫男女及時之病。〔貼〕還有呢？〔末〕俺看小姐一肚子火，你可抹浄一個大馬桶，待我用梔子仁當歸瀉下他火來，這也是依方，之子于歸，言秣其馬。〔貼〕師父，這馬不同那「其馬」。〔末〕一樣髀鞦窟洞下。〔旦〕好個傷風切藥陳先生。〔貼〕做的按月通經陳媽媽。〔旦〕師父不可執方，還是診脈爲穩。〔末看脈錯按旦手背介〕〔貼〕師父，討個轉手。〔末〕女人反此背看之，正是王叔和脈訣。也罷，順手看是。〔脈介〕咳！小姐脈息，到這個分際了。

【金索掛梧桐】他人才忒整齊，脈息恁微細。小小香閨，爲甚傷憔悴？〔起介〕春香呵，似他這傷春怯夏肌，好扶持，病煩人容易傷秋意。⑩小姐，我去咀藥來。〔旦歎介〕師父，少不得情栽了竅髓針難入，病躲在煙花你藥怎知？〔泣介〕承尊覷，何時何日，來看這女顏回？〔合〕病中身怕的是驚疑⑪，且將息休煩絮。

〔旦〕師父，且自在，送不得你了。可曾把俺八字推算麽？〔末〕算來要過中秋好。當生止有八個字，起死曾無二⑫世醫。〔下〕〔貼〕一個道姑走來了。〔浄上〕不聞弄玉吹簫去，又見嫦娥竊藥來。自家紫陽宮石道姑便是。承杜老夫人呼喚，替小姐禳解。〔見貼介〕〔貼〕姑姑爲何而來？〔浄〕吾乃紫陽宮石道姑，承夫人命，替小姐禳解。不知害的甚病？〔貼〕尷尬病。〔浄〕爲誰來？〔貼〕後花園耍來。〔浄舉三指，貼搖頭介〕〔浄舉五指，貼又搖頭介〕〔浄〕咳！你説是三是五？與他做主。〔貼〕你自問他去。〔浄見旦介〕小姐，小姐，道姑稽首那。〔旦作驚介〕那裏道姑？〔浄〕紫陽宮石道姑，夫人有召，替小姐保禳。聞説小姐在後花園着魅，我不信。

【前腔】你星星⑬的怎着迷，設設的渾如魅。〔旦作魘語介〕我的人那。〔浄貼背介〕你聽他唸唸呢呢，作的風風勢。是了，身邊帶有個小符來。〔取旦釵挂小符作咒介〕赫赫揚揚，日出東方，此符屏卻惡夢，辟除不祥，急急如律令敕！〔插釵介〕這釵頭小篆符，眠坐莫教離，把閒神野夢都迴避。〔旦醒介〕咳，這符敢不中。我那人呵，須不是依花附木廉纖鬼，咱做的弄影團風抹媚癡。〔浄〕再癡時，請個五雷打他。〔旦〕些兒意，正待攜雲握雨，你卻用掌心雷。〔合前〕㈣

〔浄〕還分明説與，起個三丈高咒旛兒。〔旦〕待説個甚麼子好？

【尾聲】〔旦〕依稀則記的箇柳和梅，姑姑，你也不索打符樁掛竹枝，則待我冷思量一星星咒向夢兒裏。㈤

　　綠慘雙蛾不自持，　　道家妝束壓禳時。
　　如今不在花紅處，　　爲報東風且莫吹。㈥

【校】

㈠春去偌多時，文林本、朱墨本俱作「春歸是幾時」；偌，原誤作「若」，據朱校本改。下疊句原僅注二「又」字，今改書全文。

㈡只顧衰，文林本作「積漸損」，失韻，誤；朱墨本作「積漸摧」。摧，蓋「衰」之音誤。

㈢金落索即金索挂梧桐，本齣四曲，分題兩名。故格正統題作金索挂梧桐，使前後一致。

㈣晌，原誤作「餉」，據格正、葉譜改。

㈤留春睡，文林本、朱墨本俱作「睡春閨」。

⑹冲的個甚喜，文林本、朱墨本俱作「冲喜空爲」。

⑺「夢去知他」三句，文林本、朱墨本俱作「你做渴倒巫雲在楚峽飛、病來只送的個虛虛的、夢去知他實實誰」。

⑻明昧，文林本、朱墨本俱作「支離」。

⑼種，朱校本作「稯」。案：當是「稯」字之誤。

⑽病煩人容易傷秋意，文林本、朱墨本俱作「怕容易悲秋病怎支」。

⑾「驚疑」下，文林本、朱墨本俱有「休得要驚疑」一句。

⑿二，文林、朱墨、朱校、清暉、獨深五本俱作「三」。

⒀星星，朱校本作「惺惺」。

⒁〔合前〕，文林本、朱墨本俱作「〔合〕病中人多半是癡迷、要不癡迷、迴笑臉揩香淚」。

⒂「裏」字下，文林本、朱墨本俱有〔貼扶旦下〕四字；朱校、清暉、獨深三本俱有〔扶旦下〕三字。
案：此四字(或三字)應在下場詩之下。

⒃下場詩，文林、朱墨、朱校、清暉、獨深五本首句上俱有「貼」字，二句上俱有「淨」字，三句上俱有「旦」字，四句上俱有「合」字。

第十九齣　牝賊

【北點絳脣】㈠〔浄李全引衆上〕世擾羶風，家傳雜種。刀兵動，這賊英雄，比不得穿牆洞。

野馬千蹄合一羣，眼看江海盡風塵。漢兒學得胡兒語，又替胡兒罵漢人。自家李全是也，本貫楚州人氏。身有萬夫不當之勇，南朝不用，去而爲盜，以五百人出没江湖㈡之間，正無歸着。所幸大金皇帝遥封我爲溜金王，央我騷擾淮揚，看機進取。奈我多勇少謀，所喜妻子楊氏娘娘，能使一條梨花鎗，萬人無敵。夫妻上陣，大有威風。則是娘娘有些喫醋，但是擄的婦人，都要送他帳下。便是軍士們，都只畏懼他。正是：山妻獨霸獅㈢吞象，海賊封王蛇㈣變龍。

【番卜算】〔丑楊婆持鎗上〕百戰惹雌雄，血映燕支重。〔舞介〕一枝鎗灑落花風，點點梨花弄。

〔見舉手介〕大王千歲！奴家甲胄在身，不拜了。〔浄〕娘娘，你可知大金皇帝封我做溜金王？〔丑〕怎麽叫做溜金王？〔浄〕溜者，順也。〔丑〕封你何事？〔浄〕央俺騷擾淮揚三年，待我㈤兵糧齊集，一舉渡江，滅了趙宋，那時還封我爲帝哩。〔丑〕有這等事，恭喜了！借此號令，買馬招軍。

【六么令】如雷喧鬨，緊轅門畫鼓鼕鼕，哨尖兒飛過海雲東。〔合〕好男女，坐當中，淮

揚草木都驚動，淮揚草木都驚動。㊅

【前腔】聚糧收衆，選高蹄戰馬青驄，閃盔纓斜簇玉釵紅。〔合前〕

羣雄競起向前朝，折戟沈戈鐵未銷。

平原好牧無人放，白草連天野火燒。㊆

【校】

㊀武劇用北曲衝場，性質同引子。絳，原誤作「紅」，據文林、朱墨、清暉三本改。

㊁湖，各本俱作「淮」。

㊂獅，朱校本作「蛇」；朱墨、清暉、獨深三本俱作「蜘」。

㊃蛇，朱校本作「魚」。

㊄我，文林本、朱墨本俱作「他」。

㊅「淮揚」句原不疊，據格正、葉譜補。

㊆下場詩，朱校本首句上有「浄」字，二句上有「丑」字；三、四兩句失注，疑是合念。

第二十齣　鬧殤

【金瓏璁】〔貼上〕連宵風雨重，多嬌多病愁中。仙少效，藥無功。㈠

顰有爲顰，笑有爲笑。不顰不笑，哀哉年少！春香侍奉小姐，傷春病到深秋。今夕中秋佳節，風雨蕭條，小姐病轉沈吟，待我扶他消遣。正是：從來雨打中秋月，更值㈡風摇長命燈。〔下〕

【鵲橋仙】〔貼扶病旦上〕拜月堂空，行雲徑擁，骨冷怕成秋夢。世間何物似情濃？整一片斷魂心痛。

〔旦〕枕函敲破漏聲殘，似醉如呆死不難。一段暗香迷夜雨，十分清瘦怯秋寒。春香，病境沈沈，不知今夕何夕？〔貼〕八月半了。〔旦〕哎也！是中秋佳節哩。老爺奶奶都爲我愁煩，不曾玩賞了。〔貼〕這都不在話下了。〔旦〕聽見陳師父替我推命，要過中秋。看看病勢轉沈，今宵欠好，你爲我開軒一望，月色如何？〔貼開窗〕〔旦望介〕

【集賢賓】〔旦〕海天悠問冰蟾何處湧？玉杵㈢秋空，憑誰竊藥把嫦娥奉？甚西風吹夢無蹤，人去難逢，須不是神挑鬼弄。在眉峯，心坎裏别是一般疼痛。〔悶介〕

【前腔】〔貼〕甚春歸無端廝和哄，霧和煙兩㈣不玲瓏。算來人命關天重，會消詳直恁忽忽。爲着誰儂，俏樣子等閒抛送？待我謊他，姐姐，月上了。月輪空，敢蘸破你一牀幽夢。

〔旦望歎介〕輪時盼節想中秋，人到中秋不自由。奴命不中孤月照，殘生今夜雨中休。

【前腔】你便好中秋月兒誰受用？翦西風淚雨梧桐。楞生瘦骨加沈重，趲程期是那天外哀鴻。草際寒蛩，撒剌剌紙條窗縫。〔旦驚作昏介〕冷鬆鬆，軟兀剌四梢難動。

〔貼驚介〕小姐冷厥了！夫人有請。〔老旦上〕百歲少憂夫主貴，一生多病女兒嬌。我的兒，病體怎生了？〔貼〕奶奶，欠好，欠好。〔老〕可怎了！

【前腔】不隄防你後花園閒夢銃，不分明再不惺忪，睡臨侵打不起頭梢重。〔泣介〕恨不呵早早乘龍，夜夜孤鴻，活害殺俺翠娟娟雛鳳。一場空，是這答裏把娘兒命送。

【囀林鶯】〔旦醒介〕甚飛絲繾的陽神動，弄悠揚風馬丁冬。〔泣介〕娘，拜謝你了！〔拜跌介〕從小來覷的千金重，不孝女孝順無終。娘呵，此乃天之數也。當今生花開一紅，願來生把萱椿再奉。〔衆泣介〕〔合〕恨西風，一霎無端，碎緑摧紅。

【前腔】〔老〕並無兒蕩得個嬌香種，繞娘前笑眼歡容。但成人索把俺高堂送，恨天涯老運孤窮。兒呵，暫時間月直年空㊄，好㊅將息你這心煩意冗。〔合前〕

〔旦〕娘，你女兒不幸，作何處置？〔老〕奔你回去也，兒。

【玉鶯兒】㊆〔旦泣介〕旅櫬夢魂中，盼家山千萬重。〔老〕便遠也去。〔旦〕是不是，聽女孩兒一言：這後花園中一株梅樹，兒心所愛，但葬我梅樹之下可矣。〔老〕這是怎的來？〔旦〕做不的病嬋娟桂窟裏長生，則分的粉骷髏向梅花古洞。〔老泣介〕看他强扶頭淚濛，冷淋心汗傾，不如我先他一命無常用。〔合〕恨蒼穹，妬花風雨，偏在月明中。

〔老〕還去與爹講，廣做道場也，兒。銀蟾謾搗君臣藥，紙馬重燒子母錢。〔下〕〔旦〕春香，咱可有回生之日否？

【前腔】〔歎介〕你生小事依從，我情中你意中。春香，你小心奉事老爺奶奶。〔貼〕這是當的了。〔旦〕春香，我記起一事來：我那春容，題詩在上，外觀不雅。葬我之後，盛着紫檀匣兒，藏在太湖石底。〔貼〕這是主何意兒？〔旦〕有心靈翰墨春容，儻直那人知重。〔貼〕姐姐寬心。你如今不幸，孤墳獨影；肯將息起來，稟過老爺，但是姓梅姓柳秀才招選一個，同生同死，可不美哉！〔旦〕怕等不得了。哎喲！哎喲！〔貼〕這病根兒怎攻？心上醫怎逢？〔旦〕春香，我亡後你常向靈位前叫喚我一聲兒。〔貼悲㊇介〕他一星星説向咱傷情重。〔合前〕

〔旦昏介〕〔貼〕不好了！不好了！老爺奶奶快來。

【憶鶯兒】〔外老旦上〕鼓三鼕，愁萬重，冷雨幽窗燈不紅，聽侍兒傳言女病凶。〔貼泣介〕我的小姐！小姐！〔外老同泣介〕我的兒呵！你捨的命終，抛的我途㊈窮，當初只望把爹娘送。〔合〕恨悤悤，萍蹤浪影，風翦了玉芙蓉。

〔旦作醒介〕〔外〕快甦醒，兒，爹在此。〔旦作看外介〕哎喲！爹爹，扶我中堂去罷。〔外〕扶你也，兒。〔扶介〕

【尾聲】〔旦〕怕樹頭樹尾⑩不到的五更風，和俺小墳邊立斷腸碑一統。爹，今夜是中秋？〔外〕是中秋也，兒。〔旦〕禁了這一夜雨，〔歎介〕怎能勾月落重生燈⑪再紅？〔並下〕

〔貼哭上〕我的小姐！我的小姐！天有不測之風雲，人有無常之禍福。我小姐一病傷春死了也，痛殺了我家老⑫爺，我家奶奶。列位看官們怎了也？待我哭他一會：

【紅衲襖】小姐，再不叫咱把領頭香心字燒，再不叫咱把剔花燈紅淚繳，再不叫咱拈花側眼調歌鳥，再不叫咱轉鏡移肩和你點絳桃。想着你夜深深放翦刀，曉清清臨畫稿。提起那春容，被老爺看見了，怕奶奶傷情，分付殉了葬罷。俺想小姐臨終之言，依舊向湖山石兒靠也，怕等得個拾翠人來把畫粉銷。

老姑姑也來了。〔淨上〕你哭得好，我來幫你。

【前腔】春香姐，再不叫你燬朱脣學弄簫，〔貼〕爲此。〔淨〕再不和你蕩湘裙鬪草。〔貼〕便是。〔淨〕小姐不在，春香姐也鬆泛多少。〔貼〕怎見得？〔淨〕再不要你冷温存熱絮叨，再不要得你夜眠遲朝起的早。〔貼〕這也慣了。〔淨〕還有省氣力⑬的所在，雞眼睛不用你做嘴兒挑，馬子兒不用你隨鼻兒倒。〔貼啐介〕〔淨〕還一件，小姐青春有了，沒時間做出些兒也，那老夫人呵，少不的把你後花園打折腰。

〔貼〕休胡説！老夫人來也。〔老上哭介〕我的親兒！

【前腔】每日㈣繞娘身有百十㈤遭，並不見你向人前輕一笑。他背熟的班姬四戒從頭學，不要得孟母三遷把氣淘。也愁他軟苗條忒恁嬌，誰料他病淹煎真不好。〔哭介〕從今後誰把親娘叫也？一寸肝腸做了百寸焦。

〔老悶倒〕〔貼驚叫介〕老爺，痛殺了奶奶也！快來，快來。〔外哭上〕我的兒也！呀！原來夫人悶倒在此。

【前腔】夫人，不是你坐孤辰把子宿囂，則是我坐公堂冤業報。較不似老倉公多女好，撞不着賽盧醫他一病蹺。天天，似俺頭白中年呵，便做了大家緣何處消，見放着小門楣生折倒。夫人，你且自保重。便作你寸腸千斷了也，則怕女兒呵，他望帝魂歸不可招。

〔丑院公上〕人間舊恨驚鴉去，天上新恩喜鵲來。稟老爺：朝報高陞。〔外看報介〕吏部一本㈥：奉聖旨金寇南窺，南安知府杜寶，可陞安撫使，鎮守淮揚。即日起程，不得違誤。欽此！〔歎介〕夫人，朝旨催人北往，女喪不便西歸。院子，請陳齋長講話。〔丑〕老相公有請。〔末上〕彭殤真一壑，弔賀每同堂。〔見介〕〔外〕陳先生，小女長謝你了。〔末哭介〕正是。苦傷小姐仙逝，陳最良四顧無門；所喜老公相喬遷，陳最良一發失所。〔衆哭介〕〔外〕陳先生，有事商量：學生奉旨，不得久停，因小女遺言，就葬後園梅樹之下。又恐不便後官居住，已分付割取後園，起座梅花庵觀，安置小女神位，就着這石道姑焚修看守。那道姑可承應的來？〔淨跪介〕老道婆添香換水，但往來看顧，

還得一人。〔老〕就煩陳齋長爲便。〔末〕老夫人有命，情願效勞。〔老〕老爺，須置些祭田纔好。〔外〕有漏澤院二頃虛田，撥資香火。〔末〕這漏澤院田，就漏在生員身上。〔浄〕咱號道姑，堪收稻穀。你是陳絶糧，漏不到你。〔末〕秀才口喫十一方，你是姑姑，我是孤老，偏不該我收糧。〔外〕不消爭，陳先生收給。陳先生，我在此數年，優待學校。〔末〕都知道。便是老公相高陞，舊規有諸生遺愛記，生祠碑文，到京伴禮送人爲妙。〔浄〕陳絶糧，遺愛記是老爺遺下與令愛作表記麽？〔末〕是老公相政跡歌謠，甚麽令愛？〔浄〕怎麽叫做生祠？〔末〕大祠宇塑老爺像供養，門上寫着杜公之祠。〔浄〕這等，不如就塑小姐在傍，我普同供養。〔外惱介〕胡説！但是舊規，我通不用了。

【意不盡】陳先生，老道姑，咱女墳兒三尺暮㊆雲高，老夫妻一言相靠。不敢望時時看守，則清明寒食一碗飯兒澆。

魂歸冥漠魄歸泉，　使汝悠悠十八年。
一叫一回腸一斷，　如今重説恨綿綿。㊅

【校】

㊀金瓏璁，應有八句，此處下面省去四句。

㊁值，清暉本、竹林本俱誤作「植」。

㈢「玉杵」上，朱墨本、葉譜都有「看」字。案：此句本應六字，格正注云：「第二句上脱二字。」

㈣兩，竹林本作「雨」。

㈤月直年空，文林本、朱墨本俱作「年沖月空」。

㈥好，原誤作「反」，據文林本、朱墨本改。朱校本、獨深本俱作「返」。

㈦玉鶯兒，格正題作鶯抱枝，謂黄鶯兒犯玉抱肚、玉交枝。葉譜題作黄玉鶯兒，謂黄鶯兒犯玉胞肚。

㈧原無「悲」字，據清暉本補。

㈨途，朱墨本作「老」。

㈩尾，文林本、朱墨本俱作「底」。

⑪燈，文林本、朱墨本俱作「花」。

⑫原無「老」字，據朱校本補。

⑬原無「力」字，據文林本、朱墨本補。

⑭「每日」下，文林本、朱墨本俱有「慣」字。

⑮十，文林本、朱墨本俱作「千」。

⑯「一本」下，朱墨本有「缺官事」三字。

⑰暮，原誤作「墓」，據各本改。

⑱下場詩，朱校本首句上有「外」字，二句上有「老」字，三句上有「末」字，四句上有「合」字。

第二十一齣 謁遇

【光光乍】〔老僧上〕一領破袈裟，香山嶴裏巴。多生多寶多菩薩，多多照證光光乍。

小僧廣州府香山嶴多寶寺一個住持。這寺原是番鬼們建造，以便迎接收寶官員。茲有欽差苗爺任滿，祭寶於多寶菩薩位前，不免迎接。

【掛真兒】〔浄苗舜賓末通事外貼皂丑番鬼上〕半壁天南開海汊，向真珠窟裏排衙。〔僧接介〕〔合〕㊀廣利神王，善財、天女，聽梵放海潮音下。

〔浄〕銅柱珠崖道路難，伏波横海舊登壇。越人自貢珊瑚樹，漢使何勞獬豸冠？自家欽差識寶使臣苗舜賓便是。三年任滿，例當祭賽多寶菩薩。通事那裏？〔末見介〕〔丑見介〕伽瑯喇。㊁〔老僧見介〕〔浄〕叫通事，分付番回獻寶。〔末〕俱已陳設。〔浄起看寶介〕奇哉寶也！真乃磊落山川，精熒日月，多寶寺不虚名矣。看香。〔内鳴鐘〕〔浄拜介〕

【亭前柳】三寶唱三多，七寶妙無過。莊嚴成世界，光彩徧娑婆。甚多，功德無邊闊。

〔合〕領拜南無多得寶，寶多羅，多羅。

〔浄〕和尚，替番回海商祝贊一番。

【前腔】〔老僧〕大海寶藏多，船舫遇風波。商人持重寶，險路怕經過。刹那，念彼觀音

脱。〔合前〕

【掛真兒】〔生上〕望長安西日下㊂，偏吾生海角天涯。愛寶的喇麻，抽珠的佛法，滑琉璃兩下難拿。

自笑柳夢梅，一貧無賴，棄家而遊。幸遇欽差，寺中祭寶，託詞進見。倘言話中間，可以打動，得其賑援㊃，亦未可知？〔見外介〕〔生〕煩大哥通報一聲，廣州府學生員柳夢梅，來求看寶。〔報介〕〔浄〕朝廷禁物，那許人觀！既係斯文，權請相見。〔見介〕〔生〕南海開珠殿，〔浄〕西方掩玉門。〔生〕剖懷俟知己，〔浄〕照乘接賢人。敢問秀才：以何至此？〔生〕小生貧苦無聊，聞得老大人在此賽寶，願求一觀，以開懷抱。〔浄笑介〕既逢南土之珍，何惜西崑之祕，請試一觀。〔浄引生看寶介〕〔生〕明珠美玉，小生見而知之。其間數種，未委何名，煩老大人一一指教。

【駐雲飛】〔浄〕這是星漢神沙；這是煮海金丹和鐵樹花。什麽㊄貓眼精光射，母碌通明差。嗏，這是靺鞨柳金芽；這是温涼玉斝；這是吸月的蟾蜍，和陽燧冰盤化。〔生〕我廣南有明月珠，珊瑚樹。〔浄〕徑寸明珠等讓他，便幾尺珊瑚碎了他。

〔生〕小生不遊大方之門，何因覩此！

【前腔】天地精華，偏出在番回到帝子家。稟問老大人：這寶來路多遠？〔浄〕有遠三萬里的，至少也有一萬多程。〔生〕這般遠可是飛來走來？〔浄笑介〕那有飛走而至之理？只因朝廷重價購求，自來貢獻。〔生歎介〕老大人，這寶物蠢爾無知，三萬里之外，尚然無足而至。生員柳夢梅，滿胸奇異，到長安三千里之近，倒無人購取，有脚不能飛。他重價高懸下，那市舶能奸詐。嗏，浪把寶船撶。〔浄〕疑惑這寶物欠真麽？〔生〕老大人，便是真，飢不可食，寒不可衣。看他似虚舟飄瓦。〔浄〕依秀才説，何爲真寶？〔生〕不欺，小生到是個真正獻世寶。我若載寶而朝，世上應無價。〔浄笑介〕則怕朝廷之上，這樣獻世寶也多着。〔生〕但獻寶龍宫笑殺他，便鬬寶臨潼也賽得他。

〔浄〕這等，便好獻與聖天子了。〔生〕寒儒薄相，要伺候官府，尚不能勾，怎見的聖天子？〔浄〕你不知，到是聖天子好見。〔生〕則三千里路資難處。〔浄〕一發不難，古人黄金贈壯士，我將衙門常例銀兩，助君遠行。〔生〕果爾，小生無父母妻子之累，就此拜辭。〔浄〕左右，取書儀，看酒。〔丑上〕廣南愛喫荔枝酒，直北偏飛榆筴錢。酒到，書儀在此。〔浄〕路費，先生收下。〔生〕謝了！〔浄送酒介〕

【三學士】你帶微醺走出這香山罅，向長安有路榮華。〔生〕無過獻寶當今駕，撒㊅去收來再似他。〔合〕驟金鞭及早把荷衣挂，望歸來，錦上花。

【前腔】〔生〕則怕呵重瞳有眼蒼天瞎，似波斯賞鑒無差。〔浄〕由來寶色無真假，只在淘金的會揀沙。〔合前〕

〔生〕告行了。

【尾聲】你贈壯士黃金氣色佳。〔净〕一杯酒酸寒奮發。則願你呵，賫氣沖天海上槎。

烏紗巾上是青天，俊骨英才氣儼然。

聞道金門開濟世㈦，臨行贈汝繞朝鞭。㈧

【校】

㈠〔合〕，朱校本作〔净〕。

㈡伽琍喇，文林本、朱墨本俱作「伽喇伽喇」；朱校本、竹林本俱作「伽喇喇」。

㈢格正云：「首句上脱一字。」

㈣賑援，文林本作「應接」，朱墨本作「賑拔」。

㈤「什麽」上，文林本、朱墨本俱有「少」字。

㈥撤，文林、朱墨、朱校三本俱作「撒」。

㈦開濟世，朱墨、清暉、獨深、竹林四本俱作「堪濟世」，朱校本作「堪濟美」。案：全唐詩卷二九六張南史江北春望贈皇甫補闕，作「堪避世」。

㈧下場詩，文林、朱墨、朱校、清暉、獨深五本一、三兩句上俱有「生」字，二、四兩句上俱有「净」字。

第二十二齣　旅寄

【搗練子】〔生傘袱病容上〕人出路，鳥離巢。〔内風聲介〕攪天風雪夢牢騷，這幾日精神寒凍倒。㊀

香山嶴裏打包來，三水船兒到岸開。要寄鄉心值寒歲，嶺南南上半枝梅。我柳夢梅，秋風拜别中郎，因循親友辭餞，離船過嶺，早是暮冬。不隄防嶺北風嚴，感了寒疾，又無掃興而回之理。一天風雪，望見南安，好苦也！

【山坡羊】樹槎牙餓鳶驚叫，嶺迢遥病魂孤弔。破頭巾雹打風篩，透衣單傘做張兒哨。路斜抄，急没個店兒捎。雪兒呵，偏則把白面書生㊁奚落，怎生冰凌斷橋㊂，步高低踏㊃着？好了，有一株柳，酬將過去。方便處柳跎腰。〔扶柳過介〕虚囂，儘枯楊命一條。蹊蹺，滑喇沙跌一交。〔跌介〕

【步步嬌】〔末上〕俺是個卧雪先生没煩惱，背上驢兒笑，心知第五橋。那裏開年，有齋村學。〔生叫哎喲介〕〔末〕怎生來人怨語聲高？〔看介〕呀，甚城南破瓦窑，閃下個精寒料。

〔生〕救人！救人！〔末〕我陳最良，爲求館衝寒到此。彩頭兒恰遇着弔水之人，且由他去。〔生又叫

介〕救人！〔末〕聽説救人，那裏不是積福處，俺試問他。〔問介〕你是何等之人，失脚在此？〔生〕俺是讀書之人。〔末〕委是讀書之人，待俺扶起你來。〔末扶生相跌諢介〕〔末〕請問何方至此？

【風入松】〔生〕五羊城一葉過南韶，柳夢梅來獻寶。〔末〕有何寶貨？〔生〕我孤身取試長安道，犯嚴寒少衾單病了。没揣的逗着斷橋溪道，險跌折柳郎腰。

〔末〕你自揣高中的，方可去受這等辛苦。〔生〕不瞞説，小生是個擎天柱，架海梁。〔末笑介〕卻怎生凍折了擎天柱？撲倒了架海㈤梁？這也罷了，老夫頗諳醫理，邊近有梅花觀，權將息，度歲而行。

【前腔】尾生般抱柱正題橋，做倒地文星佳兆。論草包似俺堪調藥，暫將息梅花觀好。

〔生〕此去多遠？〔末指介〕看一樹雪垂垂如笑㈥，牆直上繡旛飄。

〔生〕這等，望先生引進。

三十無家作路人，與君相見即相親。
華陽洞裏仙壇上，似近東風別有因。㈦

【校】

㈠ 搗練子，應有五句，這裏下面省去一句。

㈡「書生」下，文林本、朱墨本俱有「冷打相」三字。
㈢怎生冰凌斷橋，文林本、朱墨本俱作「水斷無橋」。
㈣踏，各本俱作「蹬」。
㈤架海，朱墨、清暉、獨深、竹林四本俱作「紫金」。
㈥一樹雪垂垂如笑，文林本作「一樹垂垂雲條」。
㈦下場詩，朱墨本、清暉本一、三兩句上俱有「生」字，二、四兩句上俱有「末」字。朱校本同，惟四句上爲「合」字。

第二十三齣　冥判

【北點絳脣】〔淨判官丑鬼持筆簿上〕十地宣差，一天封拜。閻浮界，陽世栽埋，又把俺這裏門程㊀邁。

自家十地閻羅王殿下一個胡判官是也。原有十位殿下，因陽世趙大郎家和金達子爭占江山，損折衆生，十停去了一停。因此玉皇上帝，照見人民稀少，欽奉裁減事例。九州九個殿下，單減了俺十殿下之位。印無歸着，玉帝可憐見下官正直聰明，着權管十地獄印信。今日走馬到任，鬼卒夜叉，兩傍刀劍，非同容易也。〔丑捧筆介〕新官到任，都要這筆判刑名，押花字，請新官喝采他一番。〔淨看筆介〕鬼使，捧了這筆，好不干係也。

【混江龍】這筆架在落迦山外，肉㊁蓮花高聳案前排。捧的是功曹令史，識字當該。〔丑〕筆管兒呢？〔淨〕筆管兒，是手想骨脚想骨竹筒般剉的圓滴溜。〔丑〕筆毫？〔淨〕筆毫呵，是牛頭鬚夜叉髮鐵線㊂兒揉定赤支毸。〔丑〕判爺上的選了。〔淨〕這筆頭公，是遮須國選的人才。〔丑〕有甚名號？〔淨〕這管城子，在夜郎城受了封拜。〔丑〕判爺興哩。〔淨作笑舞介〕嘯一聲支兀另漢鍾馗其冠不正，舞一回疎喇沙斗河魁近墨者黑。〔丑〕喜哩？〔淨〕喜時節渿河橋題筆兒耍去。〔丑〕悶呵？〔淨〕悶時節鬼門關投筆歸來。〔丑〕

判爺可上榜來?〔淨〕俺也曾考神祇，朔望旦名題天榜。〔丑〕可會書來?〔淨〕攝星辰井鬼宿，俺可也文會書齋。〔丑〕判爺高才。〔淨〕做弗迭鬼僊才，白玉樓摩空作賦；陪得過風月主，芙蓉城遇晚書懷。便寫不盡四大洲轉輪日月，也差的着五瘟使號令風雷。〔丑〕判爺見有地分?〔淨〕有地分，則合北斗司閻浮殿立俺邊傍；没衙門，卻怎生東岳觀城隍廟也塑人左側?〔丑〕讓誰?〔淨〕便百里城高捧手，讓大菩薩好相莊嚴乘坐位；〔丑〕惱誰?〔淨〕怎三尺土低分氣，對小鬼卒清奇古怪立基階?〔丑〕紗帽古氣些。〔淨〕但站脚，一管筆一本簿塵泥軒冕；〔丑〕筆乾了?〔淨〕要潤筆，十錠金十貫鈔紙陌錢財。〔丑〕點鬼簿在此。〔淨〕則見没掂三展花分魚尾册，無賞一掛日子虎頭牌。真乃是鬼董狐落了款，春秋傳某年某月某日下崩薨葬卒大注脚；假如他支祈獸上了樣，把禹王鼎各山各水各路上魍魎魑魅細分腮。〔丑〕待俺磨墨。〔淨〕看他子時硯，忔忔察察烏龍蘸眼顯精神；〔丑〕雞唱了。〔淨〕聽丁字碑，冬冬登登金雞翦夢追魂魄。〔丑〕稟爺點卷。〔淨〕但點上格子眼，串出四萬八千三界有漏人名，烏星砲粲；怎按下筆尖頭，插入一百四十二重無間地獄，鐵樹花開?〔丑〕大押花。〔淨〕哎也!押花字止不過，發落簿剉燒舂磨[四]一靈兒；〔丑〕少一個請字。〔淨〕登請書左則是，那虛無堂癱痨蠱膈四正客。〔丑〕弔起稱竿來。〔衆卒應介〕〔淨〕髮稱竿看業重身輕，衡石程書秦獄史㊄；〔内叫饒也苦也介〕〔丑〕隔壁九殿下拷鬼。〔浄〕肉㊅鼓吹聽神啼鬼哭，毛鉗刀筆漢喬才。這時節呵，你便是没關節包待㊆制人厭其笑；〔哭介〕恁風景，誰聽的無棺槨顔修文子哭之哀。〔丑〕判爺害怕哩。〔浄惱介〕哎！樓炭經是俺六科五判㊇，刀花樹是俺九棘三槐。臉婁搜風髯赳赳，眉剔竪電目崖崖。少不得中書鬼考，録事神差。比着陽世那金州判、銀府判、銅司判、鐵院判白虎臨官，一樣價打貼刑名催伍作；實則俺陰府裏注溼生、牒化生、准胎生、照卵生青蠅報赦，十分的磊齊功德轉三階。威凛凛人間掌命，顫巍巍天上消災。

叫掌案的，這簿上開除都也明白，還有幾宗人犯，應該發落了？〔貼史㊈上介〕人間勾令史，地下列功曹。稟爺：因缺了殿下，地獄空虚三年，則有枉死城中輕罪男子四名，趙大、錢十五、孫心、李猴兒；女囚一名，杜麗娘；未經發落。〔浄〕先取男犯四名。〔生末外老旦四犯丑押上〕〔丑〕男犯帶到。〔浄點名介〕趙大有何罪業，脱在枉死城中？〔生〕鬼犯没甚罪，生前喜歌唱。〔浄〕一邊去。叫錢十五。〔末〕鬼犯無罪，則是做了一個小小房兒，沈香泥壁。〔浄〕一邊去。叫孫心。〔老旦〕鬼犯些小年紀，好使些花粉錢。〔浄〕叫李猴兒。〔外〕鬼犯是有些罪，好男風。〔丑〕是真。便在地獄裏，還勾上這小孫兒。〔浄惱介〕誰叫你插嘴！起去伺候。〔做寫簿介〕叫鬼犯聽發落。〔四犯同跪介〕〔浄〕俺初權印，且不用刑。赦你們卵生去罷。〔外〕鬼犯們稟問恩爺：這個卵㊉是甚麽卵？若是回回卵，又生在邊方去了。〔浄〕哇！還想人身，向彈殼裏做㊁去。〔四犯泣介〕哎！被人宰了。〔浄〕也罷，不教陽間宰喫你。趙大喜歌唱，貶做黄鶯兒。〔生〕好了，做鶯鶯小姐去。〔浄〕錢十五住香泥房子，也罷，准你去燕窠裏受用，做個小小燕兒。〔末〕恰好做飛燕娘娘哩。〔浄〕孫心使花粉錢，做個蝴蝶兒。〔外〕鬼犯便和孫心同做蝴蝶去。〔浄〕你是那好男風的李猴，着你做蜜蜂兒去，屁窟裏長拖一個針。〔外〕哎喲，叫俺釘誰去？〔浄〕四蟲兒聽分付：

【油葫蘆】蝴蝶呵，你粉版花衣勝翦裁。蜂兒呵，你忒利害，甜口兒咋着細腰捱。燕兒呵，斬香泥弄影鉤簾内。鶯兒呵，溜笙歌警夢紗窗外。恰好個花間四友，無拘礙。則陽世裏孩子們輕薄，怕彈珠兒打的呆，扇梢兒撲的壞。不枉了你宜題入畫高人愛，則教你翅挷兒展將春色鬧場來。

〔外〕俺做蜂兒的不來，再來釘腫你個判官腦。〔浄〕討打！〔外〕可憐見小性命。〔浄〕罷了，順風兒放去。快走，快走。〔噀氣介〕〔四人做各色飛下〕〔浄做向鬼門嘘氣吷聲介〕〔丑帶旦上〕天臺有路難逢俺，地獄無情欲恨誰？女鬼兒。〔浄擡頭背介〕這女鬼到有幾分顔色。

【天下樂】猛見了蕩地驚天女俊才，哈也麽哈，來俺裏來。〔旦叫苦介〕〔浄〕血盆中叫苦觀自在。〔丑耳語介〕判爺，權收做個後房夫人。〔浄〕哇！有天條，擅用囚婦者斬。則你那小鬼頭胡亂篩，俺判官頭何處買？〔旦叫哎介〕〔浄回身〕是不曾見他粉油頭忒弄色。

叫那女鬼上來。

【那吒令】瞧了你潤風風粉腮，到花臺酒臺。溜些些短釵，過歌臺舞臺。笑微微美懷，住秦臺楚臺。因甚的病患來？是誰家嫡支派？這顏色不像似在泉臺。

〔旦〕女囚不曾過人家，也不曾飲酒，是這般顏色。則爲在南安府後花園梅樹之下，夢見一秀才，折柳一枝，要奴題詠。留連宛轉，甚是多情。夢醒來沈吟，題詩一首：他年若傍蟾宮客，不是梅邊是柳邊。爲此感傷，壞了一命。〔淨〕謊也！豈㊁有一夢而亡之理？

【鵲踏枝】一溜溜女嬰孩，夢兒裏能寧奈。誰曾挂圓夢招牌？誰和你拆字道白？哈也麽哈，那秀才何在？夢魂中曾見誰來？

〔旦〕不曾見誰，則見朵花兒閃下來，好一驚。〔淨〕喚取南安府後花園花神勘問。〔丑叫介〕〔末花神上〕紅雨數番春落魄，山香一曲女消魂。老判大人請了。〔舉手介〕〔淨〕花神，這女鬼説是後花園一夢，爲花飛驚閃而亡，可是？〔末〕是也。他與秀才夢的纏綿，偶爾落花驚醒，這女子慕色而亡。〔淨〕敢便是你花神假充秀才，誤㊂人家女子？〔末〕你説俺着甚迷他來？〔淨〕你説俺陰司裏不知呵。

【後庭花㊃】但尋常春自在，恁司花忒弄乖。眨眼兒偷元氣豔樓臺，克性了㊄費春工淹酒債。恰好九分態，你要做十分顏色。數着你那胡弄的花色兒來。㊅〔末〕便數來：碧

桃花。〔净〕他惹天台。〔末〕紅梨花。〔净〕扇妖怪。〔末〕金錢花。〔净〕下的財。〔末〕繡球花。〔净〕結的綵。〔末〕芍藥花。〔净〕心事諧。〔末〕木筆花。〔净〕寫明白。〔末〕水菱花。〔净〕宜鏡臺。〔末〕玉簪花。〔净〕堪插戴。〔末〕薔薇花。〔净〕露渲腮。〔末〕臘梅花。〔净〕春點額。〔末〕翦春花。〔净〕羅袂裁。〔末〕水仙花。〔净〕把綾襪踹。〔末〕燈籠花。〔净〕紅影篩。〔末〕酴醾花。〔净〕春醉態。〔末〕金盞花。〔净〕做合巹杯。〔末〕錦帶花。〔净〕做裙褶帶。〔末〕合歡花。〔净〕頭懶擡。〔末〕楊柳花。〔净〕腰恁擺。〔末〕淩霄花。〔净〕陽壯的咍。〔末〕辣椒花。〔净〕把陰熱窄。〔末〕含笑花。〔净〕情要來。〔末〕紅葵花。〔净〕日得他愛。〔末〕女蘿花。〔净〕纏的歪。〔末〕紫薇花。〔净〕癢的怪。〔末〕宜男花。〔净〕人美懷。〔末〕丁香花。〔净〕結半躧。〔末〕豆蔻花。〔净〕含着胎。〔末〕奶子花。〔净〕摸着奶。〔末〕梔子花。〔净〕知趣乖。〔末〕柰子花。〔净〕恣情柰。〔末〕枳殼花。〔净〕好處揩。〔末〕海棠花。〔净〕春困怠。〔末〕孩兒花。〔净〕呆笑孩。〔末〕姊妹花。〔净〕偏妬色。〔末〕水紅花。〔净〕了不開。〔末〕瑞香花。〔净〕誰要採？〔末〕旱蓮花。〔净〕憐再來。〔末〕石榴花。〔净〕可留得在？幾樁(一七)兒你自猜。哎！把天公無計策。你道爲甚麼流動了女裙釵？劃地裏牡丹亭，又把他杜鵑花魂魄灑。

〔末〕這花色花樣，都是天公定下來的，小神不過遵奉欽差(一八)，豈有故意勾人之理？且看多少女色，那有玩花而亡？〔浄〕你説自來女色，没有玩花而亡，數你聽着：

【寄生草】花把青春賣，花生錦繡災。有一箇夜舒蓮扯不住留仙帶，一箇海棠絲翦不斷香囊怪，一箇瑞香風趕不上非煙在。你道花容那箇玩花亡，可不道你這花神罪業隨花敗？

〔末〕花神知罪，今後再不開花了。〔浄〕花神，俺這裏已發落過花間四友，付你收管。這女囚慕色而亡，也貶在鶯燕隊裏去罷。〔末〕稟老判，此女犯乃夢中之罪，如曉風殘月；且他父親爲官清正，單生一女；可以耽饒。〔浄〕父親是何人？〔旦〕父親杜寶知府，今陞淮揚總制之職。〔浄〕千金小姐哩。也罷，杜老先生分上，當奏過天庭，再行議處。〔旦〕就煩恩官替女犯查查，怎生有此傷感之事？〔浄〕這事情，注在斷腸簿上。〔旦〕勞再查女犯的丈夫，還是姓柳姓梅？〔浄〕取婚姻簿查來。〔作背查介〕是有個柳夢梅，乃新科狀元也，妻杜麗娘，前係幽歡，後成明配，相會在紅梅觀中。不可泄漏。〔回介〕有此人，和你姻緣之分。我今放你出了枉死城，隨風遊戲，跟尋此人。〔末〕杜小姐，拜了老判。〔旦叩頭介〕拜謝恩官，重生父母！則俺那爹娘在揚州，可能彀一見？〔浄〕使得。

【么篇】他陽禄還長在，陰司數未該。噤煙花一種春無賴，近柳梅一處情無外，望椿萱一帶天無礙。則這水玻璃堆起望鄉臺，可哨見紙銅錢夜市揚州界。

花神，可引他望鄉臺隨意觀玩。〔旦隨末登臺望揚州哭介〕那是揚州，俺爹爹奶奶呵，待飛將去。〔末扯住介〕還不是你去的時節。〔浄〕下來聽分付：功曹，給一紙遊魂路引去；花神，休壞了他的肉身也。〔旦〕謝恩官！

【賺尾】[19]〔淨〕欲火近乾柴，且留的青山在。不可被雨打風吹日曬，則許你傍月依星將天地拜。一任你魂魄來回，脱了獄省的勾牌，接着活免的投胎。那花間四友你差排，叫鶯窺燕猜，倩蜂媒蝶採，敢守的那破棺星圓夢那人來。〔下〕

〔末〕小姐，回後花園去來。

醉斜烏帽髮如絲，盡日靈風不滿旗。
年年檢點人間事，爲待蕭何作判司。[20]

【校】

㈠ 程，朱墨、清暉、竹林三本俱作「桯」。

㈡ 肉，朱校本誤作「内」。

㈢ 線，文林、朱墨、朱校、清暉、竹林五本俱作「綫」。

㈣ 磨，文林本、朱墨本俱作「碓」。

㈤ 史，文林本、朱墨本俱作「吏」。

㈥ 肉，竹林本誤作「内」。

㊆待，文林、朱墨、清暉三本俱誤作「侍」。

㊇判，文林本、朱墨本俱作「刑」。

㊈史，文林、朱墨、清暉、獨深、竹林五本俱作「吏」。

㊉「卯」字下，朱墨本有「生」字。

⑪做，文林、朱墨、清暉、獨深、竹林五本俱作「走」。

⑫豈，朱墨、朱校、清暉三本俱作「世」。

⑬「誤」字上，朱墨本、朱校本俱有「迷」。

⑭「花」字下原有「滾」字，衍，據格正、葉譜删。

⑮了，朱校本作「子」。

⑯數着你那胡弄的花色兒來，原誤作小字白語，據文林本、朱墨本、葉譜改作大字曲文。

⑰椿，原誤作「莊」，據文林、朱墨、朱校三本改。

⑱差，朱墨、朱校、清暉、竹林四本俱作「依」。

⑲賺尾，格正作「賺煞」，葉譜作「煞尾」。

⑳下場詩，朱校本首句上有「末」字，二句上有「旦」字，三句上有「净」字，四句上有「合」字。案：其時净已下場，净，疑是「末」字之誤。

第二十四齣　拾畫

【金瓏璁】㊀〔生上〕驚春誰似我？客途中都不問其他。風吹綻蒲桃褐，雨淋殷杏子羅。今日晴和，曬衾單兀自有殘雲涴。

脈脈梨花春院香，一年愁事費商量。不知柳思能多少？打迭腰肢鬭沈郎。小生卧病梅花觀中，喜得陳友知醫，調理痊可。則這幾日間，春懷鬱悶，何處忘憂？早是老姑姑到㊁也。

【一落索】㊂〔浄上〕無奈女冠何，識的書生破。知他何處夢兒多？每日價欠伸千個。

秀才安穩！〔生〕日來病患較些，悶坐不過，偌大梅花觀，少甚園亭消遣。〔浄〕此後有花園一座，雖然亭榭荒蕪，頗有寒㊃花點綴。則留散悶，不許傷心。〔生〕怎的得傷心也？〔浄歎介〕是這般説，你自去遊便了。從西廊轉畫牆而去，百步之外，便是籬門；三㊄里之遥，都爲池館。你盡情玩賞，竟日消停，不索老身陪去也。名園隨客到，幽恨少人知。〔下〕〔生〕既有後花園，就此迤邐而去。〔行介〕這是西廊下了。〔行介〕好個葱翠的籬門，倒了半架。〔歎介〕【集唐】憑闌仍是玉闌干，四面牆垣不忍看。想得當時好風月，萬條烟罩一時乾。〔到介〕呀！偌大一個園子也。

【好事近】㊅則見風月暗消磨，畫牆㊆西正南側左。〔跌介〕蒼苔滑擦，倚逗着斷垣低垛。因何，蝴蝶門兒落合？原來以前遊客頗盛，題名在竹林之上。客來過年月偏多，刻畫盡琅玕千個。咳！早則是寒花繞砌，荒草成窠。

怪哉！一個梅花觀女冠之流，怎起的這座大園子？好疑惑也。便是這（八）流水呵，

【錦纏道】門兒鎖，放着這武陵源一座。恁好處教頹墮，斷煙中，見水閣摧殘，畫船抛躲，冷鞦韆尚挂下裙拖。又不是曾經（九）兵火，似這般狼藉呵，敢斷腸人遠，傷心事多？待不關情麽，恰湖山石畔留着你打磨陀。

好一座山子哩！〔窺介〕呀，就裏一個小匣兒，待把左側一峯靠着，看是何物？〔作石倒介〕呀，是個檀香匣兒。〔開匣看畫介〕呀，一幅觀世音喜相，善哉！善哉！待小生捧到書館，頂禮供養，强如埋在此中。

【千秋歲】〔捧匣（一〇）回介〕小嵯峨，壓的旃檀合，便做了好相觀音俏樓閣。片石峯前，那片石峯前，多則是，飛來石三生因果。請將去，鑪煙上過。頭納地，添燈火，照的他慈悲我。俺這裏盡情供養，他於意云何？

〔到介〕到了觀中，且安置閣兒上，擇日展禮。〔浄上〕柳相公多早了？

【尾聲】〔生〕姑姑，一生爲客恨情多，過冷澹園林日午矬。老姑姑，你道不許傷心，你爲俺再尋一個定不傷心何處可？

僻居雖愛近林泉，　早是傷春夢雨天。

何處貌[一二]將歸畫府，　三峯花半碧堂懸。[一三]

【校】

[一] 金瓏璁，格正、葉譜俱題作金馬兒，謂金瓏璁犯風馬兒。

[二] 到，朱校本作「回」。

[三] 一落索，格正、葉譜俱題作卜算仙。格正謂番卜算犯鵲橋仙，葉譜謂卜算子犯鵲橋仙。實則番卜算與卜算子首兩句句格是相同的。

[四] 寒，朱校本作「閑」。下好事近「寒花」同。

[五] 三，朱校本作「半」。

[六] 好事近，格正、葉譜俱題作顏子樂，謂泣顏回（即好事近）犯刷子序、普天樂。

[七] 牆，文林本、朱墨本俱作「橋」。

[八] 「這」字下，朱墨、清暉、獨深、竹林四本俱有「灣」字。

[九] 曾經，原誤作「經曾」，據文林、朱墨、朱校、清暉四本改。竹林本作「會經」。

[一〇] 匣，原作「合」，據朱墨本改。

[一一] 貌，原作「邈」，據朱校本改。

[一二] 下場詩，朱校本一、三兩句上有「生」字，二句上有「凈」字，四句上有「合」字。

第二十五齣　憶女

【玩仙燈】〔貼上〕覩物懷人，人去物華銷盡。道的個仙果難成，名花易隕。㈠〔歎介〕恨蘭昌殉葬無因，收拾起燭灰香燼。

自家杜府春香是也，跟隨公相夫人到揚州。小姐去世，將次三年。俺看老夫人那一日不作念，那一日不悲啼。縱然老相公暫時寬解，怎散真愁？莫説老夫人，便是俺春香，想起小姐平常恩養，病裏言詞，好不傷心也！今乃小姐生忌之辰，老夫人分付香燈，遥望南安澆奠。早已安排，夫人有請。

【前腔】〔老旦上〕地老天昏，没處把老娘安頓。思量起舉目無親，招魂有盡。〔哭介〕我的麗娘兒也，在天涯老命難存，割斷的肝腸寸寸。

【蘇幕遮】嶺雲沈，關樹杳。〔貼〕春思無憑，斷送人年少。〔老〕子母千迴腸斷繞，繡夾書囊，尚帶餘香裊。〔貼〕瑞烟清，銀燭皎。〔老〕繡佛靈辰，血淚風前禱。〔哭介〕〔合〕萬里招魂魂可到？則願的人天，淨處超生早。〔老〕春香，自從小姐亡後，俺皮骨空存，肝腸痛盡。但見他讀殘書本，繡罷花枝；斷粉零香，餘簪棄履；觸處無非淚眼，見之總是傷心。算來一去三年，又是生辰之日。心香奉佛，淚燭澆天。分付安排，想已齊備。〔貼〕夫人，就此望空頂禮。〔老拜介〕【集唐】微香冉冉淚

娟娟，酒滴灰香㈡似去年。四尺孤墳何處是？南方㈢歸去再生天。杜安撫之妻甄氏，敬爲亡女生辰，頂禮佛爺。願得杜麗娘皈依佛力，早早生天。〔起介〕春香，禱告了佛王，不免將此茶飯，澆奠小姐。

【香羅帶】麗娘何處墳？問天難問。㈣夢中相見得眼兒昏，則聽的叫娘的聲和韻也。驚跳起，猛回身，則見陰風幾陣殘燈暈。〔哭介〕俺的麗娘人兒也，你怎抛下的萬里無兒白髮親？〔貼拜介〕

【前腔】名香叩玉真，受恩無盡㈤，賞春香還是你舊羅裙。〔起介〕小姐臨去之時，分付春香，長叫喚一聲。今日叫他小姐，小姐呵，叫的一聲聲小姐可曾聞也？〔老旦貼哭介〕〔合〕想他那情切，那傷神，恨天天生割斷俺娘兒直恁忍。〔貼回介〕俺的小姐人兒也，你可還向這舊宅裏重生何處身？

〔跪介〕稟老夫人：人到中年，不堪哀毀。小姐難以生易死，夫人無以死傷生。且自調養尊年，與老相公同享富貴。〔老哭介〕春香，你可知老相公年來因少男兒，常有娶小之意。止因小姐承歡膝下，百事因循。如今小姐喪亡，家門無託，俺與老相公悶懷相對，何以爲情？天呵！〔貼〕老夫人，春香愚不諫賢，依夫人所言，既然老相公有娶小之意，不如順他，收下一房，生子爲便。〔老〕春香，你見人家庶出之子，可如親生？〔貼〕春香但蒙夫人收養，尚且非親是親；夫人肯將庶出看成，豈不無子有子？〔老〕好話！好話！

曾伴殘娥㈥到女兒，　白楊今日幾人悲？

須知此恨消難得，　淚滴寒塘蕙草時。㈦

【校】

㈠隕，文林本、朱墨本俱作「殞」；竹林本誤作「唄」。

㈡灰香，原誤作「香灰」，據陸龜蒙原詩改（見甫里先生文集卷十一和初冬偶作）。

㈢方，文林本、朱墨本俱作「安」。

㈣問天難問，文林本、朱墨本俱作「愁腸怎論」。

㈤受恩無盡，文林本、朱墨本俱作「生來受恩」。

㈥娥，朱校本作「蛾」。

㈦下場詩，朱校本一、三兩句上有「老」字，二句上有「貼」字，四句上有「合」字。

第二十六齣　玩真

〔生上〕芭蕉葉上雨難留，芍藥梢頭風欲收。畫意無明偏着眼，春光有路暗擡頭。小生客中孤悶，閒遊後園，湖山之下，拾得一軸小畫，似是觀音大士，寶匣莊嚴。風雨淹旬，未能展視，且喜今日晴和，瞻禮一會。〔開匣展畫介〕

【黄鶯兒】秋影挂銀河，展天身自在波㈠，諸般好相能停妥。他真身在補陀，咱海南人遇他。〔想介〕甚威光不上蓮花座？再延俄，怎湘裙直下，一對小淩波？是觀音，怎一對小脚兒？待俺端詳一會。

【二郎神慢】㈡些兒個，畫圖中影兒則度。着了，敢誰書館中弔下幅小嫦娥？畫的這傳停倭妥。是嫦娥，一發該頂戴了。問嫦娥折桂人有我？可是嫦娥，怎影兒外没半架㈢祥雲托？樹皴兒又不似桂叢花瑣。不是觀音，又不是嫦娥，人間那得有此？成驚愕，似曾相識，向俺心頭摸。㈣

待我瞧，是畫工臨的，還是美人自手描的？

【鶯啼序】問丹青何處嬌㈤娥？片月影光生豪㈥末。似恁般一個人兒，早見了百花低躲。總天然意態難模，誰近得把春雲淡破？想來畫工怎能到此？多敢他，自己能描

會脱。

且住，細觀他幀首之上，小字數行。〔看介〕呀，原來絶句一首。〔念介〕近覩分明似儼然，遠觀自在若飛仙。他年得傍蟾宫客，不在梅邊在柳邊。呀，此乃人間女子行樂圖也。何言不在梅邊在柳邊？奇哉怪事哩！

【集賢賓】望關山梅嶺天一抹，怎知俺柳夢梅過？得傍蟾宫知怎麼？待喜呵端詳停和，俺姓名兒㈦直麽？費㈧嫦娥定奪。打麽訶，敢則是夢魂中真個。

好不回盼小生。

【黄鶯兒】空影落纖蛾㈨，動春蕉散㈩綺羅，春心只在眉間鎖。春山翠拖，春煙淡和，相看四目誰輕可？恁横波，來迴顧影，不住的眼兒睃。

欲怎半枝青梅在手？活似提掇小生一般。

【鶯啼序】⑪他青梅在手詩細哦，逗春心一點蹉跎。小生待畫餅充飢，小姐似望梅止渴。小姐，小姐，未曾開半點么⑫荷，含笑處朱脣淡抹。暈情多，如愁欲語，只少口氣兒呵。

小娘子畫似崔徽，詩如蘇蕙，行書逼真衛⑬夫人。小子雖則典雅，怎到得這小娘子？驀地相逢，不免步韻一首。〔題介〕丹青妙處卻天然，不是天仙即地仙。欲傍蟾宫人近遠，恰些春在柳梅邊。

【簇御林】他能綽斡，會寫作，秀入江山人唱和。待小生狠狠叫他幾聲：美人！美人！姐姐！姐姐！向真真啼血你知麼？叫的你噴嚏㈣似天花唾。動㈤凌波，盈盈欲下，不見㈥影兒那。

咳，俺孤單在此，少不得將小娘子畫像，早晚玩之，拜之，叫之，贊之。

【尾聲】拾的個人兒先慶賀，敢柳和梅有些瓜葛？小姐，小姐，則怕㈦你有影無形看殺我。

不須一向恨丹青，　堪把長懸在户庭。
惆悵題詩柳中隱，　添成春醉轉難醒。

【校】

㈠自在波，文林本、朱墨本俱作「叫佛囉」。

㈡二郎神慢，格正題作二鶯兒，謂二郎神犯黄鶯兒。

㈢架，朱墨、朱校、清暉、獨深、竹林五本俱作「朵」。

㈣向俺心頭摸，文林本、朱墨本俱作「暗地把心摸」。

㈤嬌，文林本、朱墨本俱作「美俊」。

㈥生豪，文林本、朱墨本俱作「現毫」。

⑦俺姓名兒，文林本、朱墨本俱作「姓兒名字」。
⑧「費」字上，格正、葉譜俱有「恰恁地」三字。
⑨蛾，格正、葉譜俱作「娥」。
⑩散，文林本、朱墨本俱作「蘸」。
⑪鶯啼序，格正、葉譜俱題作鶯啼御林，謂鶯啼序犯簇御林。序，文林本、朱墨本俱誤作「兒」。
⑫么，原誤作「麽」，據文林、朱墨、朱校、獨深四本改。
⑬衛，原誤作「魏」，據朱校本改。
⑭噎，原誤作「啑」，據文林、朱墨、清暉三本改。
⑮動，文林本、朱墨本俱作「漾」。
⑯「不見」上，文林本、朱墨本俱有「全」字。
⑰怕，朱校本作「被」。

第二十七齣　魂遊

【掛真兒】〔淨石道姑上〕臺殿重重春色上，碧雕闌映帶銀塘。撲地香騰，歸天磬響，細展度人經藏。

【集唐】幾年紅粉委黃泥，十二峯頭月欲低。折得玫瑰花一朵，東風吹上窈娘堤。俺老道姑，看守杜小姐墳庵，三年之上。擇取吉日，替他開設道場，超生玉界。早已門外竪立招旛，看有何人來到？

【太平令】〔貼小道姑丑徒弟上〕嶺路江鄉，一片彩雲扶月上，羽衣青鳥閒來往。〔丑〕天晚，梅花觀歇了罷。〔貼〕㊀南枝外有鵲爐香。

小道姑乃韶陽郡碧雲庵主是也。遊方到此，見他莊嚴旛引，榜㊁示道場。恰好登壇，共成好事。〔見介〕【集唐】〔貼〕大羅天上柳烟含，〔淨〕你毛節朱旛倚石龕。〔貼〕見向溪山求住處，〔淨〕好哩，你半垂檀袖學通參。小姑姑，從何而至？〔貼〕從韶陽郡來，暫此借宿。〔淨〕西頭房兒，有個嶺南柳相公養病，則下廂房可矣。〔貼〕多謝了！敢問今夕道場，爲何而設？〔淨歎介〕則爲杜衙小姐去三年，待與招魂上九天。〔貼〕這等呵，清醮壇場今夜好，敢將香火助真仙。〔淨〕這等卻好。〔內鳴鐘鼓介〕〔衆〕請老師兄拈香。〔淨〕南斗注生真妃，東岳受生夫人殿下：〔拈香拜介〕

【孝南歌】㊂鑽新火，點妙香，虔誠爲因杜麗娘。〔衆拜〕香靄繡旛幢，細樂風微颺。㊃仙真呵，威光無量，把一點香魂，早度人天上。怕未盡凡心，他再作人身想。做兒郎，做女郎，願他永成雙，再休似少年亡。

〔淨〕想起小姐生前愛花而亡，今日折得殘梅，安在淨瓶供養。〔拜神主介〕

【前腔】瓶兒淨，春凍陽，殘梅半枝紅蠟㊄裝。小姐呵，你香夢與誰行，情㊅神忒孤往。〔衆〕老師兄，你説淨瓶像什麽？殘梅像什麽？〔淨〕這瓶兒空像，世界包藏，身似殘梅樣。有水無根，尚作㊆餘香想。〔衆〕小姐，你受此供呵，教你肌骨涼，魂魄香。肯回陽，再住這梅花帳？

〔内風響介〕〔淨〕奇哉！怪哉！冷窣窣一陣風打旋也。〔内鳴鐘介〕〔衆〕這晚齋時分，且喫了齋，收拾道場。正是：曉鏡拋殘無定色，晚鐘敲斷步虚聲。〔衆下〕

【水紅花】〔魂旦作鬼聲掩袖上〕則下得望鄉臺如夢俏魂靈，夜熒熒，墓門人静。〔内犬吠〕〔旦驚介〕原來是賺花陰小犬吠春星，冷冥冥，梨花春影。呀，轉過牡丹亭，芍藥闌，都荒廢盡。爹娘去了三年也。〔泣介〕傷感煞斷垣荒逕，望中何處也㊇鬼燈青？〔聽介〕兀的㊈有人㊉聲也囉。

【添字昭君怨】昔日千金小姐，今日水流花謝。這淹淹惜惜杜陵花，太虧他。生性獨行無那，此

夜星前一個。生生死死爲情多，奈情何？奴家杜麗娘女魂是也。只爲癡情慕色，一夢而亡。湊的十殿[二]閻君，奉旨裁革，無人發遣，女監三年。喜遇老判哀憐放假，趁此月明風細，隨喜一番。呀！這是書齋後園，怎做了梅花庵觀？好感傷[三]人也！

【小桃紅】咱一似斷腸人和夢醉初醒，誰償咱殘生命也？雖則鬼叢中，姊妹不同行，窣地的把羅衣整。這影隨形，風沈露，雲暗斗，月勾星，都是我魂遊境也。到的這花影初更，〔内作丁冬聲〕〔旦驚介〕一霎價心兒瘮，原來是弄風鈴臺殿冬丁。

好一陣香也！

【下山虎】我則見香煙隱隱，燈火熒熒。呀，鋪了些雲霞嶝，不由人打個讔掙。是那位神靈？原來是東岳夫人，南斗真妃。〔稽首介〕仙真，仙真，杜麗娘鬼魂稽首。魆魆地投明證明，好替俺朗朗的超生注生。再看這青詞上，原來就是石道姑在此住持。一壇齋意，度俺生天。道姑，道姑，我可也生受你呵！再瞧這浄瓶中，咳，便是俺那塚上殘梅哩。梅花呵，似俺杜麗娘半開而謝，好傷情也。則爲這斷鼓零鐘金字經，叩動俺黄粱[三]境。俺向這地坼裏梅根迸幾程，透出些兒影。〔泣介〕姑姑們這般志誠，若不留些蹤跡[四]，怎顯的俺鑒知他？就將梅花散在經臺之上。〔散花介〕抵[五]甚麽一點香銷萬點情。

想起爹娘何處？春香何處也？呀，那邊廂有沈吟叫喚之聲，聽怎[六]來？〔内叫介〕俺的姐姐呵！俺

的美人呵！〔旦驚介〕誰叫誰也？再聽。〔內又叫介〕〔旦歎介〕

【醉歸遲】生和死孤寒命，有情人叫不出情人應，爲甚麽不唱出你可人名姓？似俺孤魂獨趁，待誰來叫喚俺一聲？不分明無倒斷，再消(一七)停。〔內又叫介〕咳咳！敢邊廂甚麽書生，睡夢裏語言胡哩。

【黑麻令】(一八)不由俺無情有情，湊着叫的人，三聲兩聲，冷惺忪紅淚飄零。呀，怕不是夢人兒，梅卿柳卿？俺記着這花亭水亭，趁的這風清月清。則這鬼宿前程，盼得上三星四星。

呀，待即行尋趁，奈斗轉參横，不敢久停呵，

【尾聲】爲什麽閃摇摇春殿燈？〔內叫介〕殿上響動。〔丑虛上望介〕〔又作風起介〕〔旦〕一弄兒繡旛飄迴，則這幾點落花風是俺杜麗娘身後影。

〔作鬼聲下〕〔丑打照面驚叫介〕師父們快來！快來！〔浄貼驚上〕怎的大驚小怪？〔丑〕則這燈影熒煌，躲着瞧時，見一位女神仙，袖拂花旛，一閃而去。怕也！怕也！〔浄〕怎生模樣？〔丑打手勢介〕這多高，這多大，俊臉兒，翠翹金鳳，紅裙緑襖，環珮玎璫，敢是真仙下降？〔浄〕咳，這便是杜小姐生時樣子，敢是他有靈活現？〔貼〕呀，你看經臺之上，亂糝梅花，奇也！異也！大家再祝識(一九)他一番。

【憶多嬌】〔衆〕風滅了香，月倒廊。閃閃屍屍魂影兒涼，花落在春宵情易傷。願你早

度天堂，早度天堂，免留滯他鄉故鄉。

〔貼〕敢問杜小姐爲何病亡？以何緣故⑳，而來出現？

【尾聲】〔淨〕休驚恍，免問當，收拾起樂器經堂。你聽波㉑：兀的冷窣窣珮環風還在迴廊那邊響。

心知不敢輒形相，欲話因緣恐斷腸。
若使春風會人意，也應知有杜蘭香。㉒

【校】

㊀ 原無「貼」字，據文林本補。

㊁ 榜，朱墨本作「廣」。

㊂ 孝南歌，格正、葉譜俱題作孝南枝，謂孝順歌犯鎖南枝。

㊃ 細樂風微颺，文林本、朱墨本俱作「仙音轉嘹亮」。

㊄ 蠟，朱墨、清暉、獨深、竹林四本俱誤作「臘」。

㊅ 情，文林本、朱墨本俱作「精」。

㊆ 作，文林本、朱墨本俱作「有」。

⑧望中何處也，文林本、朱墨本俱作「望掩映」。
⑨〔聽介〕兀的，清暉、獨深、竹林三本俱作「聽兀的」。
⑩「有人」上，文林本、朱墨本俱有「何處」二字。
⑪殿，文林、朱墨、朱校、獨深、竹林五本俱作「地」。
⑫感傷，朱墨本、朱校本俱作「傷感」。
⑬粱，朱墨、獨深、竹林三本俱誤作「梁」。
⑭跡，朱墨、朱校、清暉、竹林四本俱作「影」。
⑮「抵」字上，朱墨本有「咳這花呵」四字白語。
⑯怎，原誤作「再」，據朱墨、朱校、清暉、獨深、竹林五本改。
⑰消，原誤作「俜」，據朱校本改。
⑱原無黑麻令曲牌名，將此曲誤拼入醉歸遲，今據格正、葉譜析出。
⑲讖，朱校本作「讚」。
⑳緣故，文林、朱墨、朱校三本俱作「因緣」。
㉑波，獨深本誤作「彼」。
㉒下場詩，朱校本首句上有「浄」字，二句上有「貼」字，三句上有「丑」字，四句上有「合」字。

第二十八齣　幽媾

【夜行船】〔生上〕瞥下天仙何處也？影空濛似月籠沙。㈠有恨徘徊，無言窨約，早是夕陽西下。

一片紅雲下太清，如花巧笑玉娉婷。憑誰畫出生香面？對俺偏含不語情。小生自遇春容，日夜想念。這更闌時節，破些工夫，吟其珠玉，玩其精神。倘然夢裏相親，也當春風一度。〔展畫玩介〕呀，你看美人呵，神含欲雨，眼注微波。真乃落霞與孤鶩齊飛，秋水共長天一色。

【香遍滿】晚風吹下，武陵溪邊一縷霞，出託㈡個人兒風韻殺。净無瑕㈢，明窗新絳紗。丹青小畫叉㈣，把一幅肝腸掛。

小姐，小姐，則被你想殺俺也。

【懶畫眉】輕輕怯怯一個女嬌娃，楚楚臻臻像個宰相衙。想他春心無那對菱花，含情自把春容畫，可想到有個拾翠人兒也逗着他？

【二犯梧桐樹】㈤他飛來似月華，俺拾的愁天大。常時夜夜對月而眠，這幾夜呵，幽佳㈥，嬋娟隱映的光輝殺。教俺迷留没㈦亂的心嘈雜，無夜無明怏着他。若不爲擎奇怕涴的丹青亞，待抱着你影兒橫榻。

想來小生定是有緣也，再將他詩句朗誦一番。〔念詩介〕

【浣沙溪】拈詩話，對會家，柳和梅有分兒些。他春心迸出湖山罅，飛上煙綃萼緑華。則是禮拜他便了。〔拈香拜介〕傒幸殺，對他臉暈眉痕心上掐，有情人不在天涯。

小生客居，怎勾姐姐風月中片時相會也？

【劉潑帽】恨單條不惹的雙魂化，做個畫屏中倚玉蒹葭。小姐呵，你耳朵兒雲鬢月侵芽，可知他一些些，都聽的俺傷情話？

【秋夜月】堪笑咱，説的來如戲耍。他海天秋月雲端掛，煙空翠影遥山抹。只許他伴人清暇，怎教人挑達？

【東甌令】俺如念呪，似説法，石也要點頭天雨花。怎虔誠不降的仙娥下？是不肯輕行踏。〔内作風起〕〔按住畫介〕待留仙怕殺風兒刮，黏嵌着錦邊牙。

怕刮損他，再尋個高手臨他一幅兒。

【金蓮子】問嘖牙，怎能勾他威光水月生臨榻？怕有處相逢他自家，則問他許多情，與春風畫意再無差。

再把燈㊇細看他一會。〔照介〕

【隔尾】敢人世上似這天真多則假？〔内作風吹燈介〕〔生〕好一陣冷風襲人也，險些兒誤丹青風影落燈花。罷了，則索睡掩紗窗去夢他。

〔生睡介〕〔魂旦上〕泉下⑨長眠夢不成，一生餘得許多情。魂隨月下丹青引⑩，人在風前歎息聲。妾身杜麗娘鬼魂是也。爲花園一夢，想念而終。當時自畫春容，埋于太湖石下，題有：他年得傍蟾宮客，不是梅邊是柳邊。誰想遊魂觀中，幾晚聽見東房之内，一個書生，高聲低叫：俺的姐姐，俺的美人。那聲音哀楚，動俺心魂。悄然驀入他房中，則見高掛起一軸小畫，細玩之，便是奴家遺下春容。後面和詩一首，觀其名字，則嶺南柳夢梅也。梅邊柳邊，豈非前定乎？因而告過了冥府判君，趁此良宵，完其前夢。想起來好苦也！

【朝天懶】⑪怕的是粉冷香銷泣絳紗，又到的高唐館，玩月華。猛回頭羞颯髻兒鬖，自擎拿。呀，前面是他房頭了。怕桃源路徑行來詫，再得俄旋試認他。

〔生睡中念詩介〕他年若傍蟾宮客，不是梅邊是柳邊。我的姐姐呵。〔旦聽打悲介〕

【前腔】是他叫喚的傷情咱淚雨麻，把我殘詩句，沒争差。難道還未睡⑫呵？〔瞧介〕〔生又叫介〕〔旦〕他原來睡屏中作念猛嗟呀，省諠譁。我待敲彈翠竹窗櫳下，〔生作驚醒⑬叫姐姐介〕〔旦悲介〕待展香魂去近他。

〔生〕呀，户外敲竹之聲，是風？是人？〔旦〕有人。〔生〕這咱時節有人，敢是老姑姑送茶？免勞了。〔旦〕不是。〔生〕敢是遊方的小姑姑麽？〔旦〕不是。〔生〕好怪，好怪，又不是小姑姑，再有誰？待

我啓門而看。〔開門看介〕

【玩仙燈】呀，何處一嬌娃，豔非常使人驚詫。㈣

〔旦作笑閃入〕〔生急掩門〕〔旦斂衽整容見介〕秀才萬福！〔生〕小娘子到來。敢問尊前何處？因何夤夜至此？〔旦〕秀才，你猜來。

【紅衲襖】〔生〕莫不是莽張騫犯了你星漢槎？莫不是小梁清夜走天曹罰？〔旦〕這都是天上仙人，怎得到此？〔生〕是人家彩鳳暗隨鴉？〔旦搖頭介〕〔生〕敢甚處裏綠楊曾繫馬？〔旦〕不曾一面。〔生〕若不是認陶潛眼挫的花？敢則是走臨邛道數兒差？〔旦〕非差。〔生〕想是求燈的，可是你夜行無燭也，因此上待要紅袖分燈向碧紗？

【前腔】〔旦〕俺不爲度仙香空散花，也不爲讀書燈閒濡蠟。俺不似趙飛卿舊有瑕，也不似卓文君新守寡。秀才呵，你也曾隨蝶夢迷花下，〔生想介〕是當初曾夢來。〔旦〕俺因此上弄鶯簧㈤赴柳衙。若問俺妝臺何處也？不遠哩，剛則在宋玉東鄰第幾家。

〔生作想介〕是了。曾後花園轉西，夕陽時節，見小娘子走動哩。〔旦〕便是了。〔生〕家下有誰？㈥

【宜春令】〔旦〕斜陽外，芳草涯，再無人有伶仃的爹媽。奴年二八，没包彈風藏葉裏花。㈦爲春歸惹動嗟呀，瞥見你風神俊雅。無他㈧，待和你翦燭臨風㈨，西窗閒話。

〔生背介〕奇哉！奇哉！人間有此豔色。夜半無故而遇明月之珠，怎生發付？

【前腔】他驚人豔，絶世佳，閃一笑風流銀蠟。[20]月明如乍，問今夕何年星漢槎？[21]金釵客寒夜來家，玉天仙人間下榻。〔背介〕知他，知他是甚宅眷的孩兒？這迎門調法。[22]

待小生再問他：〔回介〕小娘子夤夜下顧小生，敢是夢也？〔旦笑介〕不是夢，當真哩。還怕秀才未肯容納。〔生〕則怕未真，果然美人見愛，小生喜出望外，何敢卻乎？〔旦〕這等，真個盼着你了。

【耍鮑老】[23]幽谷寒涯，你爲俺催花連夜發。俺全然未嫁，你個中知察，拘惜的好人家。牡丹亭嬌恰恰，湖山畔羞答答。讀書窗，淅喇喇，良夜省陪茶，清風明月知無價。

【滴滴金】[24]〔生〕俺驚魂化，睡醒時涼月些些。陡地榮華，敢則是夢中巫峽？虧殺你走花陰不害些兒怕，點蒼苔不溜些兒滑。背萱親不受些兒嚇，認書生不着些兒差。你看斗兒斜，花兒亞，如此夜深花睡罷。笑咖咖，吟哈哈，風月無加。把他豔軟香嬌做意兒耍，下的虧他，便虧他則半霎。

〔旦〕妾有一言相懇，望郎恕責。〔生笑介〕賢卿有話，但説無妨。〔旦〕妾千金之軀，一旦付與郎矣。勿負奴心，每夜得共枕席，平生之願足矣。〔生笑介〕賢卿有心戀于小生，小生豈敢忘于賢卿乎？〔旦〕還有一言：未至雞鳴，放奴回去。秀才休送，以避曉風。〔生〕這都領命。只問姐姐貴姓芳名？

【意不盡】〔旦歎介〕少不得花有根元玉有芽，待説時惹的風聲大。〔生〕以後准望賢卿逐夜而來。〔旦〕秀才，且和俺點勘春風這第一花。

浩態狂香昔未逢，月斜樓上五更鐘。
朝雲夜入無雲處，神女知來第幾峯。㉕

【校】

㊀ 沙，格正、葉譜俱作「紗」。

㊁ 託，朱校本作「落」。

㊂ 淨無瑕，文林本、朱墨本俱作「光輝没點瑕」。

㊃ 叉，原誤作「又」，據格正改。

㊄ 二犯梧桐樹，格正題作梧下新郎，謂擊梧桐犯梧桐樹、賀新郎。葉譜題作雙梧鬥五更，謂金梧桐犯鬥寶蟾、梧桐樹、五更轉。

㊅ 佳，文林本、朱墨本俱作「雅」。

㊆ 原無「没」字，據文林、朱墨、朱校三本補。

㊇ 「把燈」下，朱校本有「踢起」二字。案：踢，應作「剔」。

㊈ 下，朱墨本作「户」。

㊉ 引，文林本、朱墨本俱作「影」。

⑪ 朝天懶，格正題作花郎戲畫眉，謂福馬郎犯水紅花、懶畫眉。

㉒睡，朱墨本作「醒」。

㉓生作驚醒，生，原誤作「内」，據獨深本改；文林本、朱墨本俱作「内作驚生醒」。

㉔玩仙燈，格正題作金雞叫。案：此是金雞叫首兩句，下面省去三句。

㉕簧，朱校本作「黄」。

㉖「〔生〕家下有誰」，文林本、朱墨本俱在下曲「奴年二八」句之上。

㉗「再無人」三句，文林本、朱墨本俱作：「溜秋波掩花陰是咱。〔生〕家下有誰？〔旦〕奴年二八，伶仃只有爹和媽。」

㉘朱校本奪「無他」二字一句。

㉙臨風，文林本、朱墨本俱作「燃香」。

㉚「閃一笑」句，文林本、朱墨本俱作「下星橋盈盈翠華」。

㉛「問今夕」句，文林本、朱墨本俱作「漫迎風一笑流銀蠟」。

㉜迎門調法，文林本、朱墨本俱作「撞門兜搭」。

㉝耍鮑老，格正、葉譜俱題作金馬樂，謂駐馬聽犯普天樂、滴滴金。

㉞滴滴金，格正、葉譜俱題作雙棹入江泛金風，謂川撥棹犯江兒水、刮地風、雙聲疊韻、滴滴金。文林本、朱墨本俱題作滴金犯。

㉟下場詩，朱校本一、四兩句上有「生」字，二、三兩句上有「旦」字。

第二十九齣　旁疑

【步步嬌】〔浄扮老道姑上〕女冠兒生來出家相，無對向没生長。守着三清像㈠，換水添香，鐘鳴鼓響。赤緊的是那走方娘，弄虚花扯閒帳。㈡

世事難拚一個信，人情常帶三分疑。杜老爺爲小姐剏下這座梅花觀，着俺看守，三年水清石見，無半點瑕疵。止因陳教授老狗，引下個嶺南柳秀才，東房養病，前幾日到後花園回來，悠悠漾漾的，着鬼着魅一般，俺已疑惑了。湊着個韶陽小道姑，年方念㈢八，頗有風情，到此雲遊，幾日不去。夜來柳秀才房裏，唧唧噥噥，聽的似女兒聲息，敢是小道姑瞞着我，去瞧那秀才，秀才逆來順受了？俺且待他來，打覷他一番。

【前腔】〔貼扮小道姑上〕俺女冠兒俏的仙真樣，論舉止都停當。則一點情拋漾㈣，步斗風前，吹笙月上。〔歎介〕古來仙女定成雙，恁生來㈤寒乞相。

〔見介〕〔貼〕常無欲以觀其妙，〔浄〕常有欲以觀其竅。小姑姑，你昨夜遊方，遊到柳秀才房兒裏去，是竅？是妙？〔貼〕老姑姑，這話怎的起？誰看見來？〔浄〕俺看見來。

【剔銀燈】你出家人芙蓉淡妝，翦一片湘雲鶴氅。玉冠兒斜插笑生香㈥，出落的十分情况。斟量，敢則向書生夜窗，迤㈦逗的幽輝半牀。

〔貼〕向那個書生？老姑姑，這話敢不中哩！

【前腔】俺雖然年青⑧試妝，洗凡心冰壺月朗。你怎生剃落的人輕相？比似你半老的佳人停當。〔淨〕倒找⑨起俺來。〔貼〕你端詳，這女貞觀傍，可放着個書生話長。

〔淨〕哎也！難道俺與書生有帳？這梅花觀，你是雲遊道婆，他是雲遊秀才，你住的，偏他住不的？則是往常秀才夜靜高眠，則你到觀中，那秀才夜半開門，唧唧噥噥的，不共你説話，共誰來？扯你道録司告去！〔扯介〕〔貼〕便去！你將前官香火院，停宿外方游棍，難道偏放過你？〔扯介〕

【一封書】⑩〔末上〕閒步白雲除⑪，問柳先生何處居？扣梅花院主。⑫〔見扯介〕呀，怎兩個姑姑争施主？⑬玄牝同門道可道，怎不韞櫝而藏姑待姑？俺知道你是大姑，他是小姑，嫁的個彭郎港口無？

〔淨〕先生不知，聽的柳秀才半夜開門，不住的唧噥，俺好意兒問這小姑，敢是你共柳秀才講話哩？這小姑則答應着誰共秀才講話來便罷，倒嘴骨弄的，説俺養着個秀才。陳先生，憑你説，誰引這秀才來？扯他道録司明白去，俺是石的。〔貼〕難道俺是水的？〔末〕噤聲！壞了柳秀才體面。俺勸你：

【前腔】教你姑徐徐，撒⑭月招風實也虚。早則是者也之乎⑮，那柳下先生君子儒。到道録司牒你去俗還俗，敢儒流們笑你姑不姑？〔貼〕正是不雅相。〔末〕⑯好把冠子兒扶，水雲梳，裂了這仙衣四五銖。
〔淨〕便依說開手罷。陳先生喫個齋去。〔末〕待柳秀才在時又來。
【尾聲】清絕處，再踟躕。〔淚介〕咳，糝㊆東風窮淚撲疎疎。道姑，杜小姐墳兒可上去。
〔淨〕雨哩。〔末歎介〕則恨的鎖春寒這幾點杜鵑花下雨。〔下〕
〔淨貼弔場〕〔淨〕陳老兒去了。小姑姑好嚥。〔貼〕和你再打聽，誰和秀才說話來？

煙水何曾息世機，高情雅淡世間稀。
隴山鸚鵡能言語，亂向金籠說是非。㊅

【校】

㊀ 守着三清像，文林本、朱墨本俱作「三清坐法堂」。
㊁ 扯閒帳，朱墨本作「精扯空閑帳」。
㊂ 念，朱墨本作「二」。
㊃ 一點情拋漾，文林本、朱墨本俱作「情根一點長」。
㊄ 「生來」下，朱墨本有「瞀做」二字。
㊅ 笑生香，文林本、朱墨本俱作「妖嬈樣」。

⑦ 迤，朱校本作「拖」。
⑧ 青，原誤作「清」，據葉譜改。
⑨ 找，朱校本作「栽」。
⑩ 一封書，格正題作封書序，謂畫眉序犯一封書。
⑪ 閒步白雲除，文林本、朱墨本俱作「閑雲拂徑虚」。
⑫ 扣梅花院主，文林本、朱墨本俱作「尋梅院道姑」。
⑬ 争施主，文林本、朱墨本俱作「口骨都」。
⑭ 撒，朱墨本作「散」。
⑮ 者也之乎，文林本、朱墨本俱作「讀書」。
⑯ 原無「末」字，據朱墨本補；朱校本作「浄」，蓋誤。
⑰ 糝，朱校本作「慘」。
⑱ 下場詩，各本一、三兩句上俱有「浄」字，二、四兩句上俱有「貼」字。

第三十齣　歡撓

【搗練子】〔生上〕聽漏下，半更多，月影向中那，恁時節夜香燒罷麼？一點猩紅一點金，十個春纖十個針。只因世上美人面，改盡人間君子心。俺柳夢梅是個讀書君子，一味志誠。止因北上南安，湊着東鄰西子。嫣然一笑，遂成暮雨之來；未是五更，便逐曉風而去。今宵有約，未知遲早。正是：金蓮若肯移三寸，銀燭先教刻五分。則一件，姐姐若到，要精神對付他。偷盹一會，有何不可！〔睡介〕

【稱人心】〔魂旦上〕冥途掙挫，要死卻心兒無那。也則爲俺那人兒忒可，教他悶房頭守着閒燈火。〔入門介〕呀，他端然睡磕，恁春寒也不把繡衾來摸，多應他祗候着我。待叫醒他，秀才，秀才。〔生醒介〕姐姐，失敬也！〔起揖介〕

【雨中歸】㈠待整衣羅，遠遠相迎個。這二更天風露多，還則怕，夜深花睡麼。㈡〔旦〕秀才，俺那裏長夜好難過，纔着你無眠清坐。

〔生〕姐姐，你來的脚蹤兒恁輕，是怎的？【集唐】〔旦〕自然無跡又無塵，〔生〕白日尋思夜夢頻。〔旦〕行到窗前知未寢，〔生〕一心惟待月夫人。姐姐，今夜來的遲些。

【繡帶兒】〔旦〕㈢鎮消停不是俺閒情忒慢俄，那些兒忘卻俺歡哥？夜香殘迴避了尊親，繡牀偎收拾起生活。停脫，順風兒斜將金佩拖，緊摘離百忙的淡妝明抹。

〔生〕費你高情。則良夜無酒，奈何？〔旦〕都忘了，俺攜酒一壺，花果二色，在楯欄之上，取來消遣。〔旦出取酒果花上〕〔生〕生受了！是甚果？〔旦〕青梅數粒。〔生〕這花？〔旦〕美人蕉。〔生〕梅子酸似俺秀才，蕉花紅似俺姐姐。串飲一杯。〔共杯飲介〕

【白練序】〔旦〕金荷，斟香糯。〔生〕你醞釀春心玉液波，拚微酡，東風外翠香紅醱。〔旦〕也摘不下奇花果，這一點蕉花和梅豆呵，君知麽？愛的人全風韻，花有根科。

【醉太平】〔生〕細㊃哦，這子兒花朵，似美人憔悴，酸子情多。喜蕉心暗展，一夜梅犀點污。如何？酒潮微暈笑生渦，待噉着臉恣情的嗚嘬。些兒個，翠偃了情波。潤紅蕉點，香生梅唾。

【白練序】〔旦〕活潑，死騰那，這是第一所人間風月窩。昨宵個，微茫暗影輕羅。把勢兒忒顯豁，爲甚麽人到幽期話轉多？〔生〕好睡也。〔旦〕好月也。消停坐，不妬色㊄嫦娥，和俺人三個。

【醉太平】〔生〕無多，花影阿那。勸㊅奴奴睡也，睡也奴哥。春宵美滿，一煞暮鐘敲破。嬌娥，似前宵雨雲羞怯顫聲訛，敢今夜翠顰輕可？睡則那，把膩乳微搓，酥胸汗貼，細腰春鎖。

〔净貼悄上〕〔貼〕道可道，可知道。名可名，可聞名。〔生旦笑介〕〔貼〕老姑姑，你聽，秀才房裏有人，這不是俺小姑姑了？〔净作聽介〕是女人聲，快敲門去。〔敲門介〕〔生〕誰？〔净〕老道姑送茶。〔生〕夜深了。〔净〕相公房裏有客哩。〔生〕没有。〔净〕女客哩。〔生旦慌介〕怎好？〔净急敲門介〕相公，快開門，地方巡警，免的聲揚哩。〔生慌介〕怎了！怎了！〔旦笑介〕不妨，俺是鄰家女子，道姑不肯㊆休時，便與他一個勾引的罪名兒。

【隔尾】〔旦〕便開呵，須撒和，隔紗窗怎守的到參兒趓。|柳郎，則管鬆了門兒，俺影着這一幅美人圖那邊躲。

〔生開門〕〔旦作躲〕〔生將身遮旦〕〔净貼㊇搶進笑介〕喜也！〔生〕什麽喜？〔净前看〕〔生身攔介〕

【黄龍袞】㊈〔净貼〕⑩這更天一點鑼，仙院重門闔。何處嬌娥？怕惹的乾柴火。〔生〕你便打睃，有甚着科？是牀兒裏窩？箱兒裏那？袖兒裏閣？

〔净貼向前〕〔生攔不住〕〔内作風起〕〔旦閃下介〕〔生〕昏了燈也。〔净〕分明一個影兒，只這軸美女圖在此，古畫成精了。

【前腔】畫屏人踏歌，曾許你書生和。不是妖魔，甚影兒望風躲。相公，這是什麽畫？

〔生〕妙娑婆，秀才家隨行的香火。俺寂静裏⑪祈求。你莽邀⑫喝。

〔净〕是了。不説不知，俺前晚聽見相公房内啾啾唧唧，疑惑這小姑姑。俺如今明白了，相公，權留小姑姑伴話。〔生〕請了。

【尾聲】動不動道録司官了私和，則欺負俺不分外的書生欺別個。姑姑，這多半覺美䯨䯨則被你奚落煞了我。〔浄貼下〕

〔生笑介〕一天好事，兩個瓦剌姑，掃興！掃興！那美人呵，好喫驚也。

應陪秉燭夜深遊，惱亂春風卒未休。
大姑山遠小姑出，更憑飛夢到瀛洲。

【校】

㈠原無雨中歸曲牌名，將此曲混入稱人心，今據格正、葉譜析出。雨中歸爲犯調，謂梅子黄時雨犯醉中歸。

㈡夜深花睡麼，文林本、朱墨本俱作「夜深沈花睡麼、蝶無棲卧」二句。

㈢「旦」字下，文林本、朱墨本俱有「秀才你那曉得」白語一句。

㈣細，文林本、朱墨本俱作「還」。

㈤色，文林本誤作「好」。

㈥勸，原誤作「歡」，據文林、朱墨、清暉、獨深、竹林五本改。

㈦「不肯」下，各本俱有「干」字。
㈧原無「貼」字，據文林、朱墨、獨深、竹林四本補。
㈨黃龍衮，原題作「滚遍」，據格正、葉譜改。
㈩浄貼，原作「貼浄」，前後不一致。今正。
⑪「静裏」下，朱墨本、朱校本俱有「暗」字。
⑫邀，朱校本作「吆」。

第三十一齣　繕備

【番卜算】〔貼扮文官淨扮武官上〕邊海一邊江，隔不斷胡塵漲。維揚新築兩城牆，釃酒臨江上。

請了。俺們揚州府文武官寮是也。安撫杜老大人，爲因李全騷擾地方，加築外羅城一座，今日落成開宴，杜老大人早到也。〔衆擁外上〕

【前腔】三千客兩行，百二關重壯。〔文武迎介〕〔外〕維揚風景世無雙，直上層樓望。〔見介〕〔衆〕北門卧護要耆英，〔外〕恨少胸中十萬兵。〔衆〕天借金山爲底柱，〔外〕身當鐵甕作長城。揚州表裏重城，不日成就㊀，皆文武諸公士民之力。〔衆〕此皆老安撫遠略奇謀，屬官竊在下風，敢獻一杯，效古人城隅㊁之宴。〔外〕正好。且向新樓一望。〔望介〕壯哉城也！真乃江北無雙塹，淮南第一樓。〔衆〕請進酒。

【山花子】賀層城頓插雲霄敞，雉飛騰映壓寒江。據表裏山河一方，控長淮萬里金湯。〔合〕敵樓高窺臨女牆，臨風灑酒旌旆揚，怎㊂想起瓊花當年吹暗香？幾點新亭，無限滄桑。

〔外〕前面高起加霜似雪，四五十堆，是何山也？〔衆〕都是各場所積之鹽，衆商人中納。〔外〕商人何

在?〔末老旦扮商人上〕占種海田高白玉,掀翻鹽井横黄金。商人見。〔外〕商人麽?則怕早晚要動支兵糧,儹緊上納。

【前腔】這鹽呵,是銀山雪障連天晃,海煎成夏草秋糧。平看取鹽花竈場,儘支排中納邊商。〔合前〕

酒罷了。喜的廣有兵糧,則要衆文武關防如法。

【舞霓裳】〔衆〕文武官寮立邊疆,立㊃邊疆。休壞了這農桑士工商,士工商㊄敢大金家早晚來無狀,打貼起砲箭旗槍。聽邊聲風沙迭蕩,猛驚起,見蟠花戰袍舊邊將。

【紅繡鞋】〔衆〕吉日祭賽城隍,城隍。歸神謝土安康,安康。祭旗纛,犒軍裝。陣頭兒,誰抵當?箭眼裏,好遮藏。

【尾聲】〔外〕按三韜把六出旗門放,文和武肅静端詳,則等待海西頭動邊烽那一聲砲兒響。

　　夾城雲煖下霓旄,千里崤函一夢勞。
　　不意新城連嶂起,夜來冲斗氣何高!

【校】

㊀「皆」字上，文林本、朱墨本俱有「可喜此」三字。
㊁隅，竹林本誤作「偶」。
㊂怎，朱墨本、清暉本俱作「乍」。
㊃原無「立」字，據朱墨本補。
㊄原無「士工商」疊句，據文林本、朱墨本補。

第三十二齣　冥誓

【月雲高】㊀〔生上〕暮雲金闕，風旛淡搖拽。但聽得鐘聲絶，早則是心兒熱。紙帳書生，有分氳蘭麝。喒時還㊁早，蕩花陰單則把月痕遮，〔整燈介〕溜風光穩護着燈兒燁。〔笑介〕好書讀易㊂盡，佳人期未來。前夕美人到此，並不隄防姑姑攪攘。今宵趁他未來之時，先到雲堂之上，攀話一回，免生疑惑。〔作掩門行介〕此處㊃留人户半斜，天呵，俺那有心期在那些？〔下〕

【前腔】㊄〔魂旦上〕孤神害怯，佩環風定夜。〔驚介〕則道是人行影，原來是雲偷月。〔到介〕這是柳郎書舍了。呀，柳郎何處也？閃閃幽齋，弄影燈明滅。魂再豔燈油接，情一點燈頭結。〔歎介〕奴家和柳郎幽期，除是人不知，鬼都知道。〔泣介〕竹影寺風聲怎的遮？黄泉路夫妻怎當賒？

待説何曾説，如嚬不奈嚬。把持花下意，猶恐夢中身。奴家雖登鬼録，未損人身。陽禄將回，陰數已盡。前日爲柳郎而死。今日爲柳郎而生。夫婦分緣，去來明白。今宵不説，只管人鬼混纏，到甚時節？則怕説時，柳郎那一驚呵，也避不得了。正是：夜傳人鬼三分話，早定夫妻百歲恩。

【懶畫眉】〔生上〕畫闌㊅風擺竹横斜，〔内作鳥聲驚介〕驚鴉閃落在殘紅榭。㊆呀，門兒開也，玉天仙光降了紫雲車。〔旦出迎介〕柳郎來也。〔生揖介〕姐姐來也。〔旦〕剔燈花這喒望郎爺。㈧〔生〕直恁的志誠親姐姐。

〔旦〕秀才，等你不來，俺集下了唐詩一首。〔生〕洗耳。〔旦念介〕擬託良媒亦自傷，月寒山色兩蒼蒼。不知誰唱春歸曲？又向人間魅阮郎。〔生〕姐姐高才。〔旦〕柳郎，這更深何處來也？〔生〕昨夜被姑姑敗興，俺乘你未來之時，去姑姑房頭，看了動定，好來迎接你，不想姐姐今夜來恁早哩。

〔旦〕盼不到月兒上也。

【太師引】〔生〕歎書生何幸遇仙提揭，比人間更志誠親㈨切。下㈩溫存笑眼生花，正漸入歡腸啖蔗。前夜那姑姑呵，恨無端風雨把春抄截。姐姐呵，誤了你半宵周折，累了你好回驚怯。不嗔嫌，一逕的把斷紅重接。

【瑣牕寒】⑪〔旦〕是不隄防他來的啅嗻，嚇的個魂兒收不迭。仗雲搖⑫月躲，畫影人遮。則没揣的澀道邊兒，閃人一跌，自生成不慣這磨滅。險些些，風聲揚播到俺家爺，先喫了俺哏尊慈痛決。

〔生〕姐姐費心。因何錯愛小生至此？〔旦〕愛的你一品人才。〔生〕姐姐，敢定了人家？

【太師引】〔旦〕並不曾受人家紅定迴鸞帖。〔生〕喜個甚樣人家？〔旦〕但得個秀才郎情傾意愜。〔生〕小生到是個有情的。〔旦〕是看上你年少多情，迤逗俺睡魂難貼。〔生〕姐姐，嫁了小生罷。〔旦〕怕你嶺南歸㊂客道途賒，是做小伏低難說。〔生〕小生未曾有妻。〔旦笑介〕少甚麼舊家根葉，着俺異鄉花草填接。

敢問秀才：堂上有人麼？〔生〕先君官爲朝散，先母曾封縣君。〔旦〕這等是衙內了。怎恁婚遲？

【瑣牕寒】〔生〕恨孤單飄零歲月，但尋常稔色誰沾藉。㊃那有個相如在客，肯駕香車？蕭史無家，便同瑤闕？似你千金笑等閒拋泄。憑說，便和伊青春才貌恰爭些，怎做的露水相看仳別？

〔旦〕秀才有此心，何不請媒相聘？也省的奴家爲你擔驚受怕。〔生〕明早敬造尊庭，拜見令尊令堂，方好問親于姐姐。〔旦〕到俺家來，只好見奴家，要見俺爹娘還早。〔生〕這般說，姐姐當真是那樣門庭？〔旦笑介〕〔生〕是怎㊄來？

【紅衫兒】看他溫香豔玉神清絕，人間迥別。〔旦〕不是人間，難道天上？〔生〕怎獨自夜深行，邊廂少侍妾？且說個貴表尊名。〔旦歎介〕〔生背介〕他把姓字香沈，敢怕似飛瓊漏洩？姐姐，不肯泄漏姓名，定是天仙了。薄福書生，不敢再陪歡宴。儘仙姬留意書生，怕，逃不過天曹罰折。

【前腔】〔旦〕道奴家天上神仙列，前生壽折。〔生〕不是天上，難道人間？〔旦〕便作是私奔，悄悄何妨說。〔生〕不是人間，則是花月之妖？〔旦〕正要你掘草尋根，怕不待勾辰歲㊅月。

〔生〕是怎麽説？〔旦欲説又止介〕不明白辜負了幽期，話到尖頭又咽。

【相思令】〔生〕姐姐，你千不説，萬不説，直恁的書生不酬決，更向誰邊説？〔旦〕待要説，如何説？秀才，俺則怕聘則爲妻奔則妾，受了盟香説。〔生〕你要小生發願，定爲正妻，便與姐姐拈香去。

【滴溜子】〔生旦同拜〕神天的，神天的，盟香滿爇。柳夢梅，柳夢梅，南安郡舍。遇了，這佳人提挈。作夫妻，生同室，死同穴。口不心齊，壽隨香滅。

〔旦泣介〕〔生〕怎生弔下淚來？〔旦〕感君情重，不覺淚垂。

【滴滴金】㊆你秀才郎爲客偏情絶，料不是虚脾把盟誓撇。哎，話弔在喉嚨翦了舌。囑東君，在意者。精神打貼㊇，暫時間奴兒迴避趄。些兒待説，你敢撲憹忪害跌。

〔生〕怎的來？〔旦〕秀才，這春容得從何處？〔生〕太湖石縫裏。〔旦〕比奴家容貌争多？〔生看驚介〕可怎生一個粉撲兒。〔旦〕可知道，奴家便是畫中人也。〔生合掌謝畫介〕小生燒的香到哩。姐姐，你好歹表白一些兒。

【啄木兒】㊈〔旦〕柳衙内，聽根節：杜南安原是俺親爹。〔生〕呀，前任杜老先生陞任揚州，怎麽丢下小姐？〔旦〕你翦了燈。〔生翦燈介〕〔旦〕翦了燈餘話堪明滅。〔生〕且請問芳名？青春多少？〔旦〕杜麗娘小字有庚帖，年華二八正是婚時節。〔生〕是麗娘小姐，俺的人那！〔旦〕衙内，奴家還未是人。〔生〕不是人是鬼？〔旦〕是鬼也。〔生驚介〕怕也！怕也！〔旦〕靠邊些聽俺消詳說：話在前教伊㉚休害怯，俺雖則是小鬼頭人半截。

〔生〕姐姐，因何得回陽世而會小生？

【前腔】〔旦〕雖則是，陰府別。看一面千金小姐，是杜南安那些枝葉。注生妃央及煞回生帖，化生娘點活了殘生劫，你後生兒蘸定俺前生業。秀才，你許了俺爲妻㉛真切，少不得冷骨頭着疼熱。

〔生〕你是俺妻，俺也不害怕了。難道便請起你來？怕似水中撈月，空裏拈花。

【三段子】〔旦〕俺三光不滅，鬼胡由還動迭。一靈未歇，潑殘生堪轉折。秀才可諳經典？是人非人心不別，是幻非幻如何說？雖則似空裏拈花，卻不是水中撈月。

〔生〕既然雖死猶生，敢問仙墳何處？〔旦〕記取太湖石梅樹一株。

【前腔】愛的是花園後節，夢孤清梅花影斜。熟梅時節，爲仁兒心酸那些。〔生〕怕小姐別有走跳處？〔旦歎介〕便到九泉無屈折，銜幽香一陣昏黄月。〔生〕好不冷！〔旦〕凍的俺七魄三魂，僵做了三貞七烈。

〔生〕則怕驚了小姐的魂，怎好？

【鬬雙雞】㉜〔旦〕花根木節，有一個透人間路穴，俺冷香肌早偎的半熱。你怕驚了呵，悄魂飛越，則俺見了你回心心不滅。〔生〕話長哩。〔旦〕暢好是一夜夫妻，有的是三生話說。

〔生〕不煩姐姐再三，只俺獨力難成。〔旦〕可與姑姑計議而行。〔生〕未知深淺，怕一時開㉓攢不徹？

【下㉔小樓】〔旦〕咨嗟，你爲人爲徹。俺砌籠棺勾有三尺疊，你點剛鍬和俺一謎掘。就裏，陰風瀉瀉，則隔的陽世些些。〔內雞鳴介〕

【鮑老催】㉕〔旦〕咳，長眠人一向眠長夜，則道㉖雞鳴枕空設。今夜呵，夢回遠塞荒雞咽，覺人間風味別。曉風明滅，子規聲容易吹殘月，三分話纔做一分說。

【耍鮑老】㉗俺丁丁列列，吐出在丁香舌。你拆了俺丁香結，須粉碎俺丁香節。休殘慢，須急切。㉘俺的幽情難盡說，〔內風起介〕則這一翦風動靈衣去了也。〔旦急下〕

〔生驚癡介〕奇哉！奇哉！柳夢梅做了杜太守的女壻，敢是夢也？待俺來回想一番：他名字杜麗娘，年華二八，死葬後園梅樹之下。啐！分明是人道交感，有精有血，怎的杜小姐顛倒自己說是鬼？〔旦又上介〕衙內還在此。〔生〕小姐，怎又回來？〔旦〕奴家還有叮嚀：你既以俺爲妻，可急視之，不宜自誤。如或不然，妾事已露，不敢再來相陪。願郎留心，勿使可惜。妾若不得復生，必痛恨君於九泉之下矣！

【尾聲】〔跪介〕柳衙內你便是俺再生爺，〔生跪扶起介〕〔旦〕一點心憐念妾。㉙不着俺黃泉恨你，你只罵的俺一句鬼隨邪。〔旦作鬼聲下回顧介〕

〔生弔場低語介〕柳夢梅着鬼了。他説的恁般分明，恁般悽切，是無是有，只得依言而行。和姑姑商量去。

夢來何處更爲雲，　惆悵金泥簇蝶裙。
欲訪孤墳誰引至？　有人傳示紫陽君。

【校】

〔一〕月雲高，格正、葉譜俱題作月夜渡江歸，謂月兒高犯醉扶歸（葉譜無此調）、渡江雲。

〔二〕還，朱墨本作「來」。

〔三〕易，文林本誤作「最」。

〔四〕處，文林本、朱墨本俱作「去」。

〔五〕前腔，格正、葉譜俱題作雲鎖月，謂月兒高犯鎖南枝、渡江雲。

〔六〕闌，原誤作「蘭」，據各本改。

〔七〕「驚鴉」句，文林本、朱墨本俱作「繞樹驚鴉月影賒」。

〔八〕這喒望郎爺，文林本、朱墨本俱作「望斷這殘紅榭」。

〔九〕親，朱墨、清暉、獨深、竹林四本俱作「清」。

〔一〇〕下，朱墨、清暉、獨深、竹林四本俱作「乍」。

〔一一〕瑣牕寒，原誤作瑣寒窗，據格正、葉譜改。下同。

〔一二〕搖，朱墨本作「遥」。

〔一三〕歸，文林本、朱墨本俱作「孤」。

〔一四〕「但尋常」句，文林本、朱墨本俱作「但淺淡形摸眼不瞥」。

〔一五〕「是怎」下，文林、朱墨、朱校、清暉、獨深五本俱有「生」字。

〔一六〕歲，朱墨、朱校、清暉、竹林四本俱作「就」。

〔一七〕滴滴金，原誤題作鬭樊樓，據格正、葉譜改。

〔一八〕貼，朱校本作「疊」。

〔一九〕兒，原誤作「犯」，據格正、葉譜改。

〔二〇〕伊，原誤作「伕」，據文林、朱墨、朱校三本改。

〔二一〕「爲妻」下，文林本、朱墨本俱有「恁」字。

〔二二〕鬭雙鷄，格正題作神仗子，謂神仗兒犯滴溜子；葉譜題作神仗雙聲，謂神仗兒犯雙聲子。文林本、朱墨本又俱誤作野鬥鷄。

〔二三〕開，朱校本作「間」。

〔二四〕下，原誤作「登」，據格正、葉譜、文林本、朱墨本改。

〔二五〕鮑老催，格正將此曲與下耍鮑老合拼，統題作永團圓。葉譜以此曲爲滴滴金；耍鮑老爲三節鮑老，謂首尾爲鮑老催，中間爲倒接鮑老催。文林本將兩曲都誤題作耍鮑老；朱墨本合兩曲爲一，也誤題作要鮑老。

㉖「則道」下，朱墨本有「聽」字。

㉗要鮑老下原有「旦」字，衍，據辭意删。

㉘切，原作「節」，疑涉上文「節」字而誤，據文林本、朱墨本改。

㉙原無「妾」字，據朱墨、朱校、清暉、獨深、竹林五本補。

第三十三齣　祕議

【繞池遊】〔浄上〕芙蓉冠帔，短髮難簪繫，一爐香鳴鐘叩齒。

【訴衷情】風微臺殿響笙簧，空翠冷霓裳。池畔藕花深處，親切夜聞香。　人易老，事多妨，夢難長。　一點深情，三分淺土，半壁㈠斜陽。　俺這梅花觀，爲着杜小姐而建。　當初杜老爺分付陳教授看管，三年之内，則是他㈡收取祭租，並不常川行走。　便是杜老爺去後，謊了一府州縣士民人等許多分子，起了個生祠。　昨日老身打從祠前過，猪屎也有，人屎也有。　陳最良，陳最良，你可也叫人㈢掃刮一遭兒。　到是杜小姐神位前，日逐添香换水，何等莊嚴清浄！　正是：　天下少信弔㈣書子，世外有情持素人。

【前腔】〔生上〕幽期密意，不是人間世，待聲揚徘徊了半日。

〔見介〕〔生〕㈤落花香覆紫金堂，〔浄〕你年少看花敢自傷？〔生〕弄玉不㈥來人换世，〔浄〕麻姑一去海生桑。㈦〔生〕老姑姑，小生自到仙居，不曾瞻禮寶殿，今日願求一觀。〔浄〕是禮㈧，相引㈨前行。〔行到介〕〔浄〕高處玉天金闕，下面東嶽夫人南斗真妃。〔内鐘鳴〕〔生拜介〕中天積翠玉臺遥，上帝高居絳節朝。　遂有馮夷來擊鼓，始知秦女善吹簫。　好一座寶殿哩。　怎生左邊這牌位上，寫着杜小姐神王？是那位女王？〔浄〕是没人題㈩主哩，杜小姐。〔生〕杜小姐爲誰？

【五更轉】〔浄〕你説這紅梅院，因何置？是杜參知前所爲。　麗娘原是他香閨女，十八而亡，就此攢瘞。他爺呵，陞任急，失題主，空牌位。〔生〕誰祭掃他？〔浄〕好墓田留下有碑記，偏他没頭主兒，年年寒食。

〔生哭介〕這等説起來，杜小姐是俺嬌妻呵。〔浄驚介〕秀才當真？〔生〕千真萬真！〔浄〕這等，你知他那日生？那日死？㈡

【前腔】〔生〕俺未知他生，焉知死？死多年生此時。〔浄〕幾時得他死信？〔生〕這是俺朝聞夕死了可人矣。〔浄〕是夫妻，應你奉事香火。〔生〕則怕俺未能事人，焉能事鬼？〔浄〕既是秀才娘子，可曾會他來？〔生〕便是這紅梅院，做楚陽臺，偏倍了你。〔浄〕是那一夜？〔生〕是前宵你們不做美。〔浄驚介〕秀才着鬼了，難道？難道？〔生〕你不信時，顯個神通你看。取筆來，點的他主兒會動。〔浄〕有這等事，筆在此。〔生點介〕看俺點石爲人，靠夫作主。你瞧，你瞧。〔浄驚介〕奇哉！奇哉！主兒真個會動也。小姐呵，

【前腔】則道墓門梅，立着個没字碑，原來柳客神纏住在香爐裏。秀才，既是你妻，鼓盆歌廬墓三年禮。〔生〕還要請他起來。〔浄〕你直恁神通，敢閻羅是你？〔生〕少些人夫用。〔浄〕你當夫，他爲人，堪使鬼。〔生〕你也幫一鍬兒。〔浄〕大明律開棺見屍，不分首從皆斬哩。你宋書生是看不着皇明例㈢，不比尋常，穿籬挖㈢壁。

〔生〕這個不妨，是小姐自家主見。

【前腔】是泉下人，央及你，個中人誰似伊？〔浄〕既是小姐分付，待俺檢個日子。〔看介〕恰好明日乙酉，可以開墳。〔生〕喜金雞玉犬非牛日，則待尋個人兒，做㊃開山力士。〔浄〕俺有個侄兒癩頭黿可用，只㊄事發之時怎處？〔生〕但回生，免聲息，停商議，可有偷香竊玉劫墳賊？還一事，小姐倘然回生，要些定魂湯藥。〔浄〕陳教授開張藥鋪，只說前日小姑姑黨了凶煞，求藥安魂。〔生〕煩你快去了，這七級浮圖，豈同兒戲。

涇雲如夢雨如塵，初訪城西李少君。
行到窈娘身没處，手披荒草看孤墳。㊅

〔生下〕〔浄弔場介〕奇哉！奇哉！怕没這等事。既是小姐分付，便喚侄兒備了鋤鍬；俺問陳先生討藥去來。寧可信其有，不可信其無。〔下〕㊆

【校】

㊀壁，獨深本作「笠」；清暉本誤作「筀」，竹林本誤作「箜」。

㊁是他：是，文林、朱墨、朱校、清暉、竹林五本俱作「見」；朱墨本無「他」字。

㊂朱墨本無「叫人」二字。

㊃弔，朱校本作「掉」。

㊄原無「生」字，據朱墨、朱校、清暉、獨深、竹林五本補。
㊅不，朱墨本作「重」；朱校、清暉、獨深、竹林四本俱作「人」。
㊆桑，朱墨、清暉、獨深、竹林四本俱誤作「霜」。
㊇禮，朱墨本作「裡」。疑當作「哩」。
㊈引，獨深本作「迎」。
㊉題，原誤作「提」，據下曲文「失題主」改。
⑪「死」字下，朱校本有「了」字。
⑫例，朱校本作「律」。
⑬挖，原作「扢」，據文林本、朱墨本改。
⑭原無「做」字，據文林本、朱墨本補。
⑮「只」字下，朱校本有「怕」字。
⑯下場詩，各本一、三兩句上俱有「淨」字，二、四兩句上俱有「生」字。
⑰朱校本無此〔生下〕以下一段白語。

第三十四齣　詗㈠藥

〔末上〕積年儒學理粗通，書簏成精變藥籠。家童喚俺老員外，街坊喚俺老郎中。俺陳最良失館，依然重開藥鋪。今日看有甚人來？

【女冠子】㈡〔淨上〕人間天上，道理都難講。夢中虛誑，更有人兒，思量泉壤。

陳先生利市哩！〔末〕老姑姑到來。〔淨〕好鋪面，這「儒醫」二字，杜太爺贈的。好道地藥材，這兩塊土中甚用？〔末〕是寡婦牀頭土，男子漢有鬼怪之疾，清水調服，良。〔淨〕這布片兒何用？〔末〕是壯男子的褲襠，婦人有鬼怪之病，燒灰喫了，效。〔淨〕這等，俺貧道牀頭三尺土，敢換先生五寸襠。〔末〕怕你不十分寡？〔淨〕啐！你敢也不十分壯？〔末〕罷了，來意何爲？〔淨〕不瞞你說，前日小道姑呵，

【黄鶯兒】年少不隄防，賽江神歸夜忙。〔末〕着手了？〔淨〕知他着甚閒空曠，被凶神煞黨，年災月殃，瞑然一去無回向。〔末〕欠老成哩。〔淨〕細端㈢詳，你醫王手段，敢對的住活閻王。

〔末〕是活的？死的？〔淨〕死幾日了。〔末〕死人有口喫藥。也罷，便是這燒襠散，用熱酒調下。

【前腔】海上有仙方，這偉男兒深褲襠。〔淨〕則這種藥俺那裏自有。〔末〕則怕姑姑記不起

誰陽壯？翦裁寸方，燒灰酒娘，敲開齒縫把些兒放。不尋常，安魂定魄，賽過了反精香。

〔浄〕多謝了！

還隨女伴賽江神，　争那多情足病身。
巖洞幽深門盡鎖，　隔花催喚女醫人。㊃

【校】

㊀詷，朱校本作「調」。

㊁女冠子，格正題作鳳池遊，謂繞池遊犯雙鳳翹（即女冠子）。

㊂端，文林本、朱墨本俱作「参」。

㊃下場詩，各本一、三兩句上俱有「末」字，二、四兩句上俱有「浄」字。

第三十五齣　回生

【字字雙】〔丑疙童持鍬上〕猪尿泡疙疸㈠偌盧胡，没褲。鏵鍬兒入的土花疎，没骨。活小娘不要去做鬼婆夫，没路。偷墳賊拿倒做個地官符，没趣。〔笑介〕自家梅花觀主家癩頭黿便是。觀主受了柳秀才之托，和杜小姐啓墳。好笑，好笑，説杜小姐要和他這裏重做夫妻。管他人話鬼話，帶了些黄錢，挂在這太湖石上，點起香來。

【出隊子】〔浄攜酒同生上〕玉人何處？玉人何處？近墓西風老緑㈡蕪。竹枝歌唱的女郎蘇，杜鵑聲啼過錦江無？一窖愁殘，三生夢餘。

〔生〕老姑姑，已到後園，只見半亭瓦礫，滿地荆榛。繡帶重尋，裊裊藤花夜合；羅裙欲認，青青蔓草春長。則記的太湖石邊，是俺拾畫之處。依希似夢，恍惚如亡，怎生是好？〔浄〕秀才不要忙，梅樹下堆兒是了。〔生〕小姐，好傷感人也！〔哭介〕〔丑〕哭甚的，趁時節了。〔燒紙介〕〔生拜介〕巡山使者，當山土地，顯聖顯靈。

【啄木鸝】㈢〔生〕開山紙草面上鋪，烟罩山前紅地爐。〔丑〕敢太歲頭上動土，向小姐脚跟窀窟。〔生〕土地公公，今日開山，專爲請㈣杜麗娘，不要你死的，要個活的。你爲神正直應無妬，俺陽神觸煞俱無慮。要他風神笑語都無二，便做着你土地公公女嫁吾。呀！春在小梅株。

好破土哩。

【前腔】〔丑浄鍬土介〕這三和土一謎鉏，小姐呵，半尺孤墳你在這的無？〔生〕你們十分小心。〔看介〕到棺了。〔丑作驚丟鍬介〕到官㊄没活的了。〔生搖手介〕禁聲！〔内旦作哎喲介〕〔衆驚介〕活鬼做聲了。〔生〕休驚了小姐。〔衆蹲向鬼門開棺介〕〔浄〕原來釘頭鏽斷，子口登開，小姐敢別處送雲雨去了。〔内哎喲介〕〔生見旦扶介〕〔生〕哎，小姐端然在此，異香襲人，幽姿如故，天也。你看正面上那些兒塵漬，斜空處没半米蚍蜉。則他煖幽香四片斑爛木，潤芳姿半榻黄泉路，養花身五色燕支土。〔扶旦軟鞸介〕〔生〕俺爲你款款偎將睡臉扶，休損了口中珠。

〔旦作嘔出水銀介〕〔丑〕一塊花銀，二十分多重，賞了癩頭罷。〔生〕此㊅乃小姐龍含鳳吐之精，小生當奉爲世寶，你們別有酬犒。〔旦開眼歎介〕〔浄〕小姐開眼哩。〔生〕天開眼了。小姐呵，

【金蕉葉】〔旦〕是真是虚，劣夢魂猛然驚遽。〔作掩眼介〕避三光業眼難舒，怕一弄兒巧風吹去。

〔生〕怕風怎好？〔浄扶旦介〕且在這牡丹亭内，進還魂丹，秀才翦襠。〔生翦介〕〔丑〕待俺湊些加味還魂散。〔生〕不消了，快熱酒來。

【鶯啼序】〔調酒灌介〕玉喉嚨半點靈酥，〔旦吐介〕〔生〕哎也，怎生呵落在胸脯。姐姐再進些，纔喫了㊆三個多半口還無。〔覷介〕好了，好了，喜春生顔面肌膚。〔旦覷介〕這些都是誰？敢是些無端道途？弄的俺不着墳墓。〔生〕我㊇便是柳夢梅。〔旦〕眳矇覷，怕不是梅邊柳邊人數。

〔生〕有這道姑爲證。〔浄〕小姐可認的貧道？〔旦看不語介〕

【前腔】〔浄〕你乍回頭記不起俺這姑姑。〔生〕可記的這後花園？〔旦不語介〕〔浄〕是了你夢境模糊。〔旦〕只那個是柳郎。〔生應〕〔旦作認介〕柳郎真信人也，虧殺你撥草尋蛇，虧殺你守株待兔。棺中寶玩收存，餘俱抛散池塘裏去。〔衆〕呸！〔丢去棺物介〕向人間別畫個葫蘆，水邊頭洗㊈除凶物。〔衆〕虧小姐整整睡這三年。〔旦〕流年度，怕春色三分一分塵土。

〔生〕小姐，此處風露，不可久停，好處將息去。

【尾聲】死工夫救了你活地獄，七香湯瑩了美食相扶。〔旦〕扶往那裏去？〔浄〕梅花觀。

〔旦〕可知道洗棺塵都是這高唐觀中雨。

天賜燕支一抹腮，　隨君此去出泉臺。

俺來穿穴非無意，　願結靈姻愧短才。㊉

【校】

㈠疸，竹林本作「疸」。

㈡緑，文林本誤作「禄」。

㈢啄木鸝，格正題作啄木三鸝，謂啄木兒犯三段子、黄鶯兒。葉譜題作啄木三歌，謂啄木兒犯三段子、太平歌。

㈣「請」字下，朱墨、朱校、清暉、獨深、竹林五本俱有「起」字。

㈤官，原誤作「棺」，據各本改。

㈥原無「此」字，據文林、朱墨、朱校、獨深四本補。

㈦了，文林、朱墨、獨深三本俱作「下」。

㈧原無「我」字，據朱校本補。

㈨洗，竹林本誤作「涉」。

㈩下場詩，各本首、末兩句上俱有「生」字，二句上有「旦」字，三句上有「浄」字。

第三十六齣　婚走

【意難忘】〔浄扶旦上〕如笑如呆，歎情絲不斷，夢境重開。〔浄〕你驚香辭地府，輿櫬㊀出天台。〔旦〕姑姑，俺强掙作軟哈哈，重嬌養起這嫩孩孩。〔合〕尚疑猜，怕如烟入抱㊁，似影投懷。㊂

【畫堂春】〔旦〕㊃蛾眉秋恨滿三霜，夢餘荒冢斜陽。土花零落舊羅裳，睡損紅妝。〔浄〕風定彩雲猶怯，火傳金炧重香。如神如鬼費端詳，除是高唐。〔旦〕姑姑，奴家死去三年，爲鍾情一點，幽契重生，皆虧柳郎和姑姑信心提救。又以美酒香酥，時時將養，數日之間，稍㊄覺精神旺相。〔浄〕好了，秀才三回五次，央俺成親哩。〔旦〕姑姑，這事還早，揚州問過了老相公老夫人，請個媒人方好。〔浄〕好消停的話兒，這也由你。則問小姐前生事，可都記的些？

【勝如花】〔旦〕前生事曾記懷，爲㊅傷春病害。困春遊夢境難捱，寫春容那人兒拾在。那勞承那般頂戴，似盼天仙盼的眼哈，似叫觀音叫的口歪。〔浄〕俺也聽見些，則小姐泉下怎生得知？〔旦〕雖則塵埋，把耳輪兒熱壞。感一片志誠無奈，死淋浸走上陽臺，活森沙走出這泉臺。

〔浄〕秀才來哩。

【生查子】〔生上〕黯質久塵埋，又掙出這烟花界。你看他含笑插金釵，擺動那長裙帶。〔見介〕麗娘妻。〔旦羞介〕〔生〕姐姐，俺地窟裏扶卿做玉真，〔旦〕重生勝過父娘親。〔生〕便好今宵成配偶，〔旦〕懵騰還自少精神。〔浄〕起前説精神旺相，則瞞着秀才。〔旦〕秀才，可記的古書云：必待父母之命，媒妁之言。〔生〕日前雖不是鑽穴相窺，早則鑽墳而入了，小姐今日又會起書來。〔旦〕秀才，比前不同，前夕鬼也，今日人也。鬼可虛情，人須實禮，聽奴道來：

【勝如花】青臺閉白日開，〔拜介〕秀才呵，受的俺三生禮拜。待成親少個官媒，〔泣介〕結盞的要高堂人在。〔生〕成了親，訪令尊令堂，有驚天之喜。要媒人，道姑便是。〔旦〕秀才，忙待怎的？也曾落幾個黄昏陪待。㈦〔生〕今夕何夕？〔旦〕直恁的急色秀才。〔生〕小姐搗鬼。〔旦笑介〕秀才搗鬼，不是俺鬼奴台妝妖作乖。〔生〕爲甚？〔旦笑介〕半死來回，怕的雨雲驚駭。有的是這人兒活在，但將息俺半載身材，〔背介〕但消停俺半刻情懷。

【不是路】㈧〔末上〕深院閒階，花影蕭蕭轉翠苔。〔扣門介〕人誰在？是陳生探望柳君來。〔衆驚介〕〔生〕陳先生來了，怎好？〔旦〕姑姑㈨，俺可迴避去。〔下〕〔末〕忒奇哉，怎女兒聲息紗窗外？硬抵門兒應不開。〔又扣門介〕〔生〕是誰？〔末〕陳最良。〔開門見介〕〔生〕承車蓋，俺衣冠未整因遲待。〔末〕有些驚怪。〔生〕有何驚怪？

【前腔】〔末〕不是天台，怎風度嬌音隔院猜？〔浄上㈩〕原來陳齋長到來。〔生〕陳先生説裏面婦娘聲息，則是老姑姑。〔淨〕是了，長生會，蓮花觀裏一個小姑來。〔末〕便是前日的小姑麼？〔淨〕另是一衆。〔末〕好哩，這梅花觀一發興哩，也是杜小姐冥福所致，因此徑來相約，明午整個小盒兒，同柳兄往墳上隨喜去，暫告辭了。無閒會㈡，今朝有約明朝在，酒滴青娥墓上回。〔生〕承拖帶，這姑姑點不出個茶兒待。即來回拜。〔末〕慢來回拜。〔下〕

〔生〕喜的陳先生去了，請小姐有話。〔旦上〕〔淨〕怎了？怎了？陳先生明日要上小姐墳去，事露之時，一來小姐有妖冶之名；二來公相無閨閫之教；三來秀才坐迷惑之譏；四來老身招發掘之罪。如何是了？〔旦〕老姑姑，待怎生好？〔淨〕小姐，這柳秀才待往臨安取應，不如曲成親事，叫童兒尋隻贛船，夤夜開去，以滅其蹤，意下何如？〔旦〕這也罷了。〔淨〕有酒在此，你二人拜告天地。〔拜把酒介〕

【榴花泣】〔生〕三生一夢㈢人世兩和諧，承合巹送金杯。比墓田春酒這新醅，纔醱轉人面桃腮。〔旦悲介〕傷春便埋，似中山醉夢三年在。只一件來，看伊家龍鳳姿容，怎配俺這土木形骸。

〔生〕那有此話？

【前腔】相逢無路良夜肯疑猜，眠一柳當了三槐。杜蘭香真個在讀書齋，則柳耆卿不是仙才。〔旦歎介〕幽姿暗懷，被元陽鼓的這陰無賴。柳郎，奴家依然還是女身。〔生〕已經

數度幽期，玉體豈能無損？〔旦〕那是魂，這纔是正身陪奉。 伴情哥則是遊魂，女兒身依舊含胎。

〔外舟子歌上〕春娘愛上酒家子樓，不怕歸遲總弗子愁。 推道那家娘子睡，且留教住要梳子頭。〔又歌〕不論秋菊和那春子個花，個個能噇空肚子茶。 無事⑬莫教頻入子庫，一名閒物他也要些子些。〔丑疙童上〕船，船，船，臨安去。〔外〕來，來，來。〔攏船介〕〔丑〕門外船便。 相公纂下小姐班。〔淨辭介〕相公，小姐，小心去了。〔生〕小姐無人伏侍，煩老姑姑一行，得了官時相報。〔淨〕俺不曾收拾。〔背介〕事發相連，走爲上計。〔回介〕也罷，相公賞姪兒什麼？着他收拾俺房頭⑭，俺伴小姐去來。〔丑〕使得。〔生〕便賞他這件衣服。〔解衣介〕〔丑〕謝了！事發誰當？〔生〕則推不知便了。〔丑〕這等請了。 禿廝兒權充道伴，女冠子真當梅香。〔下〕

【急板令】⑮〔衆上船介〕別南安孤帆夜開，走臨安把雙飛路排。〔旦悲介〕〔生〕因何弔下淚來？〔旦〕歎從此天涯，歎從此天涯。⑯三年此居，三年此埋。 死不能歸，活了纔回。〔合〕問今夕何夕此⑰來？魂脈脈意咍咍。

【前腔】〔生〕似倩女返魂到來，采芙蓉回生並載。〔旦歎介〕〔生〕爲何又弔下淚來？〔旦〕想獨自誰挨？想獨自誰挨？翠黯香囊，泥漬金釵。 怕天上人間，心事難諧。〔合前〕

〔淨〕夜深了，叫停船，你兩人睡罷。〔生〕風月舟中，新婚佳趣，其樂何如！

【一撮棹】藍橋驛，把奈河橋風月篩。〔旦〕柳郎，今日方知有人間之樂也。七星版，三星照兩星排。今夜呵，把身子兒帶，情兒邁意兒挨。〔淨〕你過河，衣帶緊請寬懷。〔生〕眉横黛，小船兒禁重載。這歡眠自在，抵多少嚇魂臺。

【尾聲】〔生〕情根一點是無生債。〔旦〕歎孤墳何處是俺望夫臺？柳郎，俺和你死裏淘生情似海。

偷去須從月下移，好風偏似送佳期。
傍人不識扁舟意，惟有新人子細知。㊅

【校】

㊀ 櫬，朱墨本、獨深本俱誤作「襯」。
㊁ 抱，文林本、朱墨本俱誤作「泡」。
㊂ 懷，原誤作「胎」，據朱校本改。
㊃ 原無「旦」字，據朱校、清暉、獨深、竹林四本補。
㊄ 稍，朱墨本作「頓」。
㊅ 「爲」字下，朱墨本有「着」字。此句原應六字，格正注云：「『爲』字上脱一字。」

⑦待，文林本誤作「侍」。
⑧不是路，格正、葉譜俱題作惜花賺。
⑨原無「姑姑」二字，據朱墨、朱校、清暉三本補。
⑩原無「上」字，據朱墨、朱校、清暉、獨深、竹林五本補。
⑪無間會，朱墨本作「探書齋」。
⑫夢，朱校本作「會」。
⑬朱墨本奪「無事」二字。
⑭收拾俺房頭，各本俱作「和俺收拾房頭」。
⑮急板令，格正、葉譜俱題作催拍（葉譜「催」誤作「摧」）。案：急板令，即催拍之别名。
⑯「三年」上原有「歎」字，衍，據文林本、朱墨本删。
⑰此，文林本、朱墨本俱作「初」。
⑱下場詩，朱校本首句上有「生」字，三句上有「旦」字，二、四兩句上有「净」字。

第三十七齣　駭變

【集唐】〔末上〕風吹不動頂垂絲，吟背春城出草遲。畢竟百年渾是夢，夜來風雨葬西施。俺陳最良。只因感激杜太守，爲他看顧小姐墳塋。昨日約了柳秀才墳上望去，不免走一遭。〔行介〕巖扉不掩㈠雲長在，院徑無媒草自生。㈡待俺叫門。〔叫介〕呀，往常門兒重重掩上，今日都開在此。待俺參了聖。〔看菩薩介〕咳，冷清清没香没燈的。呀，怎不見了杜小姐牌位？待俺問一聲老姑姑。〔叫三聲介〕誰㈢家去了？待俺叫柳兄問他。〔叫介〕柳朋友！〔又叫介〕柳秀才！一發不應了。〔看介〕嗄，柳秀才去了。醫好了他㈣，來不參，去不辭，没行止，没行止。待俺西房瞧瞧。哎喲，道姑也搬去了。磬兒鍋兒牀席，一些都不見了，怪哉！〔想介〕是了，日前小道姑有話，日昨又聽的小道姑聲息，於中必有柳夢梅勾搭事情，一夜去了，没行止㈤，没行止。由他，由他。且後園看小姐墳去。〔行介〕

【懶畫眉】園㈥深徑側老蒼苔，那幾所月榭風亭久不開，當時曾此葬金釵。〔望介〕呀，舊墳高高兒的，如今㈦平下來了。緣何不見墳兒在？敢是狐兔穿空倒塌來？這太湖石，只左邊靠動了些，梅樹依然。〔驚介〕哎呀！小姐墳被劫了也。〔放聲哭介〕

【朝天子】㈧小姐，天呵！是甚發冢無情短倖材？他有多少金珠葬在打眼來。小姐，你若

早有人家，也搬回去了。則爲玉鏡臺無分照泉臺，好孤哉！怕蛇鑽骨樹穿骸，不隄防這災。

知道了，柳夢梅嶺南人，慣會劫墳，將棺材放在近所，截了一角爲記，要人取贖。這賊意思，止不過説，杜老先生聞知，定來取贖。想那棺材，只在左近埋下了，待俺尋。㊈〔見介〕咳呀！這草窩裏，不是硃漆板頭？這不是大鏽釘開了去？天呵！小姐骨殖，丢在那裏？〔望介〕那池塘裏浮着一片棺材，是了，小姐尸骨抛在河裏去了，狠心賊也！

【普天樂】問天天你怎把他昆池碎劫無餘在？又不欠觀音鎖骨連環債，怎丢他水月魂骸？亂紅衣暗泣蓮腮，似黑月重抛業海。待車乾池水，撈起他骨殖來。怕浪淘沙碎玉難分派，到不如當初水葬無猜。賊眼腦生來毒害，那些個憐香惜玉，致命圖財。

先師云：虎兕出于柙，龜玉毁于櫝中，典守者不得辭其責。俺如今先稟了南安府緝拿，星夜往淮揚，報知杜老先生去。

【尾聲】石虔婆，他古弄裏金珠曾見來。柳夢梅，他做得個破周書汲冢才。小姐呵，你道他爲什麽向金蓋銀牆做打家賊？

丘墳發掘當官路，春草茫茫墓亦無。
致汝無辜由俺罪，狂眠恣飲是凶徒。

【校】

㊀掩，朱墨本作「遠」。

㊁生，文林、朱墨、清暉、竹林四本俱作「深」。

㊂誰，朱墨、朱校、清暉三本俱作「俗」。獨深本注云：「誰家，一本云『俗家』，亦可。」

㊃他，朱校本作「病」。

㊄行止，朱校本作「仁義」。疊句同。

㊅原無「園」字，據文林本、朱墨本補。格正云：「首句上脱一字，疑『林』字，不敢妄補。」葉譜遂作「深林徑側」云云。

㊆今，朱校本作「何」。

㊇朝天子，格正題作花郎兒，謂福馬郎犯水紅花、紅衫兒。

㊈「尋」字下，朱校本有「看」字。

第三十八齣　淮警

【霜天曉角】㈠〔浄引衆上〕英雄出衆，鼓譟紅旗動。三年繡甲錦蒙茸，彈劍把雕鞍斜鞚。賊子豪雄是李全，忠心赤膽向胡天。靴尖踢倒長天㈡塹，卻笑江南土不堅。俺溜金王，奉大金之命，騷擾江淮三年。打聽大金家兵糧湊集，將次南征，教俺淮揚開路，不免請出賤房計議。中軍快請。〔衆叫介〕大王叫箭坊。〔老旦軍人持箭上〕箭坊俱已造完。〔浄笑惱介〕狗才，怎麼説？〔老旦〕大王説請出箭坊計議。〔浄〕胡説，俺自請楊娘娘，是你箭坊？〔老旦〕楊娘娘是大王箭坊，小的也是箭坊。〔浄喝介〕

【前腔】〔丑上〕帳蓮深擁，壓寨的陰謀重。〔見介〕大王興也，你夜來鏖戰好粗雄，困的俺垓心没縫。

大王夫，俺睡倦了，請俺甚事商量？〔浄〕聞的金主南侵，教俺攻打淮揚，以便征進。思想揚州有杜安撫守鎮，急切難攻，如何是好？〔丑〕依奴家所見，先圍了淮安，杜安撫定然赴救，俺分兵揚州，斷其聲援，於中取事。〔浄〕高，高。娘娘這計，李全要怕你了。〔丑〕你那一宗兒不怕了奴家。〔浄〕罷了，未封王號時，俺是個怕老婆的强盜；封王之後，也要做怕老婆的王。〔丑〕着了！快起兵去攻打淮城。

【青天歌】㊂撥轉磨旗峯，促緊先鋒。千兵擺列，萬馬奔冲。鼓通通，鼓通通，譟的那淮揚動。

【前腔】㊃軍中母大蟲，綽有威風。連環陣勢，烟粉牢籠。哈哄哄，哈哄哄，哄的那淮揚動。

〔丑〕溜金王㊄，行軍到處，不許你搶占半名婦女。如違，定以軍法從事。〔浄〕不敢。

日暮風沙古戰場，　軍營人學内家妝。
如今領帥紅旗下，　擘破雲鬟金鳳凰。㊅

【校】

㊀霜天曉角，格正、葉譜俱題作霜天杏，謂霜天曉角犯杏花天。

㊁天，竹林本作「江」。

㊂青天歌，原誤題作錦上花，據格正、葉譜改。

㊃「軍中」上，朱校本有「衆」字。

㊄「王」字下，文林、朱墨、清暉、獨深、竹林五本俱有「聽分付」三字，朱校本有「聽俺分付」四字。

㊅下場詩，朱校本首句上有「丑」字，三句上有「衆」字，二、四兩句上有「浄」字。

第三十九齣　如杭

【唐多令】㊀〔生上〕海月未塵埋，〔旦上〕新妝倚鏡臺，〔生〕捲錢塘風色破書齋。〔旦〕夫，昨夜天香雲外吹，桂子月中開。

〔生〕夫妻客旅悶難開，〔旦〕待喚提壺酒一杯。〔生〕江上怒潮千丈雪，〔旦〕好似禹門平地一聲雷。〔生〕俺和你夫妻相隨，到了臨安京都地面，賃下這所空房，可以理會書史。爭奈試期尚遠，客思轉深，如何是好？〔旦〕早上分付姑姑，買酒一壺，少解夫君之悶，尚未見回。〔生〕生受了。娘子，一向不曾說及，當初只說你是西鄰女子，誰知感動幽冥，匆匆成其夫婦？一路而來，到今不曾請教小姐，可是見小生於道院西頭？因何詩句上，不是梅邊是柳邊，就指定了小生姓名？這靈通委是怎的？〔旦笑介〕柳郎，俺說見你于道院西頭是假，俺前生呵，

【江兒水】㊁偶和你後花園曾夢來，擎一朵柳絲兒要俺把詩篇賽。㊂奴正題詠間，便和你牡丹亭上去了。〔生笑介〕可好呢？〔旦笑介〕咳，正好中間，落花驚醒。此後神情不定，一病奄奄。這是聰明反被聰明帶，真誠不得真誠在，冤親做下這冤親債。一點色情難壞，再世爲人，話做了兩頭分拍。

【前腔】〔生〕是話兒聽的都呆答孩，則俺爲情癡信及你人兒在。㊃還則怕邪淫惹動陰曹

怪，忌亡墳觸犯陰陽戒，分書生領受陰人愛。勾的你色身無壞，出土成人，又看見這帝城風采。

〔浄提酒上〕路從丹鳳城邊過，酒向金魚館内沽。呀，相公小姐不知，俺在江頭沽酒，看見各路秀才，都赴選場去了，相公錯過天大好事。〔生旦作忙介〕〔旦〕相公，只索快行。〔浄〕這酒便是狀元紅了。〔旦把酒介〕

【小措大】喜的一宵恩愛，被功名二字驚開。好開懷，㊄這御酒三杯，放着四嬋娟人月在。立朝馬五更門外，聽六街裏喧傳人氣概。七步才，蹬上了寒宫八寶臺。沈醉了九重春色，便看花十里歸來。

【前腔】〔生〕十年窗下，遇梅花凍九纔開。夫貴妻榮，八字安排。敢你七香車穩情載，六宫宣有你朝拜，五花誥封你非分外。論四德，似你那三從結願諧。二指大泥金報喜，打一輪皂蓋飛來。

〔旦〕夫，記的春容詩句，

【尾聲】盼今朝得傍你蟾宫客，你和俺倍精神金階對策。高中了，同去訪你丈人丈母呵，則道俺從地窟裏登仙那大喝采。

良人的的有奇才，恐失佳期後命催。㊅

紅粉樓中應計日，　　遥聞笑語自天來。㊆

【校】

㊀唐多令，格正題作多卜算，謂唐多令犯卜算子。

㊁江兒水，格正、葉譜俱題作雁過江，謂雁過聲犯江兒水。

㊂「偶和你」二句，文林本、朱墨本俱作「偶惹花園夢、伊家折柳來」。

㊃「是話兒」二句，文林本、朱墨本俱作「聽説還驚駭、癡心把您猜」。

㊄「好開懷」句，格正云：「第三句脱一字。」

㊅催，原誤作「摧」，據文林、朱墨、清暉、獨深、竹林五本改。

㊆下場詩，文林、朱墨、朱校、清暉、獨深五本首句上俱有「旦」字，二句上俱有「浄」字，三句上俱有「生」字，四句上俱有「合」字。

第四十齣　僕貞

【孤飛雁】㊀〔浄郭駝挑擔上〕世路平消長，十年事老頭兒心上。柳郎君，翰墨人家長。無營運單承望，天生天養，果樹成行。年深樹老，把園圍㊁抛漾。你索在何方？好没主量。悽惶，遈㊂上他身衣口糧。

家人做事興，全靠主人命。主人不在家，園樹不開花。俺老駝，一生依着柳相公，種果爲生。你説好不古怪？柳相公在家，一株樹上着百十來個果兒。自柳相公去後，一株樹上生百十來個蟲；便胡亂長幾個果，小廝們偷個盡。老駝無主，被人欺負，因此發個老狠，體探俺相公過嶺北來了，在梅花觀養病，直尋到此。早則南安府大封條封了觀門，聽的邊廂人説，道婆爲事走了。有個姪兒癩頭黿，小西門住，找尋他去。〔行介〕抹過大東路，投至小西門。〔下〕

【紅繡鞋】㊃〔丑疙童披衣笑上〕自小疙辣郎當，郎當。官司拿俺爲姑娘，姑娘。盡了法，腦皮撞。得了命，賣了房。充小廝，串街坊。

若要人不知，除非己不㊄爲。自家癩頭黿便是。這無人所在，表白一會：你説姑娘和柳秀才那事，幹得好，又走得好。只被陳教授那狗才，稟過南安府，拿了俺去。拷問姑娘那裏去了？劫了杜小姐墳哩。你道俺更不聰明，卻也頗頗的，則掉着頭不做聲。那鳥官喝道：馬不弔不肥，人不拶不直。把這廝上起腦箍來。哎也！哎也！好不生疼。原來用刑人，先撈了俺一架金鐘玉磬，替俺方便，稟説：這小廝夾出腦漿來了。那鳥官喝道：撚上來瞧。瞧了大鼻子一彪，説道：這小廝真個夾出腦髓來了。不知是俺癩頭上膿，叫鬆了刑，着保在外。俺如今有了命，把柳相公送俺這件黑海青，攛⑥將起來。〔唱介〕攛摇摇，攛摇摇，没人所在，被俺攛過了橋。〔浄向前叫揖介〕小官唱喏。〔丑作不回揖大笑唱介〕俺小官子腰閃價，唱不的子喏。比似你個跎子唱喏，則當伸子個腰。〔浄〕這賊種！開口傷人。難道做小官的，背偏不跎？〔丑〕刮這跎子嘴！偷了你什麽？賊！〔浄認丑衣介〕别的罷了，則這件衣服，嶺南柳相公的，怎在你身上？〔丑〕咳呀，難道俺做小官的，就没件干浄衣服？便是嶺南柳家的。隔這般一道梅花嶺，誰見俺偷來？〔浄〕這衣帶上有字，你還不認？叫地方！〔扯丑作怕倒介〕罷了，衣服還你去囉。〔浄〕要哩，我正要問一個人？〔丑〕誰？〔浄〕柳秀才那裏去了？〔丑〕不知。〔浄三問〕〔丑三不知介〕〔浄〕你不説，叫地方去。〔丑〕罷了，大路頭難好講話，演武廳去。〔行介〕〔浄〕好個僻静所在。〔丑〕柳秀才到有一個，可是你問的不是？你説的像，俺説；你説不像，休想。叫地方，便到官司，俺也只是不説。〔浄〕這小廝到是個⑦賊。聽俺道來：

【尾犯序】提起柳家郎，他俊白龐兒，典雅行妝。⑧〔丑〕是了，多少年紀？〔浄〕論儀表看他，三十不上。〔丑〕是了。你是他什麽人？〔浄〕他祖上，傳留下俺栽花種糧，自小兒我看成他快長。〔丑〕原來你是柳大官。你幾時别他？知他做出甚事來？〔浄〕春頭别，跟尋至此，聞說的不端詳。

〔丑〕這老兒說的一句句着。老兒，若論他做的事，咦！〔作扯淨耳語〕〔淨不聽見介〕〔丑〕呸，左則無人，要他去。老兒，你聽者：

【前腔】他到此病郎當，逢着個杜太爺衙教小姐的陳秀才，勾引他養病菴堂，去後園遊賞。〔淨〕後來？〔丑〕一遊遊到杜小姐墳兒上，拾的一軸春容，朝思暮想，做出事來。㊈〔淨〕怎的來？〔淨〕秀才家爲真當假，劫墳偷壙。〔淨驚介〕這卻怎了？〔丑〕你還不知，被那陳教授稟了官，圍住觀門，拖翻柳秀才，和俺姑娘，行了杖，𧜟琶拶壓，不怕不招。點了供紙，解上江西提刑廉訪司，問那六案都孔目，這男女應得何罪？六案請了律令，稟復道：但偷墳見屍者，依律一秋。〔淨〕怎麼秋？〔丑作案淨頭介〕這等秋。〔淨驚哭介〕俺的柳秀才呵，老跎沒處投奔了。〔丑笑介〕休慌，後來遇赦了，便是那杜小姐活轉來哩。〔淨〕有這等事？〔丑〕活鬼頭還做了秀才正房，俺那死姑娘到做了梅香伴當。〔淨〕何往？〔丑〕臨安去，送他上路，賞這領舊衣裳。

〔淨〕嚇俺一跳，卻早喜也！

【尾聲】去臨安定是圖金榜，〔丑〕着了。〔淨〕俺勒掙着軀腰走帝鄉。〔丑〕老哥，你路上精細些，現如今一路裏畫影圖形捕兇黨。

尋得仙源訪隱淪，郡城南下是通津。

衆中不敢分明説，　遥想風流第一人。⑩

【校】

㊀孤飛雁，格正題作新郎撫孤雁，謂賀新郎犯孤飛雁。

㊁園圍，朱墨本作「家園」。

㊂逞，朱墨、朱校、清暉、獨深、竹林五本俱作「趁」。

㊃紅繡鞋，原誤作金錢花，據格正、葉譜改。

㊄不，獨深本作「莫」。

㊅「擺」字上，朱校本有「穿」字。

㊆文林、朱墨、朱校、清暉四本俱無「是個」二字。

㊇妝，朱校本作「藏」。

㊈「事來」下，文林本、朱墨本俱有「了」字。

⑩下場詩，朱校本、獨深本一、三兩句上俱有「凈」字，二、四兩句上俱有「丑」字。

第四十一齣　耽試

【鳳凰閣】〔淨苗舜賓引衆上〕九邊烽火咤，秋水魚龍怎化？廣寒丹桂吐層花，誰向雲端折下？〔合〕殿闈深鎖，取試卷看詳回話。

【集唐】鑄時天匠待英豪，引手何方一釣鼇？報答春光知有處，文章分得鳳凰毛。下官苗舜賓便是。聖上因俺香山能辨番回寶色，欽取來京典試。因金兵摇動，臨軒策士，問和戰守三者孰便？各房俱已取中頭卷，聖旨着下官詳定。想起來看寶易，看文字難。爲什麽來？俺的眼睛原是貓兒睛，和碧緑琉璃水晶無二，因此一見真寶，眼睛火出；説起文字，俺眼裏從來没有。如今卻也奉旨無奈，左右開箱，取各房卷子上來。〔衆取卷上〕〔淨作看介〕這試卷好少也。且取天字號三卷，看是何如？第一卷詔問和守戰㈠三者孰便？臣謹對：臣聞國家之和賊，如里老之和事。呀，里老和事，和不的罷；國家事，和不來怎了？本房擬他狀元，好没分曉！且看第二卷，這意思主守。〔看介〕臣聞天子之守國，如女子之守身也。比的小了。再看第三卷，到是主戰。〔看介〕臣聞南朝之戰北，如老陽之戰陰。此語忒奇，但是周易有陰陽交戰之説。以前主和，被秦太師誤了，今日權取主戰者第一，主守者第二，主和者第三。其餘諸卷，以次而定。

【一封書】文章五色訛，怕㈡冬烘頭腦多。總費他墨磨，筆尖花無一個。恁這裏龍門

日日開無㊂那，都待要尺水翻成一丈波。卻也無奈了，也是煖㊃浪桃花當一科，池裏無魚可奈何？〔封卷介〕

【神仗兒】〔生上〕風塵戰鬬，風塵戰鬬，奇才輻輳。〔丑〕秀才來的停當，試期過了。〔生〕呀！試期過了，文字可進呈麽？〔丑〕不進呈，難道等你？道英雄入彀，恰鎖院進呈時候。〔生〕怕没有狀元在裏也哥？〔丑〕不多，有三個了。〔生〕萬馬㊄爭先，偏驊騮落後。你快稟，有個遺才狀元求見。〔丑〕這是朝房裏面，府州縣道，告遺才哩。〔生〕大哥，你真個不稟？〔哭介〕天呵！苗老先賫發俺來獻寶，止不住卞和羞，對重瞳雙淚㊅流。

〔淨聽介〕掌門的，這什麽所在，拿過來！〔丑扯生進介〕〔生〕告遺才的，望老大人收考。〔淨〕哎也，聖旨臨軒，翰林院封進，誰敢再收。〔生哭介〕生員從嶺南萬里，帶家口而來，無路可投，願觸金階而死。〔生起觸階〕〔丑止介〕〔淨背云〕這秀才像是柳生，真乃南海遺珠也。〔回介〕秀才上來，可有卷子？〔生〕卷子備有。〔淨〕這等，姑准收考，一視同仁。〔生跪介〕千載奇遇。〔淨念題介〕聖旨問汝多士：近聞金兵犯境，惟有和戰守三策，其便何如？〔生叩頭介〕領聖旨。〔起介〕〔丑〕東席舍去。〔生寫策介〕〔淨〕再將前卷細觀〔看介〕頭卷主戰，二卷主守，三卷主和。主和的怕不中聖意？〔生交卷，淨看介〕呀，風簷寸晷，立掃千言，可敬，可敬。俺急忙難看，只說和戰守三件，你主那一件兒？〔生〕生員也無偏主，天下大勢，能戰而後能守；能守而後能戰㊆；可戰，可守，而後能和。如醫

用藥，戰爲表，守爲裏，和在表裏之間。〔浄〕高見，高見。則當今事勢何如？

【馬蹄花】㈧〔生〕當今呵，寶駕遲留，則道西湖晝錦遊。爲三秋桂子，十里荷香，一段邊愁。則願的吴山立馬那人休，俺燕雲唾手何時就？若止是和呵，小朝廷羞殺江南；便戰守呵，請鑾輿略近神州。

〔浄〕秀才言之有理。

【前腔】聖主垂旒，想泣玉遺珠一網收。對策者千餘人，那些不知時務，未曉天心，怎做儒流？似你呵，三分話點破帝王憂，萬言策檢盡乾坤漏。〔生〕小生嶺海之士。〔浄低介〕知道了，你釣竿兒拂綽了珊瑚，敢今番着了鼇頭。

秀才，午門外候旨。〔生應出背介〕這試官卻是苗老大人，嫌疑之際，不敢相認。且當清鏡明開眼，惟願朱衣暗點頭。〔下〕〔浄〕試卷俱已詳定，左右跟隨進呈去。〔行介〕絲綸閣下文章静，鐘鼓樓中刻漏長。呀，那裏鼓響。〔内急擂鼓介〕〔丑〕是樞密府樓前邊報鼓。〔内馬嘶介〕〔浄〕邊報警急，怎了？怎了？〔外老樞密上〕花萼夾城通御氣，芙蓉小苑入邊愁。〔見介〕〔浄〕老先生奏邊事而來？〔外〕便是。先生爲進卷而來？〔浄〕正是。〔外〕今日之事，以緩急爲先後，僭了！〔外叩頭奏事介〕掌管天下兵馬知樞密院事臣謹奏俺主。〔内宣介〕所奏何事？〔外〕

【滴溜子】金人的，金人的，風聞入寇。〔内〕誰是先鋒？〔外〕李全的，李全的，前來戰鬬。

〔内〕到什麼地方了？〔外〕報到了淮揚左右。〔内〕何人可以調度？〔外〕有杜寶現爲淮揚安撫，怕邊關早晚休，要星忙廝救。㊈

〔淨叩頭奏事介〕臣看卷官苗舜賓謹奏俺主：

【前腔】臨軒的，臨軒的，文章看就。呈御覽，呈御覽，定其卷首。黄道日傳臚祗候，衆多官在殿頭，把瓊林宴備久。

〔内〕奏事官午門外伺候。〔外淨同起介〕〔淨〕老先生，聽的金兵爲何而動？〔外〕適纔不敢奏知，金主此行，單爲來搶占西湖美景。〔淨〕癡韃子，西湖是俺大家受用的，若搶了西湖去，這杭州通没用了。〔内宣介〕聽旨：朕惟治天下有緩有急，乃武乃文。今淮揚危急，便着安撫杜寶前去迎敵，不可有遲。其傳臚一事，待干戈寧輯㊉，偃武修文，可諭知多士。叩頭！〔外淨叩頭呼萬歲起介〕

澤國江山入戰圖，曳裾終日盛文儒。
多才自有雲霄望，其奈邊防重武夫。㊁

【校】

㊀守戰，朱墨本、朱校本俱作「戰守」。

㊁「怕」字上，文林本、朱墨本俱有「生」字。

㊂朱墨本奪「無」字。

㊃文林、朱墨、朱校、清暉、竹林五本俱奪「煖」字。

㊄「萬馬」上，文林本、朱墨本俱有「咳」字。

㊅淚，朱墨本誤作「目」。

㊆朱校本無「天下大勢」三句。

㊇馬蹄花，格正題作杏林馬，葉譜題作駐馬近，俱謂駐馬聽犯杏壇三操（即好事近之別名）。

㊈格正云：「缺末二句；下曲亦然。」葉譜以爲是滴溜子的又一體。

㊉輯，原誤作「集」，據朱校本改。

⑪下場詩，文林、朱墨、朱校三本一、三兩句上俱有「外」字，二、四兩句上俱有「净」字。清暉、獨深、竹林三本僅一、三兩句上有「外」字。

第四十二齣　移鎮

【夜行船】㊀〔外杜安撫引衆上〕西風揚子津頭樹，望長淮渺渺愁予。枕障江南，鉤連塞北，如此江山幾處？

【訴衷情】砧聲又報一年秋，江水去悠悠。塞草中原何處？一雁過淮樓。天下事，鬢邊愁，付東流。不㊁分吾家小杜，清時醉夢揚州。自家淮揚安撫使杜寶。自到揚州三載，雖則李全騷擾，喜得大勢平安。昨日打聽金兵要來，下官十分憂慮。可奈夫人不解事，偏將亡女絮傷心。

【似娘兒】〔老旦引㊂貼上〕夫主掣兵符，也相從燕幙棲遲。〔歎介〕畫屏風外秦淮樹，看兩點金焦，十分眉恨，片影江湖。

〔老〕相公萬福。〔外〕夫人免禮。【玉樓春】〔老〕相公，幾年別下南安路，春去秋來朝復暮。〔外〕空懷錦水故鄉情，不見揚州行樂處。〔老〕你摩梭㊃老劍評今古，那個英雄閒處住？㊄〔淚介〕〔合〕忘憂恨自少宜男，淚灑嶺雲江外樹。〔老〕相公，俺提起亡女，你便無言，豈知俺心中愁恨？一來爲苦傷女兒，二來爲全無子息。待趁在揚州，尋下一房，與相公傳後，尊意何如？〔外〕使不得，部民之女哩。〔老〕這等，過江金陵女兒可好？〔外〕當今王事悤悤，何心及此！〔老〕苦殺俺麗娘兒也！〔哭介〕〔淨報子上〕詔從日月威光遠，兵洗江淮殺氣高。稟老爺：有朝報。〔外起看報介〕樞密院一

本，爲金兵寇淮事。奉聖旨：便着淮揚安撫使杜寶，刻日渡淮，不許遲誤。欽此！呀，兵機緊急，聖旨森嚴。夫人，俺同你移鎮淮安，就此起程了。〔丑驛丞上〕羽檄從參贊，牙籤報驛程。稟老爺：船隻齊備。〔内鼓吹介〕〔上船介〕〔内稟合屬官吏候送〕〔外分付起去介〕〔外〕夫人，又是一江秋色也。

【長拍】天意秋初，天意秋初，金風微度，城闕外畫橋烟樹。看初收潑火，嫩涼生微雨沾裾。移畫舸浸蓬壺，報潮生，風氣肅。浪花飛吐，點點白鷗飛近渡。風定也落日搖帆映綠蒲，白雲秋窣的鳴簫鼓。何處菱歌，喚起江湖？

呀，岸上跑馬的什麽人？

【不是路】㈥〔末報子跑馬上〕馬上傳呼，慢櫓停船看羽書。〔外〕怎的來？〔末〕那淮安府，李全將次逞狂圖。〔外〕可發兵守禦？〔末〕怎支吾，星飛調度憑安撫，則怕這水路裏躭延你還走旱途。〔外〕休驚懼，夫人，吾當走馬紅亭路，你轉船歸去，轉船歸去。

〔老〕後面報馬又到哩。〔丑報子上〕

【前腔】萬騎胡奴，他要塹斷長淮塞五湖。老爺快行，休遲誤。小的先去也，怕圍城緩急要降胡。〔下〕〔老哭介〕待何如？你星霜滿鬢當戎虜，似這等烽火連天各路衢。〔外〕真愁促，怕揚州隔斷無歸路，再和你相逢何處？相逢何處？

夫人，就此告辭了。揚州定然有警，可徑走臨安。

【短拍】老影分飛，老影分飛，似參軍杜甫，把山妻泣向天隅。〔老哭介〕無女一身孤，亂軍中別了夫主。〔合〕有什麽命夫命婦，都是些鰥寡孤獨。生和死，圖的個夢和書。

【尾聲】〔老〕㈦老殘生兩下裏自支吾。〔外〕俺做的是這地頭軍府。〔老〕老爺，也珍重你這滿眼兵戈一腐儒。

〔外下〕〔老歎介〕天呵，看揚州兵火滿道。春香，和你徑走臨安去也。

隋堤風物已淒涼，楚漢寧教作戰場。

閨閣不知戎馬事，雙雙相趁下殘陽。

【校】

㈠夜行船：行，原誤作「游」，據格正、葉譜改；船，文林、朱墨、清暉、獨深、竹林五本俱誤作「朝」。

㈡不，朱墨本作「有」。

㈢原無「引」字，據朱墨、朱校、清暉、獨深四本補。

㈣梭，清暉本作「睃」。

㈤處住，朱墨本作「住處」。

㈥不是路，格正、葉譜俱題作惜花賺。

㈦原無「老」字，據朱校本補。

第四十三齣　禦淮

【六么令】〔外引生末衆軍上〕西風揚譟，漫騰騰殺氣兵妖，望黄淮秋捲浪雲高。排雁陣，展龍韜，斷重圍殺過河陽道。㈠走乏了。衆軍士，前面何處？〔衆〕淮城近了。〔外望介〕天呵，【昭君怨】剩得江山一半，又被胡笳吹斷。〔衆〕秋草舊長營，血風腥。〔外〕聽得猿啼鶴怨，淚溼征袍如汗。〔衆〕老爺呵，無淚向天傾，且前征。〔外〕衆三軍，俺的兒，你看咫尺淮城，兵勢危急，俺們一邊捨死，先衝入城；一面奏請朝廷，添兵救助。三軍，聽吾號令，鼓勇而行。〔衆哭應介〕謹如軍令。〔行介〕

【四邊静】坐鞍心把定中軍號，四面旌旗繞。旗開日影摇，塵迷日光小。〔合〕胡兵氣驕，南兵路遥。血暈幾重圍，孤城怎生料？

〔外〕前面寇兵截路，衝殺前去！〔下〕

【前腔】〔浄引丑貼衆軍喊上〕李將軍射雁穿心㈡落，豹子翻身嚼。單尖寶蹬挑，把追風膩旗兒梟。〔合前〕〔浄笑介〕你看俺溜金王手下，雄兵萬餘，把淮陰城圍了七週遭，好不緊也。〔内擂鼓喊介〕〔浄〕呀，前路兵風，想是杜安撫來到。分兵一千，迎殺前去。〔虚下〕〔外衆唱合前上〕〔浄衆上打話單戰介〕〔浄叫衆擺長陣攔路介〕〔外叫衆軍衝圍殺進城去介〕〔浄〕呀，杜家兵衝

入圍城去了，且由他。喫盡糧草，自然投降也。〔合前〕〔下〕

【番卜算】〔老旦末文官上〕鎮日陣雲飄，閃卻烏紗帽。〔淨丑武官上〕〔淨〕長鎗大劍把河橋，〔丑〕鼓角如龍叫。

〔見介〕請了。【更漏子】〔老旦〕枕淮樓，臨海際，〔末〕殺氣騰天震地。〔丑〕聞砲鼓，使人驚，插天飛不成。〔淨〕匣中劍，腰間箭，領取背城一戰。〔合〕愁地道，怕天衝，幾時來杜公。〔老旦〕俺們是淮安府行軍司馬，和這參謀，都是文官。遭此賊兵圍緊，久已迎取安撫杜老大人，還不見到。敢問二位留守將軍：有何計策？〔丑〕依在下所見，降了他罷。〔老〕㊂怎說這話？〔丑〕不降，走爲上計。〔老〕走的一丁，走不的十個。㊃〔丑〕這般說，俺小奶奶那一口，放那裏？〔淨〕鎖放大櫃子裏。〔丑〕鑰匙呢？〔淨〕放俺處。李全不來，替你託妻寄子。〔丑〕李全來呢？〔淨〕替你出妻獻子。〔丑〕好朋友，好朋友。〔内擂鼓喊介〕〔生報子上〕報，報，報，正南一枝兵馬，破圍而來，杜老爺到也。〔衆〕㊄快開城迎接去。天地日流血，朝廷誰請纓。〔並下〕

【紅繡鞋】㊅〔外引衆上〕連天殺氣蕭條，蕭條。連城圍了週遭，週遭。風喇喇，陣旗飄。叫開城，下弔橋。〔老旦等上〕〔合〕文和武，索迎着。

〔跪迎介〕文武官屬，迎接老大人。〔外〕起來，敵樓相見。〔老旦等應下介〕

【前腔】〔外〕胡塵染惹征袍，征袍。血花風腥寶刀，寶刀。〔内擂鼓介〕淮安鼓，揚州簫。

擺鸞旗，登麗譙。〔合〕排衙了，列功曹。

〔到介〕〔貼辦㊆官上〕稟老爺：升座。㊇

【粉蝶兒】㊈〔外〕萬里寄龍韜，那得戍樓清嘯？

〔貼報門介〕文武官屬進。〔老旦等參見介〕孤城累卵，方當萬死之危；開府弄丸，來赴兩家之難。凡俺官寮，禮當拜謝！〔外〕兵鋒四起，勞苦諸公，皆老夫遲慢之罪。只長揖便了。〔衆應起揖介〕〔外〕看來此賊，頗有兵機。放俺入城，其中有計。〔衆〕不過穿地道，起雲梯，下官粗知備禦。〔外〕怕的是鎖城之法耳。〔丑〕敢問何謂鎖城？是裏面鎖？外面鎖？外面鎖，鎖住了溜金王；若裏面鎖，連下官都鎖住了。〔外〕不提起罷了。城中兵幾何？〔浄〕一萬三千。〔外〕糧草幾何？〔末〕可支半年。〔外〕文武同心，救援可待。〔内擂鼓喊介〕〔生報子上〕報，報，李全兵緊圍了。〔外長歎介〕這賊好無理也！

【刬㊉鍬兒】兵多食廣禁圍繞，則要你文班武職兩和調。〔衆〕巡城徹昏曉，這軍民苦勞。〔内喊介〕〔泣介〕〔合〕那兵風正號，俺軍聲静悄。〔外拜天〕〔衆同拜介〕淚灑孤城，把蒼天暗禱。〔衆〕

【前腔】危樓百尺堪長嘯，籌邊兩字寄英豪。〔外〕江淮未應小，君侯佩刀。〔合前〕

〔外〕㊁從今日起，文官守城，武官出城㊂，隨機策應。〔丑〕則怕大金家來了。〔外〕㊃金兵呵，

【尾聲】他看頭勢而來不定交，休先倒折了趙家旗號。便來呵，也少不得死裏求生那一着敲。

日日風吹虜騎塵，三千犀甲擁朱輪。
胸中別有安邊計，莫遣功名屬別人。㊃

【校】

㊀「斷重圍」句，格正、葉譜俱疊一句。
㊁原奪「心」字，據朱墨、朱校、清暉、獨深、竹林五本補。
㊂老，文林、朱墨、朱校、獨深四本俱作「末」。
㊃個，文林本、朱墨本俱作「口」。
㊄衆，獨深本作「浄」。
㊅紅繡鞋，原誤題作金錢花，據格正、葉譜改。
㊆「辦」字下，朱校本有「事」字。
㊇原無「稟老爺升座」句，據朱墨本補。座，文林本、朱校本俱作「堂」。
㊈粉蝶兒下原有「引」字，衍，據格正删；此曲應有七句，此處下面省去五句。葉譜題作好事近，

則下面應省去六句。

㊉ 划，文林、朱墨、清暉、獨深、竹林五本俱作「剗」，格正作「鏟」。

㊀ 原無「外」字，據朱墨、朱校、獨深、竹林四本補。

㊁ 城，朱墨本作「戰」。

㊂ 外，原誤作「浄」，據文林、朱墨、朱校、獨深、竹林五本改。

㊃ 下場詩，朱校本首句上有「浄」字，二句上有「丑」字，三句上有「外」字，末句上有「衆」字。

第四十四齣　急難

【菊花新】〔旦上〕曉妝臺圓夢鵲聲高，閒把金釵帶笑敲。博山秋影搖，盼泥金俺明香暗焦。

鬼魂求出世，貧落望登科。夫榮妻貴顯，凝盼事如何？俺杜麗娘，跟隨柳郎科試，偶逢天子招賢，只這些時還遲喜報。正是：長安咫尺如千里，夫壻迢遥第一人。

【出隊子】〔生上〕詞場湊巧㈠，無奈兵戈起禍苗。盼泥金賺殺玉多嬌，他待地窟裏隨人上九霄。一脈離魂，江雲暮潮。

〔見介〕〔旦〕柳郎，你回來了。望你高車晝錦，爲何徒步而回？〔生〕聽俺道來：

【瓦盆兒】㈡去遲科試收場鎖院散羣豪，〔旦〕咳，原來去遲了。〔生〕喜逢着舊知交。〔旦〕可曾補上？〔生〕虧他滿船明月又把去珠淘，〔旦喜介〕好了。放榜未？〔生〕恰正在奏龍樓開鳳榜蹊蹺。〔旦〕怎生蹊蹺？〔生〕你不知，大金家兵起，殺過淮揚來了。忙喇煞細柳營權將杏苑抛，剛則遲誤了你夫人花誥。〔旦〕遲也不争幾時。則問你淮揚地方，便是俺爹爹管轄了處了？〔生〕便是。〔旦哭介〕天也，俺的爹娘怎了！〔泣介〕〔生〕直恁的活擦擦，痛生生腸斷了，比如你在泉路裏可心焦？

〔旦〕罷了。㊂奴有一言，未敢㊃啓齒。〔生〕但説不妨。〔旦〕柳郎，放榜之期尚遠，欲煩你淮揚打聽爹娘消耗，未審許否？〔生〕謹依尊命，奈放小姐不下。〔旦〕不妨，奴家自會支吾。〔生〕這等就此起程了。

【榴花泣】〔旦〕白雲親舍俺孤影舊梅梢，道香魂恁寂寥。㊄怎知魂向你柳枝銷？維揚千里長是一靈飄。回生事少，爹娘呵，聽的俺，活在人間驚一跳。平白地鳳壻過門，好似半青天鵲影成橋。

【前腔】〔生〕俺且行且止兩處係心苗，要留旅店伴多嬌。〔旦〕有姑姑爲伴。〔生〕陰人難伴你這冷長宵，把心兒不定還怕你舊魂飄。〔旦〕再不飄了。〔生〕俺文高中高，一時㊅榜下歸難到。〔旦泣介〕俺爹娘呵！〔生〕你念雙親捨的離情，俺爲半子怎惜攀高？

小姐，卑人拜見岳翁岳母，起頭便問及回生之事了。

【漁家燈】〔旦歎介〕説的來似怪如妖，怕爹爹執古妝蹻。〔想介〕有了，將奴春容帶在身傍，但見了一幅春容，少不的問俺兩下根苗。〔生〕問時，怎生打話？〔旦〕則説是天曹，偶然注定的姻緣到，驀踏着墓墳開了。〔生〕説你先到俺書齋纔好。〔旦羞介〕休喬，這話教人笑，略説與梅香賊牢。

【前腔】〔生〕俺滿意兒待駟馬過門，和你離魂女同歸氣高。誰承望探高親去傍干戈？

怕寒儒欠整衣毛。〔旦〕女壻老成些不妨，則途路孤栖㊆，使奴罣念。〔生〕秋霄㊇，雲横雁字斜陽道，向秦淮夜泊魂消。〔旦〕夫，你去時冷落些，回來報中狀元呵。〔生〕名標，大拜門喧笑，抵多少駙馬還朝。

〔浄上〕雨傘晴兼雨，春容秋復春。包袱雨傘在此。

【尾聲】〔拜別介〕〔旦〕秀才郎探的個門楣着，〔生〕報重生這歡聲不小。〔旦〕柳郎，那裏平安了便回，休只顧的月明橋上聽吹簫。

不爲經時謁丈人，　囊無一物獻尊親。
馬蹄走㊈入揚州路，　兩地各傷無限神。㊉

【校】

㊀「詞場湊巧」，清暉本疊一句。

㊁瓦盆兒，格正題作石榴花。

㊂文林本、朱墨本俱無「罷了」二字。

㊃敢，朱墨、朱校、獨深、竹林四本俱作「忍」。

㊄「道香魂」句，文林本、朱墨本俱作「香魂冷歎寂寥」。

㊅「一時」上，朱墨本有「怕」字。
㊆栖，文林、清暉、獨深三本俱作「恓」。
㊇霄，文林、朱墨、清暉、獨深、竹林五本俱作「宵」。
㊈走，朱墨、清暉、獨深、竹林四本俱作「漸」。
㊉下場詩，朱校本一、三兩句上有「生」字，二、四兩句上有「旦」字。

第四十五齣　寇間

【包子令】〔老旦外賊兵巡哨上〕大王原是小嘍囉，小㊀嘍囉。娘娘原是小旗婆，小旗婆。立下個草朝忒快活，虧心又去搶山河。〔合〕轉巡羅，山前山後一聲鑼。兄弟，大王爺攻打淮城，要個人見杜安撫打話，大路頭影兒没一個，小路頭尋去。〔唱前合下〕〔末雨傘包袱上〕

【駐馬聽】家舍南安，有道爲生新失館。要腰纏十萬，教學千年，方纔貫滿。㊁俺陳最良，爲報杜小姐之事，揚州見杜安撫大人。誰知他淮安被圍，教俺没前没後。大路上不敢行走，抄從小路而去。學先師傳食走胡旋，怯書生避寇遭塗炭。你看樹影凋殘，猿啼虎嘯教人歎。㊂

〔丑外上〕明知山有虎，故向虎邊行。烏漢那裏去？〔拿介〕〔末〕饒命！大王！〔外〕還有個大王哩。

〔末〕天天，怎了？正是：烏鴉喜鵲同行，吉凶全然未保。〔並下〕

【普賢歌】〔净丑衆上〕莽乾坤生俺賊兒頑，誰道賊人膽裏單？南朝俺不蠻，北朝俺不番，甚天公有處安排俺。

娘娘，俺和你圍了淮安許久，只是不下，要得個人去淮安打話，兼看杜安撫動定如何？則眼下無人可使哩。〔丑〕必得杜老兒親信之人，將計就計，方且可行。〔外綁末上〕

【劍器令】㊃没路走羊腸，天天呵，撞入這屠門怎放？

〔見介〕〔外〕稟大王，拿得個南朝漢子在此。〔浄〕是個老兒，何方人氏？作何生理？〔末〕聽稟：

【大迓鼓】生員陳最良，南安人氏，訪舊淮揚。〔浄〕訪誰？〔末〕便是杜安撫。他後堂曾設扶風帳。〔丑〕你原來他衙中教學，幾個學生？〔末〕則他甄氏夫人，單生下一女。女書生年少亡㊄。〔丑〕還有何人？〔末〕義女春香，夫人伴房。

〔丑笑背介〕一向不知杜老家中事體，今日得知，吾有計矣。〔回介〕這腐儒，且帶在轅門外去。〔衆應押末下介〕〔丑〕大王，奴家有了一計，昨日殺了幾個婦人，可於中取出首級二顆，則説杜家老小，回至揚州。被俺手下殺了，獻首在此。故意蘇放那腐儒，傳示杜老，杜老心寒，必無守城之意矣。〔浄〕高見！高見！〔浄起低聲分付介〕叫中軍。〔生上〕〔浄〕俺請那腐儒講話中間，你可將昨日殺的婦人首級二顆來獻，則説是杜安撫夫人甄氏，和他使女春香，牢記着。〔生應下〕〔浄〕左右，再拿秀才來見。〔衆押末上介〕〔末〕饒命！大王。〔浄〕你是個細作，不可輕饒。〔丑〕勸大王鬆了他，聽他講些兵法到好。〔浄〕也罷，依娘娘説，鬆了他。〔衆放末綁介〕〔末叩頭介〕叩謝大王娘娘不殺之恩。〔浄〕起來，講些兵法俺聽。〔末〕衛靈公問陳於孔子，孔子不對，説道吾未見好德如好色者也。〔浄〕這是怎麼説？〔末〕則因彼時衛靈公有個夫人南子同座，先師所以怕得講話。〔浄〕他夫人是「南子」，俺這娘娘是婦人。〔内擂鼓，生報子上〕報，報，報，揚州路上兵馬，殺了杜安撫家小。竟來獻首級討賞。〔浄看介〕則怕是假的？〔衆〕千真萬真，夫人甄氏，這使女叫做春香。〔末做看認驚哭介〕天呵！真個是老夫人和春香也。〔浄〕哇！腐儒啼哭什麼？還要打破淮城，殺杜老兒去。〔末〕

饒了罷，大王。〔浄〕要饒他，除非獻了這座淮安城罷。〔末〕這等，容生員去傳示大王虎威，立取回報。〔丑〕大王恕你一刀，腐儒快走。〔内擂鼓發喊開門介〕〔末作怕介〕

【尾聲】顯威風記的這溜金王㊅，〔浄丑〕你去説與杜安撫呵，着什麽耀武揚威早納降，俺實實的要占㊆江山非是謊。〔浄丑下〕

〔末打躬送介〕〔弔場〕活強盜，活強盜，殺了杜老夫人春香，不免城中報去。

海神東過惡風迴，日暮沙場飛作灰。
今日山翁舊賓主，與人頭上拂塵埃。

【校】

㊀原奪「小」字，據朱墨本補。下「小旗婆」疊句「小」字同。

㊁貫滿，朱校本作「滿貫」。

㊂「歎」字上，文林本、朱墨本俱有「悲」字。

㊃劍器令，原誤題作粉蝶兒，據格正、葉譜改。

㊄「女書生」句，格正云：「第五句（上）脱一字。」

㊅「顯威風」句，朱校本作浄唱，蓋誤。

㊆占，朱墨本、朱校本俱作「展」。

第四十六齣　折寇

【破陣子】㊀〔外戎裝佩劍引衆上〕接濟風雲陣勢，侵尋歲月邊垂。〔内擂鼓喊介〕〔外歎介〕你看虎咆般砲石連雷碎，雁翅似刀輪密雪施。李全，李全，你待要霸江山吾在此。

【集唐】誰能談笑解重圍？萬里胡天鳥不飛。今日海門南畔事，滿頭霜雪爲兵機。我杜寶，自到淮揚，即遭兵亂。孤城一片，困此重圍。只索調度兵糧，飛揚金鼓。生還無日，死守由天。潛坐敵樓之中，追想靖康而後，中原一望，萬事傷心。

【玉桂枝】㊁問天何意，有三光不辨華夷？㊂把腥羶吹換人間，這望中原做了黄沙片地。〔惱介〕猛冲冠怒起，猛冲冠怒起，是誰弄的，江山如是？〔歎介〕中原已矣！關河困，心事違。也則要保揚州，濟淮水。俺看李全賊數萬之衆，破此何難？進退遲疑，其間有故。俺有一計可救圍，恨無人與遊説。

〔内擂鼓介〕〔净㊃報子上〕羽檄場中無雁到，鬼門關上有人來。好笑，城圍的鐵桶似緊，有個秀才來打秋風，則索報去。禀老爺：有個故人相訪。〔外〕敢是奸細？〔净〕説是江右南安府陳秀才。〔外〕這迂儒，怎生飛的進來？快請，快請。〔末上〕

【浣溪紗】㊄擺旌旗，添景致，又不是鬧元宵鼓砲齊飛。杜老爺在那裏。〔外笑出迎介〕忽聞的千里故人誰？〔歎介〕原來是先生到此，教俺驚垂淚。〔末〕老公相頭通白了。〔合〕白首相看俺與伊，三年一見愁眉。

〔拜介〕【集唐】〔末〕頭白乘驢懸布裳，〔外〕故人相見憶山陽。〔末〕横塘一别千餘里，〔外〕卻認并州作故鄉。〔末〕恭念公相，又苦傷老夫人回揚州，被賊兵所算了。〔外驚介〕怎知道？〔末〕生員在賊營中，眼同驗過老夫人首級，同春香都殺了。〔外哭介〕⑥

【玉桂枝】相夫登第，表賢名甄氏吾妻。⑦稱皇宣一品夫人，又待伴俺立雙忠烈女。想賢妻在日，想賢妻在日，淒然垂淚，儼然冠帔。⑧〔外哭倒衆扶介〕〔末〕我的老夫人，老夫人，怎了！你將官們也大家哭一聲兒麽！〔衆哭介〕老夫人呵。〔外作惱拭淚介〕呀，好没來由，夫人是朝廷命婦，罵賊而死，理所當然。我怎爲他亂了方寸，灰了軍心？身爲將，怎顧的私？任恓惶，百無悔。陳先生，溜金王還有講麽？〔末〕不好説得，他還要殺老先生。〔外〕咳，他殺俺甚意兒？俺殺他全爲國。

〔末〕依了生員，兩下裏都不要殺。〔做扯外耳語介〕那溜金王要這座淮安城。〔外〕噤聲！那賊營中，是一個座位？是兩個座位？〔末〕他和妻子連席而坐。〔外笑介〕這等，吾解此圍必矣。先生竟爲何來？〔末〕老先生不問，幾乎忘了。爲小姐墳兒被盜，竟此相報。〔外驚介〕天呵，塚中枯骨，與賊何仇，都則爲那些寶玩害了也。賊是誰？〔末〕老公相去後，石道姑招了個嶺南遊棍柳夢梅爲

伴，見物起心，一夜刼墳逃去，屍骨投之池水中，因此不遠千里而告。〔外歎介〕女墳被發，夫人遭難，正是：未歸三尺土，難保百年身；既歸三尺土，難保百年墳。也索罷了，則可惜先生一片好心。〔末〕生員拜別老公相後，一發貧薄了。〔外歎介〕軍中倉卒，無以爲情。我把一大功勞，先生幹去。〔末〕願效勞。〔外〕我久寫下咫尺之書，要李全解散三軍之衆。餘無可使，煩公一行。左右，取過書儀來，倘說得李全降順，便可歸奏朝廷，自有個出身之處。〔生取書儀上(九)〕儒生三寸舌，將軍一紙書。書儀在此。〔末〕途費謹領。送書一事，其實怕人。〔外〕不妨。

【榴花泣】兵如鐵桶一使在其中，將折簡去和戎，陳先生，你志誠打的賊兒通。雖然寇盜(一〇)奸雄，他也相機而動。〔末〕恐遊說非書生之事。〔外〕看他開圍放你而來，其意可知。你這書生，正好做傳書用。〔末〕仗恩臺一字長城，借寒儒八面威風。〔內鼓吹介〕

【尾聲】〔外〕(一一)戍樓羌笛話匆匆，事成呵，你歸去朝廷沾寸寵。這紙書，敢則是保障江淮第一封。

隔河征戰幾歸人，五馬臨流(一二)待幕賓。
勞動先生遠相訪，恩波自會惜枯鱗。(一三)

【校】

(一) 破陣子，格正題作破齊陣，葉譜題作破陣樂，俱謂破陣子犯齊天樂。

（二）玉桂枝，葉譜題作玉桂五枝，謂玉抱肚犯桂枝香、鎖南枝之外，尚有五更轉一調。下玉桂枝同。

（三）不辨華夷，文林本、朱墨本俱作「不分夏夷」。

（四）原無「介浄」二字，據朱校、清暉、獨深三本補。

（五）浣溪紗，格正題作浣紗令，葉譜題作浣溪令，俱謂浣溪紗犯東甌令。

（六）「外哭介」下，各本俱有「天呵，痛殺俺也」二句。

（七）甄氏吾妻，朱墨本作「甄家老妻」。

（八）儼然冠帔，文林本、朱墨本俱作「白頭抛棄」。

（九）上，原作「介」，據朱校本改。

（一〇）「寇盜」下，文林本、朱墨本俱有「亦是一」三字。

（一一）原無「外」字，據朱校本補。

（一二）臨流，朱墨本作「流傳」。

（一三）下場詩，文林、朱墨、朱校、清暉、獨深五本一、三兩句上俱有「外」字，二、四兩句上俱有「末」字。

第四十七齣　圍釋

【出隊子】〔貼通事上〕一天之下㊀，南北分開兩事家。中間放着個蓼兒洼，明助着番家打漢家。通事中間，撥嘴撩牙。

事有足詫，理有必然。自家溜金王麾下一名通事便是。好笑，好笑，俺大王助金圍宋，攻打淮城。誰知北朝，暗地差人去到南朝講話。正是：暫通禽獸語，終是犬羊心。〔下〕〔淨引衆上〕

【雙勸酒】橫江虎牙，插天鷹架。擂鼓揚旗，衝車甲馬。把座錦城牆圍的陣雲花，杜安撫你有翅難加。

自家溜金王，攻打淮城，日久未下。外勢雖然虎踞，中心未免狐疑。一來怕南朝大兵，兼程而進㊁；二來怕北朝見責，委任無功；真個進退兩難。待娘娘到來計議。〔丑上〕驅兵捉將蚩尤女，捏鬼妝神豹子妻。大王，你可聽見，大金家有人南朝打話，回到俺營門之外了。〔淨〕有這事。〔老旦番將帶刀騎馬上〕

【北夜行船帶過沽美酒㊂】大北裏宣差傳站馬，虎頭牌滴溜的分花。〔外馬夫趕上介〕滑了，滑了。〔老旦〕那古裏誰家？跑翻了拽喇。怎生呵，大營盤没個人兒答煞？〔外大叫介〕溜金爺，北朝天使到來。〔下〕〔淨丑作慌介〕快叫通事請進。〔貼上接跪介〕溜金王患病了，請那顏進。〔老旦〕可纔可纔，道句兒克卜喇。

〔下馬上坐介〕都兒，都兒。〔浄問貼介〕怎麽説？〔貼〕惱了。〔浄丑舉手老旦做惱不回介〕〔指浄介〕鐵力温都答喇。〔浄問貼介〕怎説？〔貼〕不敢説，要殺了。〔浄〕卻怎了？〔老旦做看丑笑介〕忽伶，忽伶。〔丑問貼介〕〔貼〕歎娘娘生得妙。〔老旦〕克老，克老。〔貼〕説走渴了。〔老旦手足做忙介〕兀該打刺。〔貼〕叫馬乳酒。〔老旦〕約兒兀只。〔貼〕要燒羊肉。〔浄叫介〕快取羊肉乳酒來。〔外持酒肉上介〕〔老旦灑酒取刀割羊肉吃，笑將羊油手擦胸介〕一六兀刺的。〔貼〕不惱了，説有禮體。〔老旦作醉介〕鎖陀八，鎖陀八。〔貼〕説醉了。〔老旦作看丑介〕倒喇，倒喇。㊃〔丑笑介〕怎説？〔貼〕要娘娘唱個曲兒。〔丑〕使得。

【北清江引】呀，啞觀音，覷着個番答辣，胡蘆提笑哈。兀那是都麻，請將來岸答，撞門兒一句咬兒只不毛古喇。

通事，我斟一杯酒，你送與他。〔貼作送酒介〕阿阿兒該力。〔丑〕通事，説甚麽？〔貼〕小的稟娘娘送酒。〔丑〕着了。〔老旦作醉看丑介〕孛知，孛知。〔貼〕又央娘娘舞一回。〔丑〕使得，取我梨花鎗來。

【前腔】〔持鎗舞介〕冷梨花，點點風兒刮，裊得腰身乍。胡旋兒打一車，花門折一花，把一個睃啜老那顏風勢煞。

〔老旦反背拍袖笑倒介〕忽伶，忽伶。〔貼扶起老旦介〕〔老擺手到㊄地介〕阿來不來。〔貼〕這便是唱喏，叫唱一直。〔老笑點頭招丑介〕哈嗽，哈嗽。〔貼〕要問娘娘。〔丑笑介〕問甚麽？〔老扯丑輕説介〕哈嗽兀該毛克喇，毛克喇。〔丑笑問貼介〕怎説？〔貼作摇頭介〕問娘娘討件東西。〔丑笑介〕討甚麽？〔貼〕通事不敢説。〔老笑倒介〕古魯，古魯。〔浄背叫貼問介〕他要娘娘什麽東西？古魯古魯不住的。〔貼〕這件東西，是要不得的。便要時，則怕娘娘不捨的；便是娘娘捨的，大王也不捨的；便⑥大王捨的，小的也不捨得。〔浄〕甚東西，直恁捨不的？〔貼〕他這話到明，哈嗽兀該毛克喇，要娘娘有毛的所在。〔浄作惱介〕氣也！氣也！這臊子好大膽，快取鎗來。〔作持花鎗趕殺介〕〔貼扶醉老走〕〔老提酒壺叫古魯古魯架住鎗介〕

【北尾】⑦〔浄〕你那⑧醋葫蘆指望把梨花架，臊⑨奴，鐵圍牆敢靠定你大金家。〔搦倒老介〕則踹着你那幾莖兒苫⑩嘴的赤支沙，把那嚥腥臊的㗹子兒生搭殺。

〔丑扯住浄放老介〕〔老〕曳喇曳喇哈哩。〔指浄介〕力婁吉丁母剌失，力婁吉丁母剌失。〔作閃袖走下介〕〔浄〕氣殺我也！那曳喇哈的什麽？〔貼〕叫引馬的去。〔浄〕怎指着我力婁吉丁母剌失？〔貼〕這要奏過他主兒，叫人來相殺。〔浄作惱介〕〔丑〕老大王，你可也當着不着的。〔浄〕啐！着了你那毛格喇哩。〔丑〕便許他在那裏，你卻也忒撚酸。〔浄不語介〕正是，我一時風火性，大金家得知，這溜金王到有些欠穩。〔丑〕便是，番使南朝而回，未必其中無⑪話。〔浄〕娘娘高見何如？〔丑〕容奴家措思。〔内擂鼓介〕〔貼報子上〕報，報，報，前日放去的老秀才，從淮城中單馬飛來，道有緊急，投見大王。〔丑〕恰好，着他進來。

【縷縷金】⑫〔末上〕無之奈，可如何？書生承將令，强嘍囉。〔内喊〕〔末驚跌介〕一聲金砲響，將人跌蹉。可憐，可憐，密札札干戈㊂，其間放着我。

〔貼唱門介〕生員進。〔末見介〕萬死一生，生員陳最良，百拜大王殿下，娘娘殿下。〔浄〕杜安撫獻了城池？〔末〕城池不爲希罕，敬來獻一座王位與大王。〔浄〕寡人久已爲王了。〔末〕正是官上加官，職上添職。杜安撫有書呈上。〔浄看書介〕通家生杜寶頓首李王麾下：〔問末介〕秀才，我與杜安撫有何通家？〔末〕漢朝有個李杜至交，唐朝也有個李杜契友，因此杜安撫斗膽稱個通家。〔浄〕這老兒好意思，書有何言？

【一封書】〔讀介〕聞君事外朝，虎狼心㊃難定交。肯回心聖朝，保富貴全忠孝。平梁取采須收好，背暗投明帶早超。憑陸賈，說莊蹻，顒望麾慈即鑒昭。

〔笑介〕這書勸我降宋，其實難從。外密啓一通，奉呈尊閫大人。〔笑介〕杜安撫也畏敬娘娘哩。〔丑〕你念我聽。〔浄看書介〕通家生杜寶斂衽楊老娘娘帳前。咳也，杜安撫與娘娘，又通家起來。〔末〕大王通得去，娘娘也通得去。〔浄〕也通得去。只漢子不該說斂衽。〔末〕娘娘肯斂衽而朝，安撫敢不斂衽而拜？〔丑〕說的好。細念我聽。〔浄念書介〕通家生杜寶斂衽楊老娘娘帳前：遠聞金朝封貴夫爲溜金王，並無封號及於夫人，此何禮也？杜寶久已保奏大宋，勑封夫人爲討金娘娘之職。伏惟妝次，鑒納不宣。好也，到先替娘娘討了恩典哩。〔丑〕陳秀才，封我討金娘娘，難道要我征討大金家不成？〔末〕受了封誥後，但是娘娘要金子，都來宋朝取用。因此叫做討金娘娘。〔丑〕這等是你宋朝美意。〔末〕不說娘娘，便是衛靈公夫人，也說宋朝之美。〔丑〕依你說，我冠兒上金子，成色要高。我是帶盔兒的娘子，近時人家首飾渾脱，就一個盔兒，要你南朝，照樣打造一付送我。〔末〕都在陳最良身上。〔浄〕你只顧討金，討金，把我這溜金王溜在那裏？〔丑〕連你也做了討金王罷。〔浄〕謝承了。〔末叩頭介〕則怕大王娘娘退悔。〔丑〕俺主㉕定了，便寫下降表，齎發秀才回奏南朝去。

【前腔】〔浄〕歸依大宋朝，怕㉖金家成禍苗。〔丑〕秀才，你擔承這遭，要黄金須任討。〔末〕大王，你鄱陽湖磬響收心早；娘娘，你黑海岸回頭星宿高。〔合〕便休兵，隨聽招，免的名標在叛賊條。

〔浄〕秀才，公館留飯，星夜草表送行。〔舉手送末拜別介〕

【尾聲】〔浄〕咱比李山兒何足道，這楊令婆委實高。〔末〕帶了你這一紙降書管取那趙官家歡笑倒。〔末下〕

〔浄丑弔場〕〔浄〕娘娘，則爲失了一邊金，得了兩條王。人要一個王不能勾，俺領下兩個王號，豈不樂哉！〔丑〕不要慌，還有第三個王號。〔浄〕什麽王號？〔丑〕叫做齊肩一字王。〔浄〕怎麽？〔丑〕殺哩。〔浄〕隨順他，又殺什麽？〔丑〕你俺兩人作這大賊，全仗金韃子威勢，如今反了面，南朝拿你何難？〔浄作惱介〕哎喲，俺有萬夫不當之勇，何懼南朝！〔丑〕你真是個楚霸王，不到烏江不止。〔浄〕胡説！便作俺做楚霸王，要你做虞美人，定不把趙康王占了你去。〔丑〕罷，你也做楚霸王不成，奴家的虞美人也做不成，換了題目做。〔浄〕什麽題目？〔丑〕范蠡載西施。〔浄〕五湖在那裏？

去做海賊便了。〔丑作分付介〕衆三軍，俺已降順了南朝，暫解淮圍，海上伺候去。〔衆應介〕解圍了。〔内鼓介〕船隻齊備了。〔内鼓介〕稟大王起行。〔行介〕

【江頭送別】〔浄〕(一七)淮揚外，淮揚外，海波摇動。東風勁，東風勁，錦帆吹送。奪取蓬萊爲巢洞，鼇背上立着旗峯。

【前腔】〔丑〕(一八)順天道，順天道，放些兒閒空。招安後，招安後，再交兵言重。險做了爲金家傷炎宋，權袖手做個混海癡龍。

〔衆〕稟大王娘娘，出海了。〔浄〕且下了營，天明進發。

干戈未定各爲君，龍鬬雌雄勢已分。
獨把一麾江海去，莫將弓箭射官軍。(一九)

【校】

㊀ 一天之下，清暉本疊一句。

㊁ 而進，文林、朱墨、朱校、清暉、獨深五本俱作「策應」。

㊂ 原無「帶過沽美酒」五字，據格正補。

㊃ 倒喇倒喇，文林本、朱墨本俱誤作「倒喇喇」。

㊄到，原誤作「倒」，據朱墨本改。

㊅「便」字下，獨深本有「是」字。

㊆北尾，格正題作「收尾」。以上四支北曲，葉譜删去。

㊇那，朱墨本作「借」。

㊈臊，朱墨本作「猤」。

㊉苫，原誤作「蒼」，據文林、朱墨、朱校、清暉、獨深五本改。

⑪無，原誤作「有」，據朱墨本改。

⑫縷縷金，格正題作金孩兒，謂縷縷金犯耍孩兒。葉譜題作雙金圓，謂縷縷金犯小團圓。末句「其間放着我」，兩本都疊一句。

⑬密札札干戈，朱墨本作「重重密札是干戈」。

⑭虎狼心，朱墨本作「狼虎心腸」。

⑮「主」字下，朱校本有「意」字。

⑯「怕」字上，朱墨本有「生」字。

⑰原無「浄」字，據朱校本補。

⑱原無「丑」字，據朱校本補。

⑲下場詩，朱校本一、三兩句上有「浄」字，二句上有「丑」字，四句上有「衆」字。

第四十八齣　遇母

【十二時】㈠〔旦上〕不住的相思鬼，把前身退悔。土臭全消，肉香新長，嫁寒儒客店裏孤恓。㈡〔浄上〕又着他攀高謁貴。

【浣溪紗】〔旦〕寂寞秋窗冷簟紋，〔浄〕明瑠玉枕舊香塵，〔旦〕斷潮歸去夢郎頻。〔浄〕桃樹巧逢前度客，〔旦〕翠烟真是再來人，〔合〕月高風定影隨身。〔旦〕姑姑，奴家喜得重生，嫁了柳郎，只道一舉成名，同去拜訪爹媽。誰知朝廷爲着淮南兵亂，開榜稽遲。我爹娘正在圍城之内，只得賣發柳郎，往尋消耗。撇下奴家錢塘客店，你看那江聲月色，悽愴人也！〔浄〕小姐㈢，比你黄泉之下，景致争多？〔旦〕這不在話下了。

【針線箱】雖則是荒村店江聲月色，但説着墳窩裏前生今世。則這破門簾亂撒星光内，煞强似洞天黑地。姑姑呵，三不歸父母如何的？七件事兒夫家靠㈣誰？心悠曳，不死不活，睡夢裏爲個人兒。

〔浄〕似小姐的罕有。

【前腔】伴着你半間靈位，又守見你一房夫壻。〔旦〕姑姑，那夜搜尋秀才，知我閃在那裏？〔浄〕則道畫幀兒怎放的個人迴避？做的事瞞神諕鬼。昏黑了，你看月兒黑黑的星兒晦，螢火青青似鬼火吹。〔旦〕上燈哩。〔浄〕没油。黑坐地，三花兩焰，留的你照解羅衣。

〔旦〕夜長難睡，還向主家借些油去。〔浄〕你院子裏坐地，咱去來。合着油瓶蓋，踏碎玉蓮蓬。

〔下〕〔旦玩月歎介〕〔老旦貼行路上〕

【月兒高】㊄江北生兵亂，江南走多半。不載香車穩，趿的鞋鞓斷。夫主兵權，望天涯生死知何判？前呼後擁一個春香伴，鳳髻消除打不上揚州纂。上岸了到臨安，趁黄昏黑影林巒㊅，生忔察的難投館。

〔貼〕且喜到臨安了。〔老〕咳，萬死一逃生，得到臨安府。俺女娘無處投，長路多孤苦。〔貼〕前面像是個半開門兒，驀了進去。〔老進介〕呀，門房空静，内可有人？〔旦〕誰？〔貼〕是個女人聲息，待打叫一聲：開門。

【不是路】㊆〔旦驚介〕斜倚雕闌，何處嬌音唤啓㊇關。〔老〕行程晚，女娘們借住霎兒間。〔旦〕聽他言，聲音不似男兒漢，待自起開門月下看。〔見介〕〔旦〕是一位女娘，請裏坐。〔老〕相提盼，人間天上行㊈方便。〔旦〕趨迎遲慢，趨迎遲慢。〔打照面介〕〔老作驚介〕

【前腔】破屋頽椽，姐姐呵，你怎獨坐無人燈不燃？〔旦〕這閒庭院，玩清光長送過這月兒圓。〔老背叫貼〕春香，這像誰來？〔貼驚介〕不敢説，好像小姐。〔老〕你快瞧房兒裏面，還有甚人？若没有人，敢是鬼也。〔貼下〕〔旦背〕這位女娘好像我母親，那丫頭好像春香。〔作回問介〕敢問老夫人，何方而來？〔老歎介〕自淮安，我相公是淮揚安撫遭兵難，我被擄逃生到此間。〔旦背介〕是我母親了，我可認他。〔貼慌上背語老介〕一所空房子，通没個人影兒，是鬼，是鬼。〔老作怕介〕〔旦〕聽他説起，是我的娘也。〔向前哭娘介〕〔老作避介〕敢是我女孩兒，怠慢了你，你活現了。春香，有隨身紙錢，快丢，快丢。〔貼丢紙錢介〕〔旦〕兒不是鬼。〔老〕不是鬼，我叫你三聲，要你應我，一聲高如一聲。〔做三叫三應聲漸低介〕〔老〕是鬼也。〔旦〕娘，你女兒有話講。〔老〕則略靠遠，冷淋侵一陣風兒旋，這般活現。〔旦〕那些活現？

〔扯老〕〔老⑩作怕介〕兒手恁般冷。〔貼叩頭介〕小姐，休要撚了春香。〔老〕兒，不曾廣超度你，是你父親古執。〔旦哭介〕娘，你這等怕㊁，女孩兒死不放娘去了。

【前腔】〔淨持燈上〕門户牢拴，爲甚空堂人語諠？〔照地介〕這青苔院，怎生吹落紙黄錢？〔貼〕夫人，來的不是道姑？〔老〕可是。〔淨驚介〕呀，老夫人和春香㊂那裏來？這般大驚小怪。看他打盤旋，那夫人呵，怕漆燈無豔㊂將身遠，小姐，恨不得幽室生輝得近前。〔旦〕姑姑好㊃來，奶奶害怕。〔貼〕這姑姑敢也是個鬼？〔淨扯老照旦介〕休疑憚，移燈就月端詳遍，可是當年人面？〔合〕是當年人面。

〔老抱旦泣介〕兒呵，便是鬼，娘也不捨的去了。

【前腔】腸斷三年，怎墜海明珠去復旋？〔旦〕爹娘面，陰司裏憐念把魂還。〔貼〕小姐，你怎生出的墳來？〔旦〕好難言。〔老〕是怎生來？〔旦〕則感的是東岳大恩眷，托夢一個書生把墓踹穿。〔老〕書生何方人氏？〔旦〕是嶺南柳夢梅。〔貼〕怪哉，當真有個柳和梅。〔老〕怎到得這來？㉕〔旦〕他來㉖科選。〔老〕這等是個好秀才，快請相見。〔旦〕我央他看淮揚動定去把爹娘探，因此上獨眠深院，獨眠深院。

〔老背與貼語介〕有這等事。〔貼〕便是，難道有這樣出跳的鬼。〔老回泣介〕我的兒呵，

【番山虎】㉗則道你烈性上青天，端坐在西方九品蓮，不道三年鬼窟裏重相見。哭的我手麻腸寸斷，心枯淚點穿，夢魂沈亂。我神情倒顛，看時兒立地，叫時娘各天。怕你茶酒飯㉘無澆奠，牛羊侵墓田。〔合〕今夕何年？今夕何年？咦，還怕這相逢夢邊。

【前腔】㉙〔旦泣介〕你拋兒淺土，骨冷難眠。喫不盡爹娘飯，江南寒食天。可也不想有今日，也道不起從前。似這般糊突謎，甚時明白也天？㉚鬼不要，人不嫌。不是前生斷，今生怎得連。〔合前〕

〔老〕老姑姑，也虧你守着我兒。

【前腔】㉛〔淨〕近的話不堪提嚥，早森森地心疎體寒。㉜空和他做七做中元，怎知他成雙成愛眷。〔低與老介〕我捉鬼拿奸，知他影戲兒做的恁活現。〔合〕這樣奇緣，這樣奇

緣，打當了輪迴一遍。

【前腔】〔貼〕論魂離倩女是有，知他三年外靈骸怎全？則恨他同棺槨，少個郎官，誰想他爲院君這宅院？小姐呵，你做的相思鬼穿，你從夫意專。那一日春香不鋪其孝筵，那節兒夫人不哀哉醮薦。早知道你撇離了陰司，跟了人上船。〔合前〕

【尾聲】〔老〕感的化生女顯活在燈前面，則你的親爹，他在賊子窩中没信傳。〔旦〕娘放心，有我那信付的人兒，他穴地通天打聽的遠。

想像精靈欲見難，碧桃何處便驂鸞？

莫道非人身不煖，菱花初曉鏡光寒。㊂

【校】

㊀十二時，格正、葉譜俱題作十二漏聲高，謂玉漏遲犯十二時、高陽臺。

㊁恓，文林、朱墨、清暉、獨深、竹林五本俱作「栖」。

㊂小姐，原作「姐姐」，據朱校本改。

㊃家靠，朱墨本作「靠着」。

㊄月兒高，格正題作二犯月兒高，謂月兒高犯五更轉、紅葉兒。葉譜題作三集月兒高，謂月兒高

犯五更轉、駐雲飛、上馬踢。

(六) 巒，文林本、朱墨本俱誤作「蠻」。

(七) 不是路，格正、葉譜俱題作惜花賺。

(八) 啓，文林、朱墨、清暉、獨深、竹林五本俱誤作「起」。

(九) 行，竹林本作「存」。

(一〇) 老，原作「又」，據文林本、朱墨本改。

(一一) 「怕」字下，文林本、朱墨本俱有「死」字，蓋衍。

(一二) 「春香」下，朱墨本有「姐」字。

(一三) 豔，朱校本作「餤」。

(一四) 好，朱校本作「快」。

(一五) 怎到得這來，朱墨本「這」下有「裏」字；朱校本作「怎同他來此」。

(一六) 來，竹林本作「求」。

(一七) 番山虎，格正題作山外嬌鶯啼柳枝，謂黃鶯兒犯亭前柳、下山虎、桂枝香、憶多嬌。

(一八) 酒飯，朱墨本無「飯」字；朱校本無「酒」字。

(一九) 番山虎第二支，格正題作山桃竹柳四般宜，謂下山虎犯番竹馬、小桃紅、蠻牌令（別名四般宜）、亭前柳。

⑳ 甚時明白也天，文林本、朱墨本俱作「團圓事可憐」。

㉑ 番山虎第三支，格正題作山下多麻稭，謂下山虎犯山麻稭、憶多嬌。下曲同。

㉒ 寒，文林本、朱墨本俱作「顫」。

㉓ 下場詩，文林、朱墨、清暉、獨深四本首句上俱有「老」字，二句上俱有「貼」字，三句上俱有「旦」字，四句上俱有「淨」字。

第四十九齣　淮泊

【三登樂】（生包袱雨傘上）有路難投，禁得這亂離時候，走孤寒落葉知秋。爲嬌妻，思岳丈，探聽揚州。又誰料他困守淮揚，索奔前答救。

【集唐】那能得計訪情親，濁水污泥清路塵。自恨爲儒逢世難，卻憐無事是家貧。俺柳夢梅，陽世寒儒，蒙杜小姐陰司熱寵，得爲夫婦，相隨赴科。且喜殿試攛過卷子，又被邊報躭誤榜期。因此小姐呵，聞説他尊翁淮揚兵急，叫俺沿路上體訪安危。親齎一幅春容，敬報再生之喜。雖則如此，客路貧難，諸凡路費之資，盡出壙中之物。其間零碎寶玩，急切典賣不來；有此成器金銀，土氣銷鎔有限；兼且小生看書之眼，並不認得等子星兒；一路上賺騙無多，逐日裏支分有盡。到的揚州地面，恰好岳丈大人移鎮淮城，賊兵阻路，不敢前進。且喜因循解散，不免迤逗㊀數程。

【錦纏道】早則要醉揚州，尋杜牧夢三生花月樓，怎知他長淮去休？㊁那裏有纏十萬，順天風跨鶴閒遊？則索傍漁樵尋食宿，敗荷衰柳添一抹五湖秋，那秋意兒有許多迤逗。咱功名事未酬，冷落我斷腸閨秀。堪回首，算江南江北有十分愁。

一路行來，且喜看見了插天高的淮城，城下一帶清長淮水。那城樓之上，還挂有丈六闊的軍門旗號，大吹大擂，想是日晚掩門了，且尋小店歇宿。（丑上）多參㊂白水江湖酒，少賺㊃黃邊風月錢。

秀才投宿麽?〔生進店介〕〔丑〕要果酒?案酒?〔生〕天性不飲。〔丑〕柴米是要的。〔生〕喫倒算。〔丑〕算倒喫。〔生〕花銀五分在此。〔丑〕高銀散碎些,待我稱一稱。〔稱介〕〔作驚叫介〕銀子走了。〔尋介〕〔生〕怎大驚小怪?〔丑〕秀才,銀子地縫裏走了,你看碎珠兒。〔生〕這等,還有幾塊在這裏。〔丑接銀又走三度介〕呀,原來秀才會使水銀。〔生〕因何是水銀?〔背介〕是了,是小姐殯斂之時,水銀在口,龍含土成珠而上天,鬼含汞成丹而出世,理之然也;此乃見風而化。原初小姐死,水銀也死;如今小姐活,水銀也活了。則可惜這神奇之物,世人不知。〔回介〕也罷了。店主人,你將我花銀都消散去了,如今一厘也無,這本書是我平日看的,准酒一壺。〔丑〕書破了。〔生〕貼你一枝筆。〔丑〕筆開花了。〔生〕此中使客往來,你可也聽見讀書破萬卷?〔丑〕不聽見。〔生〕可聽見夢筆吐千花?〔丑〕不聽得。〔生作笑介〕

【皂羅袍】可笑一場閒話,破詩書萬卷,筆蕊千花。是我差了,這原不是換酒的東西。〔丑笑介〕神仙留玉珮,卿相解金貂。〔生〕你説金貂玉珮,那裏來的?有朝貨與帝王家,金貂玉佩書無價。你還不知哩?便是千金小姐,依然嫁他。一朝臣宰,端然拜他。〔丑〕要他則甚?〔生〕讀書人把筆安天下。

不要書,不要筆,這把雨傘可好?〔丑〕天下雨哩。〔生〕明日不走了。〔丑〕餓死在這裏?〔生笑介〕你認的淮揚杜安撫麽?〔丑〕誰不認的!明日喫太平宴哩。〔生〕則我便是他女壻,來探望他。〔丑驚介〕喜是相公説的早,杜老爺多早發下請書了。〔生〕請書在那裏?〔丑〕和相公瞧去。〔請生行介〕待小人背答㊄祇雨傘。〔行介〕〔生〕請書那裏？〔丑〕兀的不是？〔生〕這是告示居民的。〔丑〕便是，你瞧：

【前腔】禁爲閒遊奸詐，杜老爺是巴上生的，自三巴到此，萬里爲家。不教子姪到官衙，從無女壻親閒雜。這句單指相公，若有假充行騙，地方稟拿。下面説小的了，扶同歇宿，罪連主家。爲此須至關防者。

右示通知。建炎三十二年五月㊅日示。你看後面安撫司杜大㊆花押，上面蓋着一顆欽差安撫淮陽等處地方提督軍務安撫司使之印，鮮明紫粉。相公，相公，你在此消停，小人告回了。各人自掃門前雪，休管他家屋上霜。〔下〕〔生淚介〕我的妻，你怎知丈夫到此，恓惶㊇無地也。〔作望介〕呀，前面房子門上有大金字，咱投宿去。〔看介〕四個字：漂母之祠。怎生叫做漂母之祠？〔看介〕原來壁上有題：昔賢懷一飯，此事已千秋。是了，乃前朝淮陰侯韓信之恩人也。我想起來，那韓信是個假齊王，尚然有人一飯；俺柳夢梅是個真秀才，要杯冷酒不能勾。像這個漂母，俺拜他一千拜。

【鶯皂袍】㊈〔拜介〕垂釣楚天涯，瘦王孫遇漂紗，楚重瞳較比這秋波睄。太史公表他㊉，淮安府祭他，甫能勾一飯千金價。看古來婦女多有俏⑪眼兒，文公乞食，僖妻禮他⑫；昭關乞食，相逢浣紗⑬；鳳尖頭叩首三千下。

起更了，廊下一宿，早去伺候開門。没水梳洗。〔看介〕好了，下雨哩。

舊事無人可共論，　只應漂母識王孫。

輳門拜手儒衣弊，　莫使沾濡有淚痕。

【校】

㈠逗，文林、朱墨、朱校、清暉、竹林五本俱作「逞」。
㈡長淮去休，文林本、朱墨本俱作「車馬駐淮流」。
㈢參，朱墨本作「餐」，朱校本作「攙」。
㈣賺，原誤作「綻」，據文林本、朱墨本改。朱校本作「趲」。
㈤答，應作「褡」；朱墨本作「褡」。
㈥「月」字下，文林本、朱墨本俱有「初五」二字。
㈦大，朱墨本作「爺」。
㈧愐惶，朱墨本作「悽愐」。
㈨鶯皂袍，格正題作黃羅袍，葉譜題作公子穿皂袍，俱謂黃鶯兒（別名金衣公子）犯皂羅袍。
㈩他，文林本、朱墨本俱作「記」。
⑪俏，原誤作「悄」，據文林本、朱墨本改。
⑫禮他，文林本、朱墨本俱作「點茶」。
⑬「昭關」二句，文林本、朱墨本俱作「昭關走餒，江娥跳沙」。

第五十齣　鬧宴

【梁州令】㊀〔外引丑衆上〕長淮千騎雁行秋，浪捲雲浮，思鄉淚國倚層樓。〔合〕看機遘，逢奏凱，且遲留。

【昭君怨】萬里封侯岐路，幾輛英雄草屨。秋城鼓角催，老將來。烽火平安昨夜，夢醒家山淚下。兵戈未許歸，意徘徊。我杜寶，身爲安撫，時直兵衝。圍絕救援，貽書解散。李寇既去，金兵不來。中間善後事宜，且自看詳停當。分付中軍，門外伺候。〔衆下〕〔丑把門介〕〔外歎介〕雖有存城之歡，實切亡妻之痛。〔淚介〕我的夫人呵，昨已單本題請他的身後恩典，兼求賜假西歸㊁，未知旨意何如？正是：功名富貴草頭露，骨肉團圓錦上花。〔看文書介〕

【金蕉葉】〔生破衣巾攜春容上〕窮愁客愁㊂，正搖落雁飛時候。〔整容介〕帽兒光整頓從頭，還則怕未分明的門楣認㊃否？

〔丑喝介〕甚麽人行走！〔生〕是你㊄老爺女壻拜見。〔丑〕當真？〔生〕秀才無假。〔丑進稟介〕〔外〕關防明白了？〔問丑介〕㊅那人材怎的？〔丑〕也不怎的，袖着一幅畫兒。〔外笑介〕是個畫師，則説老爺軍務不閒便了。〔丑見生介〕老爺軍務不閒，請自在。〔生〕叫我自在㊆，自在不成人了。〔丑〕等你去成人不自在。〔生〕老爺可拜客？〔丑〕今日文武官僚喫太平宴，牌簿都繳了。〔生〕大哥，怎麽叫做太平宴？〔丑〕這是各邊方年例，則今年退了賊，筵宴盛些，席上有金花樹，金臺盤，長尺頭，大圓寶，無數的。你是老爺女壻，背幾個去。〔生〕原來如此。則怕進見之時，考一首太平宴詩，或是軍中凱歌，或是淮清頌，急切怎好？且在這班房裏蹬着，打想一篇，正是有備無患。〔丑〕秀才還不走，文武官員來也。〔生下〕

【梁州令】〔末文官上〕長淮望斷塞垣秋，喜兵甲潛收，賀昇平歌頌許吾流。〔浄武官上〕兼文武，陪將相，宴公侯。

請了。〔末〕今日我文武官屬太平宴，水陸務須華盛，歌舞都要整齊。〔末浄見介〕聖天子萬靈擁輔，老君侯八面威風。寇兵銷咫尺之書，軍禮設太平之宴。謹已完備，伏乞俯⑧容。〔外〕軍功雖卑末難當，年例有諸公怎廢？難言奏凱，聊用舒懷。〔内鼓吹介〕〔丑持酒上〕黄石兵書三寸舌，清河雪酒五加皮。酒到。

【梁州新郎⑨】〔外澆酒介〕天開江左，地冲淮右，氣色夜連刁斗。〔末浄進酒介〕長城一線，何來得御君侯！喜平銷戰氣，不動征旗，一紙書回寇。那堪羌笛裏，望神州，這是萬里籌邊第一樓。〔合〕乘塞草，秋風候，太平筵上如淮酒。盡慷慨，爲君壽。

【前腔】〔外〕吾皇福厚，羣才策湊⑩，半壁圍城堅守。〔末浄〕分明軍令，杯前借箸題籌。〔外〕我題書與李全夫婦呵，也是燕支卻虜，夜月吹箎，一字連環透。不然無救也，怎生

休？不是天心不聚頭。〔合前〕

〔内擂鼓介〕〔老旦報子上〕金貂迸㊁入三公府，錦帳誰當萬里城？報老爺：奏本已下，奉有聖旨，不准致仕。欽取老爺回朝，同平章軍國大事，老夫人追贈一品貞烈夫人。〔末浄〕平章乃宰相之職，君侯出將入相，官屬不勝欣仰。〔末浄送酒介〕

【前腔】攬貂蟬歲月淹留，慶龍虎風雲輻輳。君侯此一去呵，看洗兵河漢，接㊂天高手。偏好桂花時節，天香隨馬㊂，簫鼓鳴清晝。到長安宮闕裏，報高秋，可也河上砧聲憶舊遊。〔合前〕

〔外〕諸公皆高才壯歲，自致封侯。如杜實者，白首還朝，何足道哉！

【前腔】每日價看鏡登樓，淚沾衣渾不如舊。似江山如此，光陰難又。猛把吴鉤看了，闌干拍遍，落日重回首。此去呵，恨南歸草草也，寄東流。〔舉手介〕你可也明月同誰嘯庾樓？〔合前〕

〔生上〕腹稿已吟就，名單還未通。〔見丑介〕大哥替我再一稟。〔丑〕老爺正喫太平宴。〔生〕我太平宴詩也想完一首了，太平宴還未完。〔丑〕誰叫你想來？〔生〕大哥，俺是嫡親女壻，没奈何稟一稟。〔丑進稟介〕稟老爺，那個嫡親女壻没奈何稟見。〔外〕好打！〔丑走起惱推生出介〕〔生〕老丈人高宴未終，咱半子禮當恭候。〔下〕〔旦貼女樂上〕壯士軍前半死生，美人帳下能歌舞。營妓們叩頭。

【節節高】〔外〕㊃轅門簫鼓啾，陣雲收，君恩可惜淮揚寇？貂插首，玉垂腰，金佩肘。馬敲金鐙也秋風驟，展沙堤笑拂朝天袖。〔合〕但捲取江山獻君王，看玉京迎駕把笙歌奏。

〔生上〕欲窮千里目，更上一層樓。想歌闌宴罷，小生饑困了，不免衝席而進。〔丑攔介〕饑鬼不羞！〔生惱介〕你是老爺跟馬賤人，敢辱我乘龍貴壻，打不的你？〔打丑介〕〔外問介〕軍門外誰敢喧嚷？〔丑〕是早上嫡親女壻，叫做没奈何的，破衣、破帽、破褡褳、破雨傘，手裏拿一幅破畫兒，説他餓的荒了，要來衝席。但勸的都打，連打了九個半，則剩下小的這半個臉兒。〔外惱介〕可惡！本院自有禁約，何處寒酸，敢來胡賴？〔末浄〕此生委係乘龍，屬官禮當攀鳳。〔外〕一發中他計了。叫中軍官暫時拿下那光棍，逢州換驛，遞解到臨安監候。〔老旦中軍官應介〕〔出縛生介〕〔生〕冤哉！我的妻呵，因貪弄玉爲秦贅，且帶儒冠學楚囚。〔下〕〔外〕諸公不知，老夫因國難分張，心痛如割。又放着這等一個無名子來聒噪人愈生傷感。〔末浄〕老夫人受有國恩，名標烈史。蘭玉自有，不必慮懷。叫樂人進酒。

【前腔】〔末浄〕江南好宦遊，急難休，樽前且進平安酒。看福壽有，子女悠，夫人又。

〔外〕竟醉矣。〔旦貼作扶介〕〔外淚介〕閃英雄淚倩盈盈袖，傷心不爲悲秋瘦。〔合前〕

〔外〕㊄諸公請了，老夫歸朝念切，即便起行。〔内鼓樂介〕

【尾聲】明日離亭一杯酒，〔末浄〕則無奈丹青聖主求。〔外笑介〕怕畫的上麒麟人白首。

萬里沙西寇已平，東歸銜命見雙旌。

塞鴻過盡殘陽裏，淮水長憐似鏡清。⑩

【校】

㈠梁州令，獨深本誤題作梁州序。下文梁州令同。

㈡文林本、朱墨本俱無「兼求賜假西歸」句。

㈢愁，文林本、朱墨本俱作「思」。

㈣認，文林本作「知」。

㈤你，朱墨，清暉、獨深三本俱作「杜」。

㈥文林本、朱墨本俱無「問丑介」三字。

㈦文林本、朱墨本俱無「叫我自在」句。

㈧俯，朱墨本誤作「輔」。

㈨新郎，原誤作「序」，據格正、葉譜、文林本、朱墨本改。格正並云：「第六句脱一字。」葉譜作「幸喜平銷戰氣」。

⑩湊，朱校本作「奏」。

㈡迸，朱墨、朱校、清暉三本俱作「并」。
㈢接，朱校本作「掞」。
㈢天香隨馬，文林本、朱墨本俱作「隨馬天香」。
㈣原無「外」字，據朱校本補。
㈤原無「外」字，據朱墨、清暉、獨深、竹林四本補。
㈥下場詩，朱校本首句上有「外」字，二句上有「末」字，三句上有「淨」字，四句上有「衆」字。

第五十一齣　榜下

〔老㈠旦丑將軍持瓜槌上〕鳳舞龍飛作帝京，巍峨宮殿羽林兵。天門欲放傳臚喜，江路新傳奏凱聲。請了。聖駕升殿。㈡

【北點絳脣】〔外老樞密上〕整點朝綱，籌量㈢邊餉，山河壯。〔浄苗舜賓上〕翰苑文章，顯豁的昇平象。請了。恭喜李全納款，皆老樞密調度之功也。〔外〕正此引奏。前日先生看定狀元試卷，蒙聖旨㈣武偃文修，今其時矣。〔浄〕正此題請。呀，一個老秀才走將來，好怪！好怪！〔末破衣巾捧表上〕先師孔夫子，未得見周王。本朝聖天子，得覩我陳最良，非小可也。〔見外浄介〕生員陳最良告揖。〔浄驚介〕又是遺才告考麽？〔末〕不敢，生員是這樞密老大人門下引奏的。〔外〕則這生員，是杜安撫叫他招安了李全，便中帶有降表，故此引見。〔内響鼓介〕〔唱介〕奏事官上御道。〔外前跪引末後跪叩頭介〕〔外〕掌管天下兵馬知樞密院事臣謹奏：恭賀吾主，聖德天威。淮寇來降，金兵不動。有淮揚安撫臣杜寶，敬遣南安府學生員臣陳最良奏事，帶有李全降表進呈，微臣不勝歡忭。〔内〕杜寶招安李全一事，就着生員陳最良詳奏。〔外〕萬歲。〔起介〕〔末〕帶表生員臣㈤陳最良謹奏：

【駐雲飛】淮海維揚，萬里江山氣脈長。那安撫機謀壯，矯詔從寬蕩。嗏，李賊快迎降，他表文封上。金主聞知，不敢兵南向。他則好看花到洛陽，咱取次擒胡過汴梁。

〔内介〕奏事的午門外候旨。〔末〕萬歲。〔起介〕〔浄跪介〕前廷試㊅看詳文字官臣苗舜賓謹奏：

【前腔】殿策賢良，榜下諸生候久長。亂定人歡暢，文運天開放。嗏，文字已看詳，臚傳須唱。莫遺夔龍，久滯風雲望。早是蟾宮桂有香，御酒封題菊半黄。

〔内介〕午門外候旨。〔浄〕萬歲。〔起行介〕今當榜期，這些寒儒，卻也候久。〔外笑介〕則這陳秀才，夾帶一篇海賊文字，到中的快。〔内介〕聖旨已到，跪聽宣讀：朕聞李全賊平，金兵迴避，甚喜！甚喜㊆！此乃杜寶大功也。杜寶已前有旨，欽取回京。陳最良有奔走口舌㊇之才，可充黄門奏事官，賜其冠帶。其殿試進士，於中柳夢梅可以狀元，金瓜儀從，杏苑赴宴。謝恩！〔衆呼萬歲起介〕〔雜取冠帶上〕黄門舊是鴻門客，藍袍新作紫袍仙。〔末作換㊈冠服介〕二位老先生告揖。〔外浄賀介〕恭喜！恭喜！明日便借重新黄門唱榜了。〔末〕適間宣旨，狀元柳夢梅何處人？〔浄〕嶺南人。此生遭際的奇異。〔外〕有甚奇異？〔浄〕其日試卷，看詳已定，將次進呈，恰好此生午門外放聲大哭，告收遺才，原來爲搬家小，到京遲誤。學生權收他在附卷進呈，不想點中狀元。〔外〕原來有此。〔末背想介〕聽來，敢便是那個，那個柳夢梅。他那有家小？是了，和老道姑做一家兒。〔回介〕不瞞老先生，這柳夢梅也和晚生有舊。〔外浄〕一發可喜㊉了。

榜題金字射朝暉，獨奏邊機出殿遲。
莫道官忙身老大，曾經倬立在丹墀。⑪

【校】

㈠朱墨本無「老」字。

㈡「升殿」下，朱校本有「在此祇候」句。

㈢量，原誤作「晨」，據朱墨、清暉、獨深、竹林四本改。朱校本僅作「籌邊餉」，無此一字。

㈣旨，朱墨本作「主」。

㈤原無「臣」字，據朱校本補。

㈥「試」字下，朱校本有「着」字。

㈦甚喜甚喜，竹林本作「朕心嘉悦」；並注云：「原刻如此。」

㈧口舌，竹林本作「使命」。

㈨「换」字下原有「衣」字，衍，據朱墨本、朱校本删。

㈩「可喜」下，朱校本有「可賀」二字。

⑪下場詩，文林、朱墨、朱校、清暉、獨深五本首句上俱有「浄」字，二句上俱有「外」字，三句上俱有「末」字，四句上俱有「合」字。

第五十二齣　索元

【吴小四】〔浄郭跎傘包上〕天九萬，路三千，月餘程抵半年。破虱裝衣擔壓肩，壓的頭臍匾又圓，扢喇察龜兒爬上天。

謝天，老跎到了臨安。京城地面，好不繁華。則不知柳秀才去向，俺且往天街上瞧去。呀，一夥臭軍踢禿禿走來，且自迴避。正是：不因漁父引，怎得見波濤？〔下〕〔老旦丑軍校旗鑼上〕

【六么令】朝門榜遍，怎生狀元，柳夢梅不見？又不是黄巢下第題詩趄。排門的問，刻期宣，再因循敢淹答了杏園公宴。㊀

〔老笑介〕好笑，好笑，大宋國一場怪事。你道差不差？中了狀元干鱉煞。你道奇不奇？中了狀元囉唕唏。你道興不興？中了狀元胡廝踁。你道山不山㊁？中了狀元一道烟。天下人古怪，不像嶺南人。你瞧這駕牌上：欽點狀元嶺南柳夢梅，年二十七歲；身中材，面白色。這等明明道着，卻普天下找不出這人。敢家去哩？亡㊂化哩？睡覺哩？則淹了瓊林宴席面兒。〔丑〕哥，人山人海，那裏淘氣去？俺們把一位帶了儒巾喫宴去，正身出來，算還他席面錢。〔老〕使不得，羽林衛宴老軍替得，瓊林宴進士替不得，他要杏苑題詩。〔丑〕哥，看見幾個狀元題詩哩。依你説，叫去。〔行叫介〕狀元柳夢梅那裏？〔叫三次介〕〔老〕長安東西十二門，大街都無人應，小衚衕叫去。〔丑〕

這蘇木衚衕有個海南會館，叫地方問他。〔叫介〕〔内應介〕老長官貴幹？〔老丑〕天大事，你在睡夢哩！聽分付：

【香柳娘】問新科狀元，問新科狀元。〔内〕何處人？〔衆〕廣南鄉貫。〔内〕是何名姓？〔衆〕柳夢梅面白無巴繾。〔内〕誰尋他？〔衆〕是當今駕傳，是當今駕傳。要得柳如烟，裁開杏花宴。〔内〕俺這一帶鋪子都没有，則瓦市王大姐家，歇着個番鬼。〔衆〕這等，去，去，去。〔合〕柳夢梅也天，柳夢梅也天，好幾個盤旋，影兒不見。〔下〕

〔貼妓上〕【集唐】殘鶯何事不知秋，日日悲看水獨流。便從巴峽穿巫峽，錯把杭州作汴州。奴家王大姐是也，開個門户在此。天，一個孤老不見，幾個長官撞的來。〔老旦丑上〕王大姐喜哩，柳狀元在你家。〔貼〕什麽柳狀元？〔衆〕番鬼哩。〔貼〕不知道。〔衆〕地方報哩。

【前腔】笑花牽柳眠，笑花牽柳眠。〔貼〕昨日有個，雞不着褌去了。〔衆〕原來十分形現，敢柳遮花映做葫蘆纏。有狀元麽？〔貼〕則有個狀匾。〔丑〕房兒裏狀匾去。〔進房搜介〕〔衆諢貼走下介〕〔衆〕找烟花狀元，找烟花狀元，熱趕在誰邊？毛臊打教遍。㊃〔合前〕〔下〕

【前腔】〔淨拐杖上〕到長安日邊，到長安日邊，果然風憲，九街三市排場遍。柳相公呵，他形㊄蹤杳然，他形蹤杳然。有了悄家緣，風聲落誰店？少不的大道上行走，那柳夢梅也天。〔老旦丑上〕柳夢梅也天，好幾個盤旋，影兒不見。

〔丑作撞跌浄〕〔浄叫介〕跌死人！跌死人！〔丑作拿浄介〕俺們叫柳夢梅，你也叫柳夢梅，則拿你官裏去。〔浄叩頭介〕是了，梅花觀的事發了，小的不知情。〔衆笑介〕定説你知情，是他什麽人？〔浄〕聽稟：老兒呵，

【前腔】替他家種園，替他家種園，遠來探看。〔衆作忙〕可尋着他哩？〔浄〕猛紅塵透不出東君面。〔衆〕你定然知他去向。〔浄〕長官可憐，則聽見他到南安，其餘不知。〔衆〕好笑，好笑，他到這臨安應試，中了狀元了。〔浄驚喜介〕他中了狀元，他中了狀元。踏的菜園穿，攀花上林苑。長官，他中了狀元，怕没處尋他？〔衆〕便是呢。〔合前〕

〔衆〕㊅也罷，饒你這老兒，協同尋他去。

一第由來是出身，五更風水失龍鱗。
紅塵望斷長安陌，只在他鄉何處人？㊆

【校】

㊀杏園公宴，文林本、朱墨本俱作「瓊林宴」。

㊁山不山，兩「山」字疑都應作「訕」。

㊂原無「亡」字，據朱校本補。

㊃「遍」字下，朱墨、朱校、清暉、獨深、竹林五本俱有白語「去罷」二字。

㊄形，文林、朱墨、清暉、獨深、竹林五本俱作「行」。下疊句同。

㊅原無「衆」字，據朱墨、清暉、獨深、竹林四本補。

㊆下場詩，朱校本首句上有「老」字，二句上有「丑」字，三句上有「浄」字，四句上有「合」字。

第五十三齣　硬拷

【風入松慢】〔生上〕無端雀角土牢中，是什麽孔雀屏風？一杯水飯東牀用，草牀頭繡褥芙蓉。天呵，繫頸的是定昏店赤繩羈鳳，領解的是藍橋驛配遞乘龍。

【集唐】夢到江南身旅羈，包羞忍耻是男兒。自家妻父猶如此，若問傍人那得知？俺柳夢梅，因領杜小姐言命，去淮揚謁見杜安撫。他在衆官面前，怕俺寒儒薄相，故意不行識認，遞解臨安。想他將次下馬，提審之時，見了春容，不容不認。只是眼下恓惶也。〔淨獄官丑㊀獄卒持棍上〕試喚臯陶鬼，方知獄吏尊。咄！淮安府解到囚徒那裏？〔生見舉手介〕〔淨〕見面錢。〔生〕少有。〔丑〕入監油。〔生〕也無。〔淨作惱介〕哎呀，一件也没有，大膽來舉手。〔打介〕〔生〕不要打，儘行裝檢去罷了。〔丑檢介〕這個酸鬼，一條破被單，裏軸小畫兒。〔看畫介〕是軸觀音，送奶奶供養去。〔生〕都與你去，則留下畫軸兒。〔丑作搶畫〕〔生扯介〕〔末公差上〕僵煞乘龍壻，寃遭下馬威。獄官那裏？〔丑揖介〕原來平章府祗候哥。〔末票㊁示介〕平章府提取遞解犯人一名，及隨身行李赴審。〔丑〕人犯在此，行李一些也無。〔生〕都是這獄官搬去了。〔末〕搬了幾件，拿狗官平章府去。〔淨丑㊂慌叩頭介〕則這畫軸、被單兒。〔末〕這狗官，還了秀才，快起解去。〔淨丑應介〕〔押生行介〕老相公，你便行動些兒。略知孔子三分禮，不犯蕭何六尺條。〔下〕

【唐多令】〔外引衆上〕玉帶蟒袍紅，新參近九重。耿秋光長劍倚崆峒，歸到把平章印總。渾不是，黑頭公。

【集唐】秋來力盡破重圍，入掌銀臺護紫薇。回頭卻歎浮生事，長向東風有是非。自家杜平章，因淮揚平寇，叨蒙聖恩，超遷相位。前日有個棍徒，假充門壻，已着遞解臨安府監候，今日不免取來細審一番。〔浄丑押生上〕〔雜門官唱門介〕臨安府解犯人進。〔見介〕〔生〕岳丈大人拜揖。〔外坐笑介〕〔生〕人將禮樂爲先。〔衆呼喝介〕〔生歎介〕

【新水令】則這怯書生劍氣吐長虹，原來丞相府十分尊重。聲息兒忒洶湧，咱禮數缺通融。曲曲躬躬，他那裏半擡身全不動。

〔外〕寒酸，你是那色人數？犯了法，在相府階前不跪。〔生〕生員嶺南柳夢梅，乃老大人女壻。〔外〕呀，我女已亡故三年，不説到納采下茶，便是指腹裁襟，一些没有。何曾得有個女壻？㊃可笑，可恨。祗候們與我拿下。〔生〕誰敢拿！

【步步嬌】〔外〕我有女無郎早把他青年送，剗口兒輕調鬨。便做是我遠房門壻呵，你嶺南吾蜀中，牛馬風遥，甚處裏絲蘿共？敢一棍兒走秋風？指説關親騙的軍民動。

〔生〕我㊄這樣女壻，眠書雪案，立榜雲霄，自家行止用不盡，要秋風老大人？〔外〕還强嘴。搜他裹袱裏，定有假雕書印，併贓拿賊。〔丑開袱介〕破布單一條，畫觀音一幅。〔外看畫驚介〕呀，見贓了。這是我女孩兒春容，你可到南安，認的石道姑麼？〔生〕認的。〔外〕認的個陳教授麼？〔生〕認的。〔外〕天眼恢恢，原來劫墳賊便是你。左右，采下打。〔生〕誰敢打！〔外〕這賊快招來。〔生〕誰是賊？老大人拿賊見贓，不曾捉奸見牀。

【折桂令】你道證明師一軸春容，〔外〕春容分明是殉葬的。〔生〕可知道是蒼苔石縫，迸坼了雲蹤？〔外〕快招來。〔生〕我一謎的承供，供的是開棺見喜，攩煞逢凶。〔外〕壙中還有玉魚金椀。〔生〕有金椀呵兩口兒同匙受用。玉魚呵和我九泉下比目和同。〔外〕還有哩。〔生〕玉碾的玲瓏，金鎖的玎玲。〔外〕都是那道姑。〔生〕則那石姑姑㊅識趣拿奸縱，卻不似你杜爺爺逞拿賊威風。

〔外〕呀，他明明招了。叫令史取過一張堅厚官綿紙，寫下親供，犯人一名柳夢梅，開棺劫財者斬。寫完，發與那死囚，於斬字下押個花字，會成一宗文卷，放在那裏。〔貼吏取供紙上〕稟爺：定個斬字。〔外寫介〕〔貼叫生押花字，生不伏介〕〔外〕你看這喫敲才，

【江兒水】眼腦兒天生賊，心機使的㊆凶。還不畫紙。〔生〕誰慣來！〔外〕你紙筆硯墨則好招詳用。〔生〕生員又不犯奸盜。〔外〕你奸盜詐僞機謀中。〔生〕因令愛之故。〔外〕你精奇古怪虛頭弄。〔生〕令愛現在。〔外〕現在麼？把他玉骨拋殘心痛。〔生〕拋在那裏？〔外〕㊇後苑池中，月冷斷魂波動。

〔生〕誰見來？〔外〕陳教授來報知。〔生〕生員爲小姐費心，除了天知地知，陳最良那得知！

【雁兒落帶得勝令㊈】我爲他禮春容叫的凶，我爲他展幽期躭怕恐。我爲他點神香開

墓封，我爲他唾靈丹活心孔。我爲他偎熨的體酥融，我爲他洗發的神清瑩。我爲他度情腸款款通，我爲他啓玉肱㈠輕輕送。我爲他軟温香把陽氣攻，我爲他搶性命把陰程迸。神通，醫的他女孩兒能活動。通也麽通，到如今風月兩無功。

〔外〕這賊都説的是甚麽話，着鬼了。左右，取桃條打他，長流水噴他。〔丑取桃條上〕要的門無鬼，先教園有桃。桃條在此。〔外〕高弔起打。〔衆弔起生作打介〕〔生叫痛轉動〕〔衆諢打鬼介〕〔噴水介〕〔淨郭跎拐杖同老旦貼軍校持金瓜上〕天上人間忙不忙，開科失卻狀元郎。一向找尋柳夢梅，今日再尋不見打老跎。〔淨〕難道要老跎賠？買酒你喫，叫去罷。㈡〔叫介〕狀元柳夢梅那裏？〔外聽介〕〔衆叫下〕〔外問丑〕〔丑〕不見了新科狀元，聖旨着㈢沿街尋叫。〔生〕大哥，開榜哩，狀元誰？〔外惱介〕這賊閒管，掌嘴，掌嘴。〔丑掌生嘴介〕〔生叫冤屈介〕〔老旦貼淨依前叫㈢上〕但聞丞相府，不見狀元郎。咦，平章府打諠鬧哩。〔聽介〕〔淨〕裏面聲息，像有俺家相公哩。〔衆進介〕〔淨向前哭介〕弔起的不是相公也？〔生〕列位救俺。〔淨〕誰打相公來？〔生〕是這平章。〔淨將拐杖打外介〕拚老命打這平章。〔外惱介〕誰敢無禮！〔老貼〕駕上的，來尋狀元柳夢梅。〔生〕大哥，柳夢梅便是小生。〔淨向前解生〕〔外扯淨跌介〕〔生〕你是老跎，因何至此？〔淨〕俺一逕來尋相公，喜的中了狀元。〔生〕真個的，快向錢塘門外報杜小姐喜。〔老旦貼〕找着了狀元，連㈣俺們也報知黃門官奏去。未去朝天子，先來激相公。〔下〕〔外〕一路的光棍去了，正好拷問這廝。左右，再與俺弔將起來。〔生〕待俺分訴些，難道狀元是假得㈤的？〔外〕凡爲狀元者，登科記爲證，你有何㈥據？則是弔了打便了。〔生叫苦介〕〔淨

苗舜賓引老旦貼堂候官捧冠袍⑰帶上〕踏破草鞋無覓處，得來全不費工夫。老公相住手，有登科記在此。

【僥僥犯】⑱則他是御筆親標第一紅，柳夢梅爲梁棟。〔外〕敢不是他？〔浄〕是晚生本房取中的。〔生〕是苗老師哩，救門生一救。〔浄笑介〕你高弔起文章鉅公，打桃枝受用。告過老相公，軍校快請狀元下弔。〔貼放〕〔生叫痛煞介〕〔浄〕可憐，可憐，是斯文倒喫盡斯文痛，無情捧打多情種。〔生〕他是俺丈人。〔浄〕原來是倚太山壓卵欺鸞鳳。

〔老旦〕狀元懸梁刺股。〔浄〕罷了，一領宮袍遮蓋去。〔外〕什麽宮袍？扯了他！

【收江南】〔外扯住冠服介〕〔生〕呀，你敢抗皇宣罵勑封，早裂綻我御袍紅。似人家女壻呵拜門也似乘龍，偏我帽光光走空，你桃夭夭煞風。〔老替生冠服插花介〕〔生〕老平章，好看我插宮花帽壓君恩重。

〔外〕柳夢梅怕不是他？果是他，便是童生應試，也要候案。怎生殿試了，不候榜開，淮揚胡撞？〔生〕老平章是不知，爲因李全兵亂，放榜稽遲，令愛聞的老平章有兵寇之事，着我一來上門，二來報他再生之喜，三來扶助你爲官。好意成惡意，今日可是你女壻了？〔外〕誰認你女壻！

【園林好】〔浄衆〕嗔怪你會平章的老相公，不刮目破窑中吕蒙⑲，忒做作前輩們性重。〔笑介〕敢折倒你丈人峯，敢折倒你丈人峯。⑳

〔外〕悔不將劫墳賊，監候奏請爲是。

【沽美酒帶太平令㊁】〔生笑介〕你這孔夫子把公冶長陷縲絏中，我柳盜跖打地洞向鴛鴦塚。有日呵，把燮理陰陽問相公，要無語對春風。則待列笙歌畫堂中，搶絲鞭御街攔縱。把窮柳毅賠笑在龍宫，你老夫差失敬了韓重。我呵人雄氣雄，老平章深躬淺躬，請狀元升東轉東。呀，那時節纔提破了牡丹亭杜鵑殘夢。

老平章請了，你女壻赴宴去了。

【北尾】㊂你險把司天臺失陷了文星空，把一個有對付的玉潔冰清烈火烘。咱想有今日呵，越顯的俺玩花柳的女郎能，則要你那打桃條的相公懂。〔下〕

〔外弔場〕異哉，異哉，還是賊？還是鬼？堂候官，去請那新黄門陳老爹，到來商議。〔丑〕知道了。謁者有如鬼，狀元還似人。〔下〕〔末扮陳黄門上〕官運精神老不眠，早朝三下聽鳴鞭。多沾聖主隨朝米，不受村童學俸錢。自家陳最良，因奏捷，聖恩可憐，欽授㊂黄門。此皆杜老相公擡舉之恩，敬此趣謝！〔丑上見介〕正來相請，少待通報。〔進報〕〔見介〕〔外笑介〕可喜，可喜，昔爲陳白屋，今作老黄門。〔末〕新恩無報效，舊恨有還魂。適聞老先生三喜臨門：一喜官居宰輔；二喜小姐活在人間；三喜女壻中了狀元。〔外〕陳先生，教的好女學生，成精作怪哩。〔末〕老相公，胡盧提認了罷。〔外〕先生差矣，此乃妖孽之事，爲大臣的，必須奏聞滅除爲是。〔末〕果有此意，容晚生登時奏

上，取旨何如？〔外〕正合吾意。

夜讀滄洲㉔怪亦聽，可關妖氣暗文星。
誰人斷得人間事，神鏡高懸照百靈。㉕

【校】

㊀原無「丑」字，據朱墨、朱校、清暉、獨深、竹林五本補。

㊁票，原誤作「稟」，據文林、朱墨、朱校、獨深四本改。

㊂浄丑，原作「丑浄」，據朱校本、獨深本改。

㊃「女壻」下，各本俱有「來」字。

㊄我，朱墨本、朱校本俱作「你」。

㊅「姑姑」下，文林、朱墨、清暉、獨深、竹林五本俱有「他」字。

㊆的，朱墨本作「忒」。

㊇文林本、朱墨本俱無「〔生〕抛在那裏〔外〕」六字。

㊈原奪「帶得勝令」四字，據朱墨本、格正、葉譜補。

⑩肱，朱墨本作「股」。

⑪叫去罷，原作「去叫是」，據朱校本改。

㊒「着」字下原有「俺」字，衍，據文林、朱墨、清暉三本删。

㊓原奪「叫」字，據朱墨本補。

㊔朱墨本、朱校本俱無「連」字。

㊕原無「得」字，據朱校本補。

㊖「何」字下，文林本、朱墨本俱有「公」字。

㊗文林本無「袍」字。

㊘僥僥犯，格正、葉譜俱題作綵衣舞。格正原謂僥僥令（别名綵旗兒）犯錦衣香；而葉譜作正曲，不作犯調，蓋沿南詞定律之誤。

㊙「吕蒙」下，朱墨本有「正」字。

⑳原無「敢折倒」疊句，據朱墨本、格正、葉譜補。

㉑原奪「帶太平令」四字，據文林本、朱墨本、格正、葉譜補。

㉒北尾，格正題作尚如縷煞，葉譜省稱煞尾。

㉓授，原作「受」，據朱墨、朱校、清暉、獨深四本改。

㉔「夜讀滄洲」句，原作「夜渡滄州」，義不可通。據陸龜蒙原辭改（見甫里先生文集卷十和新羅弘惠上人請襲美爲靈鷲山周禪師碑將還以詩送之）。

㉕下場詩，文林、朱墨、朱校、清暉、獨深五本一、三兩句上俱有「外」字，二、四兩句上俱有「末」字。

第五十四齣　聞喜

【繞池遊】〔貼上〕露寒清怯，金井吹梧葉，轉不斷㈠轆轤情劫。咳，俺小姐爲夢見書生，感病而亡，已經三年。老爺與老夫人，時時痛他孤魂無靠。誰知小姐到活活的跟着個窮秀才，寄居錢塘江上？子母㈡重逢。真乃天上人間，怪怪奇奇，何事不有？今日小姐分付安排繡牀，温習針指。小姐早到也。

【繞紅樓】〔旦上〕秋過了平分日易斜，恨辭梁燕語周遮。人去空江，身依客舍，無計七香車。秋風吹冷破窗紗，夫壻揚州不到家。玉指淚彈江北草，金鍼閒刺嶺南花。春香，俺同柳郎至此，即赴試闈。虎榜未開，揚州兵亂。俺星夜齎㈢發柳郎，打聽爹娘消息。且喜老萱堂不意而逢，則老相公未知下落。想柳郎刻下可到，料今番榜上高題，須先翦下羅衣，襯其光彩。〔貼〕繡牀停當，請自尊裁。〔旦裁衣介〕裁下了，便待縫將起來。〔縫介〕〔貼〕小姐，俺淡口兒閒嗑，你和柳郎夢裏陰司裏，兩下光景何如？

【羅江怨】〔旦〕春園夢一些，到陰司裏有轉折。夢中逗的影兒別，陰司較追的情兒切。㈣〔貼〕還魂時像怎的？〔旦〕似夢重醒，猛回頭放教跌。〔貼〕陰司可也有耍子處？〔旦〕

一般兒輪迴路駕香車，愛河邊題紅葉，便則到鬼門關逐夜的望秋月。

【前腔】〔貼〕你風姿恁惹邪，情腸害劣。小姐，你香魂逗出了夢兒蝶，把親娘腸斷了影中蛇。不道燕冢荒斜，再立起鴛鴦舍？則問你會書齋燈怎遮？送情杯酒怎賒？取喜時也要那破頭稍一泡血？

〔旦〕蠢丫頭，幽歡之時，彼此如夢，問他則甚？呀，奶奶來的恁忙也。〔老旦慌上〕

【玩仙燈】人語鬧吱嚓，聽風聲似是女孩兒關節。

兒，聽見外廂喧嚷，新科狀元是嶺南柳夢梅。〔旦〕有這等事！〔淨忙走上〕

【前腔】旗影兒走龍蛇，甚宣差教來近者？

〔見介〕奶奶，小姐，駕上人來，俺看門去也。〔下〕〔外丑扮軍校持黃旗上〕

【入賺】深巷門斜，抓不出狀元門第也。這是了。〔敲門介〕〔老旦〕聲息兒恁怔忡，把門兒偷瞥。〔啓門〕〔校衝開介〕〔老旦〕那衙門來的？〔校〕星飛不迭，你看這旗，看這旗影兒頭勢別，是黃門官把聖旨教傳洩。〔老旦叫介〕兒，原來是傳聖旨的。〔旦上〕斗膽相詢，金榜何時揭？可有柳夢梅名字高頭列？〔校〕他中了狀元。〔旦〕真個中了狀元？〔校〕則他中狀元，急節㊄裏遭磨滅。〔旦驚介〕是怎生？〔校〕往淮揚觸犯了杜參爺，扭回京把他做劫墳塋的賊決。〔老旦〕俺兒，謝天謝地，老爺平安回京了。他那知世間有此重生之事？〔旦〕

這卻怎了？〔校〕正高弔起猛桃條細抽掣，被官裏人搶去遊街歇。〔旦〕恰好哩。〔校〕平章他勢大，上㊅本了，說劫墳之賊，不可以作狀元。〔旦〕狀元可也辯一本兒。〔校〕狀元也有本。那平章奏他，惡茶白賴把陰人竊；那狀元呵，他說頭帶魁罡不受邪；便是萬歲爺聽了成癡呆。〔旦〕後來？〔校〕僥倖，有個陳黃門，是平章爺故人，奏准要平章、狀元和小姐三人，駕前勘對，方取聖裁。〔老旦〕呀，陳黃門是誰？〔校〕是陳最良，他說南安教授曾官舍，因此杜平章擡舉他掌朝班通御謁。〔老旦〕一發詫異哩。〔校〕便是他着俺們來宣旨：分付你家一更梳洗，二鼓喫飯，三鼓穿衣，四鼓走動，到的五更三點徹，響玎璫翠佩那是朝時節。〔旦〕獨自個怕人。〔校〕怕則麼平章宰相你親爺，狀元妻妾？俺去了。〔旦〕再說些去。〔校〕明朝金闕，討你幅撞門紅去了也。〔下〕〔旦〕娘，爹爹高陞，柳郎高中，小旗兒報捷，又是平安帖。把神天叩謝，神天叩謝。〔拜介〕

【滴溜子】當日的，當日的，梅根柳葉。無明路，無明路，曾把遊魂再疊。果應夢，花園後摺。甫能勾迸到頭，搶了捷。鬼趣裏因緣，人間判貼。

【前腔】〔老旦〕㊆雖則是，雖則是，希奇事業。可甚的，可甚的，驚勞駕帖？他道你，是花妖害怯。看承的柳抱懷，做花下劫。你那爹爹呵，沒㊇得個㊈符兒，再把花神召攝。

【尾聲】女兒，緊簪束揚塵舞蹈搖花頰，〔旦〕叫俺奏個甚麼來？〔老旦〕有了，你活人硬證無虚脅。〔旦〕少不的萬歲君王聽臣妾。

〔浄扮郭跎上〕要問鼋鼍窟，還過烏鵲橋。兩日再尋個錢塘門⑩不着，正好撞着老軍，説知夫人下處，抖擻了進去。〔見介〕〔老旦〕是誰？〔浄〕狀元家裏老跎，恭喜了。⑪〔旦〕辛苦！⑫可見了狀元？〔浄〕俺往平章府，搶下了狀元。要夫人見朝也。

往事閒徵夢欲分，今晨忽見下天門。
分明爲報精靈輩，淡掃蛾眉朝至尊。⑬

【校】

㈠ 斷，朱墨本作「動」。

㈡ 母，原作「女」，據文林本、朱墨本改。

㈢ 齎，原誤作「賫」。各本俱作「賫」，乃「齎」之俗體。今正。

㈣ 格正云：「第四句下少一『也』字；下曲亦然。」

㈤ 節，朱校本作「切」。

㈥ 上，文林、朱墨、清暉、竹林四本俱作「動」。

㈦ 原奪「老旦」二字，據朱墨、朱校、清暉三本補。

㈧ 「没」字上，文林本、朱墨本俱有「則」字。

⑲個，原誤作「介」，據文林、朱墨、朱校三本改。
⑳門，原誤作「江」，據朱校本改。
㉑恭喜了，朱校本作「特來恭喜」。
㉒「辛苦」下，朱校本有「你」字。
㉓下場詩，朱校本首句上有「老旦」二字，二、四兩句上有「旦」字，三句上有「浄」字。

第五十五齣　圓駕

〔淨丑扮將軍持金瓜上〕日月光天德，山河壯帝居。萬歲爺升朝，在此㈠直殿。〔末上〕

【北點絳脣】寶殿雲開，御爐烟靄，乾坤泰。〔回身拜介〕日影金階，早唱道黃門拜。

【集唐】鸞鳳旌旗拂曉陳，傳聞闕下降絲綸。興王會淨妖氛氣，不問蒼生問鬼神。自家大宋朝新除授一個老黃門陳最良是也。下官原是南安府飽學秀才，因柳夢梅發了杜平章小姐之墓，徑往揚州報知。平章念舊，着俺說平李寇，告捷效勞，聖恩㈡欽賜黃門奏事之職。不想平章回朝，恰遇柳生投見，當時拿下，遞解臨安府監候。卻說柳生先曾攛過卷子，中了狀元，找尋之間，恰好狀元弔在杜府拷問，當被駕前官校人等，冲破府門，搶了狀元，上馬而去，到也罷了。又聽的說，俺那女學生杜小姐也還魂在京。平章聽說女兒成了個色精，一發惱激，央俺題奏㈢一本，爲誅除妖賊事，中間劾奏柳夢梅係劫墳之賊，其妖魂托名亡女，不可不誅。杜老先此奏，卻是名正言順；隨後柳生也奏一本，爲辨明心迹事；都奉有聖旨：朕覽所奏，幽隱奇特，必須返魂之女，面駕敷陳，取旨定奪。老夫又恐怕真是杜小姐返魂，私着官校傳旨與他，五更朝見。正是：三生石上看來去，萬歲臺前辨假真。道猶未了，平章狀元早到。〔外生幞頭袍笏同上介〕

【前腔】〔外〕有恨妝排，無明㈣躭帶，真奇怪。〔生〕啞謎難猜，今上親裁劃。

岳丈大人拜揖。〔外〕誰是你岳丈！〔生〕平章老先生拜揖。〔外〕誰和你平章！〔生笑介〕古詩：梅

雪争春未肯降，騷人閣筆費平章。今日夢梅争辨之時，少不的要老平章閣筆。〔外〕你罪人咬文哩。〔生〕小生何罪？老平章是罪人！〔外〕俺有平李全大功，當得何罪？〔生〕朝廷不知，你那裏平的個李全？則平的個李半。〔外〕怎生止平的個李半？〔生笑介〕你則哄的個楊媽媽退兵，怎哄的全？〔外惱作扯生介〕誰説？和你官裏講去。〔末作慌出見介〕午門之外，誰敢諠譁。〔見介〕原來是杜老先生，這是新狀元，放手，放手。〔外放生介〕〔末〕狀元何事激惱了老平章。〔外〕他罵俺罪人，俺得何罪？何罪？〔生〕你説無罪，便是處分令愛一事，也有三大罪。〔外〕那三罪？〔生〕太守縱女遊春，一罪。〔外〕是了。〔生〕女死不奔㊄喪，私建菴觀，二罪。〔外〕罷了。〔生〕嫌貧逐壻，刁打欽賜狀元，可不三大罪？〔末笑介〕狀元以前也罪過些，看下官面分，和了罷。〔生〕黄門大人，與學生有何面分？〔末笑介〕狀元不知，尊夫人請俺上學來。〔生〕敢是鬼請先生？〔末〕狀元忘舊了。〔生認介〕老黄門可是南安陳齋長。〔末〕惶恐，惶恐。〔生〕呀，先生，俺於你分上不薄，如何妄報俺爲賊？做門館報事不真，則怕做了黄門，也奏事不以實。〔末笑介〕今日奏事實了。遠望尊㊅夫人將到，二公先行叩頭禮。〔内唱禮介〕奏事官齊班。〔外生同進叩頭介〕〔外〕臣杜寶見。〔生〕臣柳夢梅見。〔末〕平身。〔外生立左右介〕〔旦上〕麗娘本是泉下女，重瞻天日向丹墀。

【北黄鐘醉花陰】平鋪着金殿琉璃翠鴛瓦，響鳴稍半天兒刮剌。〔浄丑喝介〕甚的婦人衝上御道，拿了！㊆〔旦驚介〕似這般猙獰漢叫喳喳，在閻浮殿見了些青面獠牙，也不似今番怕。〔末〕前面來的，是女學生杜小姐麽？〔旦〕來的黄門官，像陳教授。叫他一聲：陳師父，陳師父。〔末應介〕是也。〔旦〕陳師父喜哩。〔末〕學生，你做鬼，怕不驚駕？〔旦〕噤聲！再休提探花鬼，喬作衙，則説狀元妻來面駕。

〔净丑下〕〔内〕奏事人揚塵舞蹈。〔旦作舞蹈呼萬歲萬歲介〕〔内〕平身。〔旦起〕〔内〕聽旨：杜麗娘是真是假，就着伊父杜寶，狀元柳夢梅出班識認。〔生覷旦作悲介〕俺的麗娘妻也。〔外覷旦作惱介〕鬼乜些，真個一模二樣，大膽，大膽。〔作回身跪奏介〕臣杜寶謹奏：臣女亡已三年，此女酷似，此必花妖狐媚，假託而成。俺王聽啓：

【南畫眉序】臣女没年多，道理陰陽豈重活？願俺王向金階一打，立見妖魔。〔生作泣〕好狠心的父親！〔跪奏介〕他做五雷般嚴父的規模，則待要一下裏把聲名煞抹。〔起介〕〔合〕便閻羅包老難彈破，除取旨前來撒和。

〔内〕聽旨：朕聞人行有影，鬼形怕鏡。定時臺上，有秦朝照膽鏡，黄門官可同杜麗娘照鏡；看花陰之下，有無蹤影；回奏。〔末應同旦對鏡介〕女學生是人？是鬼？

【北喜遷鶯】〔旦〕人和鬼，教怎生酬答？形和影現托着面菱花。〔末〕鏡無改面，委係人身；再向花街取影而奏。〔行看影介〕〔旦〕波查，花陰這答，一般兒蓮步迴鸞印淺沙。〔末奏介〕杜麗娘有蹤有影，的係人身。〔内〕聽旨：麗娘既係人身，可將前亡後化事情奏上。〔旦〕萬歲，臣妾二八年華，自畫春容一幅；曾于柳外梅邊，夢見這生，妾因感病而亡，葬于後園梅樹之下。

後來果有這生姓名柳夢梅，拾取春容，朝夕掛念，臣妾因此出現成親。〔悲介〕哎喲，悽惶煞，這底是前亡後化，抵多少陰錯陽差。

〔內〕聽旨：柳狀元質證，麗娘所言真假，因何預名夢梅？〔生打躬㈧呼萬歲介〕

【南畫眉序】臣南海乏㈨絲蘿，夢向嬌姿折梅萼。果登程取試，養病南柯。因借居南安府紅梅院中，遊其後苑，拾的麗娘春容，因而感此真魂，成其人道。〔外介〕此人欺誑陛下，兼且點污臣之女也。論臣女呵，便死葬向水口廉貞，肯和生人做山頭撮合。〔合〕便閻羅包老難彈破，除取旨前來撒和。㈩

〔內〕聽旨：朕聞有云：不待父母之命，媒妁之言，則國人父母皆賤之。杜麗娘自媒自婚，有何主見？〔旦泣介〕萬歲，臣妾受了柳夢梅再活之恩，

【北出隊子】真乃是無媒而嫁？〔外〕誰保親？〔旦〕保親的是母喪門。〔外〕送親的？〔旦〕送親的是女夜叉。〔外〕這等胡爲？〔生〕這是陰陽配合正理。〔外〕正理，正理，花你那蠻兒一點紅嘴哩。〔生〕老平章，你罵俺嶺南人喫檳榔，其實柳夢梅唇紅齒白。〔旦〕噤聲！眼前活立着個女孩兒，親爺不認，到做鬼三年，有個柳夢梅認親。則你這喇㈡生生回陽附子較争些，爲甚麼翠呆呆下氣的檳榔俊煞了他？爺，你不認呵，有娘在。〔指鬼門〕現放着實丕丕貝母開談親阿媽。

〔老旦上〕多早晚女兒還在面駕，老身踹㊁入正陽門叫冤去也。〔進見跪伏介〕萬歲爺，杜平章妻一品夫人甄氏見駕。〔外末驚介〕〔外〕㊂那裏來的？真個是俺夫人哩。〔跪介〕臣杜寶啓：臣妻已死揚州亂賊之手，臣已奏請恩旨褒封。此必妖鬼揑作母子一路，白日欺天。〔起介〕〔生〕這個婆婆，是不曾認的他。〔內〕聽旨：甄氏既死于賊手，何得臨安母子同居？〔老旦〕萬歲。〔起介〕

【南滴溜子】〔老旦〕揚州路，揚州路，遭兵劫奪。只得向，只得向，長安住託。不想到錢塘夜過，嘿撞着麗娘兒，魂似脫。少不的子母肝腸，死同生活。

〔內〕聽旨：甄氏所奏，其女重生無疑。則他陰司三載，多有因果之事。假如前輩做君王臣宰不臻的，可有的發付他？從直奏來。〔旦〕這話不提罷了，提起都有。〔末〕女學生，子不語怪。比如陽世府部州縣，尚然磨刷卷宗，他那裏有甚會案處？

【北刮地風】〔旦〕呀，那陰司一樁樁文簿查，使不着你猾律拿喳。是君王有半副迎魂駕，臣和宰玉鎖金枷。〔末〕女學生，没對證。似這般說，秦檜老太師在陰司裏可受用？〔旦〕也知道些，說他的受用呵，那秦太師他一進門，忒楞楞的黑心揌敢搗了千下，淅另另的紫筋肝剁作三花。〔衆驚介〕爲甚剁作三花？〔旦〕道他一花兒爲大宋，一花兒㊃爲金朝，一花兒爲長舌妻。〔末〕這等，長舌夫人有何受用？〔旦〕若說秦夫人的受用，一到了陰司，撏去了鳳冠霞帔，赤體精光，跳出個牛頭夜叉，只一對七八寸長指彄兒，輕輕的把那撇道兒搯，長舌揸，〔末〕爲甚？

〔旦〕聽的是東窗事發。〔外〕鬼話也！且問你鬼乜邪，人間私奔，自有條法，陰司可有？〔旦〕有的是柳夢梅七十條，爹爹發落過了，女兒陰司收贖。桃條打，罪名加，做尊官勾管了簾下。則道是没真場風流罪過些，有甚麼饒不過這嬌滴滴的女孩家。

〔内〕聽旨：朕細聽杜麗娘所奏，重生無疑。就着黄門官押送午門外，父子夫妻相認，歸第成親。〔衆呼萬歲行介〕〔老旦〕恭喜相公高轉了。〔外〕怎想夫人無恙？〔旦哭介〕我的爹呵！〔外不理介〕青天白日，小鬼頭遠些，遠些。陳先生，如今連柳夢梅俺也疑將起來，則怕也是個鬼。〔末笑介〕是踢斗鬼。〔老旦喜介〕今日見了狀元女婿，女兒再生，千十[25]分喜也。狀元，先認了你丈母罷。〔生揖介〕丈母光臨，做女壻的有失迎待，罪之重也！〔旦〕官人，恭喜！賀喜！〔生〕誰報你來？〔旦〕到得陳師父傳旨來。〔生〕受你老子的氣也。〔末〕狀元，認了丈人翁罷。〔生〕則認的十地閻君爲岳丈。〔末〕狀元，聽俺分勸一言：

【南滴滴金】你夫妻趕着了輪迴磨，便君王使的個隨風柁，那平章怕不做賠錢貨。到不如娘共女，翁和壻，明交割。〔生〕老黄門，俺是個賊犯。〔末笑介〕你得便宜人偏會撒[26]科，則道你偷天把桂影那。不爭多，先偷了地窟裏花枝朵。

〔旦歎介〕陳師父，你不教俺後花園遊去，怎看上這攀桂客來？〔外〕鬼乜邪，怕没門當户對，看上柳夢梅什麼來？

【北四門子】〔旦笑介〕是看上他帶烏紗象簡朝衣掛，笑笑笑，笑的來眼媚花。爹娘，人家白日裏高結綵樓，招不出個官壻。你女兒睡夢裏，鬼窟裏，選着個狀元郎，還説門當户對！則你個杜杜陵慣把女孩兒嚇，那柳柳州他可也門户[17]風華。爹，認了女孩兒罷。〔外〕離異了柳夢梅，回去認你。〔旦〕叫俺回杜家，赸了柳衙，便作你杜鵑花也叫不轉[18]子規紅淚灑。〔哭介〕哎喲，見了俺前生[19]的爹，即世[20]嬤，顛不剌悄魂靈立化。

〔旦作悶倒介〕〔外驚介〕俺的麗娘兒。〔末作望介〕怎那老道姑來也。連春香也活在。好笑，好笑，我在賊營裏瞧甚來？〔浄扮道姑同貼上〕

【南鮑老催】官前定奪，官前定奪。〔打望介〕原來一衆官員在此，怎的起狀元小姐嘴骨都站一邊。眼見[21]他喬公案斷的錯，聽了那喬教學的嘴兒嗑。〔末〕春香賢弟也來了，這姑姑是賊。〔浄〕啐！陳教化，誰是賊？你報老夫人死哩，春香死哩。做的個，紙棺材，舌鍬撥。〔向生介〕柳相公喜也。〔生〕姑姑喜也。這丫頭，那裏見俺來？〔貼〕你和小姐牡丹亭做夢時有俺在。〔生〕好活人活證。〔浄貼[22]〕鬼團圓不想到真和合，鬼揶揄不想做人生活。老相公，你便是鬼三台費評跋。〔浄貼並下〕

〔末〕朝門之下，人欽鬼伏之所，誰敢不從！少不得小姐勸狀元認了平章，成其大事。〔旦作笑勸生介〕柳郎，拜了丈人罷。〔生不伏介〕

【北水仙子】〔旦〕呀呀呀，你好差。〔扯生手按生肩介〕好好好，點着你玉帶腰身把玉手叉。㉓〔生〕幾百個桃條。〔旦〕拜拜拜，拜荆條曾下馬。〔外扯介〕〔旦〕扯扯扯，做太山倒了架。〔指生介〕他他他，點黄錢聘了咱。俺俺俺，逗寒食喫了他茶。〔指末介〕你你你，待求官報信則把口皮喳。〔指生介〕是是是，是他開棺見槨湔除罷。〔指外介〕爹爹爹，你可也罵勾了咱這鬼乜邪。㉔

〔丑扮韓子才冠帶捧詔上〕聖旨已到，跪聽宣讀：據奏奇異，敕賜團圓。平章杜寶，進階一品；妻甄氏，封淮陰郡夫人。狀元柳夢梅，除授編修㉕院學士；妻杜麗娘，封陽和縣君。就着鴻臚官韓子才送歸宅院。叩頭謝恩！〔丑見介〕狀元，恭喜了。〔生〕呀，是韓子才兄，何以得此？〔丑〕自別了尊兄，蒙本府起送先儒之後，到京考中鴻臚之職，故此相會。〔生〕一發奇異了。〔末〕原來韓老先，也是舊朋友。〔行介〕

【南雙聲子】〔衆〕姻緣詫，姻緣詫，陰人夢黄泉下。福分大，福分大，周堂内是這朝門下。齊見駕，齊見駕。真喜洽，真喜洽。領陽間誥勅，去陰司銷假。

【北尾】㉖〔生〕從今後把牡丹亭夢影雙描畫，〔旦〕虧殺你南枝挨煖俺北枝花，則普天下做鬼的有情誰似咱？

杜陵寒食草青青，羯鼓聲高衆樂停。

更恨香魂不相遇，　春腸遥斷牡丹亭。
千愁萬恨過花時，　人去人來酒一巵。
唱盡新詞歡不見，　數聲啼鳥上花枝。

【校】

㈠「在此」上，文林本、朱墨本俱有「俺每須索」四字。
㈡「聖恩」上，朱校本有「蒙」字。
㈢奏，獨深本作「請」。
㈣明，獨深本作「心」。
㈤奔，朱校本作「搬」。
㈥尊，文林本、朱墨本俱作「二」。
㈦了，朱墨、清暉、獨深三本俱作「下」。
㈧打躬，獨深本作「跪伏」。
㈨乏，原誤作「泛」，據朱墨本改。
㈩此處合頭，原省作「合前」，今據清暉本，改書全文。
(一一)喇，文林、朱墨、朱校三本俱作「辣」。

⑫ 踹，原誤作「揣」，據朱校本改。

⑬ 原無「外」字，據辭意補；並删去下文「跪介」上「外」字。

⑭ 原奪「兒」字，據文林本補。

⑮ 千十，疑當作「千萬」；朱校本作「二十」。

⑯ 撒，竹林本作「撇」。

⑰ 户，朱墨本作「當」。

⑱ 「轉」字下，文林本有「咱」字。

⑲ 生，文林本作「世」。

⑳ 「即世」下，文林本有「的」字。

㉑ 「眼見」上，朱校本有「浄」字。

㉒ 貼，原誤作「丑」，據文林本、朱校本改。

㉓ 叉，原誤作「又」，據文林本、朱校本改。

㉔ 邪，朱墨本、獨深本俱作「些」。

㉕ 編修，文林本、朱校本俱作「翰林」。

㉖ 北尾，格正題作隨喜團圓煞。